Diogenes Taschenbuch 20245

de
te
be

Vingt Mille Lieues sous les Mers
Riou
HILDIBRAND

Jules Verne

Zwanzigtausend Meilen unter Meer

Band II

Aus dem Französischen
von Peter G. Hubler
Mit einer Karte
und sechzig Illustrationen
von de Neuville und Riou
und einem Nachwort von
Peter Costello

Diogenes

Titel der 1870 bei J. Hetzel, Paris,
erschienenen Originalausgabe:
›Vingt mille lieues sous les mers‹
Die Illustrationen sind der französischen
Erstausgabe entnommen
Die Erstausgabe der vorliegenden
Neuübersetzung erschien 1966
im Diogenes Verlag
Nachwort aus: Peter Costello, ›Jules Verne,
Der Erfinder der Science-Fiction‹

Veröffentlicht als Diogenes Taschenbuch, 1976

www.diogenes.ch
40/02/36/12
ISBN 3 257 20245 8

INHALT

ERSTES KAPITEL

DER INDISCHE OZEAN

Hier beginnt der zweite Teil dieser Reise unter Wasser. Der erste endete mit der ergreifenden Szene im Korallenfriedhof, die mir einen tiefen Eindruck machte. So spielte sich denn das ganze

Leben Kapitän Nemos in der Tiefe dieses unendlichen Meeres ab, und sogar sein Grab hatte er sich im unzugänglichsten seiner Abgründe vorbereitet. Dort würde nicht eines der Meeresungeheuer den letzten Schlaf dieser Gäste des *Nautilus* stören kommen, dieser Freunde, vereint im Tode wie im Leben.

»Kein Mensch, nie mehr!« hatte der Kapitän hinzugefügt.

Immer dieses selbe wilde, unversöhnliche Mißtrauen gegen die menschliche Gesellschaft!

Ich meinerseits begnügte mich nicht mehr mit den Erklärungsversuchen, mit denen sich Conseil zufriedengab. Dieser biedere Junge beharrte darauf, im Kapitän des *Nautilus* nur einen jener verkannten Gelehrten zu sehen, die die Gleichgültigkeit der Menschheit mit Verachtung vergelten. Außerdem sah er in ihm ein unverstandenes Genie, das sich, müde der Enttäuschungen der Welt, in diese unzugängliche Umgebung zurückgezogen hatte, wo es seinen Instinkten freien Lauf lassen konnte. Meiner Meinung nach jedoch erklärte diese Annahme nur eine der Seiten von Kapitän Nemo.

In der Tat: Das Geheimnis dieser letzten Nacht, die wir vom Schlaf betäubt in unserem Gefängnis verbracht hatten; die Heftigkeit, mit der mir der Kapitän das Fernrohr entrissen hatte, als ich den Horizont absuchen wollte; die tödliche Verletzung dieses Menschen infolge eines unerklärlichen

Stoßes des *Nautilus* – all dies drängte mich zu einem Schluß. Nein! Kapitän Nemo begnügte sich nicht damit, die Menschen zu fliehen! Seine fabelhafte Vorrichtung diente nicht nur seinem Drang nach Unabhängigkeit, sondern vielleicht auch irgendwelchen schrecklichen Vergeltungsmaßnahmen.

Vorläufig ist mir nichts klar, ich ahne in diesem Dunkel nur einige Schimmer, und ich muß mich darauf beschränken, sozusagen unter dem Diktat der Ereignisse zu schreiben.

Im übrigen bindet uns nichts an Kapitän Nemo. Er weiß, daß es unmöglich ist, vom *Nautilus* zu entfliehen. Wir sind nicht einmal Gefangene auf Ehrenwort. Keinerlei Verpflichtung bindet uns. Wir sind nur Gefangene, die man aus Höflichkeit Gäste nennt. Trotzdem hat Ned Land nicht auf die Hoffnung verzichtet, seine Freiheit wiederzuerlangen. Es ist gewiß, daß er die erste Gelegenheit benützen wird, die ihm der Zufall bietet. Ich werde seinem Beispiel zweifellos folgen. Und dennoch werde ich nur mit einem gewissen sehnsüchtigen Bedauern an die Geheimnisse des *Nautilus* denken können, in die wir dank der Großzügigkeit des Kapitäns eingedrungen sind. Muß man diesen Mann hassen oder bewundern? Ist er Opfer oder Henker? Und dann möchte ich, offen gestanden, bevor ich ihn für immer verlasse, diese Weltreise unter Wasser, deren Anfänge so wunderbar waren, vollenden. Ich möchte all die unter den

Weltmeeren gehäuften Wunder einmal gesehen haben, das, was noch kein Mensch gesehen hat, selbst wenn ich diesen unersättlichen Wissensdurst mit dem Leben bezahlen müßte! Was habe ich bis jetzt entdeckt? Nichts oder fast nichts, denn wir haben ja erst sechstausend Meilen des Pazifik durchmessen!

Doch ich weiß wohl, daß der *Nautilus* sich bewohnten Küsten nähert und daß es – sollte sich irgendeine Möglichkeit der Rettung bieten – grausam wäre, die Gefährten meiner Leidenschaft für das Unbekannte zu opfern. Ich werde ihnen folgen müssen, sie vielleicht sogar führen. Aber wird sich diese Gelegenheit je bieten? Der Mensch, durch Gewalt seines freien Willens beraubt, erhofft diese Gelegenheit, der Gelehrte jedoch, der Neugierige, fürchtet sie.

An jenem Tage, am 21. Januar 1868, zur Mittagsstunde, kam der Erste Offizier, um den Sonnenstand zu messen. Ich stieg auf die Plattform, zündete mir eine Zigarre an und verfolgte den Vorgang. Offenbar verstand er kein Französisch, denn mehrmals machte ich mit lauter Stimme eine Bemerkung, die ihm ein unwillkürliches Zeichen der Aufmerksamkeit hätte entlocken müssen, wenn er sie verstanden hätte; doch er blieb gleichgültig und stumm.

Während er mit dem Sextanten seine Messungen vornahm, kam einer der Matrosen des *Nautilus* – der kräftige Mann, der uns auf unserem ersten Unterwasserausflug bei der Insel Crespo begleitet hatte – die Scheiben der Schiffslaterne reinigen. Bei dieser Gelegenheit examinierte ich die Installation dieses Geräts, dessen Wirkung verhundertfacht wurde durch linsenförmige, wie bei den Leuchttürmen angeordnete Ringe, die das Licht auf eine bestimmte Fläche warfen. Die elektrische Lampe war so konstruiert, daß ihre volle Leuchtkraft genutzt werden konnte. Ihr Licht entstand in der Tat in einem Vakuum, was ihm sowohl Regelmäßigkeit als auch Intensität sicherte. Dieses Vakuum schonte auch die Graphitspitzen, zwischen denen sich der Lichtbogen entwickelt – eine wichtige Einsparung für Kapitän Nemo, der sie nicht leicht hätte ersetzen können. Aber unter diesen Umständen war ihre Abnützung minim.

Als der *Nautilus* sich zum Tauchen anschickte, stieg ich wieder in den Salon hinunter. Die Luken schlossen sich, und das Schiff hielt scharf Kurs auf West.

Wir durchfurchten so die Wogen des Indischen Ozeans, die riesige Wasserfläche von fünfhundertfünfzig Millionen Hektaren, deren Oberfläche so durchsichtig ist, daß einem schwindelt, wenn man sich darüber beugt. Der *Nautilus* hielt eine Tiefe von durchschnittlich hundert bis zweihundert Metern. Das blieb so für mehrere Tage. Jedem andern als mir, der ich das Meer so sehr liebte, wären die Stunden zweifellos lang und monoton erschienen; aber der tägliche Aufenthalt auf der

Plattform, wo ich die belebende Luft des Ozeans einsog, der Anblick des reichen Meereslebens durch die Scheiben des Salons, die Lektüre der Bücher der Bibliothek, die Abfassung meiner Memoiren, all das nahm meine ganze Zeit in Anspruch und ließ mir nicht einen Augenblick der Muße oder der Langeweile.

Die Gesundheit aller an Bord war durchaus befriedigend. Die Kost bekam uns ausgezeichnet, und ich für mein Teil hätte gerne auf die Abwechslungen verzichtet, auf denen Ned Land aus Widerspruchsgeist beharrte. Außerdem war bei dieser konstanten Temperatur nicht einmal ein Schnupfen zu befürchten.

Im übrigen hätte die Sternkoralle *Dendrophyllis,* die in der Provence unter dem Namen ›Meerfenchel‹ bekannt ist und von der wir eine gewisse Reserve an Bord hatten, mit dem schmelzenden Fleisch ihrer Polypen eine ausgezeichnete Paste gegen Husten geliefert.

Einige Tage lang sahen wir eine Menge Wasservögel, Schwimmvögel, Möwen und Meerschwalben. Mehrere davon wurden geschickt erlegt und lieferten, auf leckere Art zubereitet, ein sehr annehmbares Wasserwildbret. Unter den großen Seglern, die weit von allem Land abgetrieben waren und sich auf den Wogen von den Ermüdungen des Flugs ausruhten, bemerkte ich prachtvolle Albatros, Vögel, die zur Familie der Langflügler gehören und deren mißtönender Ruf

an das Geschrei eines Esels erinnert. Die Familie der Ruderfüßer war vertreten durch schnelle Fregattvögel, die behende auf dicht unter der Wasseroberfläche schwimmende Fische hinunterstießen, und durch zahlreiche Spitzschwänze, taubengroße Seevögel mit kleinen roten Flecken, deren weißes Gefieder rosig getönt ist und die schwarze Färbung der Flügel betont.

Die Netze des *Nautilus* erbrachten mehrere Arten Meerschildkröten, Karettschildkröten mit gewölbtem Rücken, deren Schildpatt sehr geschätzt wird. Diese Reptilien tauchen leicht und können sich lange unter Wasser halten, indem sie die fleischige Klappe an der äußeren Mündung ihres Nasenkanals schließen. Einige dieser Karettschildkröten schliefen noch, als man sie fing, in ihrem Panzer, der sie vor den Meertieren schützt. Das Fleisch dieser Schildkröten schmeckte im allgemeinen nicht besonders, aber ihre Eier bildeten eine ausgezeichnete Mahlzeit.

Was die Fische anging, so erregten sie immer unsere Bewunderung, wenn wir durch die Luken die Geheimnisse ihres Lebens beobachteten. Ich bemerkte mehrere Arten, die mir bisher unbekannt gewesen waren.

Ich nenne in erster Linie Kofferfische, wie sie im Roten Meer, im Indischen Ozean und vor den Küsten Äquatorialamerikas vorkommen. Diese Fische sind – wie die Schildkröten, die Gürteltiere, die Seeigel, die Muscheltiere – geschützt durch einen Panzer, der weder kreide- noch steinartig, sondern richtig knochig ist. Unter den Dreieckern bemerkte ich einige von ungefähr fünf Zentimeter Länge, mit bekömmlichem Fleisch von auserlesenem Geschmack, braun am Schwanz und gelb an den Flossen, deren Ansiedlung ich sogar im Süßwasser empfehle, an das sich eine gewisse Anzahl Meerfische übrigens leicht gewöhnt. Ich nenne ferner viereckige Kofferfische, die auf dem Rücken vier dicke Tuberkeln tragen; Kofferfische, die am Bauch mit weißen Punkten gesprenkelt sind und sich zähmen lassen wie Vögel; rote Seehähne, die knochige Stacheln tragen; Delphine, deren unvergleichliches Grunzen ihnen den Namen ›Schweine des Meeres‹ eingetragen hat; schließlich Dromedarfische mit großen kegelförmigen Buckeln, deren Fleisch hart und zäh ist.

In seinen Aufzeichnungen, die Meister Conseil täglich nachführte, notierte er überdies gewisse Arten Kugelfische, heimisch in diesen Meeren, dann Leierfische mit orangegelbem Rücken und blauen oder lila Tupfen und lebhaft gefärbte Zitterrochen von sieben Daumen Länge. Dann Exemplare anderer Gattungen, Ovoiden, die aussehen wie ein schwarzbraunes Ei, weiße Streifen aufweisen und keinen Schwanz haben; Igelfische, wahre Stachelschweine des Meeres, die sich aufblähen können, bis sie einer nadelgespickten Kugel gleichen; Seepferdchen, die in allen Meeren heimisch sind; fliegende Fische mit länglichem Maul, denen ihre sehr großen, flügelartigen Brustflossen zwar nicht erlauben zu fliegen, aber doch, sich in die Luft zu werfen; Grünknochen mit langem Kiefer, etwa fünfundzwanzig Zentimeter lang und in hübschen Farben schimmernd; Kalliomoren, bleifarben, mit runzligem Kopf; Myriaden von schwarzgestreiften Schleimfischen mit langen Brustflossen, die sich mit erstaunlicher Geschwindigkeit fortbewegen; entzückende Fächerfische, die ihre Flossen wie Segel aufstellen können; herrliche Kurter, gelb, himmelblau, silbrig und goldschimmernd gefärbt; Seeteufel, immer schmutzig von Schlamm, deren Stacheln ein merkwürdig raschelndes Geräusch erzeugen; Seehähne, deren Leber als giftig gilt; bunte Lippfische mit verdicktem, vorstreckbarem Maul; schließlich Pfeifenfische mit langer, röhrenförmiger Schnauze, wahre Fliegenfänger des Ozeans, versehen mit einer Vorrichtung, wie sie sich kein Waffenfabrikant zu erträumen wagt: Dieser Fisch tötet die Insekten, indem er sie mit einem einfachen Wassertropfen beschießt!

In der neunundachtzigsten Gattung der von Lacépède klassierten Fische, die zur zweiten Unterabteilung der Knochenfische gehören und charakterisiert sind durch Kiemendeckel und ein Bronchialhäutchen, bemerkte ich den Drachenkopf, dessen Kopf mit Stacheln geschmückt ist und der nur eine einzige Rückenflosse hat; manche dieser Tiere besitzen eine Art Schuppenpanzer, je nachdem, zu welcher Unterart sie gehören. Die zweite Unterart lieferte uns Exemplare des Sattelkopfs, gelbgestreift und drei bis vier Dezimeter lang, mit grotesk häßlichem Kopf. Die erste Unterart war vertreten durch einen bizarren Fisch, der den Übernamen ›kleine Meersau‹ trägt; der große Kopf weist teils Vertiefungen, teils Auswüchse auf; gespickt mit Stacheln und übersät von Beulen, trägt er unregelmäßige, abscheuliche Hörner; Körper und Schwanz sind mit Schwielen bedeckt, seine giftigen Stiche sind gefährlich – kurz, er ist abstoßend und widerwärtig.

Vom 21. bis zum 23. Januar machte der *Nautilus* fünfhundertvierzig Meilen in vierundzwanzig Stunden, das heißt etwa zweiundzwanzig Meilen in der Stunde. Wenn wir auf der Fahrt die verschiedenen Fischarten erkennen konnten, dann darum, weil die Tiere, angelockt von unseren Lichtern, versuchten, uns das Geleit zu geben; die meisten blieben wegen unserer Geschwindigkeit bald zurück; einigen indessen gelang es, sich eine Zeitlang auf der Höhe des *Nautilus* zu halten.

Am 24. morgens, auf 12°5′ südlicher Breite und 94°33′ Länge, sichteten wir die Insel Keeling, ein mit prachtvollen Kokospalmen bestandenes Eiland, das von Darwin und Kapitän Fitz-Roy besucht wurde. Der *Nautilus* fuhr in geringer Entfernung den Küsten der unbewohnten Insel entlang. Seine Scharrnetze holten zahlreiche Polypen und Seeigel ein und merkwürdige Molluskengehäuse. Einige kostbare Exemplare der Delphinschnecken bereicherten die Sammlung von Kapitän Nemo, zu der ich eine *Astraea punctifer* beisteuerte, eine Art Parasit, der sich gern auf Muschelschalen ansaugt.

Bald verschwand die Insel Keeling unter den Horizont, und wir nahmen Kurs nach Nordwest, auf die Spitze der indischen Halbinsel zu.

»Endlich wieder ein zivilisiertes Land!« sagte Ned Land an diesem Tag zu mir. »Das ist besser als diese Papua-Inseln, wo es mehr Wilde gibt als Rehe! In Indien, Herr Professor, gibt es Straßen, Eisenbahnen, englische, französische und indische Städte! Man kann dort keine fünf Meilen weit gehen, ohne einen Landsmann zu treffen. Ha! Ist damit nicht der Moment gekommen, Kapitän Nemo zu verlassen, ohne sich von ihm zu verabschieden?«

»Nein, Ned, nein«, erwiderte ich in entschlossenem Ton. »Schlagen Sie sich das aus dem Kopf! Der *Nautilus* nähert sich bewohnten Kontinenten. Er kehrt nach Europa zurück – also soll er uns dorthin bringen. Sind wir einmal in den heimischen Gewässern, werden wir sehen, was die Klugheit uns zu tun rät. Im übrigen nehme ich nicht an, daß Kapitän Nemo uns erlaubt, an den Küsten von Malabar oder von Coromandel jagen zu gehen wie in den Wäldern Neuguineas.«

»Nun – brauchen wir unbedingt seine Erlaubnis dazu?«

Ich gab dem Kanadier keine Antwort. Ich wollte nicht diskutieren. Im Grunde genommen lag mir viel daran, die Fügung des Schicksals, die mich an Bord des *Nautilus* verschlagen hatte, hinzunehmen und bis zum Ende auszuschöpfen.

Von der Insel Keeling an verlangsamte sich unsere Fahrt, sie wurde auch unregelmäßiger und brachte uns oft in große Tiefen. Mehrmals wurde Gebrauch gemacht von einer Vorrichtung, die durch Hebel im Innern des Bootes betätigt wurde und dieses schräg zur Wasserlinie stellte. So fuhren wir bis zu zwei oder drei Kilometer tief, ohne indes den Grund dieses indischen Meeres zu erreichen, den auch ein Senkblei von dreizehntausend Metern Länge nicht ausloten konnte. Was die Temperatur in diesen Tiefen betraf, so zeigte der Thermometer unverändert 4° über Null. Ich merkte nur, daß in den oberen Schichten das Wasser über Bodenerhebungen immer kälter war als im offenen Meer.

Am 25. Januar schien die Meeresoberfläche völlig verlassen, und der *Nautilus* blieb den ganzen Tag oben, die Wogen mit seiner starken Schraube aufwühlend, daß das Wasser hoch aufspritzte. Wer hätte uns unter diesen Umständen nicht für einen riesigen Wal gehalten? Ich verbrachte drei Viertel des Tages auf der Plattform und betrachtete das Meer. Der Horizont war leer, nur gegen vier Uhr nachmittags erblickte ich im Westen einen langen Steamer, der Gegenkurs hielt. Seine Takelage war einen Augenblick lang sichtbar, doch er konnte den *Nautilus*, der flach auf dem Wasser lag, unmöglich bemerken. Ich nahm an, der Dampfer gehöre der Schiffahrtsgesellschaft, die die Linie Ceylon-Sydney bedient und die

Landspitze am King-George-Sund und Melbourne anläuft.

Um fünf Uhr, kurz vor dem unvermittelten Einbruch der Dämmerung, die in den tropischen Zonen den Tag mit der Nacht verbindet, wurden Conseil und ich durch ein merkwürdiges Schauspiel in Erstaunen versetzt.

Es handelte sich um ein zauberhaftes Tier, dem zu begegnen Glück bringt, wie im Altertum behauptet wurde. Aristoteles, Athenäus, Plinius, Oppianos hatten seine Lebensgewohnheiten studiert und es mit dem ganzen poetischen Wortschatz der Gelehrten Griechenlands und Italiens überhäuft. Sie nannten es *Nautilus* und *Pompylius.* Doch die moderne Wissenschaft hat diese Namen nicht übernommen, und heute ist die Molluske unter dem Namen ›*Argonauta*‹ oder ›Papierboot‹ bekannt.

Hätte man Conseil gefragt, so hätte man von diesem braven Jungen erfahren, daß der Stamm der Mollusken sich in fünf Klassen teilt; daß die erste Klasse, die der Kopffüßer, deren Vertreter entweder nackt oder hartschalig sind, sich in zwei Familien teilt, in die Zweikiemer und die Vierkiemer; daß die Familie der Zweikiemer drei Gattungen umfaßt, die Argonauta, den Kalmar und den Sepia, und daß die Familie der Vierkiemer nur eine einzige hat, nämlich den Nautilus. Hätte nach dieser Nomenklatur ein rebellischer Geist die Argonauta, die *acetabulifer,* das heißt Träger von

Saugnäpfen ist, mit dem Nautilus, der *tentaculifer*, das heißt Tentakelträger ist, verwechselt, so wäre das unverzeihlich gewesen.

Und jetzt trieb vor unseren Augen ein Zug dieser Argonauten auf dem Wasser dahin. Wir zählten mehrere Hunderte. Sie gehörten zur Gattung der Warzenargonauten, die im Indischen Ozean heimisch ist.

Die anmutigen Mollusken bewegten sich rückwärts, indem sie aus dem Sipho das Wasser ausstießen, das sie eingesaugt hatten. Sechs ihrer acht langen, schlanken Arme lagen auf dem Wasser, die zwei übrigen streckten sie, aufgebläht wie ein leichtes Segel, in den Wind. Ich sah deutlich ihre spiralige, gewellte Schale, die Cuvier zu Recht mit einer eleganten Schaluppe vergleicht. In der Tat ein richtiges Schiff, ein ›Papierboot‹. Diese Schale trägt das Tier, das sie durch Sekretion gebildet hat, ohne indes mit ihm verwachsen zu sein.

»Die Argonauta kann ihre Schale nach Belieben verlassen«, sagte ich zu Conseil, »aber sie tut es nie.«

»Genau wie Kapitän Nemo«, antwortete Conseil schlagfertig. »Darum hätte er sein Boot besser *Argonauta* genannt.«

Während ungefähr einer Stunde schwamm der *Nautilus* inmitten dieses Molluskenzuges. Dann plötzlich erschraken die Tiere vor irgend etwas. Wie auf Kommando zogen sie die Segel ein und krümmten die Arme, die Leiber zogen sich zusammen, die Schalen verlagerten ihren Schwerpunkt, und die ganze Flottille verschwand unter Wasser. All das geschah blitzartig, kein Geschwader von Schiffen hätte präziser manövrieren können.

Im selben Augenblick brach plötzlich die Nacht

herein, und die Wellen, von der Brise kaum gekräuselt, schlugen friedlich an die Außenplanken des *Nautilus*.

Am nächsten Tag, dem 26. Januar, passierten wir den Äquator auf dem 82. Längengrad und kehrten in die nördliche Hemisphäre zurück.

Während dieser Fahrt gab uns eine ansehnliche Schar Haifische das Geleit – schreckliche Tiere, von denen es in diesen Meeren wimmelt und die äußerst gefährlich sind. Es waren Philippshaie mit braunem Rücken und weißlichem Bauch, bewaffnet mit elf Reihen Zähnen, Augenhaie, die am Hals einen großen schwarzen Fleck tragen, der weiß gerändert ist und so einem Auge gleicht, Isabellenhaie mit rundem, dunkel getupftem Maul. Immer wieder warfen sich diese kräftigen Tiere mit erschreckender Heftigkeit gegen die Scheiben des Salons. Ned Land geriet außer sich; er wollte an die Oberfläche steigen und die Ungetüme harpunieren, besonders gewisse Hundshaie, deren Maul gepflastert ist mit mosaikartig angeordneten Zähnen, und fünf Meter lange Tigerhaie, die ihn mit besonderer Beharrlichkeit provozierten. Aber bald erhöhte der *Nautilus* seine Geschwindigkeit und ließ auch die schnellsten dieser Haifische mit Leichtigkeit hinter sich zurück.

Am 27. Januar, als wir in den Golf von Bengalen kamen, begegneten wir – welch ein makabrer Anblick! – zu mehreren Malen Leichen, die auf dem Wasser trieben. Es waren Tote aus indischen

Städten, die der Ganges ins offene Meer getragen hatte und die von den Geiern, den einzigen Totengräbern des Landes, nicht aufgezehrt worden waren. Aber die Haie würden das schaurige Geschäft schon besorgen.

Gegen sieben Uhr abends steuerte der *Nautilus*, zur Hälfte aus dem Wasser ragend, durch ein Meer von Milch. So weit man blicken konnte, schien der Ozean zu Milch geworden zu sein. War es die Wirkung des Mondlichts? Nein, denn der Neumond war kaum zwei Tage alt und noch verloren unter dem Horizont, unter den Sonnenstrahlen. Der ganze Himmel, obwohl von Sternen erhellt, erschien schwarz gegen die Weiße des Wassers.

Conseil wollte seinen Augen nicht trauen und befragte mich über die Ursachen des einzigartigen Phänomens. Glücklicherweise war ich imstande, es ihm zu erklären.

»Man nennt diese Erscheinung ein ›Milchmeer‹«, sagte ich, »es handelt sich um nichts anderes als eine weite Fläche weißer Wellen, wie man sie häufig sieht vor den Küsten von Ambon und in diesen Gegenden.«

»Aber kann mir mein Herr erklären«, fragte Conseil weiter, »welche Ursache diese Wirkung hervorbringt? Das Wasser hat sich doch nicht in Milch verwandelt, nehme ich an!«

»Nein, mein Junge, diese Weiße, die dich in Erstaunen setzt, entsteht durch die Anwesenheit von Myriaden winziger Infusorien, einer Art Leuchtwürmer, die gallertartig und farblos sind, nicht dicker als ein Haar und nicht länger als ein Fünftelmillimeter. Mehrere dieser Tierchen hängen jeweils aneinander und bilden einen Teppich von mehreren Meilen Durchmesser.«

»Mehrere Meilen!« staunte Conseil.

»Ja, mein Junge – und versuche ja nicht, die Zahl dieser Infusorien zu schätzen! Es wird dir nicht gelingen, denn wenn ich mich nicht täusche, sind gewisse Seefahrer über vierzig Meilen weit auf solchen Milchmeeren getrieben.«

Ich weiß nicht, ob Conseil meinen Rat befolgte – er versank jedenfalls in tiefes Nachdenken und versuchte offenbar auszurechnen, wieviel Fünftelmillimeter in vierzig Quadratmeilen enthalten sind. Ich für mein Teil fuhr fort, das Phänomen zu beobachten. Während mehrerer Stunden durchschnitt der *Nautilus* mit seinem Schnabel diese weißlichen Wellen, und ich bemerkte, daß er geräuschlos auf dem seifigen Wasser dahinglitt, als triebe er in den Schaumwirbeln, die gelegentlich zwischen den Strömungen und Gegenströmungen in Buchten entstehen.

Gegen Mitternacht nahm das Meer unvermittelt wieder seine gewohnte Farbe an, doch hinter uns, bis zu den Grenzen des Horizonts, schien der Himmel, die Weiße der Wellen widerspiegelnd, noch lange wie getränkt vom vagen Schein eines Nordlichts.

ZWEITES KAPITEL

EIN NEUER VORSCHLAG KAPITÄN NEMOS

Am 28. Januar, als der *Nautilus* mittags auf 9°4′ nördlicher Breite an die Oberfläche stieg, sahen wir Land im Westen, in einer Entfernung von acht Meilen. Zuerst nahm ich eine Berggruppe von etwa zweitausend Fuß Höhe wahr, die eine bizarre Silhouette bildete. Darauf kehrte ich in den Salon zurück und stellte auf der Karte fest, daß wir uns vor der Insel Ceylon, dieser Perle am unteren Ende des indischen Subkontinents, befanden.

Ich ging in die Bibliothek, um ein Buch zu suchen, das sich auf die Insel, eine der fruchtbarsten der Erde, bezog, und fand auch richtig ein Werk von Sirr H. C. Esq., betitelt *Ceylon and the Cingalese.* Zurück im Salon, schlug ich zuerst die Angaben über Ceylon nach, das im Altertum so viele verschiedene Namen trug. Es liegt zwischen 5°55′ und 9°49′ nördlicher Breite und zwischen 79°42′ und 82°4′ Länge östlich vom Meridian von Greenwich; seine Länge beträgt 275 Meilen, seine größte Breite 150 Meilen, sein Umfang 900 Meilen, es hat einen Flächeninhalt von 24448 Quadratmeilen, also etwas weniger als Irland.

In diesem Augenblick kamen Kapitän Nemo und sein Erster Offizier herein.

Der Kapitän warf einen Blick auf die Karte und wandte sich dann mir zu.

»Die Insel Ceylon«, sagte er, »berühmt für die Perlenfischerei ... Hätten Sie Lust, Herr Aronnax, einen dieser Betriebe zu besuchen?«

»Gewiß, Herr Kapitän.«

»Gut. Das läßt sich leicht machen. Allerdings, wir werden die Fischer nicht am Werk sehen, denn die Saison hat noch nicht begonnen. Doch das macht nichts. Ich gebe also Befehl, auf den Golf von Mannar zuzuhalten. Wir werden in der Nacht dort sein.«

Der Kapitän sagte etwas zum Ersten Offizier, der darauf hinausging. Kurz darauf tauchte der *Nautilus* in sein flüssiges Element, und der Druckmesser zeigte an, daß er eine Tiefe von dreißig Fuß hielt.

Ich suchte auf der Karte den Golf von Mannar und fand ihn auf dem neunten Breitengrad, nordwestlich von Ceylon. Um ihn zu erreichen, mußten wir die ganze Ostküste von Ceylon hinauffahren.

»Herr Professor«, sagte Kapitän Nemo zu mir, »man fischt Perlen im Golf von Bengalen, im Indischen Ozean, im Chinesischen Meer und vor den Küsten Japans, in den Gewässern Südamerikas, im Golf von Panama und im Golf von Kalifornien; aber in Ceylon ist die Perlenfischerei am ergiebigsten. Sicher, wir kommen etwas früh; die Taucher versammeln sich im Golf von Mannar erst im Monat März, und dort widmen sich während dreißig Tagen rund dreihundert Boote dieser einträglichen Ausbeutung der Schätze des Meeres. Jedes Boot ist bemannt mit zehn Ruderern und zehn Tauchern. Diese teilen sich in zwei Gruppen, die abwechselnd tauchen, und lassen sich mittels eines schweren Steines, den sie zwischen den Füßen halten und der mit einem Strick am Boot befestigt ist, bis zwölf Meter tief absinken.«

»So wird also immer noch dieses primitive Mittel verwendet?« fragte ich.

»Ja«, antwortete Kapitän Nemo, »obwohl diese Fischereibetriebe dem erfinderischsten Volk der Welt, den Engländern, gehören, denen sie im Vertrag von Amiens 1802 abgetreten wurden.«

»Wahrscheinlich würde der Tauchapparat, den Sie verwenden, bei dieser Arbeit gute Dienste leisten.«

»Ja, denn diese armen Fischer können nicht lange unter Wasser bleiben. Der Engländer Perceval spricht zwar nach einer Reise nach Ceylon von einem Kaffer, der fünf Minuten unter Wasser blieb ohne aufzutauchen, aber das scheint mir wenig glaubwürdig. Ich weiß, daß einige Taucher es siebenundfünfzig Sekunden aushalten, und sehr geschickte sogar bis zu siebenundachtzig; das sind jedoch Ausnahmen, und nachher strömt diesen Unglücklichen Blut aus Nase und Ohren. Ich glaube, die Taucher halten es durchschnittlich etwa dreißig Sekunden lang aus, und in dieser Zeit reißen sie so viele Austern als möglich von der Bank und stopfen sie in ein kleines Netz; aber im allgemeinen werden diese Taucher nicht alt: ihre Sehkraft nimmt ab, an ihren Augen bilden sich Schwären, an ihrem Leib wunde Stellen, und oft erleiden sie auf dem Meeresboden einen Herzschlag.«

»Ja«, sagte ich, »es ist ein trauriges Metier, und zudem dient es nur der Befriedigung törichter Launen. Aber sagen Sie, Herr Kapitän, wieviel Austern kann ein Boot im Tag einbringen?«

»Ungefähr vierzig- bis fünfzigtausend. Man behauptet sogar, als 1840 die englische Regierung auf eigene Rechnung fischen ließ, hätten ihre Taucher in zwanzig Tagen sechsundsiebzig Millionen Austern herausgeholt.«

»Werden diese Taucher wenigstens anständig entlohnt?« fragte ich.

»Kaum, Herr Professor. In Panama verdienen sie nur einen Dollar die Woche. Meistens bekommen sie einen Sou für jede Auster, die eine Perle enthält, aber in wie vielen, die sie heraufholen, ist nichts!«

»Ein Sou für diese armen Teufel, die ihre Herren reich machen! Das ist abscheulich.«

»Also, Herr Professor«, sagte Kapitän Nemo, »Sie und Ihre Gefährten werden die Austernbank von Mannar besuchen, und wenn zufällig schon ein Taucher da ist, nun, dann werden wir ihn an der Arbeit sehen.«

»Abgemacht, Herr Kapitän.«

»A propos, Herr Aronnax, Sie haben nicht Angst vor Haien?«

»Vor Haien?« wiederholte ich.

Seine Frage schien mir, milde gesagt, überflüssig.

»Eh bien?« beharrte der Kapitän Nemo.

»Ich gestehe Ihnen, Herr Kapitän, daß ich mit dieser Art von Fischen noch nicht ganz vertraut bin.«

»Wir andern, wir sind an sie gewöhnt«, versetzte Kapitän Nemo, »und mit der Zeit wird es Ihnen gleich gehen. Übrigens werden wir bewaffnet sein, und unterwegs können wir vielleicht einen Haifisch erlegen. Es ist eine interessante Jagd. Auf morgen früh also, Herr Professor.«

Mit diesen gleichmütig hingeworfenen Worten verließ Kapitän Nemo den Salon.

Wenn man Sie einlädt, in den Schweizeralpen Bären zu jagen, sagen Sie: »Sehr gut! Morgen gehen wir auf die Bärenjagd.« Wenn man Sie einlädt, im Hochland des Atlas Löwen zu jagen oder Tiger im indischen Dschungel, sagen Sie: »Aha! Anscheinend gehen wir auf die Tigerjagd oder einen Löwen erlegen!« Wenn man Sie aber einlädt, den Hai in seinem ureigenen Element zu jagen, verlangen Sie vielleicht Bedenkzeit, bevor Sie diese Einladung annehmen.

Ich wischte mir den kalten Schweiß von der Stirn.

›Überlegen wir erst‹, sagte ich bei mir selbst, ›lassen wir uns Zeit. Es geht ja noch an, in Unterwasserwäldern Fischotter zu jagen, wie wir es in den Wäldern der Insel Crespo getan haben. Aber auf dem Meeresboden spazieren zu gehen, wenn man fast sicher ist, Haien zu begegnen – das ist etwas anderes! Ich weiß wohl, daß in gewissen Ländern, besonders auf den Andamanen-Inseln, die Neger nicht zögern, den Haifisch anzugreifen, in der einen Hand den Dolch, in der andern eine Schlinge, aber ich weiß auch, daß viele, die diese fürchterlichen Tiere angreifen, nicht lebend zurückkommen! Im übrigen bin ich kein Neger, und auch wenn ich einer wäre, glaube ich, daß in diesem Fall ein leichtes Zögern meinerseits nicht unangebracht wäre.‹

Und nun träumte ich von Haien, ich dachte an die riesigen, mit vielen Reihen von Zähnen besetzten Kinnbacken, die einen Menschen glatt entzweischneiden können. Schon spürte ich einen gewissen Schmerz in der Gegend der Nieren. Nein, ich konnte die Nonchalance nicht verdauen, mit der der Kapitän diese bedauerliche Einladung gemacht hatte! Man hätte meinen können, es handle sich um nicht mehr, als etwa einen harmlosen Fuchs im Unterholz aufzustöbern!

›Gut!‹ dachte ich, ›Conseil wird niemals mitkommen wollen, und das erspart es mir, den Kapitän zu begleiten.‹

Was Ned Land betraf, muß ich gestehen, daß ich mich seiner Klugheit nicht ebenso sicher fühlte. Gefahr, wie groß sie auch sein mochte, wirkte stets anziehend auf seine kämpferische Natur. Ich nahm meine Lektüre des Buches von Sirr wieder auf, aber ich blätterte nur noch automatisch darin. Zwischen den Zeilen sah ich bedrohlich aufgerissene Kinnbacken vor mir.

In diesem Augenblick kamen Conseil und der Kanadier herein, mit ruhiger und beinahe vergnügter Miene. Sie wußten noch nicht, was sie erwartete.

»Meiner Treu«, sagte Ned Land zu mir, »Ihr Kapitän Nemo – der Teufel hole ihn! – macht uns da ja einen liebenswürdigen Vorschlag!«

»Ah!« sagte ich, »Sie wissen also –«

»Mit Ihrer Erlaubnis«, antwortete Conseil, »der Kommandant des *Nautilus* hat uns eingeladen, morgen mit meinem Herrn die Perlenfischerei von Ceylon zu besichtigen. Er hat es in trefflichen Worten getan und sich wie ein echter Gentleman benommen.«

»Mehr hat er euch nicht gesagt?«

»Nichts, Herr Aronnax«, erwiderte der Kanadier, »außer daß er mit Ihnen schon von diesem kleinen Ausflug gesprochen habe.«

»In der Tat«, sagte ich. »Und er hat euch keine näheren Angaben gemacht über ...«

»Keine, Herr Naturalist. Sie kommen doch mit, nicht wahr?«

»Ich ... aber sicher! Ich sehe, die Sache gefällt Ihnen, Meister Land.«

»Gewiß. Es ist sehenswert, sehr sehenswert.«

»Vielleicht sogar gefährlich!« fügte ich bedeutungsvoll hinzu.

»Gefährlich«, erwiderte Ned Land, »ein simpler Ausflug auf eine Austernbank!«

Offensichtlich hatte Kapitän Nemo es für überflüssig gehalten, meinen Gefährten etwas von den Haifischen zu sagen. Ich musterte sie bekümmert, als fehlte ihnen schon ein Körperglied. Sollte ich sie warnen? Ja, ohne Zweifel, aber ich wußte nicht genau, wie ich beginnen sollte.

»Will mein Herr uns Einzelheiten über die Perlenfischerei mitteilen?« bat Conseil.

»Nur über das Fischen?« erkundigte ich mich, »oder über die Zwischenfälle, die ...?«

»Über das Fischen«, antwortete der Kanadier. »Bevor man sich auf etwas einläßt, ist es gut, Bescheid zu wissen.«

»Wohlan! Setzt euch, meine Freunde, und ich werde euch alles wiederholen, was ich selbst dank dem Engländer Sirr weiß.«

Ned und Conseil setzten sich auf einen Diwan, und wißbegierig fragte der Kanadier:

»Herr Professor, was ist eigentlich eine Perle?«

»Mein lieber Ned«, antwortete ich, »für den Poeten ist die Perle eine Träne des Meeres; für die

Orientalen ein festgewordener Tautropfen; für die Damen ein Schmuckstück aus Perlmutt, von länglicher Form und durchsichtigem Glanz, das sie am Finger, am Hals oder im Ohrläppchen tragen; für den Chemiker ein Gemisch aus Phosphat und Calciumkarbonat mit etwas Eiweißstoff; und schließlich, für den Naturalisten, eine simple krankhafte Absonderung des Organs, das bei gewissen Muscheln das Perlmutt erzeugt.«

»Stamm der Mollusken«, deklamierte Conseil, »Klasse der Bivalvia, Ordnung der Anisomyaria.«

»Richtig, gelahrter Conseil. Und unter diesen sind die Hahnenkammauster, der Runzelstern, die Schinkenmuschel, kurz, all jene, die Perlmutt absondern, das heißt: diese blaue, bläuliche, violette oder weiße Substanz, die das Innere der Schalen bedeckt, imstande, Perlen zu erzeugen.«

»Die Miesmuscheln auch?« fragte der Kanadier.

»Ja! Die Muscheln bestimmter Wasserläufe in Schottland, Wales, Irland, Sachsen, Böhmen und Frankreich.«

»Fein! Von nun an werde ich darauf achten«, versetzte der Kanadier.

»Aber«, fuhr ich fort, »die Molluske, die die wirklich kostbaren Perlen erzeugt, ist die Perlauster, die *Meleagrina margaritifera,* die gesuchte Perlmuschel. Die Perle ist nichts anderes als eine Perlmuttablagerung in Form eines Kügelchens. Sie haftet entweder an der Austernschale oder ist in das Fleisch des Tieres eingebettet. Immer aber hat sie als Kern einen kleinen harten Fremdkörper, etwa ein Sandkorn, um den sich im Lauf mehrerer Jahre Perlmutt in dünnen konzentrischen Schichten ablagert.«

»Findet man auch mehrere Perlen in einer einzigen Auster?« fragte Conseil.

»Ja, mein Junge. Es gibt bestimmte Perlmuscheln, die ein wahres Schmuckkästchen bilden. Man erzählt sogar von einer Auster, aber ich erlaube mir, es zu bezweifeln, die nicht weniger als hundertfünfzig Haifische enthielt.«

»Hundertfünfzig Haifische!« rief Ned Land aus.

»Habe ich ›Haifische‹ gesagt?« machte ich verlegen. »Ich meinte natürlich hundertfünfzig Perlen. Haifische hätten hier keinen Sinn.«

»In der Tat«, sagte Conseil. »Aber wird uns mein Herr nun erklären, wie man diese Perlen gewinnt?«

»Es gibt verschiedene Arten des Vorgehens, und manchmal, wenn die Perlen an den Schalen haften, reißen die Fischer sie sogar mit Pinzetten los. Aber gewöhnlich werden die Perlmuscheln auf geflochtenen Matten am Strand ausgelegt. Sie sterben an der Luft und befinden sich nach etwa zehn Tagen in einem befriedigenden Zustand der Verwesung. Man taucht sie dann in große Behälter voll Meerwasser, öffnet sie und wäscht sie. Jetzt beginnt die doppelte Arbeit der Ausnehmer. Zuerst trennen sie die Perlmuttschichten ab, die im Handel unter den Namen ›Erzsilber‹, ›Bastardweiß‹ und ›Bastardschwarz‹ bekannt sind und in Kisten von hundertfünfundzwanzig bis hundertfünfzig Kilo zur Lieferung kommen. Dann entfernen sie das Gewebe der Auster, kochen es aus und sieben es, damit ihnen auch nicht die kleinste Perle entgeht.«

»Richtet sich der Preis der Perlen nach ihrer Größe?« fragte Conseil.

»Nicht nur nach ihrer Größe«, antwortete ich, »sondern auch nach ihrer Form, nach ihrem *Wasser*, das heißt ihrer Farbe, und nach ihrem *Feuer*, das heißt dem schillernden Glanz, der sie dem Auge so angenehm macht. Die schönsten Perlen heißt man ›Jungfernperlen‹, sie bilden sich im Gewebe der Molluske und sind weiß, oft undurchsichtig, manchmal aber auch von opalartiger Transparenz, und gewöhnlich rund oder birnförmig. Rund verwendet man sie zu Armbändern, birnförmig zu Ohrgehängen, und da die birnförmigen die kostbarsten sind, werden sie stückweise verkauft. Die andern Perlen haften an der Austernschale und verkaufen sich, da sie unregelmäßig geformt sind, nach Gewicht. In eine untere Klasse schließlich gehören die ganz kleinen Perlen; sie werden auf Fäden aufgezogen, so verkauft und dienen vor allem zur Ausführung von Stickereien auf kirchlichen Gewändern.«

»Es muß eine langwierige und schwierige Arbeit sein, die Perlen nach ihrer Größe zu sortieren«, meinte der Kanadier.

»Nein, mein Freund. Man verwendet dazu elf Siebe mit verschieden großen Löchern. Die Perlen, die in den Sieben mit zwanzig bis achtzig Löchern zurückbleiben, sind von erster Güte. Die, welche nicht durch die Siebe mit hundert bis achthundert Löchern gehen, sind zweitklassig. Jene Perlen endlich, für die man Siebe mit neunhundert bis tausend Löchern braucht, sind die kleinsten und damit billigsten.«

»Das ist sinnreich«, anerkannte Conseil, »die Teilung, die Klassierung der Perlen geht also mechanisch vor sich. Und kann uns mein Herr sagen, was die Ausbeutung der Austernbänke einbringt?«

»Wenn man dem Buch von Sirr glauben will«, antwortete ich, »sind die Perlfischereien von Ceylon für die jährliche Summe von drei Millionen Haifischen verpachtet.«

»Francs!« berichtigte mich Conseil.

»Ja, Francs! Drei Millionen Francs«, verbesserte ich mich. »Aber ich glaube, diese Betriebe bringen nicht mehr so viel ein wie früher. Es ist dasselbe bei den amerikanischen, die, unter der Herrschaft von Karl V., vier Millionen Francs einbrachten, heute aber nur noch zwei Drittel davon. Kurz, man kann den Gesamtertrag der Perlenausbeutung auf neun Millionen Francs schätzen.«

»Aber«, erkundigte sich Conseil, »gibt es nicht

ein paar berühmte Perlen, die einen ungewöhnlich hohen Preis erzielten?«

»Ja, mein Junge. Man sagt, Caesar habe Servilia eine Perle geschenkt, die, in unsere Währung umgerechnet, auf hundertzwanzigtausend Francs geschätzt wurde.«

»Ich habe sogar gehört«, warf der Kanadier ein, »daß eine gewisse Dame der Antike Perlen in Essig aufgelöst trank.«

»Kleopatra«, präzisierte Conseil.

»Das muß schlecht geschmeckt haben«, lachte Ned Land.

»Abscheulich, Freund Ned«, antwortete Conseil; »aber für ein kleines Glas Essig sind anderthalb Millionen Francs ein hübscher Preis.«

»Leider habe nicht ich diese Dame geheiratet«, sagte der Kanadier.

»Ned Land als Gatte der Kleopatra!« rief Conseil.

»Aber ich hätte beinahe geheiratet, Conseil«, antwortete der Kanadier ernsthaft, »und es ist nicht meine Schuld, daß es nicht dazu kam. Ich hatte sogar ein Perlenhalsband gekauft für Kat Tender, meine Verlobte; doch sie hat einen andern geehelicht. Nun, dieses Halsband hatte mich nicht mehr als einen Dollar und fünfzig Cents gekostet, und dennoch – der Herr Professor mag es mir glauben – wären die Perlen, aus denen es bestand, nicht durch das Sieb mit zwanzig Löchern gegangen.«

»Mein lieber Ned«, erwiderte ich belustigt, »das waren künstliche Perlen, schlichte Glaskügelchen, deren Inneres mit Orientessenz überzogen ist.«

»Diese Orientessenz muß viel kosten«, vermutete der Kanadier.

»So gut wie nichts! Es ist nichts anderes als die silbrige Substanz der Schuppen des Königsfischs, die unter Wasser gewonnen und in Ammoniak aufbewahrt wird. Sie ist wertlos.«

»Vielleicht hat Kat Tender darum einen andern geheiratet«, meinte Meister Land philosophisch.

»Aber«, fuhr ich fort, »um auf die kostbaren Perlen zurückzukommen: Ich glaube, kein König hat je eine wertvollere Perle besessen als Kapitän Nemo.«

»Diese da«, nickte Conseil und wies auf das köstliche Kleinod in der Vitrine.

»Ich täusche mich sicher nicht, wenn ich sie auf zwei Millionen ...«

»Francs!« ergänzte Conseil rasch.

»Ja«, bestätigte ich, »zwei Millionen Francs schätze, und zweifellos hat sie den Kapitän nur die Mühe des Auflesens gekostet.«

»Ha!« rief Ned Land, »wer sagt uns, daß wir nicht morgen auf unserem Spaziergang eine gleichwertige finden!«

»Pah!« machte Conseil.

»Und warum nicht?«

»Was nützen uns Millionen an Bord des *Nautilus?*«

»An Bord nichts«, pflichtete ihm Ned Land bei, »aber ... anderswo.«

»Ach, anderswo!« sagte Conseil und schüttelte den Kopf.

»Doch«, widersprach ich, »Meister Land hat recht. Wenn wir eine Perle im Wert von mehreren Millionen nach Europa oder Amerika bringen, wird das mindestens unsere Berichte bestätigen und unseren Abenteuern einen großen Wert verleihen.«

»Das glaube ich auch«, unterstützte mich der Kanadier.

»Aber«, kam Conseil auf den Kern der Sache zurück, »ist diese Perlenfischerei gefährlich?«

»Nein«, antwortete ich lebhaft, »besonders dann nicht, wenn man gewisse Vorsichtsmaßnahmen trifft.«

»Was riskiert man schon in diesem Beruf?« sagte Ned Land: »Höchstens einige Schlücke Salzwasser!«

»Wie recht Sie doch haben, Ned. Nebenbei gefragt« – ich versuchte den gleichmütigen Tonfall Kapitän Nemos nachzuahmen – »haben Sie Angst vor Haien, tapferer Ned?«

»Ich, der ich Harpunier von Beruf bin?« antwortete der Kanadier. »In meinem Beruf nimmt man sie nicht ernst!«

»Es handelt sich nicht darum«, wandte ich ein, »sie mit einem Haifischhaken zu angeln, sie auf die Brücke eines Schiffes zu hissen, ihnen den

Schwanz abzuhacken, den Bauch aufzuschneiden, das Herz herauszureißen und sie ins Meer zu werfen ...«

»Dann handelt es sich also um ...?«

»Erraten.«

»Im Wasser?«

»Im Wasser.«

»Von mir aus, mit einer guten Harpune! Wissen Sie, diese Haifische sind recht ungeschlachte Tiere: Sie müssen sich auf den Bauch drehen, um Sie zu schnappen, und in dieser Zeit ...«

Ned Land hatte eine Art und Weise, das Wort ›schnappen‹ auszusprechen, daß es mir kalt den Rücken hinunterlief.

»Nun gut, und du, Conseil, was denkst du von diesen Haifischen?«

»Ich«, antwortete Conseil, »ich sage es offen heraus ...«

Was kam wohl jetzt?

»Wenn mein Herr den Haien die Stirn bietet«, sprach Conseil, »so sehe ich nicht ein, warum sein treuer Diener ihnen nicht zusammen mit ihm die Stirn bieten sollte!«

DRITTES KAPITEL

EINE PERLE VON ZEHN MILLIONEN

Die Nacht brach herein, und ich ging zu Bett. Ich schlief nicht gut. Die Haie spielten in meinen Träumen eine wichtige Rolle...

Am nächsten Morgen um vier Uhr früh wurde ich vom Steward geweckt, den Kapitän Nemo damit beauftragt hatte. Ich erhob mich sofort, kleidete mich an und ging in den Salon.

Dort erwartete mich Kapitän Nemo.

»Herr Aronnax«, begrüßte er mich, »sind Sie bereit?«

»Ich bin bereit.«

»Folgen Sie mir bitte.«

»Und meine Gefährten, Herr Kapitän?«

»Sie sind benachrichtigt und erwarten uns.«

»Ziehen wir unsere Tauchausrüstung nicht an?« fragte ich.

»Noch nicht. Ich habe den *Nautilus* nicht zu nahe an die Küste heranfahren lassen, wir sind von der Bank von Mannar noch ziemlich weit entfernt; aber ich habe das Boot, das uns zum Landeplatz bringt und uns damit einen ziemlich langen Weg erspart, bereitmachen lassen. Es trägt unsere Tauchgeräte, und wir werden uns erst kurz vor Beginn unserer Unterwasserexpedition umkleiden.«

Kapitän Nemo führte mich zur Mitteltreppe, über die man zur Plattform gelangte. Ned und Conseil waren bereits da, begeistert über die bevorstehende ›Vergnügungsfahrt‹. Fünf Matrosen des *Nautilus* erwarteten uns im Boot, das am Schiffsrumpf vertäut war.

Die Nacht war noch dunkel. Wolkenfelder bedeckten den Himmel, man sah nur wenige Sterne. Ich blickte zum Ufer hinüber, bemerkte aber bloß eine undeutliche Linie, die drei Viertel des Horizonts von Südwesten nach Nordwesten begrenzte. Der *Nautilus* war während der Nacht die Westküste von Ceylon hinaufgefahren und befand sich nun im Westen der Bucht. Dort, unter den schwarzen Wassern, erstreckte sich die Austernbank, ein unerschöpfliches Perlenfeld von mehr als zwanzig Meilen Länge.

Kapitän Nemo, Conseil, Ned Land und ich nahmen Platz im Heck. Der Bootsführer stellte sich an die Pinne, seine vier Gefährten ergriffen die Ruder, die Leine wurde eingeholt, und wir stießen ab.

Das Boot nahm Kurs auf Süden. Die Mannschaft hatte es nicht eilig: Ich beobachtete, daß ihre kräftigen Ruderschläge nur alle zehn Sekunden erfolgten, wie es bei der Kriegsmarine üblich ist. Während das Boot sein konstantes Tempo beibehielt, schlugen die Tropfen von den Rudern auf die schwarzen Wellen und platzten wie geschmolzenes Blei. Eine kleine Welle rollte von der offenen

See heran, brachte das Boot leicht zum Schlingern und brach sich am Bug.

Wir schwiegen. Woran dachte Kapitän Nemo? Vielleicht an das Land, dem wir uns näherten und das er zu nahe fand, im Gegensatz zum Kanadier, dem es noch zu weit entfernt schien. Was Conseil betraf, beschränkte er sich auf die Rolle des Zuschauers.

Gegen halb sechs Uhr ließ der anbrechende Tag die Silhouette der Küste deutlicher hervortreten. Ziemlich flach im Osten, hob sie sich gegen Süden etwas. Wir waren noch fünf Meilen entfernt, und das Ufer verschwamm mit dem dunstigen Wasser. Das Meer war öde. Kein Schiff, kein Taucher. Tiefe Einsamkeit lag über diesem Sammelort der Perlenfischer. Wie Kapitän Nemo mir bereits gesagt hatte, kamen wir einen Monat zu früh hierher.

Um sechs Uhr wurde es plötzlich Tag, wie immer in den tropischen Regionen, die weder morgens noch abends eine Dämmerung kennen. Die Sonnenstrahlen brachen durch den Wolkenvorhang am östlichen Horizont, und das leuchtende Gestirn erhob sich aus den Wellen.

Ich sah deutlich das Land mit vereinzelten Bäumen.

Das Boot hielt Kurs auf die Insel Mannar, die im Süden abgerundet war. Kapitän Nemo hatte sich erhoben und beobachtete das Meer.

Auf ein Zeichen Nemos wurde der Anker herabgelassen; die Tiefe betrug hier nicht mehr als einen Meter, wir befanden uns an einer der höchsten Stellen der Austernbank. Das Boot schwenkte alsbald unter dem Druck der Ebbe, die ins offene Meer hinausdrängte.

»Da wären wir, Herr Aronnax«, sagte Kapitän

Nemo. »Sie sehen diese geschlossene Bucht. Hier werden sich in einem Monat die zahlreichen Fischerboote versammeln, und es sind diese Gewässer, die die Taucher wagemutig absuchen werden. Für diese Art Fischerei ist die Bucht ausgezeichnet geeignet: Sie ist vor den stärksten Winden geschützt, und das Meer ist hier nie stürmisch; ein äußerst günstiger Umstand für die Arbeit der Taucher! Wir legen nun unsere Ausrüstung an und beginnen unsern Spaziergang.«

Ich gab keine Antwort, und während ich das Wasser argwöhnisch musterte, begann ich mit Hilfe der Bootsleute meinen schweren Meeranzug anzuziehen. Kapitän Nemo und meine beiden Gefährten kleideten sich ebenfalls an. Keiner der Leute des *Nautilus* sollte uns auf diesem Ausflug begleiten.

Bald steckten wir bis zum Hals in den Kautschukanzügen, und die Sauerstoffapparate wurden mit Riemen auf unsere Rücken geschnallt. Von dem Rühmkorffgerät sah ich nichts. Bevor ich den Kupferhelm aufsetzte, machte ich dem Kapitän eine Bemerkung darüber.

»Diese Geräte würden uns nichts nützen«, antwortete der Kapitän. »Wir gehen nicht in große Tiefen, und die Sonnenstrahlen genügen, um uns den Weg zu beleuchten. Übrigens wäre es nicht klug, in diesen Gewässern eine elektrische Laterne zu tragen. Ihr Schein könnte unerwartet einige gefährliche Bewohner dieser Gegenden anlocken.«

Während Kapitän Nemo dies sagte, wandte ich mich nach Conseil und Ned Land um. Aber meine beiden Freunde hatten den Metallhelm bereits aufgesetzt und konnten weder hören noch antworten.

Eine letzte Frage hatte ich noch an Kapitän Nemo zu richten:

»Und unsere Waffen«, erkundigte ich mich, »unsere Gewehre?«

»Gewehre! Wozu auch? Eure Bergbewohner greifen doch den Bären mit dem Messer an; ist der Stahl nicht sicherer als das Blei? Hier haben Sie eine feste Klinge. Stecken Sie sie in Ihren Gürtel! Gehen wir.«

Ich musterte meine Gefährten. Sie waren wie ich bewaffnet, Ned Land schwenkte außerdem eine gewaltige Harpune, die er im Boot verstaut hatte, bevor wir den *Nautilus* verließen.

Dem Beispiel des Kapitäns folgend, ließ ich mir die schwere Kupferkugel aufsetzen, und unsere Luftbehälter wurden unverzüglich in Tätigkeit gesetzt.

Einen Augenblick später waren uns die Bootsleute beim Aussteigen behilflich, und in einer Tiefe von anderthalb Metern setzten wir Fuß auf glatten Sand. Kapitän Nemo machte uns mit der Hand ein Zeichen. Wir folgten ihm und verschwanden über einen sanften Abhang in den Fluten.

Hier vergaß ich alle quälenden Vorstellungen und wurde erstaunlich ruhig. Die Schwerelosigkeit meiner Bewegungen erhöhte meine Zuversicht, und der seltsame Anblick fesselte meine Phantasie.

Die Sonne erhellte den Meeresboden schon ausreichend. Die kleinsten Einzelheiten waren zu sehen. Nach zehn Minuten Gehens befanden wir uns fünf Meter unter Wasser, und der Boden wurde fast eben.

Hinter uns erhoben sich wie Ketten von Schnepfen in einem Sumpf Schwärme von merkwürdigen Fischen der Art *Monopteri*, die keine andere Flosse als die Schwanzflosse besitzen. Ich erkannte den *Monopterus javanicus*, eine wahre Schlange von acht Dezimetern Länge, mit bleifarbenem Bauch; man könnte ihn leicht mit dem Meeraal verwechseln ohne die Goldlinien seiner Flanken. Bei der Art der *Stromateidae*, deren Körper zusammengedrückt und oval ist, bemerkte ich Exemplare in leuchtenden Farben, deren Rückenflosse an eine Sichel erinnerte, eßbare Fische, die getrocknet oder gepökelt eine ausgezeichnete Mahlzeit ergeben, bekannt als *Karawade;* weiter Vertreter der Art *Apsiphoroiden*, deren Körper von einem Schuppenpanzer mit acht der Länge nach verlaufenden Streifen bedeckt ist.

Je höher die Sonne stieg, desto heller wurde es im Wasser. Der Boden veränderte sich allmählich. Auf den feinen Sand folgte eine richtiggehende Straße von abgerundeten Felsbrocken, die mit einem Teppich von Mollusken und Zoophyten überzogen waren. Unter den Vertretern dieser beiden Stämme bemerkte ich *Placenae* mit dünnen und ungleichmäßigen Schalen, die hauptsächlich im Roten Meer und im Indischen Ozean vorkommen, pomeranzenfarbige Mondmuscheln mit kreisrunden Gehäusen, pfriemförmige Erdbohrer, einige der Purpurschnecken, die dem *Nautilus* eine prächtige Färbung verliehen, fünfzehn Zentimeter lange Stachelschnecken, die sich unter dem Wasser wie griffbereite Hände ausstreckten, mit Stacheln besetzte Kreiselschnecken, Zungenmuscheln, Büchsenmuscheln, eßbare Muscheln, die man auf den Märkten Vorderindiens findet, faszinierende Leuchtquallen, und schließlich Fächeralgen, die zu den schönsten Meerespflanzen gehören.

Inmitten dieser lebenden Pflanzen, Hydrophyten, bewegten sich zahlreiche Gliedertiere, insbesondere *Eriphia spinifrons,* deren Rückenschild ein leicht abgerundetes Dreieck bildet, *Birgella,* die für dieses Gebiet typisch sind, entsetzliche *Parthenopia,* deren Anblick dem Auge widerwärtig ist. Ein nicht weniger abscheuliches Tier, dem ich mehrmals begegnete, war jene Riesenkrabbe, die Darwin beschrieben hat und der die Natur den Instinkt und die nötige Kraft gibt, sich von Kokusnüssen zu ernähren. Sie klettert auf die Bäume am Ufer, bringt die Nuß zum Hinunterfallen, die beim Aufprallen gespalten wird, und knackt sie mit ihren starken Zangen auf. Hier, in diesem klaren Wasser, lief die Krabbe mit unvergleichlicher Behendigkeit umher, während die Seepocke, von der Art, die an der Malabarküste vorkommt, sich langsam zwischen den Felsen dahinschob.

Gegen sieben Uhr erreichten wir endlich die

Austernbank, auf der sich die Perlmuscheln zu Millionen vermehrten. Die kostbaren Mollusken hafteten an den Felsen und klebten daran richtig fest wegen der seideähnlichen Ausscheidung ihrer Byssusdrüse, die sie an Ort und Stelle festhält. Insofern sind diese Austern den andern Muscheln unterlegen, denn diesen verweigert die Natur nicht jede Fähigkeit zur Fortbewegung.

Die *Meleagrina vulgaris,* die Perlenmuschel, hat ein abgerundetes Gehäuse mit dicken Wänden, die an der Außenseite sehr rauh sind. Einige dieser Austernschalen waren geblättert und von grünlichen, vom Scharnier ausstrahlenden Bändern gefurcht. Sie gehörten jungen Tieren. Die andern, mit rauher und schwärzlicher Oberfläche, waren zehn und mehr Jahre alt und maßen bis zu fünfzehn Zentimetern Breite.

Kapitän Nemo wies mit der Hand auf diesen erstaunlichen Haufen von Perlmuscheln, und ich begriff, daß diese Fundgrube tatsächlich unerschöpflich war, denn die Schöpfungskraft der Natur ist größer als der Zerstörungstrieb des Menschen. Ned Land, getreu diesem Instinkt, beeilte sich, sein Netz mit den schönsten Exemplaren zu füllen.

Aber wir konnten uns nicht aufhalten. Wir mußten dem Kapitän folgen auf Pfaden, die nur ihm allein bekannt zu sein schienen. Der Boden stieg merklich an, und wenn ich den Arm hob, reichte ich mit der Hand aus dem Wasser. Dann fiel der Boden wieder ab. Oft bogen wir um hohe zerklüftete Felsen, die an kleine Pyramiden erinnerten. In ihren dunklen Spalten lauerten große Krebse, aufgerichtet auf ihren hohen Beinen wie Kriegsmaschinen, und fixierten uns mit ihren starren Augen; unter unseren Füßen krochen Seepeitschen, Schuppenwürmer, Nemertinen und Ringelwürmer, die ihre Fühler und Fangarme übermäßig ausstreckten.

Jetzt öffnete sich vor uns eine große Grotte, eine Höhlung in einer malerischen Felsengruppe, die fast zur Gänze mit Unterwasserpflanzen bedeckt war. Zuerst kam mir die Grotte völlig dunkel vor. Die Sonnenstrahlen schienen in ihr allmählich zu erlöschen. Das Wasser war von vager Transparenz.

Kapitän Nemo ging hinein. Wir folgten ihm. Meine Augen gewöhnten sich bald an das scheinbare Dunkel. Ich unterschied kapriziös gewundene Stalaktiten, die von der Decke herunterhingen, welche ihrerseits von natürlichen Pfeilern – die breit auf dem Granit saßen wie schwere, toskanische Säulen – gestützt wurden. Was bezweckte Kapitän Nemo damit, daß er uns in diese Krypta unter Wasser führte? Ich sollte es bald erfahren.

Nachdem wir einen ziemlich steilen Hang hinunter gestiegen waren, betraten wir den Grund eines kreisrunden Schachtes. Hier machte Kapitän Nemo halt und wies mit der Hand auf einen Gegenstand, den ich noch nicht bemerkt hatte.

Es war eine Auster von riesigem Ausmaß; ein ganzer See Weihwasser hätte in ihr Platz gehabt, ihr Becken war über zwei Meter breit und infolgedessen viel größer als das im Salon des *Nautilus*.

Ich näherte mich dieser phänomenalen Molluske. Mit ihrer Muschelseide haftete sie an einem Granittisch und entfaltete sich isoliert in den ruhigen Wassern der Grotte. Ich schätzte das Gewicht dieser Muschel auf dreihundert Kilo. Sie enthielt gut fünfzehn Kilo Fleisch, und es hätte des Magens eines Gargantua bedurft, sie zu verzehren.

Kapitän Nemo hatte offenbar von ihrer Existenz gewußt. Er besuchte sie nicht zum erstenmal, und wenn er uns hierherbrachte, tat er es wohl, um uns eine Naturkuriosität zu zeigen. Doch ich täuschte mich: Kapitän Nemo hatte einen besonderen Grund, den gegenwärtigen Zustand der Riesenmuschel festzustellen.

Die Schalen der Molluske waren halb geöffnet. Der Kapitän ging darauf zu und klemmte seinen Dolch dazwischen, damit sie sich nicht schließen konnte; dann hob er mit einer Hand die fransige, überlappende Haut, die den Mantel des Tieres bildete.

Drinnen zwischen den blattartigen Falten erblickte ich eine Perle, groß wie eine Kokosnuß. Ihre Kugelform, ihre vollkommene Klarheit, ihr wunderbarer Glanz machten sie zu einem Kleinod von unschätzbarem Preis. Von Neugierde erfaßt, streckte ich die Hand aus, um sie zu ergreifen, zu wägen, zu befühlen. Aber der Kapitän hielt mich zurück, machte ein verneinendes Zeichen und zog mit hastiger Bewegung seinen Dolch zurück, so daß die beiden Muschelschalen sich plötzlich schlossen.

Nun begriff ich die Absicht Kapitän Nemos. Wenn er diese Perle im Mantel der Muschel eingebettet ließ, erlaubte er ihr ein ungestörtes Wachstum. Mit jedem Jahr fügte die Sekretion der Molluske neue konzentrische Perlmuttschichten hinzu. Einzig der Kapitän kannte die Grotte, in der diese bewundernswürdige Frucht der Natur ›heranreifte‹; er züchtete sie, wenn man so sagen darf, um sie dann eines Tages in sein kostbares Museum zu verbringen. Vielleicht hatte er sogar, dem Beispiel der Chinesen und Inder folgend, diese Perle geplant, indem er in das Fleisch der Molluske ein Stück Glas oder Metall einführte, das sich allmählich mit Perlmutt überzog. Wie dem auch war, wenn ich diese Perle mit denen, die ich schon kannte, denen, die in der Sammlung des Kapitäns schimmerten, verglich, schätzte ich ihren Wert auf mindestens zehn Millionen Francs. Ein herrliches Spiel der Natur, kein luxuriöses Schmuckstück; denn welches Frauenohr hätte es schon tragen können!

Der Besuch bei der Riesenmuschel war beendigt. Kapitän Nemo verließ die Grotte, und wir stiegen wieder zur Austernbank hinauf, durch das klare Wasser, das noch nicht getrübt wurde durch die Arbeit der Taucher.

Wir gingen einzeln, jeder schlenderte dahin, blieb stehen oder entfernte sich nach Lust und Laune. Ich machte mir keine Sorgen mehr wegen der Gefahren, die meine Einbildungskraft so lächerlich übertrieben hatte. Der Boden stieg merklich an, und bald ragte mein Kopf einen Meter über die Wasseroberfläche. Conseil gesellte sich zu mir und, seinen Kugelhelm dem meinen nähernd, grüßte er mich freundschaftlich mit den Augen. Doch die Bodenerhebung maß nur einige Klafter, und bald waren wir wieder in unserem Element. Ich glaubte nunmehr das Recht zu haben, es so zu bezeichnen.

Zehn Minuten darauf blieb Kapitän Nemo plötzlich stehen. Ich glaubte, er wolle kehrtmachen. Doch nein. Mit einer Gebärde befahl er uns, sich neben ihm in einer großen Mulde hinzukauern. Seine Hand wies auf einen Punkt im Naß, und ich schaute aufmerksam hin.

Fünf Meter vor mir erschien ein Schatten und senkte sich bis zum Boden. Der beunruhigende Gedanke an Haie fuhr mir durch den Kopf. Aber ich täuschte mich, für dieses Mal hatten wir es nicht mit den Ungeheuern des Ozeans zu tun.

Es war ein Mann, ein lebender Mensch, ein Inder, ein Schwarzer, ein Fischer, ein armer Teufel zweifellos, der ernten kam vor der Ernte. Ich bemerkte den Kiel seines Bootes ein paar Fuß über seinem Kopf. Er tauchte mehrmals nacheinander und stieg wieder auf. Ein Stein in Zuckerhutform war mit einem Strick am Boot befestigt; er hielt ihn zwischen den Füßen und gelangte so schneller auf den Meeresboden. Das war seine ganze Ausrüstung. Auf dem Boden angelangt in ungefähr fünf Metern Tiefe, kniete er sich hastig hin und füllte seinen Beutel mit aufs Geratewohl zusammengerafften Perlmuscheln. Dann stieg er wieder auf, leerte den Beutel, zog den Stein herauf und begann mit dem Tauchen, das jeweils nur dreißig Sekunden dauerte, aufs neue.

Er sah uns nicht. Der Schatten des Felsens verbarg uns seinen Blicken. Und im übrigen, wie hätte dieser arme Inder je vermuten können, daß Menschen, Wesen wie er, da unter dem Wasser waren und jede seiner Bewegungen beobachteten.

So stieg er mehrmals auf und tauchte wieder. Jedesmal brachte er nicht mehr als etwa ein Dutzend Perlmuscheln herauf, denn er mußte sie von der Bank losreißen, an der sie festsaßen. Und wie viele Muscheln enthielten keine dieser Perlen, für die er sein Leben wagte!

Ich beobachtete ihn mit tiefer Aufmerksamkeit. Er arbeitete gleichmäßig, und für eine halbe Stunde schien ihm keine Gefahr zu drohen. Ich hatte mich bereits an das Schauspiel dieser interessanten Tätigkeit gewöhnt, als ich plötzlich sah, wie der Inder, der auf dem Boden kniete, erschrocken zusammenfuhr, sich aufrichtete und einen Satz machte, um sich in Sicherheit zu bringen.

Ich begriff sein Entsetzen. Ein gigantischer Schatten tauchte über dem Unglücklichen auf. Es war ein riesiger Hai, der sich ihm diagonal näherte, das Maul drohend aufgerissen!

Ich war stumm vor Grauen und jeder Bewegung unfähig.

Das gefräßige Tier schoß mit einem gewaltigen Schlag seiner Schwanzflosse auf den Inder zu, der sich zur Seite warf und den Zähnen des Hais wohl entging, nicht aber dem Peitschen seines Schwanzes, der ihn an der Brust traf und zu Boden schleuderte.

Diese Szene hatte kaum einige Sekunden gedauert. Der Hai griff wieder an, und indem er sich auf den Rücken drehte, schickte er sich an, den Inder zu zerfleischen. In diesem kritischen Augenblick erhob sich Kapitän Nemo, der neben mir kauerte, plötzlich. Den Dolch in der Hand, ging er geradenwegs auf das Ungeheuer zu, bereit, Leib an Leib mit ihm zu kämpfen.

Der Hai wollte gerade nach dem unglücklichen Fischer schnappen, als er seinen neuen Gegner entdeckte. Er drehte sich wieder auf den Bauch und schoß auf ihn zu.

Ich sehe die Szene noch vor mir. Geduckt erwartete Kapitän Nemo mit bewundernswerter Kaltblütigkeit den furchtbaren Hai, und als dieser sich auf ihn stürzte, warf er sich mit unglaublicher Behendigkeit zur Seite, entging dem Zusammenprall und stieß dem Ungeheuer seinen Dolch in den Bauch. Doch damit war es noch nicht fertig. Ein furchtbarer Kampf entspann sich.

Der Hai schnaubte vor Wut, wenn ich so sagen darf. Blut stürzte aus seinen Wunden. Das Meer

färbte sich rot, und in dem getrübten Wasser sah ich nichts mehr.

Ich sah nichts mehr, bis sich das Wasser für einen Augenblick aufklarte. Da erblickte ich den waghalsigen Kapitän, wie er sich an eine der

Flossen des Tieres klammerte, Leib an Leib mit dem Monstrum kämpfte und den Bauch seines Feindes mit Dolchstößen bearbeitete, ohne indes den entscheidenden Stoß führen zu können, das heißt, ihn mitten ins Herz zu treffen. Der Hai wühlte im Kampf wütend die Wassermassen auf, und ihre Wirbel drohten mich zu Boden zu strekken.

Ich hätte dem Kapitän zu Hilfe eilen wollen, aber ich war vor Schreck so erstarrt, daß ich kein Glied rühren konnte.

Verstörten Blickes schaute ich zu. Ich sah, daß der Kampf in ein neues Stadium eintrat. Der Kapitän stürzte zu Boden, zu Fall gebracht durch die gewaltige Masse, die auf ihm lastete. Dann öffneten sich die Kinnbacken des Hais weit, und es wäre mit dem Kapitän aus gewesen, wenn nicht Ned Land sich geistesgegenwärtig, die Harpune in der Faust, auf den Hai gestürzt und ihn durchbohrt hätte.

Das Wasser färbte sich blutig. Es wallte auf unter den Bewegungen des Hais, der es mit unbeschreiblicher Raserei peitschte. Ned Land hatte sein Ziel nicht verfehlt. Der Hai stieß ein Todesröcheln aus. Ins Herz getroffen, wand er sich in fürchterlichen Zuckungen, deren Schlag Conseil umwarf.

Inzwischen hatte Ned Land den Kapitän befreit. Dieser erhob sich unverletzt, ging stracks auf den Inder zu, durchschnitt den Strick, der ihn mit dem Stein verband, nahm ihn in seine Arme, stieß kräftig mit dem Fuße ab und stieg an die Oberfläche.

Wir folgten ihm alle drei, und in wenigen Augenblicken erreichten wir, wie durch ein Wunder gerettet, das Boot des Fischers.

Die erste Sorge Kapitän Nemos galt der Wiederbelebung des Unglücklichen. Ich wußte nicht, ob es ihm gelingen würde. Ich hoffte es, da der arme Teufel nicht viel Wasser geschluckt hatte. Der Schlag, den er durch den Haifischschwanz erlitten hatte, konnte ihn getötet haben.

Glücklicherweise sah ich, wie er unter der kräftigen Massage von Conseil und dem Kapitän nach und nach wieder zum Bewußtsein kam. Er schlug die Augen auf. Wie groß mußte seine Überraschung, ja sein Entsetzen sein, zu sehen, daß sich vier dicke Kupferköpfe über ihn beugten!

Und vor allem, was mußte er denken, als Kapitän Nemo aus einer Tasche seines Anzugs ein Säckchen Perlen hervorholte und es ihm in die Hand drückte? Mit zitternder Hand nahm der arme Inder die großmütige Gabe entgegen. Seine bestürzten Blicke bewiesen im übrigen, daß er nicht wußte, welchen übermenschlichen Wesen er Glück und Leben zu verdanken hatte.

Auf ein Zeichen des Kapitäns begaben wir uns zur Austernbank zurück, und indem wir auf demselben Weg zurückkehrten, erreichten wir nach einer halben Stunde den Anker, der das Boot des *Nautilus* festhielt.

Im Boot entledigten wir uns mit Hilfe der Matrosen unserer schweren Kupferhelme.

Das erste Wort Kapitän Nemos galt dem Kanadier.

»Ich danke Ihnen, Meister Land«, sagte er zu ihm.

»Es war eine Revanche, Kapitän«, erwiderte Ned Land. »Ich war sie Ihnen schuldig.«

Ein bleiches Lächeln glitt über die Lippen des Kapitäns – das war alles.

»Zum *Nautilus*«, befahl er.

Das Boot flog auf den Wogen dahin. Einige Minuten später begegneten wir dem Kadaver des Haies, der auf dem Wasser trieb.

An der schwarzen Farbe am äußersten Ende seiner Flossen erkannte ich den gefürchteten Menschenhai. Seine Länge betrug über fünfundzwanzig Fuß, die Schnauze war ein Drittel so lang wie der Körper.

Es war ein ausgewachsenes Tier, man sah es an den sechs Reihen von Zähnen, die im Oberkiefer gleichschenkligen Dreiecken glichen.

Conseil betrachtete ihn mit wissenschaftlichem Interesse, und ich bin überzeugt, daß er ihn völlig zu Recht einordnete in die Klasse der Knorpelfische, Ordnung *Chondropterygii,* Familie *Selachii,* Gattung Haie.

Während ich noch die leblose Masse betrachtete,

erschien plötzlich ein ganzes Dutzend dieser gefräßigen Haifische; ohne sich um uns zu kümmern, stürzten sie sich auf den Kadaver und machten einander die besten Stücke streitig.

Um halb neun waren wir wieder an Bord des *Nautilus*.

Dort begann ich über die Abenteuer auf unserem Ausflug zur Austernbank von Mannar nachzudenken. Zwei Ereignisse stachen besonders scharf hervor. Das eine war die unvergleichliche Kühnheit Kapitän Nemos, das andere seine Aufopferung für ein menschliches Wesen, einen Vertreter der Rasse also, vor der er in die Tiefe der Meere floh. Dieser seltsame Mann, was immer er auch sagen mochte, war noch nicht soweit gekommen, sein Herz völlig abzutöten.

Als ich ihm das sagte, antwortete er mir in leicht bewegtem Tone:

»Dieser Inder, Herr Professor, gehört zum Volke der Unterdrückten, und zu diesem Volke gehöre ich doch auch, und ich werde bis zu meinem letzten Atemzuge zu ihm gehören!«

VIERTES KAPITEL

DAS ROTE MEER

Am 29. Januar verschwand die Insel Ceylon unter den Horizont, und der *Nautilus* glitt mit einer Geschwindigkeit von zwanzig Meilen die Stunde in das Labyrinth von Fahrrinnen, das die Malediven- von den Lakkadiven-Inseln trennt. Er fuhr an der Koralleninsel Kittan vorbei, die 1499 von Vasco da Gama entdeckt wurde und eine der neunzehn Hauptinseln dieses Archipels der Lakkadiven ist; sie liegt zwischen 10° und 14°30′ nördlicher Breite und 69° und 50°72′ östlicher Länge.

Am nächsten Tag, dem 30. Januar, stieg der *Nautilus* an die Oberfläche; es war kein Land mehr in Sicht. Er hielt Kurs nach Nordnordwest, auf den Golf von Oman zu, der zwischen Arabien und dem indischen Subkontinent liegt und dem Persischen Golf als Ausgang dient.

Es war offensichtlich eine Sackgasse. Wohin nur führte uns Kapitän Nemo? Ich hätte es nicht zu sagen gewußt. Doch damit gab sich der Kanadier nicht zufrieden, der mich an diesem Tage fragte, wohin wir eigentlich gingen.

»Meister Ned, wir gehen dorthin, wohin uns die Laune des Kapitäns führt.«

»Diese Laune«, antwortete der Kanadier, »kann

uns nicht weit bringen. Der Persische Golf hat keinen Ausgang, und wenn wir hineinfahren, müssen wir wieder kehrtmachen.«

»Nun gut, dann kommen wir eben zurück, Meister Land, und wenn der *Nautilus* nach dem Persischen Golf das Rote Meer aufsuchen will, läßt ihn die Straße von Bab el Mandeb immer durch.«

»Ich brauche Ihnen nicht zu sagen, mein Herr«, gab Ned Land zurück, »daß das Rote Meer nicht weniger eine Sackgasse ist als der Persische Golf, denn die Landenge von Suez ist noch nicht durchstochen. Und wäre sie es, so würde sich ein geheimnisvolles Schiff wie das unsere nicht in die von Schleusen unterbrochenen Kanäle wagen. Also ist das Rote Meer nicht der Weg, der uns nach Europa zurückführen wird.«

»Ich habe auch gar nicht gesagt, daß wir nach Europa zurückkommen werden.«

»Was anderes nehmen Sie dann an?«

»Ich nehme an, daß der *Nautilus*, nachdem er die merkwürdigen Gegenden von Arabien und Ägypten aufgesucht hat, ins Indische Meer zurückkehren wird, vielleicht durch die Straße von Moçambique, vielleicht außerhalb der Maskarenen-Inseln, um zum Kap der Guten Hoffnung zu gelangen.«

»Und wenn wir am Kap der Guten Hoffnung sind?« fragte der Kanadier mit aufreizender Beharrlichkeit.

»Nun, dann dringen wir in den Atlantischen

Ozean vor, den wir noch nicht kennen. Aber Freund Ned, Sie werden also dieser Unterwasserreise müde? Sie stumpfen ab gegen das immer wieder neue Schauspiel der Wunderwelt unter Wasser? Ich für mein Teil werde mich ärgern, wenn diese Reise, die zu machen so wenigen Menschen vergönnt ist, zu Ende sein wird.«

»Aber wissen Sie, Herr Aronnax«, gab der Kanadier zurück, »daß wir nun schon bald drei Monate an Bord dieses *Nautilus* gefangen sind?«

»Nein, Ned, ich weiß es nicht und ich will es nicht wissen, ich zähle weder die Tage noch die Stunden.«

»Aber das Ende?«

»Das Ende wird zu seiner Zeit kommen. Im übrigen haben wir keinen Einfluß darauf, und jedes Diskutieren darüber ist überflüssig. Wenn Sie kämen und zu mir sagten, mein braver Ned: ›Es bietet sich uns eine Möglichkeit zum Fliehen‹, dann würde ich diese Möglichkeit mit Ihnen diskutieren. Aber dies ist nicht der Fall, und, offen gesagt, ich glaube nicht, daß Kapitän Nemo sich je in die europäischen Meere vorwagt.«

Aus diesem kurzen Zwiegespräch wird man ersehen, daß ich mich mit dem *Nautilus* und seinem Kommandanten identifizierte.

Was Ned Land anging, beendete er das Gespräch mit einem Monolog: »All das ist schön und recht und gut, aber wo es Zwang gibt, gibt es meiner Meinung nach kein Vergnügen mehr.«

Während vier Tagen, bis zum 3. Februar, kreuzte der *Nautilus* im Golf von Oman verschieden schnell und in verschiedenen Tiefen, wie aufs Geratewohl, als wäre er unschlüssig, welche Route er einschlagen sollte; den Wendekreis des Krebses jedoch überquerte er nie.

Als wir den Golf schließlich hinter uns ließen, kam kurz Maskat in Sicht, die wichtigste Stadt Omans. Ich bewunderte ihr fremdländisches Aussehen; sie lag inmitten von schwarzen Felsen, von denen sich ihre Häuser und Befestigungen grellweiß abhoben. Ich konnte die runde Kuppel ihrer Moscheen erkennen, die eleganten Nadeln ihrer Minarette, ihre frischen grünen Terrassengärten. Aber es war nur eine Vision, und der *Nautilus* tauchte bald wieder unter die dunklen Wasser.

Dann folgte er, sechs Meilen vom Land, den arabischen Küsten von Mahra und Hadramaut mit ihren wellenförmigen Erhebungen, auf denen sich einige alte Ruinen erhoben. Am 5. Februar schließlich erreichten wir den Golf von Aden, diesen Trichter im Flaschenhals von Bab el Mandeb, der die indischen Gewässer ins Rote Meer schleust.

Am 6. Februar befand sich der *Nautilus* vor Aden. Die Stadt liegt auf einem Vorgebirge, das durch einen engen Isthmus mit dem Kontinent verbunden ist; es ist eine Art unzugängliches Gibraltar, und die Engländer haben es neu befestigt, nachdem sie sich seiner 1839 bemächtigten. Ich erkannte die achteckigen Minarette dieser Stadt, die ehemals der reichste und geschäftigste Umschlagplatz der Küste war, wenn man dem Geschichtsschreiber und Geographen Edrisi glauben will.

Ich nahm an, Kapitän Nemo würde an diesem Punkt umkehren; aber ich täuschte mich; zu meiner großen Überraschung tat er es nicht.

Am nächsten Tag, dem 7. Februar, liefen wir in die Straße von Bab el Mandeb ein, deren arabischer Name auf deutsch ›Pforte der Tränen‹ bedeutet. Bei zwanzig Meilen Breite ist sie nur zweiundfünfzig Kilometer lang, und der *Nautilus*, der mit voller Geschwindigkeit fuhr, brauchte kaum eine Stunde, um sie zu passieren. Ich sah nichts, nicht einmal die Insel Perim, mit der die Briten die Position von Aden gestärkt haben. Zu viele englische und französische Dampfer der Linien von Suez nach Bombay, Kalkutta, Melbourne, Bourbon, Mauritius befuhren diese enge Passage, als daß der *Nautilus* es hätte wagen können, sich zu zeigen. Er hielt sich vorsichtig unter Wasser.

Mittags waren wir im Roten Meer.

Das Rote Meer, berühmt aus dem Alten Testament, kennt kaum Regenfälle, kein großer Fluß führt ihm Wasser zu, und infolge der übermäßigen Verdunstung geht es jährlich um anderthalb Meter zurück. Wäre der Golf ein Binnensee, so wäre er vielleicht längst völlig ausgetrocknet; darin ist er seinen Nachbarn, dem Kaspischen und dem Toten Meer, unterlegen, denn ihr Spiegel hat sich nur soweit gesenkt, als ihre Verdunstung der Zunahme durch unterirdische Zuflüsse entspricht.

Das Rote Meer ist zweitausendsechshundert Kilometer lang bei einer durchschnittlichen Breite von zweihundertvierzig Kilometern. Zur Zeit der Ptolemäer und der römischen Kaiser bildete es die große Handelsader der Welt, und die Durchstechung der Landenge von Suez wird ihm diese frühere Bedeutung zurückgeben, wie es schon teilweise die Eisenbahnen der Landenge getan haben.

Ich gab mir gar keine Mühe, zu untersuchen, welche Laune Kapitän Nemo dazu bewogen hatte, uns hierher zu bringen. Ich billigte seinen Entschluß vorbehaltlos. Der *Nautilus* fuhr mit mittlerer Geschwindigkeit; bald hielt er sich an der Oberfläche, bald tauchte er unter, um irgendeinem Schiff aus dem Wege zu gehen, und so konnte ich das Innere und das Obere dieses so interessanten Meeres beobachten.

Am 8. Februar, in den frühen Morgenstunden, kam Mokka in Sicht, eine heute zur Bedeutungslosigkeit herabgesunkene Stadt, deren Mauern schon bei einem Flintenknall einstürzen und wo es nur noch einige Dattelpalmen zu geben scheint. Früher war es eine wichtige Stadt mit sechs öffentlichen Märkten, sechsundzwanzig Moscheen und einem drei Kilometer langen Mauergürtel, bewehrt mit vierzehn Forts.

Dann näherte sich der *Nautilus* den afrikanischen Küsten, wo das Meer beträchtlich tiefer

ist. In seinem kristallklaren Wasser konnten wir durch die Scheiben prachtvoll leuchtende Korallenbüsche betrachten und Felsen, die mit einem grünen Teppich von Algen und Seegras bedeckt waren. Welch unbeschreiblicher Anblick, welche

Vielfalt dieser vulkanischen Klippen und Inselchen! In seiner ganzen Schönheit jedoch erschien dieser Pflanzenwuchs an den Ostküsten, denen sich der *Nautilus* nun näherte. Es waren die Küsten von Tehama, wo diese Ausstellungen von Tierpflanzen nicht nur unter dem Meeresspiegel blühten, sondern auch malerische Geflechte bis zwanzig Meter über der Wasserfläche bildeten. Die in der Luft waren kapriziöser geformt, aber weniger farbenbunt als die unter dem Wasser, die immer frisch blieben.

Was für angenehme Stunden verbrachte ich so am Fenster des Salons! Was für neue Vertreter der Flora und Fauna des Meeres bewunderte ich im Scheine unserer elektrischen Lampe! Milbenförmige Pilzkorallen, schieferfarbene Seenesseln, darunter *Thalassianthus aster*, Orgelkorallen, die wie Pfeifen angeordnet waren und nur den Odem Gott Pans zu erwarten schienen, heimische Muscheln dieses Meeres, die sich in Korallenhöhlen festsetzen und deren Fuß eine kurze Spirale bildet, und schließlich tausend Arten eines Hohltiers, das ich bis dahin noch nicht beobachtet hatte: der gemeine Schwamm.

Zur Klasse der Schwämme, erster Unterstamm der Hohl- oder Schlauchtiere, gehört ein sonderbares Ding, dessen Nützlichkeit unbestreitbar ist: der Körperschwamm. Der Schwamm ist keineswegs eine Pflanze, wie gewisse Naturalisten es heute noch behaupten, sondern ein Tier niederer

Ordnung, das unter der Koralle steht. Daß es sich um ein Tier handelt, steht fest, und wir können uns auch nicht der Ansicht unserer Vorfahren anschließen, die den Schwamm für ein Mittelding zwischen Pflanze und Tier hielten. Ich muß indes gestehen, daß die Naturalisten sich nicht einig sind über die Einreihung des Schwamms. Die einen halten ihn für ein Hohltier, die andern – wie Milne-Edwards – für eine eigenständige Art.

Die Klasse der Schwämme umfaßt ungefähr dreihundert Gattungen, die sich in vielen Meeren und sogar in bestimmten Wasserläufen finden. Hauptsächlich aber kommen sie im Mittelmeer, im griechischen Archipel, an der Küste Syriens und im Roten Meer vor. Dort vermehren und entwickeln sich die feinen, griffigen Schwämme, die bis zu hundertfünfzig Francs kosten, der blonde Schwamm von Syrien, der harte Schwamm der Berberei etc. Da ich aber nicht hoffen konnte, diese Tierpflanzen auf den Märkten der Mittelmeerhäfen, von denen wir durch die Landenge von Suez getrennt waren, zu studieren, begnügte ich mich damit, sie in den Gewässern des Roten Meeres zu beobachten.

Ich rief also Conseil an meine Seite, als der *Nautilus* in einer mittleren Tiefe von acht bis neun Meter langsam diesen schönen Felsen der östlichen Küste entlangfuhr.

Dort wuchsen Schwämme jeder Form, gestielte, blattartige, kugelige, fingerförmige. Sie rechtfertigten weitgehend die Bezeichnungen ›Körbe‹, ›Kelche‹, ›Kunkel‹, ›Elchgeweih‹, ›Löwentatze‹, ›Pfauenschwanz‹, ›Handschuh des Neptun‹, die ihnen die Fischer, die größere Poeten sind als die Gelehrten, zugelegt haben. Aus ihrem faserigen Gewebe, das mit einer halbflüssigen gallertartigen Substanz bedeckt war, entwichen unablässig dünne Wasserstrahlen, die, nachdem sie in jede Zelle Leben gebracht hatten, durch Kontraktion ausgeschleudert wurden. Der Gallertbezug verschwindet nach dem Tod des Tieres, er verfault, indem er Ammoniak freisetzt. Übrig bleiben nur diese hornartigen Fibern, die eine rotgelbe Farbe annehmen und aus denen auch der Haushaltsschwamm besteht, der zu verschiedenen Zwecken verwendet wird, je nach dem Grad seiner Elastizität, Durchlässigkeit und Saugfähigkeit.

Diese Hohltiere hafteten an Felsen, an Muschelgehäusen und sogar an den Stengeln von Wasserpflanzen. Sie schmückten die kleinsten Unebenheiten, die einen breit wuchernd, die andern in die Höhe strebend oder hängend wie korallenartige Auswüchse. Ich belehrte Conseil, daß diese Schwämme auf zwei Arten gefischt werden, mit dem Scharrnetz oder von Hand.

Die letztere Methode, die den Einsatz von Tauchern erfordert, ist vorzuziehen, denn sie schont das Gewebe des Schwammes und erhält ihm damit einen höheren Wert.

Die anderen Tierpflanzen, die bei den Schwämmen wucherten, waren hauptsächlich Medusen einer sehr eleganten Art; die Mollusken waren vertreten durch verschiedene Kalmare, die – laut d'Orbigny – typisch sind für das Rote Meer, und die Reptilien durch Schildkröten der Art *Virgata*, die ein gesundes und schmackhaftes Fleisch liefern.

Was die Fische anging, waren sie zahlreich und teilweise auffallend. Hier folgt eine Aufzählung der Sorten, die sich am häufigsten in den Netzen des *Nautilus* fanden: Rochen, darunter die ovalen Giftflundern, von ziegelroter Farbe, mit unregelmäßigen blauen Flecken und erkenntlich an ihrem gezähnten Doppelstachel; Arnacks mit silbrigem Rücken, Stechrochen mit getupftem Schwanz und Bockats von zwei Metern Länge, die an im Wasser schwebende Mäntel erinnerten, völlig zahnlose Aodonten, dem Hai ähnliche Knorpelfische, eine Art Kofferfische, die an Dromedare erinnerten, denn sie trugen einen Höcker, der in einem gebogenen Stachel von anderthalb Fuß Länge endete, unheimliche Schlangenfische, Muränen mit silbrigem Schwanz, bläulichem Rücken und braunem, grau gesäumtem Brustschild; goldgestreifte Deckenfische in den Farben Frankreichs, Schleimfische, *Blennius gattorugine*, ungefähr vier Dezimeter lang, eindrucksvolle Stachelmakrelen mit sieben schwarzen Querbändern, blauen und gelben Flossen und mit Schuppen, die wie Gold und Silber schimmern, Streifenbarben, *Mullus surmuletus*, mit roter Längsbinde vom Auge zum Schwanz, Papageienfische, Lippfische, Hornfische, Grundeln und tausend andere Fische, die wir bereits von den andern Meeren her kannten.

Am 9. Februar befand sich der *Nautilus* an der breitesten Stelle des Roten Meers mit einem Durchmesser von hundertneunzig Meilen, zwischen Suakin an der Westküste und Qunfidha gegenüber im Osten.

Am Mittag dieses Tages, nachdem die Position des Schiffs bestimmt worden war, stieg Kapitän Nemo auf die Plattform, wo ich mich befand. Ich nahm mir vor, ihn nicht weggehen zu lassen, ohne ihn über seine weiteren Pläne ausgehorcht zu haben. Als er mich bemerkte, trat er auf mich zu, bot mir eine Zigarre an und begann:

»Nun, Herr Professor, wie gefällt Ihnen das Rote Meer? Haben Sie sich schon satt gesehen an seinen Wundern, an seinen Fischen und Tierpflanzen, seinen Schwammteppichen und Korallenwäldern? Haben Sie einen Blick auf die Städte an seinen Ufern geworfen?«

»Ja, Kapitän Nemo«, antwortete ich, »und der *Nautilus* eignet sich wunderbar zu solchen Studien. Er ist ein intelligent gebautes Schiff!«

»Ja, mein Herr, er ist intelligent, kühn und unverletzlich! Er fürchtet weder die schrecklichen Stürme des Roten Meeres noch seine Strömungen oder seine Klippen.«

»In der Tat«, meinte ich, »man hält dieses Meer für eines der schlimmsten, und wenn ich mich nicht täusche, hatte es schon im Altertum einen miserablen Ruf.«

»Stimmt, Herr Aronnax. Die griechischen und

römischen Schriftsteller wissen nichts Gutes von ihm zu sagen, und Strabo behauptet, es sei besonders arg in der Regenzeit und wenn die sommerlichen Nordwinde wehen. Der Araber Edrisi, der es unter dem Namen ›Golf von Kolzum‹ beschreibt, erzählt, daß viele Schiffe auf seinen Sandbänken strandeten und kein Mensch sich nachts aufs Wasser hinauswage. Es sei, behauptet er, ein Meer mit entsetzlichen Orkanen, mit unwirtlichen Inseln übersät, das weder in seinen Tiefen noch auf seiner Oberfläche ›etwas Gutes biete‹. Diese Meinung teilen auch Arrianus, Agatharchidos und Artemidor.«

»Man sieht«, erwiderte ich, »diese Schriftsteller sind nicht an Bord des *Nautilus* gereist.«

»In der Tat«, sagte der Kapitän lächelnd, »und was das anbelangt, sind die Modernen nicht viel weiter als die Alten. Es brauchte viele Jahrhunderte, um die antreibende Kraft des Dampfes zu entdecken. Wer weiß, ob es in hundert Jahren einen zweiten *Nautilus* geben wird! Der Fortschritt läßt sich Zeit, Herr Aronnax.«

»Es ist wahr«, antwortete ich, »Ihr Schiff ist seiner Zeit um ein Jahrhundert, um mehrere vielleicht sogar, voraus. Welch ein Verlust, daß ein solches Geheimnis mit seinem Erfinder untergehen muß!«

Kapitän Nemo gab keine Antwort. Nach einigen Minuten des Schweigens sagte er:

»Wir sprachen von der Ansicht der alten Geschichtsschreiber über die Gefahren, die der Schiffahrt auf dem Roten Meer dräuen.«

»Richtig«, bestätigte ich, »aber waren ihre Befürchtungen nicht übertrieben?«

»Ja und nein, Herr Aronnax«, meinte Kapitän Nemo, der anscheinend ›sein‹ Rotes Meer gründlich zu kennen schien. »Was keine Gefahr mehr bietet für ein solide konstruiertes, gut getakeltes modernes Schiff, das dank der Dampfkraft Herr über seinen Kurs bleibt, bot für die Fahrzeuge des Altertums mannigfache Risiken. Man muß sich diese ersten Seefahrer vorstellen, wie sie sich hinauswagten auf Barken, deren Planken mit Seilen aus Palmenfasern verbunden waren, mit zerstoßenem Harz dicht gemacht und bestrichen mit Seehundsfett. Sie hatten keinerlei Instrumente, um ihren Kurs zu bestimmen, und segelten aufs Geratewohl inmitten von Strömungen, die sie kaum kannten. Unter diesen Umständen waren Schiffbrüche notgedrungen häufig. Aber in unserer Zeit haben die Dampfer, die den Dienst zwischen Suez und den südlichen Meeren versehen, trotz der widrigen Monsune nichts mehr zu befürchten von den Zornesausbrüchen dieses Meeres. Ihre Kapitäne und Passagiere bringen nicht mehr vorsorglich Sühneopfer, bevor sie in See stechen, und bei der Rückkehr gehen sie nicht mehr, geschmückt mit Blumengirlanden und goldenen Bändern, in den nächstbesten Tempel, um den Göttern zu danken.«

»Ich pflichte Ihnen bei«, sagte ich, »der Dampf scheint im Herzen der Seefahrer die Dankbarkeit erstickt zu haben. Aber, Kapitän, da Sie offenbar dieses Meer besonders gut kennen, können Sie mir vielleicht sagen, woher es seinen Namen hat?«

»Dafür, Herr Aronnax, gibt es mehrere Erklärungen. Wollen Sie die Ansicht eines Chronisten aus dem 14. Jahrhundert hören?«

»Gern.«

»Dieser Schwärmer behauptet, das Rote Meer habe seinen Namen nach dem Durchgang der Israeliten bekommen, nachdem der Pharao in seinen Fluten, die sich auf Moses' Gebot über ihm schlossen, umgekommen war:

Zum Zeichen dieses Wunders
ward purpurrot das Meer.
Was Wunder, daß man's nannte
fortan das Rote Meer.«

»Eine dichterische Erklärung, Kapitän Nemo«, anerkannte ich, »aber sie genügt mir nicht. Ich bitte Sie daher um Ihre persönliche Ansicht.«

»Sie sollen sie hören. Ich glaube, Herr Aronnax, diese Benennung ›Rotes Meer‹ ist eine Übersetzung des hebräischen Wortes ›Edrom‹, und wenn die Alten ihm diesen Namen gaben, geschah es wegen der eigentümlichen Färbung des Wassers.«

»Bis jetzt habe ich nur durchsichtiges Wasser ohne jede besondere Färbung gesehen.«

»Sicher, aber je näher wir Suez kommen, desto

eher werden Sie dieses einzigartige Phänomen beobachten können. Ich erinnere mich, die Bucht von Tor völlig rot gesehen zu haben wie einen See von Blut.«

»Und diese Farbe führen Sie auf eine mikroskopisch kleine Alge zurück?«

»Ja. Es ist eine purpurrote, schleimige Materie, hervorgebracht durch die sogenannten ›Blutalgen‹, *Trichodesmium erythraeum;* es gehen ihrer vierzigtausend auf den Quadratmillimeter. Vielleicht sehen Sie das Phänomen, wenn wir in Tor sein werden.«

»Es ist also nicht das erstemal, Kapitän Nemo, daß Sie mit dem *Nautilus* im Roten Meer sind?«

»Nein, mein Herr.«

»Vorhin haben Sie vom Durchgang der Israeliten und vom Untergang des ägyptischen Heeres gesprochen; darf ich fragen, ob Sie auf dem Meeresboden Spuren dieses großen historischen Ereignisses gefunden haben?«

»Nein, Herr Professor; aus einem bestimmten Grunde ist das unmöglich.«

»Aus welchem?«

»Weil die Stelle, an der Moses mit seinem Volke durchs Meer gezogen ist, heute so versandet ist, daß sich die Kamele dort kaum mehr ihre Beine baden können. Sie begreifen, daß mein *Nautilus* nicht genug Wasser hätte.«

»Und diese Stelle ...?« fragte ich gespannt.

»Diese Stelle liegt etwas weiter oben als Suez,

in jenem Arm, der damals eine tiefe Bucht bildete, als das Rote Meer sich bis zum Großen Bitter-See erstreckte. Ob nun dieser Durchgang wunderbar sei oder nicht, auf jeden Fall sind die Israeliten dort durchgekommen, um ins Gelobte Land zu gelangen, und die Armee Pharaos ist genau an dieser Stelle vernichtet worden. Ich glaube daher, daß Grabungen in diesen Sanddünen eine große Menge Waffen und Geräte ägyptischen Ursprungs zutage fördern würden.«

»Das klingt einleuchtend«, erwiderte ich, »und für die Archäologen bleibt zu hoffen, daß diese Grabungen früher oder später unternommen werden, denn neue Städte werden auf diesem Isthmus nach dem Durchstich des Kanals von Suez entstehen. Ein Kanal, der für ein Schiff wie den *Nautilus* völlig unnütz ist!«

»Zweifellos, dafür aber nützlich für die ganze Welt«, gab Kapitän Nemo zu bedenken. »Die Alten hatten diese Nützlichkeit für ihre Handelsgeschäfte erkannt; die Nützlichkeit nämlich, eine Verbindung zwischen dem Roten Meer und dem Mittelmeer zu haben – aber sie kamen nicht auf den Gedanken, einen direkten Kanal zu graben, sondern sie nahmen den Nil als Zwischenglied. Sehr wahrscheinlich wurde der Kanal, der den Nil mit dem Roten Meer verband, unter Sesostris in Angriff genommen, so will es wenigstens die Überlieferung. Es steht jedenfalls fest, daß 615 Jahre vor Christi Geburt Necos die Arbeiten an einem von den Wassern des Nils gespeisten Kanal durch die ägyptische Ebene, die Arabien gegenüberliegt, begannen. Die Durchfahrt des Kanals erforderte vier Tage, und er war breit genug, daß zwei Triremen aneinander vorbeikamen. Darius, der Sohn Hystaspes', hatte die Arbeiten am Kanal fortgesetzt, und sie wurden wahrscheinlich von Ptolemäus II. beendet. Er war schiffbar, als Strabo ihn sah; aber infolge des schwachen Gefälles zwischen seinem Ausgangspunkt, nahe Bubaste, und dem Roten Meer konnte er nur während einigen Monaten des Jahres befahren werden. Der Kanal diente dem Handel bis ins Jahrhundert der römischen Adoptivkaiser; aufgegeben, versandet, dann auf Befehl des Kalifen Omar wiederhergestellt, wurde er 761 oder 762 durch den Kalifen Al-Mansur endgültig zugeschüttet, weil dieser verhindern wollte, daß Lebensmittel zu Mohammed ben Abdallah gelangten, der sich gegen ihn erhoben hatte. Auf seiner Expedition nach Ägypten fand euer General Bonaparte die Spuren dieser Anlagen in der Wüste von Suez, und, überrascht von einem Sandsturm, wäre er beinahe umgekommen – genau dort, wo Moses dreitausenddreihundert Jahre vor ihm sein Lager aufgeschlagen hatte.«

»Ja, Herr Kapitän, was die Alten nicht zu unternehmen wagten, diese Verbindung zwischen den beiden Meeren, die die Route von Cadix nach Indien um neuntausend Kilometer verkürzt, das hat Herr de Lesseps getan, und über kurzem wird er Afrika in eine große Insel verwandelt haben.«

»Stimmt, Herr Aronnax, und Sie können mit Recht auf Ihren Landsmann stolz sein. Ein solcher Mann macht einer Nation mehr Ehre als die größten Kriegshelden! Er erlebte zu Anfang, wie so viele andere, Schwierigkeiten und Rückschläge, aber er hat sie besiegt, denn er hat einen ungeheuren Willen. Es ist traurig zu denken, daß dieses Werk, das eine internationale Gemeinschaftsarbeit hätte sein sollen, nur gelungen ist dank der Energie eines einzigen Mannes. Alle Ehre also Herrn de Lesseps!«

»Ja, Ehre diesem großen Mitbürger«, echote ich, überrascht vom Tonfall, in dem Kapitän Nemo gesprochen hatte.

»Leider kann ich Sie nicht durch diesen Kanal von Suez bringen«, hob er wieder an, »aber Sie werden die Hafenkais von Port Said übermorgen sehen, wenn wir im Mittelmeer sind.«

»Im Mittelmeer!« rief ich verblüfft.

»Ja, Herr Professor. Erstaunt Sie das?«

»Was mich erstaunt, ist nur der Gedanke, daß wir schon übermorgen dort sein sollen.«

»Tatsächlich?«

»Ja, Kapitän – obwohl ich es mir eigentlich längst hätte abgewöhnen müssen, über etwas zu staunen, seit ich an Bord Ihres Schiffes bin!«

»Aber was erstaunt Sie eigentlich an meiner Bemerkung?«

»Ich staune über die unglaubliche Geschwindigkeit, die Sie aus dem *Nautilus* herausholen müssen, wenn er übermorgen im Mittelmeer sein soll – schließlich muß er ganz Afrika umrunden!«

»Und wer sagt Ihnen, daß er um Afrika herumfährt, Herr Professor? Wer spricht davon, das Kap der Guten Hoffnung zu umschiffen?«

»Aber nur, wenn der *Nautilus* auf festem Land oder in der Luft den Isthmus überwindet...«

»Oder unter Land, Herr Aronnax.«

»Unter Land?«

»Aber sicher«, antwortete Kapitän Nemo gelassen. »Schon seit langem hat die Natur unter dieser Landzunge das getan, was die Menschen heute an ihrer Oberfläche unternehmen.«

»Wie! es gibt also eine Passage!«

»Ja, einen unterirdischen Durchgang, den ich ›Arabian Tunnel‹ genannt habe. Er beginnt unterhalb von Suez und endet im Golf von Péluse.«

»Aber der Isthmus besteht doch nur aus Wanderdünen?«

»Nur bis zu einer gewissen Tiefe. Aber schon nach fünfzig Metern trifft man auf festen Fels.«

»Und haben Sie diesen Durchgang durch Zufall entdeckt?« fragte ich, von einem Erstaunen ins andere fallend.

»Zufall und Überlegung, Herr Professor, eigentlich mehr Überlegung als Zufall.«

»Kapitän, ich traue meinen Ohren nicht!«

»Ah, mein Herr – *Aures habent et non audient* gilt seit altersher. Nicht nur existiert dieser Durchgang, ich habe ihn auch schon mehrmals benutzt. Sonst hätte ich mich heute auch nicht in diese Sackgasse von Rotem Meer gewagt.«

»Ist es indiskret, Sie zu fragen, wie Sie diesen Tunnel entdeckt haben?«

»Mein Herr«, gab mir der Kapitän zur Antwort, »zwischen Menschen, die einander nie mehr verlassen werden, gibt es keine Geheimnisse.«

Ich ging nicht auf die Anspielung ein und wartete.

»Herr Professor«, begann er, »es ist eine einfache Überlegung des Naturforschers, die mich diese Passage entdecken ließ, die ich als einziger kenne. Ich hatte bemerkt, daß im Roten Meer und im Mittelmeer zum Teil die gleichen Fische vorkommen, beispielsweise Schlangenfische, Deckenfische, Meerjunker, Priesterfische, Flugfische. Nachdem ich diese Tatsache festgestellt hatte, fragte ich mich, ob es nicht eine Verbindung zwischen den beiden Meeren gäbe. Gab es sie wirklich, so verlief die unterirdische Strömung zweifellos vom Roten Meer zum Mittelmeer, und zwar wegen des Höhenunterschieds. Ich fing also eine große Anzahl Fische in der Gegend von Suez, befestigte jedem einen Kupferring am Schwanz und warf sie alle wieder ins Meer zurück. Einige Monate später fing ich an den Küsten von Syrien mehrere dieser Fische, die einen Erkennungsring trugen. Die Verbindung zwischen den beiden Meeren war damit für mich bewiesen. Ich suchte sie mit meinem *Nautilus,* ich fand sie, ich wagte mich in den Durchgang, und binnen kurzem, Herr Professor, werden auch Sie meinen arabischen Tunnel passiert haben.«

FÜNFTES KAPITEL

ARABIAN TUNNEL

Noch am selben Tag berichtete ich Conseil und Ned Land den Teil dieses Gespräches, der sie unmittelbar anging. Als ich ihnen sagte, daß wir in zwei Tagen im Mittelmeer sein würden, klatschte Conseil Beifall, der Kanadier aber zuckte die Achseln.

»Ein unterirdischer Tunnel!« rief er aus, »eine Verbindung zwischen beiden Meeren! Wer hat je so etwas gehört?«

»Freund Ned«, versetzte Conseil, »hatten Sie je etwas vom *Nautilus* gehört? Nein! Und doch gibt es ihn. Zucken Sie also nicht gleich die Achseln und lehnen Sie nichts ab mit der Begründung, daß Sie noch nie etwas davon gehört haben.«

»Wir werden ja sehen!« gab Ned Land kopfschüttelnd zurück. »Schließlich will ich ja nichts lieber, als dem Kapitän seinen Tunnel glauben,

und gebe der Himmel, daß er uns tatsächlich ins Mittelmeer führt!«

Am selben Abend, auf 21° 30′ nördlicher Breite, näherte sich der *Nautilus* aufgetaucht der arabischen Küste. Ich bemerkte Djeddah, den wichtigen

Umschlagplatz Ägyptens, Syriens, der Türkei und Indiens. Ich unterschied ziemlich deutlich viele Bauten, Schiffe, die längs der Kais vertäut lagen, und andere, die durch ihren Tiefgang gezwungen waren, in der Reede zu ankern. Die Sonne, die schon tief am Horizont stand, beleuchtete prall die Häuser der Stadt und ließ ihre Weiße hervortreten. Außerhalb der Stadt standen einige Hütten aus Holz oder Schilfrohr, typische Wohnstätten der Beduinen.

Bald entschwand Djeddah in den Schatten des Abends, und der *Nautilus* kehrte unter die leicht phosphoreszierenden Wasser zurück.

Am nächsten Tag, dem 10. Februar, tauchten mehrere Schiffe auf. Der *Nautilus* fuhr wieder unter Wasser; doch mittags, als die Sonne am höchsten stand, war das Meer verlassen, und wir tauchten an seine Oberfläche.

Zusammen mit Ned und Conseil setzte ich mich auf die Plattform. Die Küste im Osten hob sich als eine leicht verwischte Masse aus dem feuchten Nebel.

An den Aufbau des Bootes gelehnt, sprachen wir von diesem und jenem, als Ned Land plötzlich seine Hand ausstreckte und mich fragte:

»Sehen Sie dort etwas, Herr Professor?«

»Nein, Ned«, entgegnete ich, »aber ich habe auch nicht so gute Augen wie Sie.«

»Schauen Sie gut hin«, forderte er mich auf, »dort vorn, steuerbord, fast genau in der Höhe

der Laterne! Sehen Sie nicht etwas, das sich zu bewegen scheint?«

»Doch, in der Tat«, sagte ich nach angestrengter Beobachtung, »ich sehe so etwas wie einen langen schwärzlichen Körper auf dem Wasser.«

»Ein zweiter *Nautilus?*« meinte Conseil.

»Nein«, antwortete der Kanadier, »aber wenn ich mich nicht sehr täusche, ist es irgendein Meerestier.«

»Gibt es Walfische im Roten Meer?« erkundigte sich Conseil.

»Ja, mein Junge«, antwortete ich, »man begegnet manchmal welchen.«

»Das ist durchaus kein Walfisch«, begann Ned Land wieder, der das gesichtete Ding nicht aus den Augen ließ. »Die Wale und ich, wir sind alte Bekannte, ich würde sie sofort erkennen.«

»Warten wir ab«, riet Conseil. »Der *Nautilus* hält Kurs darauf zu, und bald werden wir wissen, was es ist.«

Und richtig, der schwärzliche Gegenstand lag bald nur noch eine Meile vor uns. Er glich einem großen Felsen mitten im Meer. Was war es? Ich wußte es noch nicht zu sagen.

»Da! Es bewegt sich! Es taucht unter!« rief Ned Land. »Zum Teufel, was für ein Tier ist das? Es hat keinen Schwanz wie die Glattwale oder die Pottwale, und seine Flossen ähneln verstümmelten Gliedern.«

»Aber dann –«, machte ich.

»Jetzt dreht es sich auf den Rücken«, sagte der Kanadier aufgeregt, »und streckt seine Zitzen in die Luft!«

»Es ist eine Sirene«, rief Conseil, »eine echte Sirene, wenn mein Herr nichts dagegen hat.«

Der Name ›Sirene‹ half mir auf die Spur, ich begriff, daß dieses Tier zu jener Ordnung von Meeresgeschöpfen gehörte, aus denen die Fabel Sirenen gemacht hat, halb Weib, halb Fisch.

»Nein«, sagte ich zu Conseil, »das ist keine Sirene, sondern ein merkwürdiges Tier, von dem es nur noch wenige Exemplare im Roten Meer gibt. Es ist ein Dugong.«

»Ordnung der Sirenen, Unterklasse der Monodelphien, Klasse der Säugetiere, Stamm der Wirbeltiere«, deklamierte Conseil.

Dem war nichts mehr hinzuzufügen.

Indessen hatte Ned Land keinen Blick von dem Tier abgewandt. Seine Augen funkelten vor Gier. Seine Finger schienen nach der Harpune zu zucken. Er sah aus, als wollte er sich im nächsten Augenblick ins Meer werfen, um das fremdartige Geschöpf anzugreifen.

»Wissen Sie«, sagte er mit vor Bewegung zitternder Stimme zu mir, »so etwas habe ich noch nie erlegt!«

Aus jeder Silbe sprach der leidenschaftliche Harpunier.

In diesem Augenblick erschien Kapitän Nemo auf der Plattform und bemerkte den Dugong. Er begriff die Haltung des Kanadiers und wandte sich an ihn mit den Worten:

»Wenn Sie jetzt eine Harpune in der Faust hätten, Meister Land, würde sie Ihnen nicht in den Fingern brennen?«

»Sie sagen es, mein Herr.«

»Und Sie hätten nichts dagegen, für einen Tag wieder Walfänger zu werden und diese Seekuh der Liste Ihrer Opfer hinzuzufügen?«

»Ich hätte nicht das geringste dagegen.«

»Nun gut – Sie können Ihr Glück versuchen.«

»Danke, mein Herr«, antwortete Ned Land mit leuchtenden Augen.

»Aber ich fordere Sie auf«, fuhr der Kapitän fort, »das Tier nicht zu verfehlen! Das liegt in Ihrem eigenen Interesse.«

»Ist es gefährlich, einen Dugong anzugreifen?« fragte ich trotz des verächtlichen Achselzuckens des Kanadiers.

»O ja, manchmal schon«, antwortete der Kapitän. »Dieses Tier wendet sich gegen seine Angreifer und bringt ihr Boot zum Kentern. Aber diese Gefahr hat Meister Land nicht zu fürchten. Er hat ein scharfes Auge und einen sicheren Arm. Wenn ich ihm empfehle, diesen Dugong nicht zu verfehlen, dann aus dem Grunde, weil sein Fleisch als lecker gilt, und ich weiß, daß Meister Land einen guten Bissen nicht verschmäht.«

»Was!« machte der Kanadier, »gut ist dieses Tier auch noch?«

»Ja, Meister Land. Sein Fleisch wird außerordentlich geschätzt, und in der ganzen malaiischen Inselwelt kommt es nur auf fürstliche Tafeln. Dieses köstliche Tier wird so begierig gejagt, daß es

– genau wie der Lamantin, sein Artgenosse – immer seltener wird.«

»Aber Herr Kapitän«, meinte Conseil ernsthaft, »wenn dieses Exemplar da zufällig das letzte seiner Art wäre, sollte man es dann nicht verschonen – im Interesse der Wissenschaft?«

»Mag sein«, warf der Kanadier ein, »aber im Interesse der Küche erlegen wir es lieber.«

»Also los, Meister Land«, lächelte Kapitän Nemo.

In diesem Augenblick kamen sieben Mann der Besatzung, stumm und gleichgültig wie immer, auf die Plattform. Einer von ihnen trug eine Harpune und eine Leine, wie sie die Walfänger verwenden. Das Boot wurde losgemacht, aus seiner Vertiefung geholt und aufs Wasser heruntergelassen. Die sechs Ruderer setzten sich auf ihre Bänke, und der Bootsführer stellte sich ans Steuer. Ned, Conseil und ich nahmen im Heck Platz.

»Sie kommen nicht, Kapitän?« fragte ich.

»Nein, mein Herr, aber ich wünsche Ihnen Weidmannsheil.«

Das Boot stieß ab und näherte sich, von sechs Ruderpaaren angetrieben, schnell dem Dugong, der ungefähr zwei Meilen vom *Nautilus* entfernt schwamm.

Als wir auf wenige Kabellängen an die Seekuh herangekommen waren, verlangsamten wir das Tempo, und die Ruder tauchten geräuschlos in die ruhigen Wasser. Ned Land, die Harpune in der Faust, stellte sich in den Bug. Die Harpune, mit der man den Wal trifft, ist gewöhnlich an einer sehr langen Leine befestigt, die sich schnell abspult, wenn das verletzte Tier sie mit sich zieht. Hier aber maß die Leine nicht mehr als etwa zehn Klafter, und ihr Ende war nur an ein kleines Fäßchen angeschlagen, das, im Wasser treibend, anzeigen sollte, welche Richtung der Dugong nahm.

Ich hatte mich erhoben und beobachtete den Gegner des Kanadiers aufmerksam. Der Dugong, der auch unter dem Namen Halicore bekannt ist, ähnelt stark dem Lamantin. Sein länglicher Körper endet in einem flachen Schwanz, und seine Brustflossen erinnern an Finger. Der Unterschied zum Lamantin besteht darin, daß der Oberkiefer zwei lange, spitze Zähne aufweist, die eine gefährliche Wehr bilden.

Der Dugong, den anzugreifen Ned Land im Begriff war, war von kolossalem Ausmaß: Seine Länge betrug über sieben Meter. Er regte sich nicht und schien auf den Wellen zu schlafen, ein Umstand, der seine Erlegung erleichterte.

Das Boot näherte sich dem Tier vorsichtig auf drei Klafter. Die Ruder ruhten auf den Rojeklampen. Ned Land, leicht nach hinten gebeugt, wog seine Harpune in geübter Hand.

Plötzlich ertönte ein Pfeifen, und der Dugong verschwand. Die aus voller Kraft geschleuderte Harpune hatte offenbar nur das Wasser getroffen.

»Tod und Teufel!« stieß der Kanadier wütend aus, »ich habe ihn verfehlt!«

»Nein«, widersprach ich, »das Tier ist verwundet, man sieht ja das Blut, aber Ihre Waffe ist nicht im Körper steckengeblieben.«

»Meine Harpune! Meine Harpune!« schrie Ned Land.

Die Matrosen begannen wieder zu rudern, und der Bootführer steuerte auf das treibende Fäßchen zu. Als die Harpune aufgefischt war, machten wir uns an die Verfolgung des Tieres.

Dieses kam von Zeit zu Zeit an die Oberfläche des Meeres, um Luft zu holen. Seine Wunde hatte es offenbar nicht geschwächt, denn es schoß mit äußerster Schnelligkeit dahin. Das Boot, von kräftigen Armen gerudert, folgte ihm wie im Fluge. Mehrmals näherte es sich ihm auf wenige Klafter, und der Kanadier war drauf und dran, seine Harpune zu schleudern; aber der Dugong entzog sich ihm durch ein plötzliches Untertauchen, und es war unmöglich, ihn zu treffen.

Man kann sich den Zorn vorstellen, der den ungeduldigen Ned Land fast zur Rotglut trieb. Er verwünschte das unglückliche Tier mit den drastischsten Schimpfwörtern der englischen Sprache. Ich für mein Teil empfand nicht mehr als leichten Ärger darüber, daß der Dugong unsere List durchkreuzte.

Wir verfolgten ihn unermüdlich eine Stunde lang, und ich begann einzusehen, daß es sehr schwierig sein würde, sich seiner zu bemächtigen, als das Tier auf eine unselige Rache verfiel, die es zu bereuen haben sollte. Es wandte sich gegen das Boot, um es seinerseits anzugreifen.

Dieses Manöver entging dem Kanadier nicht.

»Achtung!« rief er.

Der Bootsführer sagte etwas in seiner wunderlichen Sprache, zweifellos warnte er seine Leute.

Der Dugong stutzte, als er nur noch zwanzig Fuß vom Boot entfernt war, und sog brüsk die Luft durch seine breiten Nüstern, die nicht vorne, sondern am oberen Teil seines Maules als Schlitze zu sehen waren. Dann schoß er mit voller Kraft auf uns zu.

Das Boot konnte dem Zusammenprall nicht ausweichen; es drohte zu kippen und füllte sich mit ein bis zwei Tonnen Wasser, aber dank der Geschicklichkeit des Bootsführers wurde es nur von der Seite, nicht frontal getroffen und kenterte nicht. Ned Land, sich an den Vordersteven klammernd, stieß immer wieder die Harpune in das riesige Tier, das seine Zähne ins Schandeck gebohrt hatte und das Boot schüttelte wie der Löwe eine Gazelle. Wir waren alle durcheinandergeworfen worden, und ich weiß nicht, wie das Abenteuer geendet hätte, wenn nicht der Kanadier, erbittert gegen das Tier, es ins Herz getroffen hätte.

Ich hörte das Knirschen der Zähne auf dem Eisen, und der Dugong verschwand, die Harpune mit sich reißend. Aber bald kam das Fäßchen wie-

der an die Oberfläche, und einige Augenblicke danach tauchte auch der Leib des Tieres, Bauch nach oben, auf. Das Boot fuhr zu ihm hin, nahm es ins Schlepptau und hielt auf den *Nautilus* zu.

Es brauchte starke Zugwinden, um den Dugong auf die Plattform zu hissen. Er wog fünftausend Kilo. Man zerstückelte ihn unter den Augen des Kanadiers, der die Prozedur in allen Einzelheiten überwachen wollte. Am selben Tag noch servierte mir der Steward zum Nachtessen einige Schnitten dieses vom Schiffskoch raffiniert zubereiteten Fleisches. Ich fand es vorzüglich und sogar besser als Kalb, wenn nicht gar Rind.

Am nächsten Tag, dem 11. Februar, wurde die Speisekammer des *Nautilus* durch einen weiteren Leckerbissen bereichert. Ein Zug Meerschwalben ließ sich auf dem *Nautilus* nieder. Es war eine Art *Sterna nilotica,* heimisch in Ägypten, mit schwarzem Schnabel, grauem, getupftem Kopf, weißen Punkten um die Augen, Rücken, Flügel und Schwanz gräulich, Bauch und Kehle weiß, die Füße rot. Wir fingen auch einige Dutzend Nilenten, Wildvögel von würzigem Geschmack, die am Hals und auf dem Kopf weiß sind mit schwarzen Flecken.

Der *Nautilus* hatte seine Geschwindigkeit gemäßigt. Er bummelte sozusagen. Ich bemerkte, daß das Wasser des Roten Meeres immer weniger salzig wurde, je mehr wir uns Suez näherten.

Gegen fünf Uhr abends sichteten wir im Norden das Kap Ras Muhammed. Dieses Kap bildet die Spitze des Peträischen Arabien, das zwischen dem Golf von Suez und dem Golf von Aqaba liegt.

Der *Nautilus* lief in die Straße von Gubal ein, die in den Golf von Suez mündet. Ich unterschied deutlich einen hohen Berg, der zwischen den beiden Golfen das Kap überragte: Es war der Berg Horeb, der Sinai, auf dessen Gipfel Moses Gott von Angesicht zu Angesicht sah, und den man sich im Geist unablässig von Blitzen umzuckt vorstellt.

Um sechs Uhr passierte der *Nautilus*, bald über, bald unter dem Wasser, in großer Entfernung Tor, an einer Bucht gelegen, deren Wasser rot gefärbt scheinen, eine Beobachtung, die schon Kapitän Nemo gemacht hatte. Dann brach die Nacht herein, und es senkte sich eine schwere Stille herab, die nur gelegentlich unterbrochen wurde vom Schrei des Pelikans und einiger Nachtvögel, dem Tosen der Brandung an den Felsen oder dem fernen Geräusch eines Raddampfers, dessen Schaufeln die Wasser des Golfes pflügten.

Von acht bis neun Uhr blieb der *Nautilus* einige Meter unter Wasser. Nach meiner Berechnung mußten wir nun sehr nahe an Suez sein. Durch die Fenster des Salons bemerkte ich Felsen, die von unserem elektrischen Licht grell beleuchtet wurden. Es kam mir vor, als verengte sich die Straße mehr und mehr.

Um Viertel nach neun stieg das Boot wieder an die Oberfläche, und ich begab mich auf die Plattform. Voller Ungeduld, in den Tunnel Kapitän Nemos einzufahren, hielt ich es nirgends aus und wollte in der Kühle der Nacht an Deck etwas Luft schöpfen. Bald bemerkte ich im Schatten ein bleiches Feuer, getrübt vom Nebel, das etwa eine Meile vor uns schimmerte.

»Ein Leuchtschiff«, sagte eine Stimme neben mir.

Ich wandte mich um und erkannte den Kapitän.

»Es ist das Leuchtschiff von Suez«, erklärte er. »Jetzt werden wir gleich die Mündung des Tunnels erreichen.«

»Das Einfahren ist sicher nicht ganz einfach?«

»Nein, mein Herr. Aber ich habe die Gewohnheit, das Manöver von der Kabüse des Steuermanns aus persönlich zu leiten. Und jetzt, Herr Aronnax, wollen Sie bitte hinuntergehen, der *Nautilus* wird gleich tauchen und erst wieder an die Oberfläche steigen, wenn wir den ›Arabian Tunnel‹ hinter uns haben.«

Ich folgte Kapitän Nemo hinunter. Die Luke wurde geschlossen, die Wassertanks gefüllt, und das Boot sank etwa zehn Meter.

Gerade als ich in mein Zimmer gehen wollte, hielt mich der Kapitän zurück.

»Herr Professor«, fragte er, »hätten Sie Lust, mich in den Radkasten zu begleiten?«

»Ich wagte nicht, Sie darum zu bitten.«

»Also kommen Sie! So werden Sie alles sehen, was man auf dieser Fahrt gleichzeitig unter Land und unter Wasser sehen kann.«

Kapitän Nemo führte mich zur Mitteltreppe. Auf halber Höhe öffnete er eine Tür, folgte den oberen Laufbrücken, und wir kamen zum Radkasten, der, wie man weiß, am äußersten Ende der Plattform lag.

Es war eine Kabüse von sechs Fuß im Quadrat, ähnlich jener des Steuermanns eines *Steamboats* des Mississippi oder des Hudson. In ihrer Mitte stand aufgerichtet ein Rad, das mit den Trossen des Steuerruders verbunden war, die zum Heck des *Nautilus* liefen. Vier linsenförmige Luken, die in die Wände des Radkastens eingelassen waren, erlaubten dem Mann am Steuer, in alle Richtungen zu blicken.

Die Kabine war dunkel; aber meine Augen hatten sich bald daran gewöhnt, und ich bemerkte den Steuermann, einen kräftigen Matrosen, dessen Hände auf den Radfelgen ruhten. Das Meer draußen war hell erleuchtet durch die Laterne hinten an der Kabine, am andern Ende der Plattform.

»Suchen wir jetzt den Eingang!« sagte Kapitän Nemo.

Elektrische Drähte verbanden den Radkasten mit dem Maschinenraum, was dem Kapitän erlaubte, gleichzeitig Richtung wie Geschwindigkeit des *Nautilus* zu bestimmen. Er drückte auf einen Metallknopf, und alsbald verlangsamte sich die Geschwindigkeit der Schiffsschraube.

Ich betrachtete schweigend die steile Wand, der

wir gerade entlangfuhren, das wuchtige Fundament des Sandmassivs der Küste. Wir folgten ihr eine Stunde lang in wenigen Metern Entfernung. Kapitän Nemos Blick haftete am Schiffskompaß mit seiner Cardanischen Aufhängung. Auf eine einfache Handbewegung hin änderte der Steuermann jeweils den Kurs des *Nautilus*.

Ich hatte mich backbord ans Bullauge gestellt und sah prachtvolle Korallenunterbauten, Tierpflanzen, Algen und Krustentiere, die ihre gewaltigen Scheren vor den Felsspalten bewegten.

Um Viertel nach zehn übernahm Kapitän Nemo das Steuerrad. Ein weiter Gang öffnete sich schwarz und tief vor uns.

Der *Nautilus* fuhr kühn hinein. Ein ungewohntes Brausen erklang an seinen Flanken. Es waren die Wasser des Roten Meeres, die durch das Gefälle des Tunnels zum Mittelmeer hinstürzten. Der *Nautilus* folgte dem Strom pfeilschnell, obwohl die Maschine, um die rasende Geschwindigkeit zu bremsen, mit voller Kraft rückwärts fuhr.

Auf den engen Mauern des Tunnels sah ich nur noch glänzende Streifen, waagrechte Feuerlinien, gezogen von unsern vorbeirasenden Lichtern. Ich griff mit der Hand an mein heftig klopfendes Herz.

Um zehn Uhr fünfunddreißig ließ Kapitän Nemo das Steuerruder los und wandte sich mir zu.

»Das Mittelmeer!« verkündete er.

In weniger als zwanzig Minuten hatte der *Nautilus,* mitgerissen von diesem unterirdischen Strom, die Landenge von Suez überwunden.

SECHSTES KAPITEL

DIE GRIECHISCHE INSELWELT

Am nächsten Tag, dem 12. Februar, bei Tagesanbruch, stieg der *Nautilus* an die Oberfläche. Ich stürzte mich auf die Plattform. Drei Meilen südlich zeichnete sich die vage Silhouette von Péluse ab. Ein reißender Strom hatte uns von einem Meer ins andere gebracht. Aber dieser Tunnel, den wir so leicht hinabgefahren waren, mußte in der Gegenrichtung unüberwindlich sein.

Gegen sieben Uhr gesellten sich Ned und Conseil zu mir. Diese beiden unzertrennlichen Gefährten hatten ruhig geschlafen, ohne sich um die Heldentaten des *Nautilus* zu kümmern.

»Nun, Herr Naturalist«, fragte der Kanadier in einem etwas spöttischen Ton, »wo bleibt nun das Mittelmeer?«

»Wir schwimmen bereits auf ihm, Freund Ned.«

»Was?« machte Conseil, »noch heute ...?«

»Ja, noch heute, in wenigen Augenblicken wird der *Nautilus* diese für ihn scheinbar unbezwingbare Landenge bezwungen haben.«

»Davon glaube ich kein Wort«, versetzte der Kanadier.

»Und Sie tun unrecht daran, Meister Land«,

fuhr ich fort. »Diese niedere Küste, die sich gegen Süden rundet, ist das ägyptische Ufer.«

»Erzählen Sie das andern, mein Herr«, gab der eigensinnige Kanadier zurück.

»Aber wenn mein Herr es behauptet«, sagte Conseil vorwurfsvoll zu ihm, »dann muß man ihm glauben.«

»Im übrigen, Ned, hat mir Kapitän Nemo selbst seinen Tunnel vorgeführt, ich stand neben ihm im Radkasten, während er mit eigener Hand den *Nautilus* durch diese enge Passage steuerte.«

»Haben Sie das gehört, Ned?« staunte Conseil.

»Und da Sie so gute Augen haben, Ned«, fügte ich hinzu, »können Sie die Molen von Port Said, die ins Meer hinausragen, sehen.«

Der Kanadier strengte seine Blicke an.

»In der Tat«, gab er zu, »Sie haben recht, Herr Professor, und Ihr Kapitän ist ein ganzer Mann! Wir sind im Mittelmeer! Gut. Reden wir also, wenn es Ihnen recht ist, von unsern kleinen Problemen, aber so, daß niemand uns hört.«

Ich wußte genau, auf was der Kanadier hinaus wollte. Immerhin dachte ich, es sei besser, miteinander zu reden, da er es so wünschte, und wir setzten uns alle drei nahe der Laterne, wo wir den Spritzern der Wellen weniger ausgesetzt waren.

»Los, Ned, wir sind ganz Ohr«, sagte ich. »Was haben Sie uns mitzuteilen?«

»Was ich Ihnen mitzuteilen habe, ist denkbar

einfach«, antwortete der Kanadier. »Wir sind wieder in Europa, und ich wünsche den *Nautilus* zu verlassen, bevor uns die Schrullen von Kapitän Nemo in die Tiefe der Polarmeere oder nach Ozeanien führen.«

Ich gestehe, daß mich solche Gespräche mit dem Kanadier immer in Verlegenheit setzten. Ich wollte keineswegs die Freiheit meiner Gefährten behindern, empfand jedoch kein Begehr, Kapitän Nemo zu verlassen. Dank ihm, dank seinem Schiff konnte ich täglich Unterwasserstudien machen und an meinem Buch über den Meeresgrund an Ort und Stelle arbeiten. Würde ich je wieder eine solche Gelegenheit finden, die Wunder des Ozeans zu beobachten? Gewiß nicht! Ich konnte mich daher nicht mit der Idee befreunden, den *Nautilus* zu verlassen, bevor unsere Forschungsreise beendigt war.

»Freund Ned«, sagte ich, »antworten Sie mir offen. Langweilen Sie sich an Bord? Bedauern Sie, daß das Schicksal Sie mit Kapitän Nemo zusammengeführt hat?«

Der Kanadier überlegte eine Weile schweigend. Dann kreuzte er die Arme und sagte:

»Offen gestanden, ich bedaure diese Reise unter Meer nicht. Ich werde zufrieden sein, sie gemacht zu haben; aber um sie gemacht zu haben, muß ich sie zuerst hinter mir haben. Das ist meine Ansicht.«

»Sie wird zu Ende gehen, Ned.«

»Wo und wann?«

»Wo? Das weiß ich nicht. Wann? Das kann ich nicht sagen, ich vermute, daß sie zu Ende gehen wird, wenn diese Meere uns nichts Neues mehr zu zeigen haben. Alles, was in dieser Welt begonnen wurde, endet zwangsläufig auch.«

»Ich denke wie mein Herr«, warf Conseil ein, »es ist sehr wahrscheinlich, daß unsere Stunde schlägt, wenn wir in allen Meeren der Erde gewesen sind.«

»Unsere Stunde!« rief der Kanadier entsetzt. »Unsere letzte Stunde meinen Sie?«

»Übertreiben wir nicht, Meister Land«, beruhigte ich ihn lächelnd. »Wir haben nichts zu fürchten vom Kapitän, aber ich teile die Ansicht Conseils trotzdem nicht. Wir kennen die Geheimnisse des *Nautilus;* ich wage nicht zu hoffen, daß sein Kommandant, nur um uns die Freiheit wiederzugeben, die Gefahr auf sich nimmt, daß sie in der ganzen Welt bekannt werden.«

»Aber was hoffen Sie dann?« fragte der Kanadier.

»Ich hoffe, daß sich Umstände ergeben, die wir ausnützen können, ja ausnützen müssen, ob es nun heute oder in sechs Monaten sei.«

»Soso«, machte Ned Land ironisch. »Und wo werden wir in sechs Monaten sein, können Sie mir das bitte sagen, Herr Naturalist?«

»Vielleicht hier, vielleicht in China. Sie wissen, wie schnell der *Nautilus* fährt. Er durchquert die

Ozeane wie eine Schwalbe die Luft oder ein Expreßzug die Kontinente. Er meidet auch die belebten Meere nicht. Wer sagt uns, daß er sich nicht den Küsten von Frankreich, England oder Amerika nähert, wo die Flucht mindestens ebenso leicht zu bewerkstelligen ist wie hier?«

»Herr Aronnax«, widersprach der Kanadier, »Sie machen einen grundlegenden Fehler. Sie sprechen im Futurum: ›Wir werden da sein! Wir werden dort sein!‹ Ich aber spreche in der Gegenwart: ›Wir sind da, und das müssen wir nutzen.‹«

Ich war in die Enge getrieben durch Ned Lands Logik und fühlte mich auf diesem Boden geschlagen. Ich wußte nicht, welche Argumente ich zu meinen Gunsten noch vorbringen sollte.

»Mein Herr«, begann Ned wieder, »setzen wir den unmöglichen Fall, daß Kapitän Nemo Ihnen noch heute die Freiheit anbietet. Würden Sie annehmen?«

»Ich weiß es nicht«, gestand ich.

»Und wenn er hinzufügt, daß er dieses Angebot, das er Ihnen heute macht, später nicht erneuern wird – nehmen Sie es dann an?«

Ich gab keine Antwort.

»Und was sagt Freund Conseil dazu?« fragte Ned Land.

»Freund Conseil«, antwortete der brave Bursche, »Freund Conseil hat nichts zu sagen. Er interessiert sich absolut nicht für diese Frage. Wie sein Herr und wie sein Gefährte Ned ist er Junggeselle. Weder eine Frau noch Eltern noch Kinder erwarten ihn zu Hause. Er ist der Diener seines Herrn, er denkt wie sein Herr, er spricht wie sein Herr; er bedauert, aber auf ihn darf man nicht zählen, um eine Mehrheit zu bilden. Es stehen sich nur zwei Personen gegenüber: auf der einen Seite mein Herr, auf der andern Ned Land. Nachdem das klargestellt ist, beschränkt sich Freund Conseil darauf, zuzuhören und die Treffer festzustellen.«

Ich mußte unwillkürlich lächeln über die Art, wie Conseil seine Persönlichkeit so völlig auslöschte. Im Grunde genommen mußte der Kanadier froh sein, ihn nicht gegen sich zu haben.

»Also, mein Herr«, sagte Ned Land, »da Conseil nicht mehr vorhanden ist, diskutieren wir zwei miteinander. Ich habe gesprochen, Sie haben mich gehört. Was haben Sie zu antworten?«

Wir mußten offensichtlich zu einer Übereinkunft gelangen, Ausflüchte waren mir zuwider.

»Hier meine Antwort, Freund Ned«, sagte ich. »Sie haben recht, und meine Argumente können nicht bestehen vor den Ihrigen. Wir können nicht auf den guten Willen Kapitän Nemos zählen. Die elementarste Klugheit verbietet ihm, uns freizulassen. Dagegen gebietet uns die Klugheit, die erstbeste Gelegenheit, den *Nautilus* zu verlassen, zu nutzen.«

»Gut, Herr Aronnax, das nenne ich weise gesprochen!«

»Nur auf eines möchte ich Sie aufmerksam machen«, fuhr ich eindringlich fort: »Die Gelegenheit muß einmalig gut sein. Unser erster Fluchtversuch muß von Erfolg gekrönt sein – denn wenn er mißlingt, bekommen wir keine Gelegenheit, ihn zu wiederholen, und Kapitän Nemo wird uns nicht verzeihen.«

»Das ist alles richtig«, antwortete der Kanadier. »Aber Ihr Einwand trifft auf jeden Fluchtversuch zu, ob er in zwei Jahren oder in zwei Tagen stattfindet. Die Frage bleibt also die gleiche: Wenn sich eine günstige Gelegenheit bietet, müssen wir sie ergreifen.«

»Einverstanden. Und jetzt sagen Sie mir bitte, Ned: Was verstehen Sie unter ›eine günstige Gelegenheit‹?«

»Eine günstige Gelegenheit würde sich beispielsweise bieten, wenn der *Nautilus* in einer dunklen Nacht sich nahe einer europäischen Küste befände.«

»Würden Sie dann versuchen, schwimmend zu entkommen?«

»Ja, wenn wir dem Ufer nahe genug wären und der *Nautilus* aufstiege. Nein, wenn die Entfernung zu groß ist und der *Nautilus* sich unter Wasser befindet.«

»Und in diesem Falle?«

»In diesem Falle würde ich versuchen, mich der Jolle zu bemächtigen. Ich weiß, wie sie gesteuert wird. Wir würden uns hineinschleichen, sie losmachen und an die Oberfläche steigen, ohne daß der Steuermann, der sich im Vorderteil des *Nautilus* befindet, unsere Flucht auch nur bemerkte.«

»Gut, Ned. Halten Sie also nach einer solchen Gelegenheit Ausschau; aber vergessen Sie nicht, daß ein Fehlschlag uns verderben würde.«

»Ich werde es nicht vergessen, mein Herr.«

»Und wollen Sie jetzt noch wissen, Ned, was ich von Ihrem Plan denke?«

»Gern, Herr Aronnax.«

»Nun gut, ich denke – das heißt nicht, daß ich es hoffe –, ich denke, daß sich diese günstige Gelegenheit nicht bieten wird.«

»Warum nicht?«

»Weil Kapitän Nemo wissen muß, daß wir nicht auf die Hoffnung verzichtet haben, unsere Freiheit wiederzuerlangen, und weil er auf der Hut sein wird, vor allem in den europäischen Meeren und in der Nähe ihrer Küsten.«

»Ich teile die Ansicht meines Herrn«, sagte Conseil.

»Wir werden ja sehen«, brummte Ned Land mit entschlossener Miene.

»Und jetzt, Ned Land«, fügte ich hinzu, »lassen wir es dabei bewenden. Kein Wort mehr davon! Am Tage, da Sie bereit sind, teilen Sie es uns mit, und wir werden Ihnen folgen. Überlassen wir alles andere der Zukunft.«

Damit schloß dieses Gespräch, das später so schwere Folgen haben sollte. Die Tatsachen schienen meine Voraussagen zu bestätigen, zur großen Verzweiflung des Kanadiers. Traute uns Kapitän Nemo in diesen belebten Meeren nicht, oder wollte er sich nur den Augen der Besatzung der vielen Schiffe aller Nationen, die die Wellen des Mittelmeeres pflügen, entziehen? Ich weiß es nicht; auf jeden Fall blieben wir fast ständig unter Wasser und in beträchtlicher Entfernung von den Küsten. Entweder tauchte der *Nautilus* nur soweit auf, daß einzig der Radkasten des Steuermanns aus dem Wasser ragte, oder er ging in große Tiefen; zwischen den griechischen Inseln und Kleinasien stießen wir auch bei zweitausend Metern noch nicht auf Grund.

So begegnete ich auch der Insel Karpathos, einer der Sporaden, nur in dem Vers von Vergil, den Kapitän Nemo mir rezitierte, indem er den Finger auf eine Stelle der Karte legte:

»Est in Carpathio Neptuni gurgite vates
Caeruleus Proteus ...«

Sie war in der Tat in der Antike der Sitz des Proteus, des alten Hirten der Herden Neptuns; die Insel liegt zwischen Rhodos und Kreta und heißt heute Skarpanto. Ich sah nur ihren granitenen Sockel durch die Scheiben des Salons.

Am nächsten Tag, dem 14. Februar, beschloß ich, einige Stunden darauf zu verwenden, die Fische des Archipels zu studieren; aber aus irgendeinem Grunde blieben die Läden hermetisch geschlossen. Ich stellte die Richtung des *Nautilus* fest und merkte, daß er Kurs auf Candia hielt, die alte Insel Kreta. Zum Zeitpunkt, als ich mich auf der *Abraham Lincoln* einschiffte, hatte sich diese Insel gegen die türkische Despotie erhoben. Was aber seither aus diesem Aufstand geworden war, war mir völlig unbekannt, und auch Kapitän Nemo hätte es mir nicht sagen können, da er ja von jeder Verbindung mit der Welt abgeschnitten war.

Ich erwähnte dieses Ereignis also mit keinem Wort, als ich abends allein mit ihm im Salon war. Übrigens schien er schweigsam und in Gedanken versunken zu sein. Auf einmal befahl er, entgegen seiner Gewohnheit, die beiden Läden des Salons zu öffnen, und indem er von einem Fenster ans andere trat, schaute er aufmerksam ins Wasser hinaus. Zu welchem Zweck? Ich konnte es nicht erraten und verwandte meinerseits meine Zeit darauf, die Fische zu studieren, die vor meinen Augen vorbeizogen.

Unter anderen bemerkte ich die *Aphia meridionalis*, die schon von Aristoteles genannt wird und gemeinhin bekannt ist unter dem Namen ›Meerschmerle‹; man findet sie besonders häufig im Salzwasser nahe dem Nildelta. Nahe der Schmerlen schwammen leicht phosphoreszierende Goldbrassen, die den alten Ägyptern als heilig galten und deren Ankunft in den Wassern des Nils durch religiöse Zeremonien gefeiert wurde, weil sie die fruchtbarkeitsbringenden Überschwemmungen an-

kündigte. Ich bemerkte auch drei Dezimeter lange Meeräschen, Knochenfische mit durchsichtigen Schuppen, die bleifarben und rotgetupft sind; sie nähren sich ausgiebig von Meerpflanzen, was ihnen einen ausgezeichneten Geschmack verleiht; sie waren denn auch sehr geschätzt von den Feinschmeckern im alten Rom, und aus ihren Eingeweiden, zubereitet mit Muränenmilch, Pfauenhirn und Flamingozungen, bestand das köstliche Gericht, das den Vitellius entzückte.

Ein anderer Bewohner dieser Meere zog meine Aufmerksamkeit auf sich und ließ in meinem Geist die Erinnerungen an die Antike aufleben: Es war der Schildfisch, der sich an den Bauch der Haie heftet; im Altertum glaubte man, dieser kleine Fisch könne ein Schiff, an dessen Kiel er sich festsauge, zum Anhalten bringen, und ein solcher Schildfisch habe, indem er die Galeere des Antonius in der Seeschlacht von Actium behinderte, den Sieg des Augustus erleichtert. Von welchen Kleinigkeiten die Schicksale der Nationen doch oft abhängen! Ich beobachtete auch prächtige Goldmaiden, die zu den Meerbarschen gehören, welche den Griechen für heilig galten, weil sie ihnen die Macht zuschrieben, Meeresungeheuer von ihren Gestaden zu vertreiben; sie weisen schillernde Farben auf, die ganze Rotskala vom bleichen Rosa bis zum strahlenden Purpur. Ich konnte meine Blicke nicht losreißen von den Wundern des Meeres, doch plötzlich tauchte in meinem Gesichtskreis eine unerwartete Erscheinung auf.

Mitten im Wasser schwebte ein Mann, ein Taucher, der an seinem Gürtel eine Lederbörse trug. Es war kein den Fluten überlassener Leichnam, es

war ein lebender Mensch, der mit kräftigen Stößen schwamm, gelegentlich aufsteigend, um Luft zu holen, und alsbald wieder untertauchend.

Ich wandte mich an Kapitän Nemo und sagte aufgeregt:

»Ein Mensch! Ein Schiffbrüchiger! Er muß um jeden Preis gerettet werden!«

Der Kapitän gab keine Antwort, er beugte sich nur vor.

Der Mann hatte sich genähert und schaute uns an, das Gesicht an die Scheibe gepreßt.

Zu meiner größten Verblüffung machte ihm Kapitän Nemo ein Zeichen. Der Taucher antwortete ihm mit einer Gebärde der Hand, stieg unverzüglich zur Oberfläche auf und erschien nicht mehr.

»Beunruhigen Sie sich nicht«, sagte der Kapitän zu mir. »Es ist Nikolas von Kap Matapan, mit dem Übernamen ›der Fisch‹. Er ist in den ganzen Kykladen bekannt. Ein kühner Taucher! Das Wasser ist sein Element, er lebt mehr dort als auf festem Boden und wechselt von einer Insel zur andern bis hinunter nach Kreta.«

»Sie kennen ihn, Kapitän?«

»Warum nicht, Herr Aronnax?«

Mit diesen Worten trat Kapitän Nemo auf ein Möbel zu, das nahe dem linken Bullauge des Salons stand. Neben diesem Möbel erblickte ich einen mit eisernen Reifen beschlagenen Koffer, dessen Deckel ein Kupferschild trug mit dem Namen des *Nautilus* und seiner Devise *Mobilis in mobili*.

Ohne sich um meine Anwesenheit zu kümmern, öffnete der Kapitän das Möbel, eine Art Geldschrank, der eine große Anzahl Barren enthielt.

Es waren Goldbarren. Woher kam dieses kost-

bare Metall, das einen enormen Wert darstellte? Wo holte der Kapitän dieses Gold und was machte er damit?

Ich brachte kein Wort heraus. Ich schaute nur. Kapitän Nemo ergriff einen Barren nach dem andern und ordnete alle sorgfältig in den Koffer, bis er voll war. Ich schätzte seinen Inhalt auf über tausend Kilo Gold, das heißt fast fünf Millionen Francs.

Der Koffer wurde geschlossen, und der Kapitän schrieb auf seinen Deckel eine Adresse, in Buchstaben, die griechisch sein mußten.

Dies getan, drückte Kapitän Nemo auf einen Knopf, dessen Draht zum Mannschaftsraum lief. Vier Matrosen erschienen und schoben den Koffer nicht ohne Mühe aus dem Salon. Dann hörte ich, wie sie ihn mit Zugwinden auf die eiserne Treppe hißten.

In diesem Augenblick wandte sich Kapitän Nemo wieder mir zu.

»Sie wollten etwas sagen, Herr Professor?« sagte er.

»Ich sagte nichts.«

»Nun denn, mein Herr, erlauben Sie mir, Ihnen eine gute Nacht zu wünschen.«

Damit verließ Kapitän Nemo den Salon.

Ich kehrte sehr neugierig in mein Zimmer zurück, wie man sich vorstellen kann. Vergeblich versuchte ich einzuschlafen. Ich suchte eine Verbindung zwischen der Erscheinung dieses Tauchers und dem mit Gold gefüllten Koffer. Bald spürte ich am Schlingern und Stampfen, daß der *Nautilus* die Tiefe verließ und aufstieg.

Dann hörte ich Schritte auf der Plattform. Ich begriff, daß man das Boot losmachte und es ins

Wasser ließ. Es stieß kurz an die Flanken des *Nautilus*, dann verstummte jedes Geräusch.

Zwei Stunden darauf wiederholten sich die Geräusche, das Kommen und Gehen von Schritten. Das Boot wurde an Bord gehißt und verstaut, und der *Nautilus* tauchte wieder unter Wasser.

Die Millionen waren also an ihren Bestimmungsort transportiert worden. An welchen Punkt des Kontinents? Wer war Partner Kapitän Nemos?

Tags darauf schilderte ich Conseil und dem Kanadier die Ereignisse dieser Nacht, die meine Neugierde aufs höchste erregt hatten. Meine Gefährten waren nicht weniger überrascht als ich.

»Aber woher nimmt er diese Millionen?« fragte Ned Land.

Auf das gab es keine plausible Antwort. Nach dem Mittagessen begab ich mich in den Salon und setzte mich an meine Arbeit. Bis um fünf Uhr abends machte ich mir Notizen. Dann – mußte ich es einer Anfälligkeit für Krankheiten zuschreiben? – verspürte ich eine starke Hitze und mußte mich meines Anzugs aus Muschelseide entledigen. Es war mir unbegreiflich, denn wir befanden uns nicht in der Nähe des Äquators, und außerdem wirkten sich doch Temperaturerhöhungen auf den *Nautilus* nicht aus, wenn er unter Wasser war. Ich betrachtete den Druckmesser. Er zeigte eine Tiefe von sechzig Fuß an; so weit konnte die atmosphärische Hitze nicht reichen.

Ich fuhr in meiner Arbeit fort, aber die Temperatur stieg in einem Grade, der unerträglich wurde.

›Ist wohl Feuer an Bord ausgebrochen?‹ fragte ich mich.

Schon wollte ich den Salon verlassen, als Kapitän Nemo hereinkam. Er trat zum Thermometer, prüfte den Stand und wandte sich mir zu:

»Zweiundvierzig Grad«, stellte er fest.

»Ich habe es gemerkt, Kapitän«, versetzte ich, »und wenn die Hitze noch etwas zunimmt, werden wir sie nicht mehr aushalten können.«

»Mein lieber Professor, diese Hitze nimmt nur zu, wenn wir es wünschen.«

»Sie können sie also nach Belieben regulieren?«

»Nein, aber ich kann mich von ihrem Herd entfernen.«

»Sie kommt also von außen?«

»Selbstverständlich. Wir befinden uns in einer siedenden Strömung.«

»Ist das möglich?« staunte ich.

»Schauen Sie selbst.«

Die Läden öffneten sich, und ich sah, daß das Meer rund um den *Nautilus* ganz weiß war. Eine Fahne von Schwefeldämpfen entfaltete sich inmitten der Fluten, die kochten wie das Wasser eines Dampfkessels. Ich stützte meine Hand auf eine der Scheiben, aber die Hitze war derart, daß ich sie zurückziehen mußte.

»Wo sind wir?« fragte ich.

»Nahe der Insel Thera, Herr Professor«, antwortete mir der Kapitän, »genauer gesagt, im Kanal, der Nea Kamenni von Palea Kamenni trennt. Ich wollte Ihnen das merkwürdige Schauspiel eines Vulkanausbruchs unter Wasser bieten.«

»Ich glaubte«, wandte ich ein, »die Bildung dieser neuen Inseln sei beendigt.«

»In diesen vulkanischen Gegenden ist nie etwas beendigt«, antwortete Kapitän Nemo, »und der Globus wird hier immer noch von Feuern aus der Tiefe erschüttert. Laut Cassiodor und Plinius tauchte schon im Jahre 19 unserer Zeitrechnung eine neue Insel, Theia die Prächtige, genau an der Stelle auf, wo sich diese kleinen Inseln kürzlich gebildet haben. Dann versank sie wieder in den Fluten, um im Jahr 69 wieder aufzusteigen und nochmals zu versinken. Seit dieser Epoche bis in unsere Zeit setzte jede Vulkantätigkeit aus. Am 3. Februar 1866 jedoch tauchte inmitten von Schwefeldämpfen nahe Nea Kamenni ein neues Eiland aus den Fluten; man nannte es die Georgs-Insel. Am 13. Februar erschien die Insel Aphroessa, von Nea Kamenni durch einen Kanal von nur zehn Meter Breite getrennt. Ich war in der Nähe, als das Phänomen sich ereignete, und ich konnte es in seinem ganzen Ablauf beobachten. Aphroessa hatte eine runde Form und einen Durchmesser von dreihundert Fuß auf dreißig Fuß Höhe. Es bestand aus schwarzer und glasartiger Lava, vermischt mit

Feldspat. Am 10. März schließlich tauchte noch eine kleinere Insel, die Reka genannt wurde, bei Nea Kamenni auf, und seit damals bilden diese drei Inseln, die zusammenhängen, nur noch eine einzige.«

»Und der Kanal, in dem wir uns augenblicklich befinden?« fragte ich.

»Hier ist er«, antwortete Kapitän Nemo und zeigte ihn mir auf einer Karte des Archipels. »Sie sehen, ich habe die neuen Inseln eingezeichnet.«

»Aber wird dieser Kanal eines Tages verschüttet?«

»Das ist wahrscheinlich, Herr Aronnax, denn seit 1866 sind gegenüber dem Hafen San Nikolas auf Palea Kamenni acht kleine Lavainseln aufgetaucht. Es ist also offenkundig, daß Nea und Palea in absehbarer Zeit vereinigt werden. Wenn es im Pazifik die Infusorien sind, die Kontinente bilden, so sind es hier die Eruptionen. Schauen Sie sich an, welches Werk sich unter den Fluten vollendet!«

Ich kehrte ans Fenster zurück. Der *Nautilus* hatte angehalten. Die Hitze wurde unerträglich. Vorher weiß, wurde das Meer nun rot; die Färbung war auf die Anwesenheit eines Eisensalzes zurückzuführen. Obwohl der Salon hermetisch abgeschlossen war, machte sich ein unerträglicher Schwefelgeruch breit, und ich sah scharlachrote Flammen, die die Leuchtkraft der Elektrizität bei weitem übertrafen.

Ich war in Schweiß gebadet, ich erstickte, ich sott. Ja, wirklich und wahrhaftig, ich hatte das Gefühl, gekocht zu werden!

»Man kann nicht lange in diesem siedenden Wasser bleiben«, stammelte ich.

»Nein, das wäre nicht anzuraten«, gab Nemo gelassen zurück.

Er erteilte einen Befehl. Der *Nautilus* drehte ab und entfernte sich von der glühenden Hitze, der er nicht ungestraft trotzen konnte. Eine Viertelstunde später schöpften wir Luft an der Oberfläche.

Da kam mir der Gedanke, daß wir dem Feuermeer nicht lebend entgangen wären, wenn Ned diese Gegend für unsere Flucht gewählt hätte...

Am nächsten Tag, dem 16. Februar, ließen wir dieses Becken hinter uns, das zwischen Rhodos und Alexandria Tiefen von dreitausend Metern aufweist, und der *Nautilus* verließ den griechischen Archipel, Cerigo rechts liegen lassend, nachdem er das Kap Matapan umschifft hatte.

SIEBENTES KAPITEL

DAS MITTELMEER IN ACHTUNDVIERZIG STUNDEN

Von unwahrscheinlicher Bläue – das ›große Meer‹ der Hebräer, das ›Thalatta‹ der Griechen, das ›mare nostrum‹ der Römer –, gesäumt von Orangenhainen, Aloen, Kakteen und Pinien, duftend von Myrten, eingerahmt von schroffen Bergen, gesättigt von reiner und durchsichtiger Luft, doch unablässig heimgesucht von den Feuern im Innern der Erde, ist das Mittelmeer ein wahres Schlachtfeld, wo Neptun und Pluto sich noch heute die Herrschaft über die Welt streitig machen. Hier, an diesen Küsten und in diesen Gewässern, so sagt Michelet, schöpft der Mensch neue Lebenskraft.

Doch wie schön es auch sei – mir war nicht mehr als ein flüchtiger Blick auf dieses Meerbecken vergönnt, dessen Oberfläche zwei Millionen Quadratkilometer mißt. Ich mußte auch auf die Gelehrsamkeit Kapitän Nemos verzichten, denn der rätselhafte Mann zeigte sich während der raschen Durchfahrt kein einziges Mal. Ich schätze die Strecke, die der *Nautilus* unter den Fluten dieses Meeres durchlief, auf ungefähr sechshundert Meilen, und diese Fahrt machte er zweimal in vierundzwanzig Stunden. Wir waren am Morgen des 16. Februar von den griechischen Inseln aufgebrochen und hatten am 18. bei Sonnenaufgang die Meerenge von Gibraltar passiert.

Es war mir klar, daß Kapitän Nemo das Mittelmeer, eingebettet in Länder, die er fliehen wollte, nicht mochte. Seine Wellen und Lüfte trugen ihm zu viele Erinnerungen zu, wenn nicht gar schmerzliche Sehnsucht. Hier hatte er nicht mehr die Bewegungsfreiheit und Unabhängigkeit, wie sie ihm der Ozean gewährte, und sein *Nautilus* fühlte sich eingeengt zwischen den Gestaden Afrikas und Europas.

Unsere Geschwindigkeit betrug fünfundzwanzig Meilen in der Stunde, und damit mußte Ned Land zu seinem großen Bedauern auf seine Fluchtpläne verzichten, er konnte sich nicht eines Bootes bedienen, das mit einer Schnelligkeit von zwölf bis dreizehn Metern in der Sekunde transportiert wurde. Den *Nautilus* unter solchen Gegebenheiten zu verlassen, wäre einem Sprung aus einem dahinrasenden Zug gleichgekommen – ein äußerst unvorsichtiges Unterfangen! Außerdem stieg unser Schiff nur nachts an die Oberfläche, um seinen Luftvorrat zu erneuern, und es steuerte nur nach Kompaß und Log.

Ich gewahrte daher von den Tiefen des Mittelmeers nicht mehr, als der Reisende im Expreßzug von der vorüberfliegenden Landschaft gewahrt, das heißt den fernen Horizont und nicht den Vordergrund, denn dieser zieht wie ein Blitz an seinen Augen vorbei. Immerhin konnten Conseil und ich einige dieser mediterranen Fische beobachten, die sich dank ihren kräftigen Flossen ein paar Augenblicke im Sog des *Nautilus* hielten. Wir blieben auf der Lauer vor den Scheiben des Salons, und unsere Notizen erlauben mir, eine kurze Zusammenfassung der Ichthyologie dieses Meeres zu geben.

Von den verschiedenen Fischen, die hier heimisch sind, erkannte ich die einen, sah die andern nur vorüberflitzen und mußte auf den Anblick wieder anderer infolge der Fahrtgeschwindigkeit des *Nautilus* völlig verzichten. Ich will versuchen, sie einigermaßen zu klassifizieren, wenn ich mir auch über die Unzulänglichkeit dieses Versuches unter solchen Umständen voll bewußt bin. Aber wenigstens kann ich so meine Beobachtungen besser ordnen.

In den Wassermassen, die von unseren elektrischen Lichtern hell beleuchtet wurden, schlängelten sich einige Lampreten oder Neunaugen, etwa armlang; sie kommen in fast allen Meeren vor. Weiter bemerkte ich eine Art Rochen, fünf Fuß lang, mit weißem Bauch und getupftem, fahlgrauem Rücken; sie erinnerten an Tücher, die von der Strömung getragen wurden. Andere Rochen schossen so schnell vorüber, daß ich nicht feststellen konnte, ob sie den Namen ›Adler‹, den ihnen die alten Griechen gaben, verdienten oder ob sie tatsächlich etwas von Ratten, Kröten oder Fledermäusen an sich hatten, wie moderne Fischer behaupteten. An

Schnelligkeit wetteiferten mit ihnen die Hundshaie, die von den Fischern besonders gefürchtet werden. Acht Fuß lange Seefüchse, die sich durch einen besonders feinen Geruchssinn auszeichnen, tauchten wie große bläuliche Schatten auf. Doraden, eine Brassenart, von denen einige Exemplare fast anderthalb Meter maßen, zeigten sich in ihrem Silberkleid mit Azurton und kleinen Streifen, die sich scharf abhoben von den dunklen Flossen; die Fische sind der Venus geweiht, ihre Augen goldgerändert, sie sind in allen Gewässern heimisch, ob Süßwasser oder Salzwasser, sie leben in Flüssen, Seen und Ozeanen, ertragen jedes Klima und jede Temperatur – sie gehen zurück auf die Frühzeit der Erde und haben sich alle Schönheit bewahrt. Prächtige, neun Meter lange Störe zeigten sich, schnelle Tiere, die mit ihrem kräftigen Schwanz die Läden des Schiffes peitschten und dabei ihren bläulichen Rücken mit den kleinen braunen Tupfen zeigten; sie gleichen Haien, ohne indes deren Kraft zu besitzen, und man findet sie in allen Meeren; im Frühling steigen sie die großen Ströme hinauf, überwinden die Wolga, die Donau, den Po, den Rhein, die Loire und die Oder und nähren sich von Heringen, Makrelen, Lachsen und Schellfischen; obwohl sie zu den Knorpelfischen gehören, sind sie lecker – man ißt sie frisch, getrocknet, mariniert oder eingesalzen, und sie zierten schon die Tafel Lukulls. Von den verschiedenen Meeresbewohnern konnte ich jedoch, wenn der *Nautilus* aufstieg, am besten jene beobachten, die zur dreiundsechzigsten Gattung der Knochenfische gehören: Thunfische mit blauschwarzem Rücken, silbergepanzertem Bauch und goldschimmernden Flossen. Man sagt von ihnen, sie hätten die Gewohnheit, den Schiffen zu folgen, um sich in ihrem Schatten vor der tropischen Hitze zu schützen, und diesem Ruf machten sie Ehre, indem sie den *Nautilus* begleiteten, wie sie ehemals den Schiffen des Lapérouse das Geleit gaben. Mehrere Stunden lang hielten sie die Geschwindigkeit unseres Schiffes. Ich wurde es nicht müde, diese Tiere zu bewundern, die mit ihrem kleinen Kopf, ihrem schlanken, spindelförmigen Leib, der eine Länge von über drei Metern erreichen kann, ihren äußerst kräftigen Brustflossen und dem gegabelten Schwanz wie geschaffen sind zum Rennen. Sie schwammen im Dreiecksverband wie gewisse Vogelzüge, denen sie an Schnelligkeit gleichkamen, und darum wohl behauptete man im Altertum, Geometrie und Strategie seien ihnen vertraut. Dennoch entgingen sie den Nachstellungen der Provenzalen nicht, die ihr Fleisch schätzen, wie es ehemals die Italiener und die Bewohner der Küsten des Marmarameeres schätzten; zu Tausenden, blind und unbesonnen, stürzen sich die Tiere in die Netze der Marseiller und kommen darin um.

Ich nenne noch, nur der Form halber, jene mediterranen Fische, die Conseil und ich nur flüchtig sahen: weißliche Eingeweidefische, die wie ungreifbare Wolken vorbeizogen, Muränen und Meeraale, drei bis vier Meter lang und an grüne, blaue und gelbe Schlangen erinnernd, Wittlinge von drei Fuß Länge, deren Leber ein Leckerbissen ist, Bandfische, die wie feine Algen dahintrieben, Seehähne, von den Dichtern Leierfische und von den Seeleuten Pfeifenfische genannt: ihre Schnauze ist geziert von zwei dreieckigen, gezähnten Platten, die das Instrument des alten Homer darstellten; Meerschwalben, mit der Schnelligkeit des Vogels, dessen Namen sie tragen, schwimmend, Sägebarsche mit rotem Kopf und fädenverzierter Rückenflosse, Alsen mit schwarzen, grauen, braunen, blauen, gelben, grünen Tupfen und empfänglich für den Silberklang von Glocken, prächtige Butten, diese Fasane des Meeres, eine Art Rauten mit gelblichen, braungefleckten Flossen und braun-gelb marmorierten Flanken, und schließlich Scharen von Rotbarben – wahre Paradiesvögel des Ozeans, für die die Römer bis zu zehntausend Sesterzen das Stück zahlten, um sie auf ihrer Tafel sterben zu sehen und grausam zuzuschauen, wie ihre Farben vom Zinnoberrot des Lebens ins bleiche Weiß des Todes übergingen.

Wenn ich hier weder Hornfische sah, noch Seepferdchen, Kugelfische, Meerschnepfen, Schleimfische, Streifenbarben, Lippfische, Stinte, Flederfische, Anschoven, Gelbstrieme, Hornhechte, noch die Hauptvertreter der Schollen, die Kliesdhen,

Flundern, Seezungen und Goldbutten, die im Atlantik und im Mittelmeer heimisch sind, so ist daran die atemberaubende Geschwindigkeit schuld, die den *Nautilus* durch diese reichen Gewässer trug.

Was die Meersäugetiere anbelangt, glaube ich südlich der Adria zwei oder drei Pottwale, einige Delphine der Art Rundköpfe – der vordere Teil ihres Kopfes ist mit schmalen hellen Linien gestreift, und sie sind im Mittelmeer häufig – und auch ein Dutzend Robben mit weißem Bauch und schwarzem Fell – sie sind unter dem Namen Mönchsrobben bekannt und sehen genau wie Dominikaner aus – von drei Meter Länge gesehen zu haben.

Conseil seinerseits glaubt eine Schildkröte von sechs Fuß Breite gesichtet zu haben. Leider bemerkte ich dieses Reptil nicht, nach der Beschreibung aber, die mir Conseil davon gab, muß es sich um eine recht seltene Art gehandelt haben. Ich für mein Teil sah nur einige Exemplare der gewöhnlichen Meerschildkröten.

Was die Tierpflanzen angeht, konnte ich für ein paar Augenblicke eine wunderschöne orangefarbene Helmqualle bewundern, die sich an die Scheibe auf der Backbordseite heftete; es war ein zarter, langer Faden, der sich in unendlich viele Zweige verästelte und in die feinsten Spitzengebilde auslief, die die Rivalinnen von Arachne je geklöppelt haben. Ich konnte dieses herrliche

Exemplar leider nicht einfangen und hätte zweifellos auch keine andere Tierpflanze des Mittelmeers mehr zu Gesicht bekommen, wenn nicht der *Nautilus* am Abend des 16. Februar seine Fahrt plötzlich stark verlangsamt hätte. Die Gründe waren folgende:

Wir fuhren zwischen Sizilien und der Küste von Tunesien durch. In diesem engen Raum zwischen dem Kap Bon und der Straße von Messina steigt der Meerboden unvermittelt an und bildet knapp siebzehn Meter unter der Oberfläche einen eigentlichen Grat, dessen Seiten hundertsiebzig Meter tief abfallen. Der *Nautilus* mußte also sehr vorsichtig lavieren, wenn er nicht gegen dieses Unterwasserriff stoßen wollte.

Auf der Karte des Mittelmeeres zeigte ich Conseil die genaue Stelle dieser langen Klippenreihe.

»Wenn mein Herr mir die Bemerkung erlaubt«, sagte Conseil, »das ist ja eine Art Isthmus, der Europa mit Afrika verbindet!«

»Ja, mein Junge«, antwortete ich, »er blockiert auf weite Strecken den Golf von Libyen, und die Sondierungen von Smith haben ergeben, daß die Kontinente früher zwischen Kap Boco und Kap Furina zusammenhingen.«

»Das leuchtet mir ein«, nickte Conseil.

»Mehr noch«, fuhr ich fort, »eine ähnliche Barriere existiert zwischen Gibraltar und Ceuta; sie hat ursprünglich das Mittelmeer abgeschlossen.«

»Ha!« machte Conseil, »wenn nun ein vulkanischer Ausbruch eines Tages diese beiden Riffe über den Wasserspiegel höbe!«

»Das ist kaum wahrscheinlich, Conseil.«

»Mit Verlaub: Wenn dieses Naturereignis einträte, wäre es doch höchst ärgerlich für Herrn de Lesseps, der sich soviel Mühe gibt, seinen Isthmus zu durchstechen!«

»Da gebe ich dir recht, aber wie bereits gesagt, Conseil, dieses Ereignis wird nicht eintreten. Die Heftigkeit der unterirdischen Kräfte nimmt ständig ab. Die Vulkane, deren es in der Frühzeit der Erde so viele gab, erlöschen nach und nach; die Hitze im Innern der Erdkugel wird schwächer, die Temperatur geht von Jahrhundert zu Jahrhundert zurück, und das zum Schaden unseres Globus, denn diese Hitze ist sein Leben.«

»Aber die Sonne ...«

»Die Sonne genügt nicht, Conseil. Kann sie einem Leichnam Lebenswärme zurückgeben?«

»Nein, soviel ich weiß, nicht.«

»*Eh bien*, mein Freund, die Erde wird eines Tages ein solcher erkalteter Leichnam sein. Sie wird unbewohnbar und öde wie der Mond sein, der seine Lebenswärme seit langem verloren hat.«

»In wie vielen Jahrhunderten?« wollte Conseil wissen.

»In Hunderttausenden von Jahren, mein Junge.«

»Dann«, versetzte Conseil, »haben wir ja noch Zeit genug, unsere Reise zu beendigen – falls uns

Ned Land nicht einen Strich durch die Rechnung macht!«

Und beruhigt machte sich Conseil wieder an die Beobachtung der Bodenerhebungen, an denen der *Nautilus* mit mäßiger Geschwindigkeit entlangstreifte.

Dort, auf felsigem, vulkanischem Grund, breitete sich eine ganze lebende Flora aus, Schwämme, Seegurken, Kugelquallen mit rötlichen Wickelranken und leicht phosphoreszierend, Haarsterne, beweglich, purpurrot und gut ein Meter breit, baumartige Gorgonenhäupter mit langen Armen, eine Menge eßbare Seeigel verschiedener Arten und grüne Seenesseln mit gräulichem Stamm und brauner Mundöffnung, die sich im olivenfarbigen Schopf ihrer Fangarme verlor.

Conseil hatte seine Aufmerksamkeit besonders auf die Mollusken und Gliedertiere gerichtet, und obwohl ihre Aufzählung etwas ermüdend sein mag, will ich dem braven Jungen nicht unrecht tun, indem ich seine persönlichen Beobachtungen auslasse.

Vom Stamm der Weichtiere nennt er violette Pastetchen und Meermandeln, Lazarusklappern in Haufen, dreieckige Stumpfmuscheln, orangefarbene Schildkrötenschnecken, Seehasen, Beilschnecken, die fürs Mittelmeer typischen Schirmschnecken, Seeohren, deren Schalen das gesuchte Perlmutt liefern, Archenkammuscheln, Bohrmuscheln, die die Bewohner des Languedoc dem

Vernehmen nach den Austern vorziehen, weiße und fette warzige Venusmuscheln, ja sogar einige Islandmuscheln, die an den Küsten Nordamerikas heimisch sind und beträchtlichen Absatz in New

York finden, verschiedenfarbene Jakobsmuscheln, in ihre Löcher eingegrabene Meerdatteln, deren scharfen Geschmack ich sehr schätze, gefurchte Trapezmuscheln, anmutige Herzmuscheln, Rollschwimmer mit spiraligem Gehäuse, graue, weißgetupfte Thetysschnecken, schraubenähnliche Fadenschnecken, Flügelschnecken, Ohrenmuscheln, lohfarbene Wendeltreppen, Strand- und Blauschnecken, Marsenien, Mützenschnecken, Büchsenmuscheln etc.

Was die Gliedertiere anbelangt, so hat sie Conseil in seinen Notizen zu Recht in sechs Klassen unterteilt, wovon drei der marinen Tierwelt angehören. Es sind die Krebse, Rautenfüßer und Ringelwürmer.

Die Krebse werden in neun Ordnungen eingeteilt; zur ersten gehören die Zehnfußkrebse, das heißt Tiere, deren Kopf im allgemeinen mit dem Thorax ein Stück bildet, während der Freßapparat aus mehreren Gliederpaaren besteht, und die vier, fünf oder sechs Paar Beine besitzen. Conseil war der Methode unseres gelehrten Milne-Edwards gefolgt, der die Zehnfußkrebse in drei Sektionen gliedert: Krabben, Langschwänze und Mittelkrebse. Unter den Krabben nennt Conseil die Gespensterkrabbe, die bei den alten Griechen aus mir unerfindlichen Gründen die Weisheit versinnbildlichte, Langarmkrebse, die sich wahrscheinlich in diese geringe Tiefe verirrt hatten, denn gewöhnlich leben sie viel weiter unten, Steinkrabben, Borstenkrabben, körnige Schamkrabben – laut Conseil sehr leicht verdaulich –, Maskenkrabben, Gepäckträgerkrabben, Wollkrabben etc. Unter den Langschwänzen, die in fünf Familien unterteilt sind: *Loricata, Upogebia, Astacidae, Natantia* und *Ochyzopoden,* zitiert er die gemeine Languste – das Fleisch der Weibchen wird sehr geschätzt –, den Bärenkrebs oder die Meergrille, den Maulwurfkrebs und alle möglichen anderen eßbaren Arten, aber er sagt nichts von der Unterteilung der *Astacidae,* zu denen die Hummer gehören, denn die Langusten sind die einzigen Hummer des Mittelmeers. Unter den Mittelkrebsen schließlich sah er Einsiedlerkrebse, die sich verlassener Gehäuse bemächtigen und darin wohnen, Bernhardskrebse, Porzellankrebse etc.

Hier endeten die Notizen Conseils. Die Zeit hatte ihm gefehlt, die Klasse Krustentiere zu vervollständigen durch die Maulfüßer, die Flohkrebse, Gleichfüßer, Asseln, Armfüßer, Muschelkrebse und Ringelkrebse. Und um die Studie über Gliedertiere des Meeres abzuschließen, hätte er noch die Rankenfüßer nennen müssen, zu denen die Zyklopen, die Schmarotzerkrebse und die Gliederwürmer gehören, welch letztere er unweigerlich in vielborstige Ringelwürmer und Rückenkiemer unterteilt hätte. Aber nachdem der *Nautilus* die Bodenerhebung der Meerenge hinter sich gelassen hatte, nahm er in den tieferen Wassern wieder seine gewohnte Geschwindigkeit auf. Damit war es für uns aus mit Mollusken, Gliedertieren und Tierpflanzen, nur noch ein paar große Fische zogen wie Schatten vor unseren Augen vorbei.

In der Nacht vom 16. auf den 17. Februar waren wir ins zweite Becken des Mittelmeers gelangt, das bis zu dreitausend Meter tief ist. Der *Nautilus* glitt unter dem Antrieb seiner Schraube schräg hinunter bis in die untersten Gefilde.

Dort gab es keine Wunder der Natur mehr, dafür aber boten sich meinen Blicken rührende und schreckenerregende Bilder. Wir befanden uns im makabersten Teil des Mittelmeers. Wie viele Menschen erlitten zwischen der algerischen Küste und den Gestaden der Provence Schiffbruch, wie viele Schiffe verschwanden für immer in den Fluten! Verglichen mit der Weite des Pazifik ist das Mittelmeer nur ein See – aber ein launenhafter See, unberechenbar, heute dem gebrechlichen Boot, das zwischen dem doppelten Blau von Himmel und Wasser dahinsegelt, günstig und schmeichlerisch, morgen, aufgewühlt von den Winden, bringt er in rasendem Zorn die stärksten Schiffe zum Scheitern mit seinen Schlagwellen.

Wie viele Wracks erblickte ich auf dieser doch so kurzen Fahrt durch die Tiefen! Die einen waren schon überwachsen mit Korallen, die andern nur mit einer Schicht Rost bedeckt . . . Anker, Kanonen, Kugeln, Takelwerk, Schraubenflügel,

Maschinenteile, geborstene Zylinder, gesprungene Heizkessel, treibende Schiffsrümpfe, teils aufrecht im Wasser stehend, teils auf der Seite liegend.

Die einen dieser gescheiterten Schiffe waren

in einem Zusammenstoß untergegangen, die andern, nachdem sie auf ein Riff aufgelaufen waren. Manche waren kielvoran versunken, mit unversehrtem Mastwerk und voll getakelt. Sie sahen aus, als lägen sie auf einer ungeheuren Reede vor Anker und erwarteten das Zeichen zum Auslaufen. Als der *Nautilus* zwischen ihnen durchfuhr und sie mit seinem Licht bestrich, schien es, als ob diese Wracks ihn mit ihrer Flagge grüßen und ihn anrufen wollten. Doch nichts dergleichen geschah – nur die Stille und der Tod herrschten auf diesem Feld der Katastrophen!

Je mehr wir uns Gibraltar näherten, desto zahlreicher wurden diese Gespensterschiffe. Die Küsten von Afrika und Europa nähern sich hier, und in diesem engen Raum sind Zusammenstöße häufig. Ich sah viele eiserne Kiele, phantastische Ruinen von Dampfern, die einen liegend, die andern aufrecht, wie schreckeneinflößende Tiere. Einen besonders grauenhaften Anblick bot ein Schiff mit aufgerissenen Flanken und verbogenen Schloten; von seinen Rädern war nur die Montur erhalten geblieben, das Steuerrad war losgerissen vom Hintersteven und hing nur noch an einer Eisenkette, und das Hinterdeck war zerfressen vom Meersalz. Wie viele Existenzen mochten in diesem Schiffbruch ruiniert worden sein! Wie viele Menschenleben hatte er gekostet? Hatte ein Matrose überlebt, um das entsetzliche Unglück zu beschreiben, oder bewahrten die Fluten das Geheimnis dieses Untergangs für immer? Ich weiß nicht warum, aber plötzlich kam mir der Einfall, dieses versunkene Schiff könnte die *Atlas* sein, die vor zwanzig Jahren mit Mann und Maus auf Nimmerwiedersehn verschwunden war. Ach, welch finstere Geschichte haben die Tiefen des Mittelmeers, dieses riesige Beinhaus, wo ungeheure Reichtümer verlorengingen und wo unzählige Menschen den Tod gefunden haben!

Der *Nautilus* indessen fuhr gleichgültig mit Volldampf durch diese Ruinen. Am 18. Februar, gegen drei Uhr morgens, waren wir am Eingang zur Straße von Gibraltar.

Dort gibt es zwei Strömungen: eine obere, seit langem bekannte, die die Wasser des Ozeans ins Mittelmeerbecken führt; und eine tiefer gelegene Gegenströmung, deren Vorhandensein sich durch Vernunftgründe beweisen läßt. Der Wasserspiegel des Mittelmeers müßte infolge des Zustroms der atlantischen Fluten und der Flüsse, die sich in das mediterrane Becken ergießen, Jahr für Jahr steigen, denn die Verdunstung reicht nicht aus, um einen Ausgleich zu schaffen. Nun steigt aber das Mittelmeer nicht, und das führt zur logischen Folgerung, es müsse eine tiefer gelegene Strömung existieren, die den Wasserüberschuß durch die Straße von Gibraltar in den Atlantik abführt.

Dem ist in der Tat so. Und diese Gegenströmung machte sich der *Nautilus* zunutze. Er überwand die Meerenge in kürzester Zeit. Eben noch

konnte ich die herrlichen Ruinen des versunkenen Herkulestempels, von dem Plinius und Avienus sprechen, auf ihrem natürlichen Granitfundament sehen, und einige Minuten später waren wir im Atlantik.

ACHTES KAPITEL

DIE BUCHT VON VIGO

Der Atlantik; eine riesige Wasserfläche, die fünfundzwanzig Millionen Quadratmeilen bedeckt und neuntausend Meilen lang ist, bei einer mittleren Breite von zweitausendsiebenhundert Meilen. Ein wichtiges Meer, den Alten beinahe unbekannt, außer vielleicht den Karthagern, diesen Holländern der Antike, die auf ihren Handelsreisen den Westküsten von Europa und Afrika folgten. Ein Ozean, dessen Gestade von Kontinenten gebildet wird, gespeist von den größten Strömen der Welt: Sankt-Lorenz-Strom, Mississippi, Amazonas, Rio de la Plata, Orinoko, Niger, Senegal, Elbe, Loire, Rhein, die ihm die Wasser der zivilisiertesten Länder und der wildesten Gegenden zuführen. Eine großartige Ebene, unablässig durchfurcht von den Schiffen aller Nationen, unter dem Schutz aller Seemächte der Welt stehend; seine beiden Endpunkte, Kap Hoorn und Kap der Guten Hoffnung, sind von den Seefahrern gefürchtet.

Der *Nautilus* durchschnitt die Wasser mit seinem scharfen Schnabel; er hatte in dreieinhalb Monaten an die zehntausend Meilen zurückgelegt, eine Strecke, länger als ein Meridian. Wohin fuhren wir jetzt, und was erwartete uns in der Zukunft?

Nachdem er die Meerenge von Gibraltar hinter sich gelassen hatte, war der *Nautilus* ins offene Meer hinausgefahren. Er stieg an die Oberfläche, und so konnten wir unsere täglichen Spaziergänge auf der Plattform wieder aufnehmen.

Ich begab mich alsbald mit Ned Land und Conseil hinauf. In einer Entfernung von zwölf Meilen zeichnete sich vage das Kap Saint-Vincent ab, das die Südwestspitze der Iberischen Halbinsel bildet. Von Süden her wehte ein böiger Wind. Das Meer war stürmisch und brachte mit heftigen Stößen den *Nautilus* zum Schlingern. Es war fast unmöglich, sich auf der Plattform aufzuhalten, denn riesige Schaumkronen überspritzten sie ständig. Wir begaben uns also wieder hinunter, nachdem wir frische Luft geschöpft hatten.

Conseil ging in seine Kajüte; ich trat in mein Zimmer, aber der Kanadier folgte mir mit besorgter Miene. Unsere schnelle Durchquerung des Mittelmeers hatte ihm nicht erlaubt, seine Pläne auszuführen, und er verbarg seine Enttäuschung nicht.

Sobald sich die Tür meines Zimmers hinter uns geschlossen hatte, setzte er sich und betrachtete mich schweigend.

»Freund Ned«, ergriff ich das Wort, »ich verstehe Sie, aber Sie haben sich nichts vorzuwerfen. Unter diesen Umständen sich einfallen zu lassen, vom *Nautilus* zu fliehen, wäre Wahnsinn gewesen!«

Ned Land gab keine Antwort. An seinen zusammengepreßten Lippen und gerunzelten Brauen sah ich, daß er immer noch von seiner fixen Idee besessen war.

»Aber es ist ja noch nichts verloren«, fuhr ich fort. »Wir fahren die Küste von Portugal hinauf. Frankreich und England, wo wir leicht Zuflucht finden würden, sind nicht fern. Ja, wenn der *Nautilus* nach der Straße von Gibraltar Kurs gen Süden gehalten und uns in landlose Regionen entführt hätte, würde ich Ihre Besorgnis teilen. Aber wir wissen jetzt, daß Kapitän Nemo die bevölkerten Meere nicht flieht, und ich glaube, in einigen Tagen können Sie mit Aussicht auf Erfolg handeln.«

Ned Land schaute mich noch starrer an und öffnete endlich den Mund:

»Es ist heute abend soweit«, sagte er.

Ich fuhr auf. Auf diese Mitteilung war ich, ich gebe es zu, nicht gefaßt gewesen. Ich brachte kein Wort heraus.

»Wir hatten vereinbart, eine günstige Gelegenheit abzuwarten«, fuhr Ned Land fort. »Diese Gelegenheit ist meines Erachtens gekommen. Heute abend werden wir nur einige Meilen von der spanischen Küste entfernt sein. Die Nacht ist dunkel, der Wind auflandig. Ich habe Ihr Wort, Herr Aronnax, und ich zähle auf Sie.«

Da ich immer noch schwieg, erhob sich der Kanadier und trat auf mich zu.

»Heute abend um neun«, sagte er eindringlich. »Conseil habe ich benachrichtigt. Um diese Stunde befindet sich Kapitän Nemo in seinem Zimmer und ist wahrscheinlich schon zu Bett gegangen. Weder die Bordmechaniker noch die Matrosen können uns bemerken. Conseil und ich, wir gehen zur Mitteltreppe. Sie, Herr Aronnax, bleiben in der Bibliothek, zwei Schritte von uns, und erwarten mein Signal. Die Ruder, der Mast und das Segel sind in der Jolle. Es ist mir sogar gelungen, einige Vorräte darin zu verstauen. Ich habe mir einen Schraubenschlüssel besorgt, um die Muttern zu lösen, die die Jolle am Rumpf des *Nautilus* festhalten. Alles ist also bereit. Auf heute abend!«

»Die See geht hoch«, wandte ich ein.

»Zugegeben«, antwortete der Kanadier, »aber das müssen wir in Kauf nehmen. Die Freiheit hat ihren Preis. Das Boot ist ja solide gebaut, und ein paar Meilen mit günstigem Wind sind eine Kleinigkeit. Wer garantiert uns, daß wir morgen nicht schon wieder hundert Meilen weiter draußen im offenen Meer wären? Wenn wir Glück haben, haben wir heute abend zwischen zehn und elf Uhr an irgendeinem Punkt des Festlands angelegt – oder wir sind tot! Auf heute abend also!«

Damit zog sich der Kanadier zurück; ich war wie betäubt, ich hatte mir vorgestellt, gegebenenfalls Zeit zum Überlegen und zum Diskutieren zu haben. Mein halsstarriger Gefährte erlaubte es mir nicht. Und was hätte ich ihm auch sagen können? Ned Land hatte hundertmal recht. Es war eine Gelegenheit, und er nutzte sie. Konnte ich mein gegebenes Wort zurücknehmen, konnte ich die Verantwortung tragen, aus rein persönlichen Interessen die Zukunft meiner Gefährten zu ruinieren? Ned Land hatte recht, Kapitän Nemo konnte uns durch alle Weltmeere führen!

In diesem Augenblick belehrte mich ein schrilles Pfeifen, daß die Tanks sich füllten, und der *Nautilus* versank in die Fluten des Atlantik.

Ich blieb in meinem Zimmer, denn ich wollte dem Kapitän nicht begegnen; er sollte mir die Gefühle, die mich beherrschten, nicht an den Augen ablesen. So verbrachte ich einen traurigen Tag, hin- und hergerissen zwischen dem Wunsch, meine Bewegungsfreiheit wiederzugewinnen, und dem Bedauern, diesen wunderbaren *Nautilus* zu verlassen und meine Unterwasserstudien nicht beenden zu können. Diesen Ozean, ›meinen Atlantik‹, wie ich ihn bei mir nannte, zu verlassen ohne ihn zu erforschen, ohne ihm die Geheimnisse zu entreißen, die mir der Indische Ozean und der Pazifik enthüllt hatten! Mein Roman entglitt schon nach dem ersten Band meinen Händen, mein Traum wurde im schönsten Augenblick unterbrochen! So verstrichen ein paar jämmerliche Stunden, bald sah ich mich, zusammen mit meinen Gefährten, in Sicherheit an Land, bald wünschte ich, entgegen aller Vernunft, irgendein unvorhergesehener Umstand möge die Verwirklichung von Ned Lands Plänen verhindern.

Zweimal ging ich in den Salon. Ich wollte den Kompaß zu Rate ziehen, um festzustellen, ob wir uns der Küste in der Tat näherten oder ob wir uns von ihr entfernten. Aber nein – der *Nautilus* befand sich immer noch in den portugiesischen Gewässern. Er hielt Kurs nach Nord, indem er dem Ufer entlangfuhr.

Ich mußte mich also dreinschicken und meine Flucht vorbereiten. Mein Gepäck war nicht schwer – es bestand nur aus meinen Notizen.

Was Kapitän Nemo anging, fragte ich mich, was er von unserem Entweichen halten werde, welche Unruhe, welche Nachteile vielleicht gar es ihm verursachte und wie er sich verhielt, wenn unsere Flucht enthüllt wurde oder mißlang. Ohne Zweifel hatte ich mich nicht zu beklagen über ihn, im Gegenteil. Nie hatte ich freimütigere Gastfreundschaft erlebt als die seinige. Wenn ich ihn verließ, konnte man mich nicht der Undankbarkeit beschuldigen. Kein Versprechen band uns an ihn. Er stützte sich nur auf die Macht der Umstände und nicht auf unser Wort, um uns für immer bei sich zu behalten. Er hatte ausdrücklich seine Absicht kundgetan, uns für ewig als Gefangene auf seinem Schiff zurückzuhalten, und dies rechtfertigte jeden Fluchtversuch unsererseits.

Seit unserem Besuch der Insel Santorin hatte ich den Kapitän nicht wieder gesehen. Brachte mich der Zufall vor unserer Flucht noch einmal mit ihm zusammen? Ich hoffte und fürchtete es zugleich. Ich lauschte, ob ich ihn nicht in seinem Zimmer, das neben dem meinigen lag, auf und ab gehen hörte; doch kein Geräusch drang an mein Ohr. Er war offenbar nicht in seinem Zimmer.

Auf einmal begann ich mich zu fragen, ob dieser seltsame Mann überhaupt noch an Bord weile. Seit jener Nacht, als das Boot den *Nautilus* mit einem geheimnisvollen Auftrag verließ, hatten sich meine Ansichten, was ihn betraf, etwas geändert. Ich vermutete nun, was immer er dagegen gesagt hätte, daß Kapitän Nemo irgendwelche Beziehungen mit dem festen Land aufrechterhalten haben müsse. Verließ er den *Nautilus* wirklich nie? Oft waren Wochen verstrichen, bis ich ihm wieder begegnet war. Was trieb er in dieser Zeit? War es nicht möglich, daß er, während ich ihn für eine Beute misanthropischer Anfälle hielt, fern von uns in aller Heimlichkeit etwas unternahm, von dem ich keine Ahnung hatte?

Diese Ideen und tausend andere bestürmten mich. In der merkwürdigen Lage, in der wir uns befanden, war keine Vermutung abwegig. Ich empfand steigendes Unbehagen. Dieser Tag des Wartens schien mir kein Ende zu nehmen. Für meine Ungeduld verstrichen die Stunden zu langsam.

Das Nachtessen wurde mir wie immer auf dem Zimmer serviert. Ich aß wenig, ich war zu sehr beschäftigt mit meinen Gedanken. Ich verließ den Tisch um sieben Uhr. Hundertzwanzig Minuten – ich zählte sie – trennten mich noch vom Augenblick, da ich zu Ned Land gehen sollte. Meine Erregung wurde immer größer, mein Puls schlug heftig, ich konnte mich nicht stillhalten. Ich ging im Zimmer auf und ab, in der Hoffnung, so meine stürmischen Gedanken zu beruhigen. Die Vorstellung, bei unserem gewagten Unternehmen umzukommen, war die geringste meiner Sorgen; aber mein Herz klopfte wild beim Gedanken, unser Plan könnte entdeckt werden, bevor wir den *Nautilus* verlassen hatten – beim Gedanken, vor einen erzürnten oder, was noch schlimmer gewesen wäre, über meine Flucht betrübten Kapitän Nemo gebracht zu werden.

Ich wollte den Salon ein letztes Mal sehen. Ich ging über die Brücken und kam in dieses Museum, in dem ich so viele angenehme und ergiebige Stunden verbracht hatte. All die Reichtümer, all die Schätze betrachtete ich wie ein Mann am Vorabend eines lebenslänglichen Exils, wenn er abreist, um nie wiederzukehren. Diese Wunder der Natur, diese Meisterwerke der Kunst, auf die seit so vielen Tagen meine Gedanken sich konzentriert hatten – ich sollte sie für immer verlassen! Ich hätte meine Blicke durch die Scheiben des Salons über die Wasser des Atlantik schweifen lassen mögen; aber die Läden waren hermetisch geschlossen, und ein Mantel aus Eisenblech trennte mich von diesem Ozean, den ich noch nicht kannte.

Indem ich so durch den Salon schlenderte, kam ich in die Nähe der in die abgerundete Ecke eingelassenen Tür, die zum Zimmer des Kapitäns führte. Zu meinem größten Erstaunen stand sie halb offen. Unwillkürlich wich ich zurück. Wenn Kapitän Nemo in seinem Zimmer war, konnte er mich sehen. Als ich jedoch kein Geräusch hörte, trat ich näher. Das Zimmer war leer. Ich stieß die Türe auf und machte einige Schritte ins Zimmer. Auch hier die strenge, klösterliche Atmosphäre!

In diesem Augenblick fiel mein Blick auf einige Radierungen, die an der Wand hingen und die ich bei meinem ersten Besuch nicht bemerkt hatte. Es waren Porträts, Bilder großer Männer der Geschichte, die sich ihr Leben lang einer großen humanen Idee widmeten: Kosciusko, der Held, der zum Ruf *»finis Poloniae!«* gefallen war, Botzaris, der Leonidas des modernen Griechenland, O'Connell, der Verteidiger Irlands, Washington, der Gründer der amerikanischen Union, Manin, der italienische Patriot, Lincoln, der unter der Kugel eines Anhängers der Sklaverei fiel, und schließlich der Märtyrer für die Befreiung der schwarzen Rasse, John Brown, am Galgen hängend, wie ihn der Stift von Victor Hugo so entsetzlich gezeichnet hat.

Welche Verbindung bestand zwischen diesen heldenhaften Seelen und der Seele Kapitän Nemos? Konnte ich aus dieser Sammlung von Bildern dem Geheimnis seines Daseins auf die Spur kommen? War er der Kämpfer unterdrückter Völker, der Befreier versklavter Rassen? Hatte er eine Rolle gespielt in den kürzlichen politischen oder sozialen Erschütterungen unseres Jahrhunderts? War er einer der Helden des schrecklichen amerikanischen Bürgerkriegs gewesen, dieses beklagenswerten und auf ewig glorreichen Kampfes?

Plötzlich schlug es acht Uhr. Schon der erste Schlag riß mich aus meinen Träumen. Ich zitterte, als hätte ein unsichtbares Auge meine geheimsten Gedanken erforschen können, und stürzte aus dem Zimmer.

Mein Blick fiel auf den Kompaß. Wir hielten Kurs nach Nord. Das Log zeigte eine mäßige Geschwindigkeit an, der Druckmesser eine Tiefe von ungefähr sechzig Fuß. Die Umstände begünstigten also die Pläne des Kanadiers.

Ich kehrte in mein Zimmer zurück. Ich kleidete mich warm an: Wasserstiefel, Fischottermütze und mit Seehundsfell gefütterte Muschelseidenjacke. Ich war bereit. Ich wartete. Nur das rhythmische Geräusch der Schraube störte die tiefe Stille, die an Bord herrschte. Ich lauschte, ich spitzte die Ohren. Würde mir nicht ein plötzlicher Stimmenausbruch verraten, daß Ned Land in seinen Fluchtvorbereitungen überrascht worden sei? Tödliche Besorgnis ergriff mich. Ich versuchte vergeblich, meine Gelassenheit wiederzuerlangen.

Um fünf Minuten vor neun preßte ich mein Ohr an die Tür des Kapitäns. Kein Geräusch. Ich verließ mein Zimmer und ging wieder in den Salon, der im Halbdunkel lag und völlig leer war. Ich machte die Verbindungstür zur Bibliothek auf. Dieselbe ungenügende Beleuchtung, dieselbe Einsamkeit. Ich würde mich in der Nähe der Tür postieren, die zur Mitteltreppe führte. Ich wartete auf das Signal Ned Lands.

Plötzlich wurden die Drehungen der Schraube merklich langsamer und hörten schließlich ganz auf. Warum das? Ob dieses Anhalten den Plänen Ned Lands günstig war oder sie behinderte, hätte ich nicht zu sagen gewußt.

Nur noch das Schlagen meines Herzens störte die Stille.

Plötzlich spürte ich einen leichten Aufprall. Ich begriff, daß der *Nautilus* auf dem Meeresboden angehalten hatte. Meine Unruhe steigerte sich. Das Signal des Kanadiers blieb aus. Am liebsten wäre ich zu Ned Land gegangen, um ihn zu überreden, seinen Fluchtversuch aufzuschieben. Ich hatte das Gefühl, die Umstände unserer Fahrt seien nicht mehr die gewohnten.

In diesem Augenblick ging die Tür des großen Salons auf und Kapitän Nemo erschien. Er bemerkte mich und sagte ohne jede Einleitung liebenswürdig:

»Ah, Herr Professor, Sie suchte ich gerade. Kennen Sie sich in der spanischen Geschichte aus?«

In der Lage, in der ich mich befand, verwirrt und kopflos, wüßte man selbst von der Geschichte des eigenen Landes kein Wort mehr.

»*Eh bien?*« wiederholte Kapitän Nemo, »haben Sie meine Frage überhört? Kennen Sie sich in der spanischen Geschichte aus?«

»Nicht sehr gut«, gestand ich.

»Da haben wir's!« machte der Kapitän, »die Wissenschaftler wissen auch nicht alles! Gut, setzen Sie sich«, fügte er hinzu, »und ich werde Ihnen eine merkwürdige Episode dieser Geschichte erzählen.«

Der Kapitän streckte sich auf einen Diwan aus, und mechanisch nahm ich im Halbdunkel in seiner Nähe Platz.

»Herr Professor«, begann er, »hören Sie mir gut zu! Diese Geschichte wird Sie in gewisser Beziehung interessieren, denn sie beantwortet eine Frage, die Sie zweifellos nicht haben lösen können.«

»Ich bin ganz Ohr, Kapitän«, entgegnete ich, ohne zu wissen, worauf mein Gesprächspartner hinaus wollte, und in vager Angst, dieser Zwischenfall könnte etwas mit unseren Fluchtplänen zu tun haben.

»Herr Professor«, begann Kapitän Nemo, »versetzen wir uns einmal ins Jahr 1702 zurück. Sie wissen, daß in dieser Epoche Ihr König Ludwig XIV. – in der Annahme, es genüge eine Herrschergebärde, um die Pyrenäen unter seine Botmäßigkeit zu bringen – den Spaniern seinen Enkel, den Herzog von Anjou, als König aufgenötigt hatte. Dieser Fürst, der unter dem Namen Philipp V. mehr oder weniger schlecht regierte, hatte jedoch einen mächtigen Gegner.

Im Jahr vorher hatten die Herrscher von Holland, Österreich und England in Den Haag einen Bündnisvertrag abgeschlossen mit dem Ziele, Philipp V. die spanische Krone zu entreißen, um sie einem Erzherzog aufzusetzen, dem sie vorzeitig den Namen Karl III. gaben.

Spanien mußte sich gegen diese Koalition wehren. Es verfügte aber über fast keine Soldaten und Matrosen. An Geld allerdings fehlte es ihm nicht, sofern seine mit dem Gold und Silber Amerikas beladenen Galeonen in seine Häfen einliefen. Mitte des Jahres 1702 wurde so ein großer Geleitzug erwartet, der unter dem Schutze einer französischen Flotte von dreiundzwanzig Schiffen, kommandiert von Admiral de Château-Renault, stand, denn die Seestreitkräfte der Verbündeten kreuzten damals auf dem Atlantik.

Dieser Geleitzug sollte sich nach Cadiz begeben, aber als der Admiral erfuhr, daß die englische Flotte dort in der Nähe kreuzte, beschloß er, einen französischen Hafen anzulaufen.

Die spanischen Kommandanten des Geleitzugs protestierten gegen diesen Entscheid. Sie wollten in einen spanischen Hafen einlaufen, und wenn es in Cadiz nicht ging, dann in der Bucht von Vigo, an der nordwestlichen Küste Spaniens gelegen, die nicht blockiert war.

Der Admiral de Château-Renault hatte die Schwäche, diesem Befehl zu gehorchen, und die Galeonen fuhren in die Bucht von Vigo ein.

Unglücklicherweise bildet diese Bucht einen offenen Ankerplatz, der überhaupt nicht verteidigt werden kann. Es galt also, die Galeonen so rasch als möglich zu löschen, bevor die Flotten der Verbündeten auftauchten, und die Zeit hätte auch zum Ausladen genügt, wenn sich nicht plötzlich eine erbärmliche Frage der Rivalität erhoben hätte.

»Sie können der Verkettung der Ereignisse folgen?« unterbrach sich Kapitän Nemo.

»Durchaus«, nickte ich und wußte immer noch nicht, warum er mir diese Geschichtslektion erteilte.

»Gut. Ich fahre weiter. Folgendes ereignete sich: Die Kaufleute von Cadiz besaßen ein Privileg, nach dem sie sämtliche Waren erhalten mußten, die von Westindien kamen. Die Galeonen im Hafen von Vigo zu löschen, widersprach ihrem Recht. Sie beklagten sich also in Madrid und erreichten es beim schwachen Philipp V., daß der Geleitzug nicht weitergelöscht wurde, sondern in Sequester auf der Reede von Vigo bleiben sollte, bis sich die feindlichen Flotten entfernt hätten.

Noch während dieser Entschluß gefaßt wurde, am 22. Oktober 1702, langten jedoch die engli-

schen Schiffe in der Bucht von Vigo an. Admiral de Château-Renault schlug sich, obwohl er dem Feind unterlegen war, tapfer. Als er aber einsah, daß die Reichtümer des Geleitzugs dem Gegner in die Hand fallen würden, bohrte er die Galeonen an und steckte sie in Brand, so daß sie mitsamt ihren ungeheuren Schätzen untergingen.«

Kapitän Nemo hatte geendet. Ich gestehe, daß ich immer noch nicht begriff, inwiefern mich diese Geschichte interessieren sollte.

»Nun, und?« fragte ich.

»Nun, Herr Aronnax«, antwortete Kapitän Nemo, »wir sind in dieser Bucht von Vigo, und es liegt nur bei Ihnen, in ihre Geheimnisse einzudringen.«

Der Kapitän erhob sich und bat mich, ihm zu folgen. Ich hatte Zeit erhalten, mich wieder zu fassen. Ich gehorchte. Der Salon war dunkel, aber durch die Scheiben glitzerten die Fluten des Meeres. Ich schaute hinaus.

Rund um den *Nautilus*, im Umkreis von einer halben Meile, schienen die Wasser von elektrischem Licht getränkt. Der Sandboden war hell und deutlich zu erkennen. Einige Leute der Mannschaft, in Tauchanzügen steckend, waren damit beschäftigt, halbverfaulte Fässer und aufgeplatzte Kisten inmitten der noch brandgeschwärzten Wracks freizulegen. Aus diesen Kisten und Fässern fielen Gold- und Silberbarren, Kaskaden von Münzen und Geschmeide. Der Sand war besät damit. Beladen mit dieser kostbaren Beute kamen die Leute zum *Nautilus*, luden hier ihre Last ab und gingen zurück, um die nächste Ladung Geld und Gold zu holen.

Ich begriff. Hier hatte sich die Schlacht am

22. Oktober 1702 abgespielt. Hier waren die mit dem Gold für die spanische Regierung beladenen Galeonen untergegangen. Hierher kam Kapitän Nemo je nach Bedürfnis die Millionen holen, die er in seinem *Nautilus* mitführte. Für ihn, für

ihn allein hatte Amerika sein Edelmetall geopfert! Er war der einzige und direkte Erbe dieser Schätze, die den Inkas und den von Fernando Cortez Besiegten entrissen worden waren!

»Wußten Sie, Herr Professor«, fragte er mich lächelnd, »daß das Meer so viele Reichtümer enthält?«

»Ich wußte«, antwortete ich, »daß man das Silber, das auf seinem Grund liegt, auf zwei Millionen Tonnen schätzt.«

»Sicher, aber um dieses Silber zu bergen, würden die Kosten den Profit übersteigen. Hier dagegen habe ich das nur aufzulesen, was die Menschen verloren haben, und zwar nicht nur in dieser Bucht von Vigo, sondern auch an tausend anderen Schauplätzen von Schiffbrüchen, die auf meiner Untermeerkarte eingezeichnet sind. Begreifen Sie nun, daß ich Milliarden besitze?«

»Ich begreife es, Kapitän. Erlauben Sie mir aber, Ihnen zu sagen, daß Sie mit der Ausbeutung der Bucht von Vigo nur der Konkurrenz zuvorgekommen sind.«

»Welcher Konkurrenz?«

»Einer Gesellschaft, die von der spanischen Regierung Erlaubnis erhalten hat, die versunkenen Galeonen auszunehmen. Als Köder für die Aktionäre dient die Aussicht auf riesigen Gewinn, denn man schätzt den Wert dieser untergegangenen Reichtümer auf fünfhundert Millionen.«

»Fünfhundert Millionen!« wiederholte Kapitän

Nemo. »Sie waren da, das stimmt, aber sie sind nicht mehr vorhanden.«

»Das kann ich mir denken«, erklärte ich. »Es wäre menschenfreundlich, diesen Aktionären einen Wink zu geben. Doch wer weiß, wie sie ihn aufnehmen würden! Was Spieler in der Regel am meisten bedauern, ist weniger der Verlust ihres Geldes als der ihrer tollen Hoffnungen. Nach allem habe ich mit ihnen weniger Mitleid als mit den Tausenden von Unglücklichen, denen diese Reichtümer, wenn man sie richtig verteilte, zugute kämen, während sie auf diese Weise für sie ewig unnütz bleiben!«

Kaum hatte ich diesem Bedauern Ausdruck gegeben, begriff ich, daß ich Kapitän Nemo damit verletzt haben mußte.

»Unnütz!« versetzte er lebhaft. »Glauben Sie denn, mein Herr, diese Reichtümer seien verloren, wenn ich sie an mich bringe? Glauben Sie denn, ich mache mir nur für mich die Mühe, diese Schätze zu bergen? Wer sagt Ihnen, daß ich nicht guten Gebrauch davon mache? Glauben Sie, ich wisse nicht, daß es Menschen gibt, die leiden, Rassen, die unterdrückt werden, Beladene, denen man Linderung bringen, Opfer, die man rächen muß? Begreifen Sie denn nicht...?«

Mit diesen letzten Worten brach Kapitän Nemo ab, vielleicht bedauerte er bereits, zuviel gesagt zu haben. Aber ich hatte alles erraten. Was immer die Gründe gewesen sein mochten, die ihn gezwungen

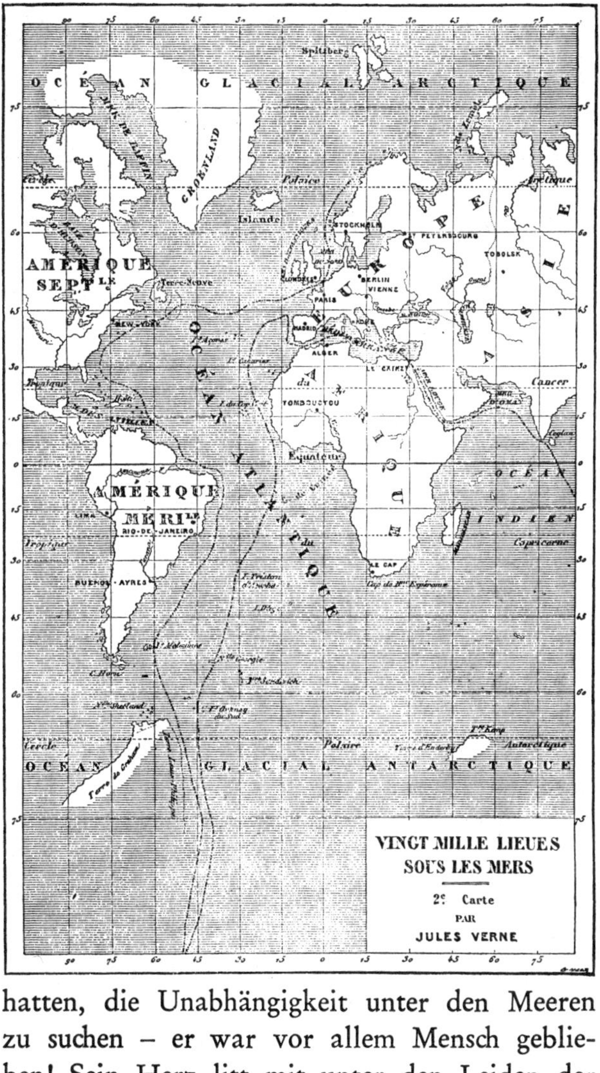

hatten, die Unabhängigkeit unter den Meeren zu suchen – er war vor allem Mensch geblieben! Sein Herz litt mit unter den Leiden der

Menschheit, und seine grenzenlose Mildtätigkeit galt unterjochten Rassen ebensogut wie Individuen!

Und nun begriff ich auch, für wen die Millionen, die Kapitän Nemo abgeschickt hatte, bestimmt waren – der *Nautilus* hatte ja die Gewässer des aufständischen Kreta befahren.

NEUNTES KAPITEL

EIN VERSCHWUNDENER KONTINENT

Am nächsten Morgen, dem 19. Februar, betrat der Kanadier mein Zimmer. Ich hatte seinen Besuch erwartet. Er sah tief enttäuscht drein.

»Nun, mein Herr?« sagte er zu mir.

»Nun, Ned, gestern abend hat sich der Zufall gegen Sie gewendet.«

»Das kann man wohl sagen! Ausgerechnet zu der Stunde, als wir von seinem Boot fliehen wollten, mußte dieser verwünschte Kapitän anhalten lassen!«

»Ja, Ned, er hatte bei seinem Bankier zu tun.«

»Bei seinem Bankier!«

»Oder besser gesagt: in seinem Bankhaus. Ich verstehe darunter diesen Ozean, wo seine Reichtümer sicherer aufgehoben sind, als sie es in der Staatskasse wären.«

Darauf schilderte ich dem Kanadier die Ereignisse des Vorabends, in der geheimen Hoffnung, ihn zu der Idee zu bekehren, den Kapitän nicht zu verlassen; aber mein Bericht hatte kein anderes Ergebnis als das energisch ausgedrückte Bedauern Neds, nicht auf eigene Rechnung einen Spaziergang über das Schlachtfeld von Vigo gemacht zu haben.

»Aber es ist ja noch nicht alles aus!« versuchte er sich zu trösten. »Diesmal hat die Harpune eben ihr Ziel verfehlt. Ein anderes Mal wird es uns gelingen, vielleicht schon heute abend ...«

»Welchen Kurs steuert der *Nautilus*?« fragte ich.

»Keine Ahnung«, erwiderte Ned.

»Gedulden wir uns – mittags werden wir ja die Position feststellen können.«

Der Kanadier kehrte zu Conseil zurück. Sobald ich mich angekleidet hatte, ging ich in den Salon. Der Kompaß brachte keinen Trost: Der *Nautilus* nahm Kurs nach Südsüdwest. Wir kehrten Europa den Rücken.

Ich wartete mit einer gewissen Ungeduld, daß die Position auf der Karte eingetragen werde. Gegen halb zwölf Uhr wurden die Tanks entleert, und der *Nautilus* stieg an die Oberfläche des Ozeans. Ich eilte auf die Plattform. Ned Land war bereits dort.

Weit und breit war kein Land mehr in Sicht. Wohin das Auge blickte, nur unendliches Meer. Einige Segel am Horizont, zweifellos von Schiffen, die bis zum Kap San-Roque hin günstige Winde suchten, um das Kap der Guten Hoffnung zu umfahren. Der Himmel war bedeckt, Wind kam auf.

Wütend suchte Ned den dunstigen Horizont ab. Immer noch hoffte er, daß sich hinter diesem Nebel das so sehr erwünschte Land erstreckte.

Mittags zeigte sich die Sonne einen Augenblick. Der Erste Offizier nutzte diese Aufhellung, um den Sonnenstand zu messen. Dann wurde das Meer wieder stürmischer, wir stiegen hinunter, und die Ausstiegluke wurde geschlossen.

Eine Stunde darauf stellte ich auf der Karte fest, daß die Position des *Nautilus* mit 16°17′ Länge und 33°22′ Breite eingetragen war. Wir befanden uns also hundertfünfzig Meilen von der nächsten Küste. An Flucht war nicht zu denken; ich erspare es mir, den Zorn des Kanadiers zu schildern, als ich ihm unsere Position bekanntgab.

Ich für mein Teil war nicht allzu unglücklich. Im Gegenteil, ich fühlte mich wie erleichtert von einem Gewicht, das mich niedergedrückt hatte, und mit relativer Ruhe konnte ich meine gewohnten Arbeiten wieder aufnehmen.

Gegen elf Uhr abends erhielt ich unerwartet Besuch von Kapitän Nemo. Er erkundigte sich freundlich, ob ich mich müde fühle, weil ich die vergangene Nacht aufgeblieben sei. Ich verneinte.

»Dann, Herr Aronnax, möchte ich Ihnen einen merkwürdigen Ausflug vorschlagen.«

»Ja, Herr Kapitän?«

»Sie haben bis jetzt den Meeresboden nur am Tag und bei Sonnenlicht besucht. Möchten Sie ihn auch im Dunkel der Nacht sehen?«

»Sehr gerne.«

»Ich warne Sie aber, dieser Spaziergang wird anstrengend sein. Wir müssen lange gehen und sogar einen Berg erklettern. Die Wege sind nicht allzu gut.«

»Was Sie mir da sagen, Kapitän, verdoppelt meine Neugierde. Ich bin bereit, Ihnen zu folgen.«

»So kommen Sie, Herr Professor, wir wollen unsere Tauchanzüge anlegen.«

Im Umkleideraum stellte ich fest, daß uns weder meine Gefährten noch Leute von der Mannschaft auf diesem Ausflug begleiten sollten. Kapitän Nemo hatte mir nicht einmal vorgeschlagen, Ned oder Conseil mitzunehmen.

Bald hatten wir unsere Tauchausrüstung angelegt. Auf unsern Rücken wurden die Sauerstoffgeräte geschnallt, aber von den elektrischen Lampen sah ich nichts. Ich machte den Kapitän darauf aufmerksam.

»Sie sind uns nicht vonnöten«, erwiderte er.

Ich glaubte falsch verstanden zu haben, aber ich konnte meine Bemerkung nicht wiederholen, denn der Kopf des Kapitäns war bereits in seiner Metallhülle verschwunden. Ich zog mich fertig an, spürte, daß man mir einen eisenbeschlagenen Stock in die Hand drückte, und einige Minuten später, nach der gewohnten Prozedur, setzten wir in einer Tiefe von dreihundert Metern Fuß auf den Boden des Atlantik.

Es war beinahe Mitternacht. Die Wasser waren tiefschwarz, aber Kapitän Nemo zeigte mir in der Ferne einen rötlichen Punkt, so etwas wie einen ausgedehnten Schein, der ungefähr zwei Meilen vom *Nautilus* zu erkennen war. Was dieses Feuer war, woher es gespeist wurde, warum und wie es im Wasser brannte, konnte ich nicht erraten. Auf jeden Fall leuchtete es uns, freilich nur vage, aber ich gewöhnte mich bald an die Dunkelheit und begriff, daß unter diesen Umständen das Rühmkorffgerät überflüssig war.

Kapitän Nemo und ich gingen Seite an Seite direkt auf den roten Schein zu. Der flache Boden stieg unmerklich an. Wir machten große Schritte unter Zuhilfenahme des Stockes; aber wir kamen trotzdem nur langsam vorwärts, denn unsere Füße blieben oft in einer Art fauligem Schlamm, aus Algen und mit flachen Steinen durchsetzt, stecken.

Beim Gehen hörte ich über meinem Kopf ein rieselndes Geräusch. Von Zeit zu Zeit verstärkte es sich und wurde zu einem anhaltenden Prasseln. Ich hatte die Ursache bald heraus: Es war der Regen, der auf der Oberfläche aufschlug. Instinktiv kam mir der Gedanke, daß ich durchnäßt würde – vom Wasser, mitten im Wasser! Unwillkürlich lachte ich über diese verrückte Idee. Aber natürlich fühlt man im dicken Tauchanzug das nasse Element nicht mehr und glaubt sich in einer Atmosphäre, die etwas dichter ist als die Erdatmosphäre – das ist alles.

Nach einer halben Stunde Marsch wurde der Boden steinig. Medusen, mikroskopisch kleine Krustentiere und Federkorallen erhellten ihn leicht mit phosphoreszierendem Schein. Ich sah Steinhaufen, die von einigen Millionen Tierpflanzen und einem Algengewirr bedeckt waren. Oft glitt ich auf diesem schleimigen Tangteppich aus, und ohne meinen eisenbeschlagenen Stock wäre ich mehr als einmal hingefallen. Wenn ich mich umdrehte, sah ich immer noch das weißliche Licht des *Nautilus*, doch es begann in der Ferne zu verblassen.

Die Steinhaufen, von denen ich eben gesprochen habe, waren in einem gewissen Muster, das ich mir nicht erklären konnte, auf dem Boden angeordnet. Ich bemerkte große Furchen, die sich im fernen Dunkel verloren und deren Länge sich nicht abschätzen ließ. Auch andere Eigentümlichkeiten kamen zum Vorschein, die ich nicht begriff. Es schien mir, daß meine schweren Bleisohlen eine Knochenschicht zermalmten, die mit trockenem Geräusch brach. Was war nur diese weite Ebene, die wir so durchmaßen? Ich hätte gerne den Kapitän danach gefragt, aber seine Zeichensprache, die ihm die Unterhaltung mit seinen Gefährten erlaubte, wenn sie ihn auf seinen Unterwasserexkursionen begleiteten, war noch unverständlich für mich.

Indessen nahm der rote Schein, der uns leitete, zu und entflammte den Horizont. Dieses Feuer unter dem Wasser beschäftigte mich außerordentlich. War es elektrischer Strom, der sich so manifestierte? Sollte ich ein den Gelehrten der Erde noch unbekanntes Naturphänomen kennenlernen? Oder – auch dieser Gedanke ging mir durch den Kopf – war bei diesem Brand Menschenhand im Spiel? Hatte sie diese Feuersbrunst angefacht? Sollte ich in diesen Meerestiefen Gefährten, Freunden Kapitän Nemos, begegnen, die wie er ein seltsames Dasein führten und denen er einen Besuch abstatten wollte? Würde ich hier unten eine ganze Kolonie Exilierter finden, die, müde des Elends der Welt, die Unabhängigkeit in der Tiefe des Ozeans gesucht und gefunden hatten? All diese verrückten, unmöglichen Ideen verfolgten mich, und in dieser Geistesverfassung, dazu ständig übererregt durch die vielen Wunder, die mir vor Augen kamen, wäre ich nicht erstaunt gewesen, auf dem Grunde dieses Meeres eine der Unterwasserstädte zu sehen, von denen Kapitän Nemo träumte!

Unser Weg erhellte sich mehr und mehr. Das weiße Licht strahlte auf dem Gipfel eines ungefähr achthundert Fuß hohen Berges. Aber was ich sah, war nur ein einfacher Widerschein der kristallenen Flut. Das Feuer, die Quelle dieser unerklärlichen Helligkeit, befand sich auf dem Abhang gegenüber dem Berge.

Kapitän Nemo schritt ohne Zögern durch das steinige Labyrinth dieses Meerbodens. Er kannte diesen düstern Weg. Er hatte ihn zweifellos oft zurückgelegt und konnte sich nicht verirren. Ich folgte ihm mit unerschütterlichem Vertrauen. Er erschien mir wie eines der Märchenwesen des Meeres, und wenn er vor mir herging, bewunderte ich seine hohe Gestalt, die sich schwarz vom leuchtenden Grund des Horizonts abhob.

Es war ein Uhr morgens. Wir waren an den ersten Abhängen des Berges angelangt. Aber um sie zu ersteigen, mußte man schwierige Pfade eines großen Dickichts betreten.

Ja, ein Dickicht von toten Bäumen, ohne Blätter, ohne Saft, in Erz verwandelt unter dem Einfluß des Wassers, hier und dort von gigantischen Föhren überragt. Sie erinnerten an ein Bergwerk, wie sie mit den Wurzeln im grundlosen Boden hafteten, während das Gezweig sich wie ein feiner Scherenschnitt klar auf der Wasserdecke abzeichnete. Man stellte sich unwillkürlich einen Wald im Harzgebirge vor, aber einen versunkenen Wald. Die Wege waren überwachsen von Algen und Tang, zwischen denen eine Welt von Krustentieren herumkrabbelte. Ich erkletterte die Felsen, schritt über hingestreckte Stämme hinweg, brach Meerlianen, die sich zwischen den Bäumen wiegten, und verscheuchte die Fische, die von Ast zu Ast schwebten. Hingerissen wie ich war, verspürte ich keine Müdigkeit mehr. Ich folgte meinem Führer, der keine Müdigkeit kannte.

Welch ein Schauspiel! Wie es beschreiben! Wie den Anblick schildern, den diese Wälder und Felsen, von Wassern umflossen, bieten, unten dunkel und wild, oben rot schimmernd in der Klarheit, die vom Widerschein des Lichts im Wasser geläutert wird? Wir erkletterten Felsen, von denen sich unter unseren Füßen riesige Stücke lösten und mit dem dumpfen Grollen einer Lawine hinabstürzten. Zu unserer Rechten und unserer Linken höhlten sich finstere Gänge, in denen sich der Blick verlor. Dann wieder öffneten sich weite Lichtungen, die von Menschenhand gerodet schienen, und manchmal fragte ich mich, ob nicht plötzlich irgendein Bewohner dieser Unterwasserregion vor mir auftauchen würde.

Doch Kapitän Nemo stieg immer weiter. Ich wollte nicht zurückbleiben und folgte ihm kühn. Mein Stock war mir eine große Hilfe. Ein Fehltritt wäre gefährlich gewesen auf diesen schmalen, unterhöhlten Pfaden am Rande des Abgrunds; doch ich schritt festen Fußes aus ohne vom Schwindel ergriffen zu werden. Bald sprang ich über eine Spalte, deren Tiefe mich auf einem Gletscher der Erde hätte zurückweichen lassen, bald wagte ich

mich auf einem schwankenden Baumstamm über einen Abgrund, ohne hinunterzuschauen – ich hatte nur Augen für die wilde Schönheit dieser Gegend. Gewaltige Felsen, auskragend über ihrem zerklüfteten Fundament, schienen den Gesetzen der

Schwerkraft zu trotzen. Zwischen ihren steinernen Knien schossen Bäume empor, wie eine Fontäne unter starkem Druck aufspringt, und stützten jene, die sie ihrerseits stützten. Natürliche Türme aus schroffem Gestein neigten sich so stark vornüber, daß sie auf der Oberfläche der Erde unweigerlich eingestürzt wären.

Und ich selbst, spürte ich denn nichts vom gewaltigen Druck der Wassersäule, wenn ich trotz meines schweren Anzugs, meines Kupferhelms und meiner Bleisohlen steile Hänge erstieg, die praktisch unbegehbar waren, und die ich doch mit der Leichtigkeit eines Rehs oder einer Gemse bewältigte?

Ich bin mir völlig im klaren darüber, daß dieser Bericht meines Ausflugs unter Wasser unwahrscheinlich klingt. Ich schildere Dinge, die augenscheinlich unmöglich sind und sich dennoch wirklich zugetragen haben, das ist unbestreitbar. Ich habe keineswegs geträumt. Ich habe sie erlebt und gespürt.

Zwei Stunden, nachdem wir den *Nautilus* verlassen hatten, ließen wir die Baumgrenze hinter uns, und hundert Fuß über unserem Kopf erhob sich der Gipfel des Berges, der sich als Schatten abzeichnete auf dem strahlenden Glanz der gegenüberliegenden Erhebung. Einige versteinerte Sträucher bildeten eine fratzenhaft verzerrte Zickzacklinie. Unter unseren Füßen erhoben sich Schwärme von Fischen wie überraschte Vögel aus

dem Gras. Die Felsmasse war durchbrochen von unzugänglichen Höhlen, tiefen Grotten und unauslotbaren Löchern, in deren Tiefe ich unheimliche Geräusche hörte. Das Blut stockte mir, als ich einen gewaltigen Fangarm sah, der mir den Weg verlegte, und gleichzeitig hörte, wie sich im Schatten einer Höhle knirschend die riesigen Scheren eines Krebses schlossen. Tausende von Lichtpunkten funkelten in der Dunkelheit. Es waren die Augen gigantischer Krustentiere, die in ihren Verstecken kauerten, Riesenhummer, die sich aufrichteten wie Hellebardiere und ihre Zangen mit blechernem Klappern bewegten, titanische Krabben wie auf Lafetten aufgeprotzte Kanonen und schreckenerregende Kraken, die ihre Fangarme verschlangen wie ein lebendes Gestrüpp von Schlangen.

Wie war diese wuchernde Welt beschaffen, die ich noch nicht kannte? Welcher Ordnung gehörten diese Gliedertiere an, für die der Fels etwas wie einen zweiten Rückenschild bildete? Wo hatte die Natur das Geheimnis ihrer vegetativen Existenz gefunden, und seit wie vielen Jahrhunderten lebten sie so in den untersten Schichten des Ozeans?

Aber ich konnte nicht stehenbleiben. Kapitän Nemo war vertraut mit diesen schrecklichen Tieren und beachtete sie nicht. Wir waren auf einem ersten Absatz angelangt, wo mich weitere Überraschungen erwarteten. Hier erhoben sich malerische Ruinen, die nicht die Hand des Schöpfers, sondern die des Menschen verrieten. Es waren gewaltige Steinhaufen, an denen man die unbestimmten Formen von Burgen und Tempeln erkannte, überzogen von einer Welt blühender Tierpflanzen und einem dicken Vegetationsmantel von Algen und Tang statt Efeu.

Aber welcher Teil der Erdkugel war hier in einer Katastrophe untergegangen? Wer hatte diese Felsen in Stein wie Dolmen der Frühzeit aufgehäuft? Wo war ich, wohin hatte mich die Laune Kapitän Nemos entführt?

Ich hätte ihn gerne gefragt, doch da ich dies nicht konnte, blieb ich stehen und ergriff seinen Arm. Doch er schüttelte nur den Kopf, und indem er auf die Spitze des Berges wies, schien er zu sagen:

»Komm! Komm nur! Komm mit!«

Ich folgte ihm zu einer letzten Anstrengung, und einige Minuten darauf hatte ich den Gipfel bewältigt, der zehn Meter über die Felsmasse hinausragte.

Ich schaute hinunter auf den Weg, den wir zurückgelegt hatten. Der Berg erhob sich nur etwa sieben- bis achthundert Fuß über die Ebene; aber auf seiner andern Seite ragte er in doppelter Höhe über den Boden eines tiefer gelegenen Teiles des Atlantik auf. Meine Blicke schweiften in die Ferne und gewahrten eine große, von einem starken Schein beleuchtete Fläche. Der Berg war in Wirklichkeit ein Vulkan! Fünfzig Fuß unter dem Gipfel, inmitten eines Regens von Steinen und Schlacke, spie ein großer Krater Ströme von Lava aus, die sich als feurige Kaskade in die Wassermassen ergoß. Der Vulkan erhellte wie eine riesige Fackel die Ebene bis zu den letzten Grenzen des Horizonts.

Ich habe gesagt, der Unterwasserkrater habe Lava ausgespien, doch er spie keine Flammen. Für Flammen bedarf es des Sauerstoffs in der Luft, sie können unter Wasser nicht entstehen; aber weißglühende Lavaströme entwickeln eine derartige Hitze, daß sie das nasse Element besiegen, so daß es bei der Berührung verdampft. Die dabei entstehenden Gase verteilten sich, und die Lava strömte ungehindert den Berg hinunter bis zur Ebene, wie die Auswürfe des Vesuvs auf Torre del Greco.

Und tatsächlich, dort, unter meinen Augen, erschien eine verwüstete, untergegangene Stadt, mit eingestürzten Dächern, zerstörten Tempeln, eingefallenen Toren, gebrochenen Säulen, aus denen man noch die gediegenen Proportionen einer Art toskanischer Architektur erahnte; etwas weiter entfernt die Reste eines gigantischen Aquädukts; hier die verschlammte Erhebung einer Akropolis mit den fließenden Formen eines Parthenon, dort Spuren einer Mole, als hätte ein antiker Hafen an den Gestaden eines verschwundenen Ozeans den Kauffahrteischiffen und Kriegstriremen ehemals Schutz geboten; noch weiter hinten zeichneten sich die langen Linien eingefallener Mauern und breiter, verlassener Straßen ab – ein ganzes versunkenes Pompeji, das Kapitän Nemo vor meinen Augen aufsteigen ließ!

Wo war ich? Wo war ich nur? Ich wollte es um jeden Preis wissen, ich wollte reden, ich wollte

die Kupferkugel abreißen, die meinen Kopf umschloß.

Aber Kapitän Nemo trat auf mich zu und gebot mir mit einer Gebärde Einhalt. Dann bückte er sich, hob ein Stück Kreidestein auf, ging auf einen schwarzen Basaltfelsen zu und schrieb dieses einzige Wort:

ATLANTIS

Wie ein Blitz durchfuhr mich die Erkenntnis! Atlantis, die alte Hauptstadt von König Theopompes, das Atlantis Platos, dieser Kontinent, der geleugnet wird von Origenes, Porphyrios, Iamblichos, d'Anville, Malte-Brun, Humboldt, die seinen Untergang ins Reich der Sagen wiesen; Atlantis, an das Possidonius, Plinius, Tertullian, Ammianus Marcellinus, Engel, Sherer, Tournefort, Buffon, d'Avezac glaubten – dieses Atlantis hatte ich vor Augen, und es trug noch die unwiderleglichen Spuren seiner Katastrophe! In dieser versunkenen Landschaft außerhalb Europas, Asiens, Libyens, jenseits der Säulen des Herkules, hatte das mächtige Volk der Atlantiden gelebt, gegen das das alte Griechenland seine ersten Kriege geführt hatte.

Der Historiker, der in seinen Schriften die großen Taten jener heroischen Zeiten schildert, ist Plato selbst. Sein Dialog von Timaios und Critias entstand sozusagen unter der Inspiration des Solon, Dichter und Gesetzgeber.

Eines Tages unterhielt sich Solon mit einigen weisen Alten von Sais, der damals schon achthundert Jahre alten Stadt in Ägypten, wie aus den auf die heilige Wand ihrer Tempel eingeritzten Annalen hervorging. Einer dieser Alten erzählte die

Geschichte einer anderen Stadt, die noch um tausend Jahre älter war. Diese erste der Athene geweihte Stadt war, als sie neunhundert Jahre bestanden hatte, von den Atlantiden überfallen und teilweise zerstört worden. Diese Atlantiden, so sagte der Alte, kamen von einem riesigen Kontinent, der größer war als Afrika und Asien zusammen und sich vom zwölften bis zum vierzigsten Grad nördlicher Breite erstreckte. Ihre Herrschaft reichte bis Ägypten. Sie wollten sie auch auf Griechenland ausdehnen, mußten sich aber angesichts des erbitterten Widerstands der Hellenen zurückziehen. Jahrhunderte verstrichen. Dann trat die Katastrophe ein mit Überschwemmungen und Erdbeben. Ein Tag und eine Nacht genügten, den atlantischen Kontinent untergehen zu lassen; seine höchsten Erhebungen: Madeira, die Azoren, die Kanarischen Inseln und die Inseln von Kap Verde, ragen noch aus den Fluten.

Das waren die historischen Erinnerungen, die die Inschrift des Kapitäns Nemo in meinem Geist erweckte. So hatte ich also, durch eine seltsame Fügung des Schicksals, Fuß gesetzt auf einen der Berge dieses sagenumwobenen Kontinents! Ich berührte mit der Hand die Ruinen, die Hunderttausende von Jahren alt waren und der Frühzeit entstammten! Ich wandelte ebendort, wo die Zeitgenossen des ersten Menschen geweilt hatten! Ich zermalmte unter meinen schweren Sohlen die Skelette von Tieren aus der Vorzeit, Tieren, denen diese jetzt in Erz verwandelten Bäume einst Schatten gespendet hatten!

Ach, warum fehlte es mir an Zeit! Wie gern wäre ich die steilen Hänge dieses Berges hinuntergestiegen, um diesen ganzen riesigen Kontinent zu untersuchen, der zweifellos Afrika mit Amerika verband, und seine großen Städte, die aus der Zeit vor der Sintflut stammten, zu besuchen. Dort vielleicht, unter meinen Blicken, erstreckten sich Machimos, die Kriegerische, Eusebes, die Fromme, deren riesenhafte Einwohner über hundert Jahre alt wurden und mit der Kraft ihrer Arme diese Blöcke türmten, die bis auf den heutigen Tag der Zerstörung durch das Wasser widerstanden hatten. Eines Tages vielleicht würde eine Eruption diese versunkenen Ruinen an die Oberfläche des Meeres bringen. Man weiß von zahlreichen Unterwasservulkanen in diesem Teil des Ozeans, und manches Schiff hat ungewöhnliche Stöße verspürt, als es über diesen unruhigen Boden fuhr. Die einen haben dumpfen Lärm gehört, der den Kampf der Elemente ankündigte, die andern sahen vulkanische Asche, die aus dem Meer emporgeschleudert wurde. Der ganze Boden bis zum Äquator wird jetzt noch aufgewühlt durch die vulkanischen Kräfte. Und wer weiß, ob nicht in einer fernen Zeit, gehoben durch Ausbrüche und Ablagerungen von Lava, dic Gipfel feuerspeiender Berge über dem Spiegel des Atlantik auftauchen!

Während ich so vor mich hin träumte und mir

alle Einzelheiten dieser grandiosen Landschaft einzuprägen suchte, verharrte Kapitän Nemo, an eine moosbedeckte Stelle gelehnt, unbeweglich und wie versteinert in stummer Ekstase. Dachte er an die verschwundenen Generationen und fragte er sie nach dem Geheimnis des menschlichen Schicksals? Kam dieser seltsame Mann hierher, um sich in die Erinnerungen der Geschichte zu vertiefen und ins Leben der Antike, er, der nichts wissen wollte vom modernen Leben? Was hätte ich nicht alles darum gegeben, seine Gedanken zu kennen, sie zu teilen, sie zu verstehen!

Wir blieben eine ganze Stunde da und betrachteten die weite Ebene im Lavaglanz, der von Zeit zu Zeit erstaunlich intensiv wurde. Die unterirdischen Wallungen brachten den Boden unter unseren Füßen zum Beben. Die Geräusche aus der Tiefe, klar übertragen durch das Wasser, vervielfachten sich in majestätischer Klangfülle.

In diesem Augenblick ward der Mond kurz durch die Wassermassen sichtbar und warf seinen bleichen Schein auf den versunkenen Kontinent. Es war nur ein schwacher Schimmer, doch die Wirkung war unbeschreiblich. Der Kapitän erhob sich und warf einen letzten Blick auf die unendliche Ebene; dann machte er mir mit der Hand ein Zeichen, ihm zu folgen.

Wir stiegen rasch den Berg hinunter. Als wir den ehernen Wald hinter uns hatten, bemerkte ich das Licht des *Nautilus*, das wie ein Stern funkelte.

Der Kapitän ging geradewegs darauf zu, und als der erste Schein der Morgendämmerung den Ozean erhellte, waren wir zurück an Bord.

ZEHNTES KAPITEL

DIE BERGWERKE UNTER WASSER

Am nächsten Tag, dem 20. Februar, erwachte ich sehr spät. Die Strapazen der Nacht hatten meinen Schlaf bis elf Uhr verlängert. Ich kleidete mich schnell an, denn ich war begierig, festzustellen, welchen Kurs der *Nautilus* nahm. Die Instrumente zeigten mir an, daß er immer noch südlich hielt, mit einer Geschwindigkeit von zwanzig Meilen die Stunde und bei einer Tiefe von hundert Meter.

Conseil kam herein. Ich erzählte ihm von unserem nächtlichen Ausflug, und da die Läden offen waren, konnte er noch einen Teil des versunkenen Kontinents undeutlich sehen.

In der Tat fuhr der *Nautilus* nur zehn Meter über dem Boden von Atlantis. Er glitt wie ein Ballon dahin, den der Wind über die Wiesen trägt; aber es wäre richtiger zu sagen, daß wir uns in diesem Salon wie im Waggon eines Expreßzuges vorkamen. Den Vordergrund, der an unseren Augen vorbeizog, bildeten phantastisch geformte Felsen, Wälder von Bäumen, die nicht mehr dem Pflanzenreich, sondern dem Tierreich angehörten, und deren reglose Silhouette grotesk wirkte. Wir sahen Steinmassen, die bedeckt waren mit Teppichen von Axidien und Seeanemonen und langen, in die Höhe strebenden Wasserpflanzen, dann wieder merkwürdig verdrehte Lavablöcke, erstarrter Beweis der Gewalt vulkanischer Kräfte.

Während diese bizarren Gebilde unter unseren elektrischen Lichtern auffunkelten, erzählte ich Conseil die Geschichte der Atlantiden, die Baillys Phantasie angeregt und seine Bücher inspiriert hatten. Ich sprach ihm von den Kriegen dieser heldenhaften Völker. Ich diskutierte das Atlantisproblem wie ein Mann, der nicht mehr zweifeln kann. Doch Conseil hörte mir nur zerstreut zu, und bald fand seine Gleichgültigkeit dieser historischen Frage gegenüber eine Erklärung.

Zahlreiche Fische erregten nämlich seine Aufmerksamkeit, und wenn er Fische sah, vergaß Conseil alles andere und verfiel ins Klassifizieren. Wenn es soweit war, blieb mir nichts anderes übrig, als darauf einzugehen und mit ihm zusammen unsere ichthyologischen Studien wieder aufzunehmen.

Übrigens unterschieden sich diese Fische des Atlantik nicht wesentlich von denen, die wir bisher beobachtet hatten. Es waren Rochen von gewaltiger Größe, fünf Meter lang und sehr kräftig, was ihnen ermöglicht, aus dem Wasser zu schnellen; Haie verschiedener Gattungen, darunter ein Blauhai von fünfzehn Fuß Länge, mit dreieckigen, spitzen Zähnen, den seine Durchsichtigkeit im Wasser fast unsichtbar machte; braune Dornhaie, Meerengel in Prismenform, Störe, die ihren Verwandten im Mittelmeer glichen, und Seenadeln, anderthalb Fuß lang, gelbbraun, ohne Zähne und Zungen, mit kleinen grauen Flossen und an feine, geschmeidige Schlangen erinnernd.

Unter den Knochenfischen bemerkte Conseil drei Meter lange schwärzliche Makairen, dann Drachenfische in lebhaften Farben, schon zu Zeiten des Aristoteles unter dem Namen ›Seedrachen‹ bekannt, deren stachlige Rückenflosse sie gefährlich zu ergreifen machen; Goldmakrelen mit braunem, von kleinen blauen Streifen durchzogenen und goldgesäumten Rücken, schöne Doraden, Gotteslachse, eine Art Scheiben mit azurblauen Reflexen, die unter dem von oben einfallenden Sonnenlicht wie Silbertaler aussahen, endlich Schwertfische von acht Meter Länge, in Scharen, mit gelblichen, sensenförmigen Flossen und einem sechs Fuß langen Schwertfortsatz am Maul, unermüdliche Tiere, eher Pflanzen- als Fleischfresser, und ihren Weibchen aufs kleinste Zeichen gehorsam wie gut erzogene Ehemänner.

Während ich diese verschiedenen Vertreter der Meeresfauna beobachtete, ließ ich doch die weiten

Ebenen von Atlantis nicht aus den Augen. Manchmal nötigten Unebenheiten des Bodens den *Nautilus*, seine Fahrt zu verlangsamen, und er glitt dann mit der Geschicklichkeit eines Walfisches in die Engpässe zwischen den Hügeln. Wenn das Labyrinth zu unübersichtlich wurde, erhob sich das Schiff wie ein Aerostat, und wenn das Hindernis überwunden war, nahm es seine schnelle Fahrt einige Meter über dem Boden wieder auf. Eine bewundernswerte Navigation, die an die Manöver einer Ballonfahrt erinnerte, mit dem Unterschied, daß der *Nautilus* der Hand seines Steuermanns passiv gehorchte.

Gegen vier Uhr abends veränderte sich allmählich das Terrain, das bisher vorwiegend aus dickem, mit mineralisierten Zweigen bespicktem Schlamm bestanden hatte; es wurde steiniger und schien besät mit Geröll und Basalttuff, dazu einem Muster aus Lava und schwefelhaltigem Obsidian. Ich nahm an, daß auf die weiten Flächen bald eine bergige Region folgen würde, und tatsächlich bemerkte ich bei gewissen Schwenkungen des *Nautilus*, daß der südliche Horizont von einer hohen Mauer begrenzt war, die nirgends durchbrochen schien. Ihre Krone überragte offenbar den Meeresspiegel. Es mußte ein Kontinent sein oder mindestens eine Insel, eine der Kanarischen vielleicht oder eine der Kap Verdischen. Da die Position noch nicht eingetragen war, mit Absicht vielleicht, wußte ich nicht, wo wir uns befanden. Auf jeden

Fall schien mir eine solche Mauer das Ende des atlantischen Kontinents, von dem wir nur einen winzigen Teil gesehen hatten, zu bedeuten.

Die Nacht unterbrach meine Beobachtungen. Ich blieb allein, denn Conseil hatte sich in seine Kajüte begeben. Der *Nautilus* verlangsamte seine Fahrt und strich über den erratischen Boden, bald absinkend, als wollte er landen, bald unvermittelt zur Oberfläche aufsteigend. In solchen Augenblikken sah ich durch das kristallklare Wasser deutlich einige Sternbilder, besonders fünf oder sechs Sterne, die zum Orion gehörten.

Ich wäre noch lange an meinem Bullauge geblieben, um die Schönheiten des Meeres und des Himmels zu bewundern, wenn sich nicht plötzlich die Läden geschlossen hätten. Im selben Augenblick war der *Nautilus* am Fuß der hohen Mauer angelangt. Wie er nun manövrieren würde, konnte ich nicht erraten. Ich ging in mein Zimmer zurück. Der *Nautilus* lag still. Ich schlief ein mit der festen Absicht, nach wenigen Stunden wieder aufzuwachen.

Aber am nächsten Morgen war es bereits acht Uhr, als ich in den Salon zurückkam. Ich betrachtete den Druckmesser und stellte fest, daß der *Nautilus* sich an der Oberfläche des Ozeans befand. Übrigens hörte ich auch Schritte auf der Plattform. Aber kein Schlingern ließ auf Wellenschlag schließen.

Ich begab mich zur Aussteigluke. Sie war geöffnet. Doch statt des hellen Tages, wie ich erwartet hatte, fand ich mich von tiefer Finsternis umgeben. Wo waren wir? Hatte ich mich getäuscht? War es noch Nacht? Nein! Es funkelte kein Stern, und eine solche absolute Finsternis herrscht nachts nicht.

Ich wußte nicht was denken, als ich plötzlich eine Stimme vernahm:

»Sind Sie es, Herr Professor?«

»Ah, Kapitän Nemo!« antwortete ich, »wo sind wir?«

»Unter der Erde, Herr Professor.«

»Unter der Erde!« rief ich. »Und der *Nautilus* schwimmt noch?«

»Er schwimmt noch.«

»Aber ich verstehe nicht . . .«

»Warten Sie einen Augenblick. Unsere Laterne wird gleich funktionieren, und wenn Sie klare Situationen lieben, werden Sie befriedigt sein.«

Ich wartete. Die Dunkelheit war so vollständig, daß ich nicht einmal Kapitän Nemo sah. Doch als ich zum Zenit schaute, genau über meinem Kopf, glaubte ich ein unbestimmtes Licht zu bemerken, eine Art Dämmerschein, der ein kreisrundes Loch erfüllte. In diesem Augenblick ging die Laterne plötzlich an, und ihr starker Lichtkegel ließ den vagen Schein verschwinden.

Nachdem ich für ein paar Sekunden die vom elektrischen Licht geblendeten Augen geschlossen hatte, schaute ich mich um. Der *Nautilus* war sta-

tioniert: Er hielt vor einer steilen Böschung, die an einen Kai erinnerte. Das Wasser, das ihn trug, war ein See von zwei Meilen Durchmesser, sechs Meilen Umfang, rund herum begrenzt von hohen Wänden. Sein Spiegel – das zeigte der Druckmesser – mußte der gleiche sein wie der des Meeres, denn zwischen diesem und dem See bestand notwendigerweise eine Verbindung. Die hohen Wände waren vorgeneigt, rundeten sich zu einem Gewölbe und stellten einen riesigen Trichter mit der Spitze nach oben dar, dessen Höhe fünf- bis sechshundert Meter betragen mochte. Zuoberst befand sich eine kreisrunde Öffnung, durch die ich eine leichte Helligkeit, offenbar einen Schein des Tageslichtes, bemerkt hatte.

Bevor ich die innere Anlage dieser enormen Grotte näher untersuchte, bevor ich mich auch nur fragte, ob sie das Werk der Natur oder der Menschen sei, trat ich zu Kapitän Nemo.

»Wo befinden wir uns?« fragte ich ihn.

»Im Herzen eines erloschenen Vulkans«, gab der Kapitän zur Antwort, »eines Vulkans, in dessen Krater das Meer eingedrungen ist infolge irgendeiner Erschütterung des Bodens. Während Sie schliefen, Herr Professor, ist der *Nautilus* durch einen natürlichen Kanal, dessen Öffnung zehn Meter unter dem Meeresspiegel liegt, in diese Lagune eingefahren. Das hier ist ein Winterhafen, ein Hafen, der sicher, bequem, verborgen und vor allen Launen des Windes geschützt ist. Nennen Sie mir an den Küsten Ihrer Kontinente oder Ihrer Inseln eine Reede, die diesem Refugium, an dem selbst das Toben der Stürme sich bricht, gleichkommt!«

»In der Tat«, antwortete ich, »hier sind Sie geborgen und sicher, Kapitän Nemo. Wer könnte im

Herzen eines Vulkans zu Ihnen gelangen? Aber habe ich an seiner Spitze nicht eine Öffnung bemerkt?«

»Ja, es ist der Krater, der früher mit Lava, Dämpfen und Flammen gefüllt war und jetzt einen Durchgang bildet für die belebende Luft, die wir einatmen.«

»Aber was für ein Vulkan ist es denn?« fragte ich.

»Er gehört zu einer der zahlreichen kleinen Inseln, mit denen das Meer besät ist. Den gewöhnlichen Schiffen erscheint er als einfache Klippe, wir aber kennen seine gewaltige Höhlung. Der Zufall ließ mich ihn entdecken, und dieser Zufall kam mir sehr zustatten.«

»Aber könnte man nicht durch diese Öffnung, die der Krater des Vulkans bildet, einsteigen?«

»Nicht mehr, als ich auf diesem Weg hinausgelangen könnte. Bis in eine Höhe von hundert Fuß ist das Innere dieses Berges besteigbar, weiter oben aber hängen die Wände über und können nicht bezwungen werden.«

»Ich sehe, Kapitän, die Natur dient Ihnen überall und immer. Sie sind auf diesem See in Sicherheit, und niemand als Sie kann hierher gelangen. Aber wozu dient dieser Zufluchtsort? Der *Nautilus* braucht keinen Hafen.«

»Nein, Herr Professor, aber er braucht Elektrizität, um sich fortbewegen zu können, Elemente, um diese Elektrizität zu erzeugen, Natrium, um seine Elemente zu speisen, Kohle, um Natrium zu machen, und Bergwerke, um Kohle zu gewinnen. Nun bedeckt das Meer aber gerade hier ganze Wälder, die in geologischen Zeiten versunken sind; heute sind sie mineralisiert und in Steinkohle verwandelt und damit für mich eine unerschöpfliche Mine.«

»Dann arbeiten also Ihre Leute hier als Kumpel?«

»Genau. Diese Minen breiten sich unter den Wassern aus wie die Bergwerke von Newcastle unter der Erde. Hier gewinnen meine Leute im Tauchanzug, Hacke und Pickel in der Hand, diese Kohle, die mich von den Bergwerken an Land unabhängig macht. Wenn ich sie verbrenne, um Natrium herzustellen, so zieht der Rauch durch den Krater des Berges ab, und damit sieht es aus, als wäre der Vulkan noch tätig.«

»Werden wir Ihre Gefährten am Berg sehen?«

»Nein, diesmal nicht, denn ich habe es eilig, unsere Weltreise unter Wasser fortzusetzen. Deshalb begnüge ich mich damit, den Vorratslagern, die ich besitze, Natrium zu entnehmen. Das Einladen erfordert nur einen Tag, dann fahren wir weiter. Wenn Sie sich diese Höhle ansehen wollen und auf der Lagune fahren, so nützen Sie diesen Tag aus, Herr Aronnax.«

Ich dankte dem Kapitän und ging zu meinen Gefährten, die ihre Kabine noch nicht verlassen hatten. Ohne ihnen zu sagen, wo wir uns befanden, lud ich sie ein, mir zu folgen.

Sie stiegen auf die Plattform. Conseil, den nichts in Erstaunen setzen konnte, schien es völlig natürlich zu finden, im Innern eines Berges zu erwachen, nachdem er in der Tiefe des Meeres eingeschlafen war. Ned Land aber hatte keinen andern Gedanken, als zu untersuchen, ob die Höhle irgendeine Fluchtmöglichkeit bot.

Nach dem Frühstück, gegen zehn Uhr, betraten wir das Ufer.

»Da wären wir also wieder einmal auf festem Boden«, sagte Conseil.

»Ich nenne das nicht festen Boden«, antwortete der Kanadier. »Und außerdem sind wir nicht auf, sondern unter dem Boden.«

Zwischen dem Fuß der Bergwände und auf dem Wasser des Sees erstreckte sich ein Sandstrand, der an seiner breitesten Stelle fünfhundert Fuß maß. Auf diesem Strand konnte man bequem um den See herum gehen. Den Fuß der hohen Wände jedoch bildete ein zerklüfteter Boden, auf dem in malerischem Durcheinander erratische Blöcke und riesige Stücke Bimsstein lagen. Alle diese lockeren Steine, infolge des Einwirkens der unterirdischen Feuer mit einer glatten Glasur bedeckt, funkelten im Licht unserer elektrischen Lampen. Der glimmerartige Staub des Ufers erhob sich unter unseren Schritten wie ein Funkenschwarm.

Der Boden stieg merklich an, sobald man sich vom Ufer entfernte, und wir gelangten bald zu langen Abhängen, auf denen wir anstiegen; wir mußten jedoch aufpassen, wo wir auf diesem Geröll die Füße setzten, denn man glitt leicht aus auf dem glasartigen Trachyt, der aus Feldspat und Quarz bestand.

Die vulkanische Natur dieser enormen Aushöhlung zeigte sich überall. Ich machte meine Gefährten darauf aufmerksam.

»Könnt ihr euch vorstellen«, fragte ich sie, »wie dieser Trichter aussähe, wenn er sich mit kochender Lava füllte und der Spiegel dieser weißglühenden Flüssigkeit sich bis zur Krateröffnung des Berges höbe wie der Guß an den Wänden eines Hochofens?«

»Ich kann es mir ausgezeichnet vorstellen«, antwortete Conseil. »Aber kann mir mein Herr sagen, warum der große Gießer seine Arbeit eingestellt hat, und wie es kommt, daß aus dem großen Ofen ein stiller See geworden ist?«

»Wahrscheinlich weil eine unterirdische Erschütterung unter der Oberfläche des Ozeans diese Öffnung erzeugt hat, die dem *Nautilus* als Durchgang diente. Durch diesen Tunnel haben sich die Wasser des Atlantik ins Innere des Berges gestürzt. Es muß sich ein schrecklicher Kampf zwischen den beiden Elementen abgespielt haben, ein Kampf, der mit dem Siege Neptuns endete. Aber das ist viele Jahrhunderte her, und der versenkte Vulkan hat sich in eine friedliche Grotte verwandelt.«

»Sehr gut«, warf Ned Land ein. »Ich akzeptiere

die Erklärung, aber in unserem Interesse bedaure ich, daß diese Öffnung, von welcher der Herr Professor spricht, nicht oberhalb des Meeresspiegels entstand.«

»Aber Freund Ned«, versetzte Conseil, »würde diese Passage nicht unter Wasser liegen, so hätte der *Nautilus* nicht hineingelangen können!«

»Und ich möchte hinzufügen, Meister Land, daß sich dann die Wasser nicht in den Berg gestürzt hätten und der Vulkan Vulkan geblieben wäre. Ihr Bedauern ist also überflüssig.«

Wir kletterten weiter. Die Hänge wurden zunehmend steiler und schmaler. Da und dort waren sie von Schratten durchschnitten, die wir überspringen mußten. Überhängende Felsen mußten wir umgehen. Wir krochen auf den Knien, oft schoben wir uns auch bäuchlings vorwärts. Doch dank der Geschicklichkeit von Conseil und der Kraft des Kanadiers wurden alle Hindernisse überwunden.

In einer Höhe von ungefähr dreißig Meter veränderte sich die Natur des Bodens, ohne indes gangbarer zu werden. Auf das Geröll und die Trachyten folgte schwarzer Basalt; dieser erstreckte sich in von Blasen knorrigen Lagen, jene formten regelmäßige Prismen, angeordnet wie ein Säulengang, der dieses immense Gewölbe stützte – ein prächtiges Beispiel natürlicher Architektur! Zwischen diesen Basalten zogen sich lange Bäche erkalteter Lava dahin, mit Einlagen von Erdpechstreifen, und stellenweise erstreckten sich große Teppiche von Schwefel. Das durch die Krateröffnung einfallende Tageslicht wurde heller und tauchte alle diese vulkanischen Auswürfe, die auf ewig im Schoße des erloschenen Berges ruhten, in vage Helligkeit.

Unser Aufstieg wurde jedoch in einer Höhe von ungefähr zweihundertfünfzig Fuß bald durch unüberwindliche Hindernisse gehemmt. Die Wölbung hing stark über, und aus dem Aufstieg wurde ein Rundgang. Auf dieser letzten Stufe begann das Pflanzenreich dem Reich der Mineralien den Rang streitig zu machen. Aus den Unebenheiten der Wand wuchsen einige Büsche und sogar gewisse Bäume. Ich erkannte Euphorbien, die ihren ätzenden Saft rinnen ließen. Sonnenpflanzen, die ihren Namen kaum gerecht wurden, da die Sonnenstrahlen niemals bis zu ihnen drangen, ließen traurig die halbwelken Köpfe hängen. Da und dort sprossen schüchtern ein paar Chrysanthemen am Fuß von Aloen mit krankhaft verfärbten langen Blättern. Zwischen den Lavabächen jedoch entdeckte ich kleine Veilchen, die noch einen leichten Duft ausströmten, und ich gestehe, daß ich ihn mit Entzücken einsog. Der Duft ist die Seele der Blume, und die Blumen des Meeres, diese herrlich anzuschauenden Wasserpflanzen, haben keine Seele!

Wir waren am Fuße einer Gruppe von robusten Drachenbäumen angelangt, deren muskulöse Wurzeln fast die Felsen zersprengten, als Ned Land plötzlich ausrief:

»Ha! Mein Herr, ein Bienenstock!«

»Ein Bienenstock!« wiederholte ich ungläubig.

»Jawohl, ein Bienenstock«, beharrte der Kanadier, »und ein bewohnter dazu!«

Ich näherte mich und überzeugte mich, daß er recht hatte. In der Tat erblickte ich an der Mündung eines Loches im Stamm des einen Drachenbaumes mehrere Tausend dieser emsigen Insekten, die man auf den ganzen Kanarischen Inseln findet und deren Honig dort besonders geschätzt wird.

Begreiflicherweise wollte sich auch der Kanadier einen Honigvorrat anlegen, und es wäre mir schlecht angestanden, mich dem zu widersetzen. Mit einem Streichholz setzte er ein paar Handvoll trockener Blätter, vermengt mit Schwefel, in Brand und begann, die Bienen auszuräuchern. Das Summen verstummte allmählich, und der ausgeweidete Bienenstock ergab mehrere Pfund duftenden Honigs. Ned Land füllte seinen Schnappsack damit.

»Wenn ich diesen Honig mit Mus aus Früchten des Brotbaumes gemischt habe«, erklärte er, »werde ich euch einen saftigen Kuchen servieren können.«

»Donnerwetter!« machte Conseil, »das wird ja das reinste Gewürzbrot!«

»Einverstanden«, sagte ich, »aber setzen wir jetzt unseren interessanten Spaziergang fort.«

Von gewissen Biegungen des Pfades aus, dem wir von nun an folgten, sahen wir den See in seinem ganzen Ausmaß. Die Lichter des Schiffes erhellten seinen Spiegel, der von keiner Welle gekräuselt wurde. Der *Nautilus* lag reglos auf dem Wasser. Auf seiner Plattform und am Strand bewegten sich seine Matrosen wie scharf umrissene schwarze Schatten inmitten dieser leuchtenden Atmosphäre.

Beim Weitergehen entdeckte ich, daß die Bienen nicht die einzigen Vertreter des Tierreiches im Innern dieses Vulkans waren. Da und dort schwebten Raubvögel im Schatten oder flogen auf von ihren Nestern auf Felsspitzen. Es waren Sperber mit weißem Bauch und Turmfalken mit häßlicher Stimme. Auf den Abhängen rissen mit der ganzen Schnelligkeit ihrer langen Beine schöne fette Trappen aus. Ich überlasse es dem Leser, sich auszumalen, wie sich die Gier des Kanadiers beim Anblick dieses saftigen Wildes entzündete und wie sehr er bedauerte, nicht ein Gewehr in den Händen zu haben. Er versuchte das Blei durch Steine zu ersetzen, und nach mehreren fruchtlosen Versuchen gelang es ihm, eine der prächtigen Trappen zu verletzen. Zu sagen, daß er zwanzigmal das Leben aufs Spiel setzte, um sich seiner Beute zu bemächtigen, ist nichts als die reine Wahrheit, aber er ließ nicht nach, und schließlich konnte er das erlegte Tier zum Honig in seinem Sack stecken.

Danach mußten wir wieder zum Strand hin-

untersteigen, denn der Weg wurde ungangbar. Über uns gähnte der Krater wie eine große Brunnenöffnung. Von hier aus konnte man den Himmel ziemlich gut sehen, und ich bemerkte vom Westwind zerzauste Wolken, deren Fetzen tief über dem Gipfel des Berges dahintrieben. Das war ein sicherer Beweis, daß die Wolken tief hingen, denn der Vulkan erhob sich nicht höher als achthundert Fuß über den Meeresspiegel.

Eine halbe Stunde nach der letzten Heldentat des Kanadiers erreichten wir den Strand. Hier war das Pflanzenreich vertreten durch große Teppiche von Seefenchel und von Steinbrech, einer kleinen doldentragenden Pflanze, die sich gut einmachen läßt. Conseil pflückte einige Handvoll davon. Was die Fauna angeht, so zählten die Krustentiere aller Art zu Tausenden; Hummer, Taschenkrebse, Steingarnelen, Stachelschnecken, Furchenkrebse und eine erstaunliche Anzahl von Muscheln, Porzellanmuscheln und Napfschnecken.

Hier am Strand fanden wir auch eine geräumige Grotte. Meine Gefährten und ich machten uns das Vergnügen, uns auf ihrem feinen Sand auszustrekken. Die Hitze hatte ihre funkelnden, mit Schmelz überzogenen Wände geglättet, die wie bepudert schienen vom Glimmerstaub. Ned Land betastete sie und versuchte ihre Dicke herauszubringen. Ich konnte mich eines Lächelns nicht enthalten. Darauf kam das Gespräch auf seine ewigen Fluchtpläne, und ich glaubte ihm, ohne mich zu sehr vorzuwagen, diese Hoffnung machen zu können: daß Kapitän Nemo nur nach Süden gehalten hatte, um seinen Natriumvorrat zu ergänzen; es war also zu hoffen, daß er sich nun erneut den Küsten Europas oder Amerikas nähern würde, was den Kanadier veranlassen würde, seinen mißlungenen Versuch mit größerer Aussicht auf Erfolg zu wiederholen.

Wir waren seit einer Stunde in der Grotte. Das Gespräch, zuerst lebhaft, begann zu versiegen, und eine gewisse Schläfrigkeit bemächtigte sich unser. Da ich keinen Grund sah, dem Schlaf zu widerstehen, schlummerte ich ein. Ich träumte – man kann sich seine Träume nicht aussuchen –, ich träumte also, mein Dasein werde zurückgeführt auf das vegetative Leben einer Molluske. Es kam mir vor, als bildete diese Grotte die Doppelschale meines Gehäuses ...

Plötzlich wurde ich durch die Stimme von Conseil geweckt.

»Aufgepaßt! Aufgepaßt!« schrie der biedere Bursche.

»Was ist los?« erkundigte ich mich und richtete mich auf.

»Das Wasser schneidet uns den Weg ab!«

Ich erhob mich. Das Meer stürzte wie ein wilder Strom in die Grotte, und da wir keine Mollusken waren, war es klar, daß wir uns retten mußten.

In wenigen Augenblicken waren wir in Sicherheit auf dem höchsten Sims der Grotte.

»Wie kam denn das?« wollte Conseil wissen. »Ist das irgendein neues Phänomen?«

»Nein, meine Freunde«, antwortete ich, »es ist die Flut, es ist nur die Flut, die uns beinahe überrascht hätte, wie sie Sir Walter Scotts Helden überraschte. Der Ozean draußen steigt an, und

damit hebt sich nach dem Naturgesetz auch der Spiegel des Sees. Wir sind mit nassen Füßen davongekommen. Gehen wir uns auf den *Nautilus* umkleiden.«

Eine Dreiviertelstunde später hatten wir unsern

Rundgang beendet und kehrten an Bord zurück. Die Mannschaft war gerade fertig mit dem Einladen des Natriums, und der *Nautilus* hätte in See stechen können.

Doch Kapitän Nemo gab keinen Befehl dazu. Wollte er die Nacht abwarten und heimlich durch seinen unterirdischen Kanal auslaufen? Das war denkbar.

Wie dem auch war, am nächsten Morgen hatte der *Nautilus* seinen Winterhafen verlassen und schwamm weit weg von allem Land einige Meter unter dem Spiegel des Atlantik.

ELFTES KAPITEL

DAS SARGASSOMEER

Der *Nautilus* hatte seinen Kurs nicht geändert. Damit mußten wir für den Augenblick alle Hoffnung aufgeben, in die europäischen Gewässer zurückzukommen. Kapitän Nemo hielt nach Süden. Wohin entführte er uns? Ich wagte nicht, es mir vorzustellen.

An diesem Tag durchquerte der *Nautilus* einen einzigartigen Teil des Atlantik. Jedermann weiß von dem großen Warmwasserstrom, der unter dem Namen Golfstrom bekannt ist. Nachdem er die

Florida-Straße hinter sich gelassen hat, fließt er gegen Spitzbergen. In der Nähe des 44. nördlichen Breitengrades teilt er sich in zwei Arme; der Hauptarm zielt gegen die Küsten Irlands und Norwegens, während der zweite auf der Höhe der Azoren gegen Süden abbiegt, die afrikanischen Gestade bespült und dann, ein langgezogenes Oval beschreibend, gegen die Antillen zurückkommt, um in den Golf von Mexiko einzudringen.

Dieser zweite Arm – es ist eher ein Collier als ein Arm – umfaßt mit seinen Warmwassergliedern den kalten, stillen, unbeweglichen Teil des Ozeans, den man das Sargassomeer nennt. Es ist ein eigentlicher See mitten im Atlantik, und die Wasser des großen Stromes brauchen nicht weniger als drei Jahre, um ihn zu umfließen.

Das Sargassomeer, um es genau zu sagen, bedeckt den ganzen versunkenen Teil von Atlantis. Gewisse Autoren haben sogar die Ansicht vertreten, daß die vielen Gräser, mit denen es besät ist, von den Wiesen dieses alten Kontinents stammen. Es ist indes wahrscheinlicher, daß diese Pflanzen, Algen und Tang, an den Ufern Europas und Amerikas vom Golfstrom losgerissen und in diese Zone getragen wurden. Das war einer der Gründe, die Kolumbus dazu brachten, die Existenz einer Neuen Welt anzunehmen. Als die Karavellen dieses kühnen Seefahrers ins Sargassomeer gelangten, hatten sie Mühe, in diesem Dickicht, das ihre Fahrt zum großen Schrecken der Mannschaft behinderte, zu lavieren, und sie verloren drei lange Wochen mit seiner Durchquerung.

So war das Gebiet beschaffen, das nun der *Nautilus* besuchte, ein enger Teppich von Algen und Beerentang, diesen ›Trauben‹ des Wendekreises, eine wahre Wiese, so dicht und zusammenhängend, daß sie der Steven eines Schiffes nur mit Mühe durchdringen konnte. Kapitän Nemo wollte sein Schiff denn auch nicht diesem Gestrüpp aussetzen, und so fuhr der *Nautilus* in mehreren Metern Tiefe unter der Oberfläche.

Der Name Sargassomeer kommt vom spanischen Wort ›sargazzo‹, das ›Tang‹ bedeutet. Aus diesem Tang, dem Beerentang oder Golfkraut, besteht diese gewaltige Bank zur Hauptsache. Und der Gelehrte Maury, Verfasser des Buches *Géographie physique du globe*, gibt auch den Grund an, warum die Wasserpflanzen sich in diesem friedlichen Becken des Atlantik sammeln:

»Die Erklärung, die man dafür finden kann«, schreibt er, »scheint sich aus einem jedermann bekannten Experiment zu ergeben. Wenn man Korkstücke oder irgendwelche schwimmenden Körper in ein Gefäß bringt und das Wasser in diesem Gefäß in kreisförmige Bewegung versetzt, sieht man, daß sich die verstreuten Stücke zu einer Gruppe im Mittelpunkt der flüssigen Oberfläche vereinigen, das heißt an jenem Punkt, wo am wenigsten Bewegung herrscht. In der Frage, die uns beschäftigt, ist der Atlantik das Gefäß, der Golfstrom die kreisförmige Bewegung und das Sargassomeer der Mittelpunkt, wo sich die treibenden Körper vereinigen.«

Ich teile die Meinung von Maury, und ich habe das Phänomen an Ort und Stelle, dort, wohin die Schiffe selten gelangen, studieren können. Über uns trieben Körper jeder Herkunft, gehäuft inmitten dieses bräunlichen Seegrases: Stämme von Bäumen, die in den Anden oder den Rocky Mountains gefällt worden waren und auf dem Amazonas oder dem Mississippi zum Meer hinunter trieben, viele Wracks, Überreste von Kielen und Schiffsplanken, die so schwer waren von Schlamm und Entenmuscheln, daß sie nicht mehr an die Oberfläche des Ozeans steigen konnten. Und die Zeit wird eines Tages auch die andere Auffassung Maurys bestätigen: daß nämlich diese Materien, während Jahrhunderten angesammelt, sich unter der Einwirkung des Wassers mineralisieren und dann unerschöpfliche Ablagerungen bilden werden. Eine kostbare Reserve, vorbereitet von der vorsorglichen Natur für den Augenblick, da die Menschen die Bergwerke auf dem Land vollständig ausgebeutet haben werden.

Inmitten dieses unentwirrbaren Gewebes von Gräsern und Tang bemerkte ich reizvolle rosarote Lederkorallen, Seerosen mit einem Gewirr von langen Tentakeln, grüne, rote, blaue Medusen und insbesondere große Wurzelquallen, wie sie Cuvier beschreibt, deren bläulicher Schirm mit einem violetten Volant gesäumt ist.

Den ganzen Tag des 22. Februar waren wir noch im Sargassomeer, wo die Fische als Liebhaber von Meerpflanzen und Krustentieren den Tisch reichlich gedeckt finden. Tags darauf hatte der Ozean wieder sein gewohntes Aussehen angenommen.

Von diesem Augenblick an fuhr der *Nautilus*, sich in der Mitte des Atlantik haltend, während neunzehn Tagen, vom 23. Februar bis zum 12. März, mit einer konstanten Geschwindigkeit von hundert Meilen in vierundzwanzig Stunden. Kapitän Nemo wollte offenbar sein Unterwasserprogramm erfüllen, und ich zweifelte nicht daran, daß er beabsichtigte, nach der Umschiffung von Kap Hoorn in die südlichen Meere des Pazifik zurückzukehren.

Ned Lands Besorgnis war also nicht grundlos gewesen. In diesen großen Meeren, wo es wenige Inseln gab, konnte man nicht versuchen, das Schiff zu verlassen. Wir hatten auch keine Möglichkeit, den Wünschen Kapitän Nemos Widerstand zu leisten. Es blieb uns nichts anderes übrig, als uns zu unterwerfen; aber wenn auch von Gewalt oder List nichts zu erwarten war, spielte ich doch mit dem Gedanken, es ließe sich durch Überredung etwas erlangen. Würde sich Kapitän Nemo nach Abschluß der Reise nicht bereitfinden, uns unsere Freiheit zurückzugeben, wenn wir ihm schworen, seine Existenz niemals zu enthüllen? Diesen Schwur hätten wir gehalten. Doch die heikle Frage mußte zuvor mit dem Kapitän besprochen werden. Wie aber würde er mich empfangen, wenn ich unsere Freiheit von ihm forderte? Hatte er nicht von allem Anfang an ausdrücklich erklärt, das Geheimnis seines Lebens verlange unsere ewige Gefangenschaft an Bord des *Nautilus*? Mußte ihm mein Schweigen seit vier Monaten nicht als ein stummes Hinnehmen dieser Situation erscheinen? Würde nicht, wenn ich auf dieses Thema zurückkam, Argwohn in ihm aufsteigen, der unsern Plänen schaden konnte, wenn sich später irgendeine günstige Gelegenheit zur Flucht ergab? Alle diese Gründe erwog ich und bedachte sie immer wieder von neuem; ich unterbreitete sie auch Conseil, doch er war nicht weniger unschlüssig als ich. Kurz, obwohl ich nicht leicht zu entmutigen bin, begriff ich doch, daß meine Aussichten, je wieder meinesgleichen zu sehen, von Tag zu Tag abnahmen, besonders jetzt, da Kapitän Nemo auf den Südatlantik zuhielt!

Während der neunzehn Tage, die ich oben erwähnt habe, ereignete sich nichts Besonderes. Den Kapitän sah ich selten. Er arbeitete. In der Bibliothek fand ich oft Bücher, die er offen liegen gelassen hatte; es handelte sich meist um naturwissenschaftliche Werke. Mein Werk über den Meeresgrund, von ihm durchgesehen, strotzte von Randbemerkungen, die häufig meinen Theorien und Einordnungen widersprachen. Aber der Kapitän

begnügte sich damit, meine Arbeit auf diese Art und Weise zu bereinigen, und nur selten diskutierte er mit mir. Manchmal hörte ich die melancholischen Klänge seiner Orgel, die er mit viel Ausdruck spielte, allerdings nur nachts, in tiefster Dunkelheit, wenn der *Nautilus* in den Wüsten des Ozeans schlummerte.

Während dieses Teiles der Reise fuhren wir ganze Tage an der Oberfläche. Das Meer war wie verlassen. Kaum einige Segelschiffe, nach Indien bestimmt, mit Richtung Kap der Guten Hoffnung. Eines Tages wurden wir verfolgt von den Booten eines Walfängers, der uns zweifellos für einen riesigen Wal von hohem Preis hielt. Aber Kapitän Nemo wollte diesen braven Leuten Zeitverlust und unnötige Mühen ersparen, daher beendete er die Jagd, indem er den *Nautilus* tauchen ließ. Dieser Zwischenfall schien Ned Land lebhaft interessiert zu haben. Ich glaube mich nicht zu täuschen, wenn ich sage, der Kanadier müsse es bedauert haben, daß unser Eisenwal nicht von der Harpune dieser Jäger tödlich getroffen werden konnte.

Die Fische, die Conseil und ich während dieser Periode beobachteten, unterschieden sich wenig von denen, die wir schon unter anderen Himmelsstrichen studiert hatten. Am häufigsten waren die Vertreter der schrecklichen Klasse Knorpelfische, unterteilt in drei Ordnungen, die nicht weniger als zweiunddreißig Arten zählen: Menschenhaie, fünf Meter lang, mit stumpfspitzer Schnauze, sichelförmiger Schwanzflosse und großen dreieckigen Zähnen; Grauhaie mit sechs Kiemenspalten und fast so groß wie die Menschenhaie. Auch Hundshaie zogen an uns vorbei, die gefräßigsten Fische, die man sich vorstellen kann. Trotzdem darf man den Fischern nicht glauben, wenn sie behaupten, im Magen eines Hundshais habe man ein Büffelhaupt und ein ganzes Kalb gefunden, und in einem andern einen Matrosen; ein dritter Hundshai soll gar einen Reiter mitsamt seinem Pferd verschlungen haben. All das klingt nicht sehr glaubwürdig, doch da sich keines dieser schreckenerregenden Tiere mit den Netzen des *Nautilus* fangen ließ, konnte ich ihre Gefräßigkeit nicht nachprüfen.

Scharen von eleganten und mutwilligen Delphinen gaben uns tagelang das Geleit. Sie schwammen in Gruppen zu fünft oder zu sechst und jagten gemeinsam wie die Wölfe auf der Ebene; übrigens sind sie nicht weniger gefräßig als die Hundshaie, wenn ich einem Professor aus Kopenhagen glauben will, der im Magen eines Delphins dreizehn große Fische und fünfzehn junge Robben fand. Es handelte sich, das stimmt, um einen Butzkopf, der zur größten bekannten Art gehört und mehr als sieben Meter lang wird. Diese Familie der Delphine zählt zehn Arten, und jene, die ich zu Gesicht bekam, zeichneten sich durch eine ausnehmend schmale und lange Schnauze aus. Ihr Leib maß drei Meter, sie hatten einen schwarzen Rücken und einen rosigweißen Bauch, der einige kleine Tupfen aufwies.

In diesen Meeren sind ferner die merkwürdigen Vertreter der Stachelflosser und der Umberfische zu nennen. Gewisse Autoren – eher Poeten als Naturforscher – behaupten, diese Fische sängen melodisch und ihre vereinigten Stimmen böten ein Konzert, mit dem kein Chor von menschlichen Stimmen wetteifern könne. Ich will es nicht leugnen, aber diese Fische brachten uns kein Ständchen, und ich bedauere es.

Abschließend klassierte Conseil eine große Menge fliegender Fische. Es gab nichts Sonderbareres, als zu sehen, wie die Delphine sie mit wunderbarer Präzision jagten. Wie weit er auch immer flog, welche Bahn er auch immer beschrieb, selbst über den *Nautilus* hinweg, immer fand der unglückselige Fisch ein offenes Delphinmaul, das ihn erwartete und über ihm zuklappte. Es waren entweder Flughähne oder Seekuckucke mit leuchtendem Maul, die in der Nacht feurige Spuren in die Luft zeichneten und wie Sternschnuppen ins dunkle Wasser fielen.

So fuhren wir bis zum 13. März. An diesem Tag unternahm der *Nautilus* Sondierungsexperimente, die mich lebhaft interessierten.

Wir hatten seit unserem Start im Pazifik annähernd dreizehntausend Meilen zurückgelegt. Jetzt befanden wir uns auf 45° 37′ südlicher Breite und 37° 53′ westlicher Länge. Es waren dieselben Gegenden, in denen Kapitän Denham von der *Herald* 14000 Meter tief lotete, ohne den Grund zu erreichen. Und an der gleichen Stelle hatte Leutnant Parcker von der amerikanischen Fregatte *Congress* den Meeresboden auch bei 15140 Meter nicht erreicht.

Kapitän Nemo beschloß, seinen *Nautilus* in die größte Tiefe zu schicken, um die verschiedenen Messungen zu kontrollieren. Ich bereitete mich darauf vor, alle Ergebnisse des Experiments aufzuzeichnen. Die Läden des Salons wurden geöffnet, und das Manövrieren begann, um diese fernsten Meeresschichten zu erreichen.

Selbstverständlich kam es nicht in Frage, durch Auffüllung der Wasserbehälter zu tauchen. Vielleicht hätten sie das spezifische Gewicht des *Nautilus* nicht genügend erhöhen können. Außerdem hätte man sich zum Aufsteigen dieses Überballasts an Wasser entledigen müssen, und die Pumpen wären nicht stark genug gewesen, um den Druck von außen zu besiegen.

Kapitän Nemo beschloß, den Grund des Ozeans in einer ausreichend verlängerten Schräglinie zu erreichen, mittels der Seitenflächen, die in einen Winkel von fünfundvierzig Grad zur Bordlinie des *Nautilus* gestellt wurden. Die Schraube drehte sich mit Höchstgeschwindigkeit, und ihr vierarmiger Propeller peitschte das Wasser mit unbeschreiblicher Gewalt.

Unter diesem starken Antrieb erbebte der Rumpf des *Nautilus* und versank im Wasser. Der Kapitän und ich hatten im Salon Posten bezogen und verfolgten aufmerksam die Nadel des Druckmessers, die rasch anstieg. Bald hatten wir die Zone, in der die meisten Fische leben, hinter uns gelassen. Wenn manche dieser Tiere nur an der

Oberfläche der Meere oder Flüsse leben können, halten sich andere, weniger zahlreich, auch in ziemlich großen Tiefen. Unter diesen letzteren beobachtete ich den Grauhai, eine Art Hundshai mit sechs Kiemendeckeln, den Teleskopfisch mit riesigen Augen, den Panzerfisch mit schwarzen Brustflossen, den sein Harnisch aus blaßroten Knochenplatten beschützt, und schließlich den Granatfisch, der in zwölfhundert Metern Tiefe lebt und einen Druck von hundertzwanzig Atmosphären aushält.

Ich fragte Kapitän Nemo, ob er in noch größeren Tiefen auch Fische gesehen habe.

»Fische?« wiederholte er, »selten. Aber beim heutigen Stand der Wissenschaft – was nimmt man an? Was weiß man?«

»Man weiß, daß in den tieferen Lagen des Ozeans das Pflanzenleben rascher verschwindet als das Tierleben. Man weiß, daß dort, wo man noch Lebewesen findet, keine einzige Wasserpflanze mehr vorkommt. Man weiß, daß die Jakobsmuscheln und die Austern in zweitausend Metern Tiefe leben, und MacClintock, der Held der Polarmeere, hat aus 3500 Meter Tiefe einen Seestern lebend heraufgeholt. Man weiß, daß die Mannschaft des *Bull-Dog* von der Royal Navy sogar einen aus 2620 Klaftern gefischt hat. Aber Sie, Kapitän Nemo, werden mir vielleicht sagen, daß man nichts weiß?«

»Nein, Herr Professor«, antwortete der Kapitän, »so unhöflich bin ich nicht. Immerhin möchte ich Sie fragen, welche Erklärung Sie dafür haben, daß Lebewesen in solchen Tiefen existieren können?«

»Meines Erachtens gibt es dafür zwei Gründe«, antwortete ich. »Erstens einmal, weil die Vertikalströmungen, die vom Salzgehalt und der Dichtigkeit des Wassers abhängen, eine Bewegung erzeugen, die genügt, das rudimentäre Leben von Seelilien und Seesternen zu erhalten.«

»Richtig«, nickte der Kapitän.

»Zweitens ist Sauerstoff die Grundlage des Lebens, und man weiß, daß die im Meerwasser aufgelöste Sauerstoffmenge sich mit zunehmender Tiefe nicht vermindert, sondern vermehrt und daß der Druck der unteren Wasserschichten dazu beiträgt, den Sauerstoff zu komprimieren.«

»Ah, das weiß man?« antwortete der Kapitän in etwas überraschtem Ton. »*Eh bien*, Herr Professor, man weiß es zu Recht, denn es stimmt. Ich möchte hinzufügen, daß die Schwimmblase der Fische mehr Stickstoff als Sauerstoff enthält, wenn die Tiere an der Oberfläche des Wassers gefischt werden, dagegen mehr Sauerstoff als Stickstoff, wenn man sie aus großen Tiefen holt. Was Ihre Theorie bestätigt. Aber fahren wir fort in unseren Beobachtungen.«

Ich schaute wieder auf den Druckmesser. Das Instrument zeigte eine Tiefe von sechstausend Meter an. Wir sanken stetig seit einer Stunde. Und der *Nautilus* tauchte auf seinen schrägen Seitenflächen immer noch tiefer. Die leeren Wasser waren von einer klaren Durchsichtigkeit, die kein Maler mit seinem Pinsel wiedergeben könnte. Eine Stunde später waren wir in dreizehntausend Metern Tiefe, und noch ließ nichts darauf schließen, daß wir uns dem Meeresboden näherten.

Bei vierzehntausend Meter Tiefe indessen bemerkte ich schwärzliche Gipfel, die mitten im Wasser aufragten. Aber diese Gipfel konnten Bergen gehören, die ebenso hoch, ja noch höher waren als das Himalaja-Gebirge oder der Montblanc, und die Tiefe dieser Abgründe ließ sich nicht abschätzen.

Der *Nautilus* tauchte noch tiefer, trotz des gewaltigen Drucks, der auf ihm lag. Ich spürte, wie seine Eisenplatten zitterten; die Balken seines Gerippes bogen sich, die Schotten ächzten, die Scheiben des Salons schienen sich zu krümmen unter dem Druck des Wassers. Und das festgefügte Schiff hätte zweifellos nachgegeben, wenn es nicht, wie sein Kapitän gesagt hatte, imstande gewesen wäre, dem Druck zu widerstehen wie ein massiver Block.

Als wir den Abhängen dieser unter den Wassern verlorenen Felsen entlangfuhren, stellte ich noch einige Muschelschalen, lebende Kalkröhrenwürmer und Pumpwürmer sowie gewisse Arten Seesterne fest.

Aber bald verschwanden diese letzten Vertreter des Tierreichs, und unterhalb von fünfzehntausend Meter hatte der *Nautilus* die Grenzen jeglichen unterseeischen Lebens passiert, ähnlich dem Ballon, der über die Zonen, in denen man noch atmen kann, aufgestiegen ist. Wir hatten eine Tiefe von sechzehntausend Meter erreicht, und die Flanken des *Nautilus* hatten einen Druck von tausendsechshundert Atmosphären auszuhalten, das heißt tausendsechshundert Kilo auf jeden Quadratzentimeter seiner Oberfläche!

»Welch ein Abenteuer!« rief ich. »Wir fahren durch Tiefen, in die noch kein Mensch gelangt ist! Kapitän, sehen Sie diese großartigen Felsen, diese unbewohnten Grotten, diese letzten Schlupfwinkel der Erde, wo es kein Leben mehr gibt? Welch unerhörter Anblick – ach, warum dürfen wir nur die Erinnerung daran behalten?«

»Würde es Ihnen Freude machen«, fragte mich Kapitän Nemo, »mehr als nur eine Erinnerung daran zu besitzen?«

»Was wollen Sie damit sagen?«

»Ich will sagen, daß nichts leichter ist, als eine photographische Aufnahme dieser Unterwasserregion zu machen!«

Es blieb mir nicht einmal die Zeit, dem Erstaunen Ausdruck zu geben, das ich über diesen neuesten Vorschlag empfand, als, auf einen Wink Kapitän Nemos, bereits ein Objektiv in den Salon getragen wurde. Vor unseren Augen breitete sich, elektrisch beleuchtet, die Wassermasse in vollendeter Klarheit aus. Kein Schatten, keine Verminderung unseres künstlichen Lichts. Selbst das Sonnenlicht hätte für unser Vorhaben nicht günstiger sein können. Der *Nautilus*, unter dem Druck seiner Schraube und beherrscht von der Neigung seiner Seitenflächen, stand unbeweglich. Das Instrument wurde auf den Meeresboden gerichtet, und in wenigen Sekunden hatten wir ein Negativ von äußerster Schärfe.

Ich füge hier meinem Bericht den Lichtbildabzug bei. Man sieht darauf diese frühweltlichen Felsen, die das Himmelslicht nie gekannt haben, diese Granite der Tiefe, die die starke Unterlage des Erdbodens bilden, diese in die Steinmassen gegrabenen tiefen Grotten, diese Profile von unvergleichlicher Klarheit, die sich schwarz abzeichnen – alles erinnert an die Schöpfung des Pinsels gewisser flämischer Künstler. Darüber ein bergiger Horizont, eine bewundernswert gewellte Linie, die den Hintergrund der Landschaft bildet. Ich kann das Gesamtbild dieser glatten, schwarzen Felsen, ohne Moos, ohne einen Flecken, sonderbar geformt und unerschütterlich auf diesem Teppich von Sand stehend, der unter den Garben des elektrischen Lichtes funkelte, nicht beschreiben.

Indessen sagte Kapitän Nemo, nachdem er sein Werk vollendet hatte:

»Steigen wir wieder auf, Herr Professor! Wir dürfen den Augenblick nicht verewigen und außerdem den *Nautilus* nicht zu lange einem solchen Druck aussetzen.«

»Steigen wir auf!« antwortete ich.

»Halten Sie sich fest!«

Ich hatte noch nicht die Zeit gehabt, zu begreifen, warum der Kapitän mir das empfahl, als ich bereits auf dem Boden lag. Auf ein Signal des Kapitäns wurden die Maschinen eingeschaltet, die

Seitenflächen senkrecht gestellt, und der *Nautilus* hob sich, wie ein Ballon in der Luft, mit ungeheurer Schnelligkeit. Er durchschnitt die Wassermasse mit scharfem Schwirren. Keine Einzelheit war mehr sichtbar. In vier Minuten hatte er die sechzehntausend Meter, die ihn von der Oberfläche des Ozeans trennten, überwunden, und nachdem er wie ein fliegender Fisch aus dem Wasser geschossen war, fiel er zurück, daß die Wogen hoch aufspritzten.

ZWÖLFTES KAPITEL

POTTWALE UND GLATTWALE

Während der Nacht vom 13. auf den 14. März nahm der *Nautilus* wieder Kurs auf Süden. Ich dachte, er würde auf der Höhe von Kap Hoorn westlich halten, um wieder die Meere des Pazifik zu erreichen und seine Weltreise zu beenden. Doch nichts dergleichen geschah, er fuhr weiter nach Süden. Wohin nur sollte die Fahrt gehen? Zum Pol? Das war unsinnig. Ich begann zu glauben, daß die Tollkühnheit Kapitän Nemos die Befürchtungen Ned Lands rechtfertigen könnte.

Der Kanadier sprach mir seit einiger Zeit nicht

mehr von seinen Fluchtplänen. Er war weniger mitteilsam geworden, ja beinahe schweigsam. Ich merkte ihm an, wie sehr ihn diese lange Gefangenschaft belastete. Ich spürte, wie sich die Wut in ihm anstaute. Wenn er den Kapitän sah, lag ein düsteres Feuer in seinen Augen, und ich fürchtete stets, er könnte sich von seiner heftigen Natur zu einer Unbesonnenheit hinreißen lassen.

An diesem Tag, am 14. März, suchten mich Conseil und er in meinem Zimmer auf. Ich erkundigte mich nach dem Grund ihres Kommens.

»Wir haben Ihnen eine einfache Frage zu stellen, mein Herr«, antwortete der Kanadier.

»Sprechen Sie, Ned.«

»Was glauben Sie, wie viele Leute befinden sich an Bord des *Nautilus*?«

»Das wüßte ich nicht zu sagen, mein Freund.«

»Mir scheint«, fuhr Ned Land fort, »das Schiff braucht keine große Mannschaft.«

»In der Tat«, erwiderte ich, »so, wie die Dinge liegen, sollten zehn Mann genügen.«

»Nun gut«, sagte der Kanadier, »warum aber sind dann viel mehr Menschen an Bord?«

»Warum?« wiederholte ich und schaute Ned Land fest an. Seine Absichten waren leicht zu erraten.

»Weil«, fuhr ich fort, »der *Nautilus* – wenn mich mein Gefühl nicht täuscht, und wenn ich mir das Verhalten des Kapitäns richtig auslege – nicht nur ein Schiff ist. Er muß ein Zufluchtsort sein für jene, die, wie sein Kommandant, alle Beziehungen zur Welt abgebrochen haben.«

»Mag sein«, mischte sich Conseil ein, »aber schließlich kann der *Nautilus* nur eine bestimmte Anzahl Menschen fassen. Könnte mein Herr nicht abschätzen, wie viele das höchstens sein können?«

»Wie das, Conseil?«

»Durch eine Berechnung. Mein Herr kennt das Fassungsvermögen des Schiffes, und daraus ergibt sich die vorhandene Luftmenge; wenn man anderseits weiß, wieviel Luft jeder Mensch beim Atmen verbraucht, und das Gesamtresultat in Verbindung bringt mit der Tatsache, daß der *Nautilus* alle vierundzwanzig Stunden aufsteigen muß ...«

Conseil beendete seinen Satz nicht, aber ich wußte, worauf er hinauswollte.

»Ich verstehe, was du meinst«, sagte ich. »Aber diese Rechnung, die übrigens leicht aufzustellen ist, kann nur eine sehr unsichere Zahl ergeben.«

»Macht nichts«, beharrte Ned Land.

»Also gut«, gab ich nach, »rechnen wir also. Jeder Mensch verbraucht in der Stunde soviel Sauerstoff, als in hundert Litern Luft enthalten ist, das macht in vierundzwanzig Stunden den Sauerstoffgehalt von zweitausendvierhundert Litern Luft. Wir müssen also herausfinden, wieviel mal zweitausendvierhundert Liter Luft der *Nautilus* enthält.«

»Genau«, nickte Conseil.

»Da nun«, überlegte ich, »der *Nautilus* eine Kapazität von fünfzehnhundert Tonnen hat und die Tonne tausend Liter faßt, enthält der *Nautilus* anderthalb Millionen Liter Luft, was, dividiert durch zweitausendvierhundert ...«

Ich nahm einen Bleistift und stellte die Rechnung auf.

»... einen Quotienten von sechshundertfünfundzwanzig ergibt. Das heißt praktisch, daß die im *Nautilus* vorhandene Luft genau ausreichen würde für sechshundertfünfundzwanzig Menschen während vierundzwanzig Stunden.«

»Sechshundertfünfundzwanzig!« wiederholte Ned.

»Aber Sie können es als sicher annehmen«, fügte ich hinzu, »daß es, alles in allem genommen – Passagiere, Matrosen und Offiziere gerechnet –, nicht ein Zehntel dieser Zahl sind.«

»Das sind immer noch zuviel für drei Leute!« murmelte Conseil.

»Ich kann Ihnen also nichts anderes als Geduld anraten, mein armer Ned.«

»Mehr noch als Geduld«, warf Conseil ein. »Resignation.«

Er hatte das richtige Wort gefunden.

»Aber schließlich«, fuhr er fort, »kann doch Kapitän Nemo nicht endlos nach Süden halten! Er wird wohl oder übel anhalten müssen, und wäre es auch erst vor der Eisbarriere, und in wärmere Meere zurückkehren! Dann ist die Zeit gekommen, Ned Lands Pläne wieder aufzunehmen.«

Der Kanadier schüttelte den Kopf, strich sich mit der Hand über die Stirn, gab keine Antwort und verließ das Zimmer.

»Möge mein Herr mir erlauben, eine Bemerkung

zu machen«, sagte darauf Conseil. »Dieser arme Ned denkt immer an das, was er nicht haben kann. Er hat immer sein vergangenes Leben vor Augen. Er bedauert alles, was uns untersagt ist. Seine Erinnerungen bedrücken ihn, und das Herz ist ihm schwer. Man muß ihn verstehen. Was hat er hier zu suchen? Nichts. Er ist nicht ein Gelehrter wie mein Herr, und er findet nicht wie wir Geschmack an den Wundern des Meeres. Er gäbe alles darum, stattdessen in einer Taverne seiner Heimat zu sitzen!«

Selbstverständlich mußte das eintönige Dasein an Bord dem Kanadier unerträglich erscheinen, da er an ein freies und aktives Leben gewöhnt war. Ereignisse, die ihn in Aufregung versetzen konnten, waren selten. Doch an diesem Tag fühlte er sich durch einen Zwischenfall in seine glücklichen Zeiten als Harpunier zurückversetzt.

Gegen elf Uhr morgens geriet der *Nautilus* an der Oberfläche des Ozeans in ein Rudel Walfische. Diese Begegnung überraschte mich keineswegs, denn ich wußte, daß diese Tiere infolge der gnadenlosen Jagd, die auf sie gemacht wird, sich in die Polargebiete geflüchtet haben.

Die Rolle, die der Wal in der Welt des Meeres gespielt hat, und sein Einfluß auf die geographischen Entdeckungen sind beträchtlich gewesen. Es war der Wal, der zuerst die Basken, dann die Asturier, die Engländer und Holländer lockte, sie gegen die Gefahren des Ozeans abhärtete und sie

vom einen Ende der Welt zum anderen führte. Die Wale finden sich in den südlichen wie in den nördlichen Meeren. Eine Überlieferung behauptet gar, die Wale hätten die Fänger bis sieben Meilen an den Nordpol gebracht. Wenn das auch nicht stimmt, wird es doch eines Tages wahr sein, und wahrscheinlich werden die Menschen auf diese Weise, indem sie den Wal in den arktischen oder antarktischen Regionen jagen, diesen unerforschten Punkt der Erdkugel erreichen.

Das Meer war ruhig, und wir saßen auf der Plattform. Der Monat Oktober schenkte uns in diesen Breiten schöne Herbsttage. Es war der Kanadier – er kannte sich darin aus –, der am östlichen Horizont einen Wal sichtete. Wenn man aufmerksam Ausschau hielt, konnte man sehen, wie sich sein schwärzlicher Rücken fünf Meilen vom *Nautilus* über den Fluten hob und senkte.

»Ah!« rief Ned Land, »wenn ich an Bord eines Walfängers wäre, könnte mir keine Begegnung größere Freude machen! Es ist ein voll ausgewachsenes Tier! Seht nur, mit welcher Kraft seine Nasenlöcher Fontänen von Luft und Dampf ausstoßen! Zum Teufel, warum muß ich nur an dieses Stück Eisen gefesselt sein!«

»Wie, Ned«, gab ich zurück, »sind Sie noch nicht geheilt von Ihren alten Jagdinstinkten?«

»Mein Herr, wie könnte ein Walfänger seinen alten Beruf je vergessen? Wird man je der Freuden einer solchen Jagd müde?«

»Sie haben in diesen Meeren nie gejagt, Ned?«

»Nie, mein Herr. Nur in den nördlichen Meeren, in der Bering-Straße und in der Davis-Straße.«

»Dann kennen Sie den Wal des südlichen Atlantik noch nicht. Bisher haben Sie den Nordwal gejagt, und der wagt sich nicht durch die warmen Gewässer des Äquators.«

»Ach, Herr Professor, was erzählen Sie mir da!« versetzte der Kanadier in ungläubigem Ton.

»Ich erzähle Ihnen die Wahrheit.«

»Nicht möglich! Ich, der ich heute, im Jahre 1865 zu Ihnen spreche, habe mit eigenen Händen vor zweieinhalb Jahren in der Nähe von Grönland einen Wal erlegt, der in seiner Flanke eine Harpune mit dem eingravierten Zeichen eines Walfängers der Bering-See trug. Nun frage ich Sie, wie ist es dem Tier gelungen, nachdem es westlich von Amerika verwundet wurde, sich östlich davon erlegen zu lassen, wenn es nicht entweder Kap Hoorn oder das Kap der Guten Hoffnung gerundet und den Äquator passiert hat?«

»Ich denke wie Freund Ned«, sagte Conseil, »und ich bin gespannt, was mein Herr antworten wird.«

»Ich antworte euch, meine Freunde, daß die Wale, je nach Art, auf bestimmte Meere begrenzt sind und diese nicht verlassen. Ist eines dieser Tiere von der Bering-Straße in die Davis-Straße gelangt, so ganz einfach darum, weil es entweder an den Küsten Amerikas oder jenen Asiens einen Durchgang von einem Meer zum andern gibt.«

»Darf man Ihnen glauben?« fragte der Kanadier und blinzelte mir zu.

»Meinem Herrn muß man immer glauben«, sagte Conseil tadelnd.

»Daraus ergibt sich also«, begann der Kanadier wieder, »daß ich, da ich nie in diesen Gegenden gejagt habe, auch die hiesigen Wale nicht kenne?«

»Ich habe es Ihnen bereits gesagt, Ned.«

»Ein Grund mehr, ihre Bekanntschaft zu machen«, warf Conseil ein.

»Seht! Seht!« rief der Kanadier aufgeregt. »Er kommt näher! Er kommt auf uns zu! Er macht sich über mich lustig! Er weiß genau, daß ich ihm nichts anhaben kann!«

Ned stampfte mit dem Fuß auf. Mit wilder Gebärde schwenkte er eine eingebildete Harpune.

»Sind die Wale hier ebenso groß wie die der nördlichen Meere?« wollte er wissen.

»Annähernd, Ned.«

»Ich habe nämlich schon riesige Wale gesehen, mein Herr, Wale, die bis hundert Fuß lang waren! Ich habe mir sogar sagen lassen, daß die Hullamocks und die Umgallicks der Aleuten manchmal über hundertfünfzig Fuß lang werden.«

»Das scheint mir übertrieben«, antwortete ich. »Bei diesen Tieren handelt es sich nur um Furchenwale, die Rückenflossen haben, und genau wie die Pottwale sind sie im allgemeinen kleiner als die Südkaper.«

»Ah!« rief der Kanadier, der keinen Blick vom Ozean ließ, »er kommt näher, er kommt in die Gewässer des *Nautilus*!«

Dann nahm er das Gespräch wieder auf.

»Sie nannten«, sagte er, »den Pottwal ein kleines Tier! Man kennt jedoch wahrhaft gigantische Vertreter dieser Art. Es sind intelligente Tiere. Manche, behauptet man, bedecken sich mit Algen und Tang zur Tarnung. Man hält sie dann für kleine Inseln. Man kampiert auf ihnen, man macht es sich gemütlich, man zündet ein Feuer an –«

»Man baut sogar Häuser auf ihnen«, spottete Conseil.

»Ja, du Spaßvogel«, antwortete Ned Land. »Und dann, eines schönen Tages, taucht das Tier unter und reißt alle seine Bewohner mit sich in die Tiefe.«

»Wie in den Reisen von Sindbad dem Seefahrer«, lachte ich. »Ach, Meister Land, es scheint, daß Sie ausgefallene Geschichten lieben! Ihre Pottwale sind wahre Wunderwesen! Ich hoffe nur, daß Sie nicht selbst daran glauben!«

»Herr Naturalist«, antwortete der Kanadier ernsthaft, »was Wale angeht, muß man alles glauben! – Wie schnell er schwimmt, der da! Wie er sich den Blicken zu entziehen versteht! – Man behauptet, diese Tiere könnten in vierzehn Tagen um die ganze Welt schwimmen.«

»Das bestreite ich nicht.«

»Aber was Sie bestimmt nicht wissen, Herr Aronnax, ist, daß die Wale zu Beginn der Schöpfung noch viel schneller schwimmen konnten!«

»Wirklich, Ned? Und warum das?«

»Weil damals ihre Schwanzflosse aufrecht stand wie bei den Fischen, das heißt, daß dieser Schwanz das Wasser von links nach rechts und von rechts nach links peitschte. Aber der Schöpfer bemerkte, daß sie zu schnell vorwärts kamen, und verdrehte ihnen den Schwanz; seit dieser Zeit schlagen sie das Wasser von oben nach unten, und das geht auf Kosten ihrer Schnelligkeit.«

»Schön, Ned«, sagte ich und zitierte seinen eigenen Ausspruch: »Darf man Ihnen glauben?«

»Nicht zu sehr«, antwortete Ned Land, »und nicht mehr, als wenn ich Ihnen erzählte, es gebe Wale, die dreihundert Fuß lang seien und hunderttausend Pfund wiegen.«

»Das ist in der Tat viel«, sagte ich. »Immerhin muß man zugeben, daß gewisse Wale eine beträchtliche Größe erreichen, wobei sie angeblich bis zu hundertzwanzig Tonnen Öl liefern.«

»Was das angeht, so habe ich es mit eigenen Augen gesehen«, sagte der Kanadier.

»Das glaube ich gern, Ned, wie ich auch glaube, daß bestimmte Wale das Gewicht von hundert Elefanten erreichen. Stellen Sie sich die Wirkung einer solchen Masse in voller Geschwindigkeit vor!«

»Stimmt es«, fragte Conseil, »daß sie Schiffe versenken können?«

»Schiffe? Das glaube ich nicht«, antwortete ich. »Aber man erzählt sich, daß, hier im Südatlantik, im Jahr 1820 sich ein Wal auf die *Essex* gestürzt habe und sie mit einer Geschwindigkeit von vier Metern in der Sekunde vor sich her schob. Wellen schlugen übers Achterdeck, und die *Essex* kenterte gleich darauf.«

Ned schaute mich mit einem durchtriebenen Lächeln an.

»Ich meinesteils«, sagte er, »bin vom Schwanz eines Wals getroffen worden – in meinem Boot, das brauche ich nicht erst zu betonen. Meine Gefährten und ich sind sechs Meter hoch in die Luft geschleudert worden. Aber verglichen mit dem Walfisch des Herrn Professors war meiner nur ein Walfischchen.«

»Werden Wale alt?« wollte Conseil wissen.

»Tausend Jahre alt«, antwortete der Kanadier ohne Zögern.

»Und woher wissen Sie das, Ned?«

»Weil man es sagt.«

»Und warum sagt man es?«

»Weil man es weiß.«

»Nein, Ned, man weiß es nicht, aber man nimmt es an, und man stützt sich dabei auf folgendes: Vor vierhundert Jahren, als die Fischer zum erstenmal Wale jagten, waren diese Tiere viel größer als heute. Man nimmt daher an, und das scheint mir recht logisch, daß die Wale heute kleiner sind, weil man ihnen nicht die Zeit läßt, voll auszuwachsen. Deshalb konnte Buffon sagen, die Wale könnten – ja müßten – tausend Jahre leben. Verstehen Sie?«

Ned Land verstand nicht. Er hörte mir nicht mehr zu. Der Wal kam immer näher, und er verschlang ihn mit den Augen.

»Ah!« rief er aufgeregt, »das ist nicht ein Wal, das sind zehn, zwanzig, das ist ein ganzes Rudel! Und nichts unternehmen können! Sozusagen an Händen und Füßen gebunden zuschauen müssen!«

»Aber Freund Ned«, schlug Conseil vor, »warum nicht einfach Kapitän Nemo um die Jagderlaubnis fragen . . .?«

Conseil hatte noch nicht ausgesprochen, als Ned Land sich schon durch die Luke geschwungen hatte und den Kapitän suchen ging. Wenige Augenblicke später erschien er mit ihm auf der Plattform.

Kapitän Nemo beobachtete das Walrudel, das eine Meile vom *Nautilus* an der Wasseroberfläche spielte.

»Es sind Südkaper«, sagte er. »Mit dieser Herde könnte eine ganze Walfängerflotte ihr Glück machen.«

»Herr Kapitän«, bat der Kanadier, »darf ich nicht Jagd auf sie machen – und wäre es nur, um meinen alten Beruf als Harpunier nicht zu vergessen?«

»Wozu auch«, antwortete Kapitän Nemo, »jagen, nur um zu vernichten! Wir haben mehr als genug Tran an Bord.«

»Aber im Roten Meer, mein Herr«, ließ der Kanadier nicht locker, »haben Sie uns erlaubt, einen Dugong zu verfolgen!«

»Damals ging es darum, frisches Fleisch für meine Mannschaft zu erbeuten. Hier wäre es Töten um des Tötens willen. Ich weiß wohl, daß das ein Vorrecht des Menschen ist, aber ich lasse solch mörderischen Zeitvertreib nicht zu. Indem sie den Südkaper ausrotten wie den Nordwal – beides harmlose und gutartige Geschöpfe –, Meister Land, begehen Leute wie Sie eine verwerfliche Tat. So haben sie schon die ganze Baffin-Bai entvölkert und sind drauf und dran, eine Klasse nützlicher Tiere zu vernichten. Lassen Sie also diese unglücklichen Wale in Frieden! Sie haben genug natürliche Feinde, die Pottwale, die Schwertfische und die Sägefische, ohne daß Sie sich einmischen.«

Ich überlasse es dem Leser, sich die Miene auszumalen, die der Kanadier bei dieser Moralpredigt zog. Einem Jäger mit solchen Gründen kommen, hieß natürlich die Zeit verlieren. Ned Land schaute Kapitän Nemo an und begriff offensichtlich kein Wort von dem, was dieser sagen wollte. Doch der Kapitän hatte recht. Die barbarische und rücksichtslose Habgier der Fänger wird eines Tages auch dem letzten Wal das Leben kosten.

Ned Land pfiff zwischen den Zähnen seine Lieblingsmelodie *Yankee doodle*, steckte die Hände in die Taschen und kehrte uns den Rücken.

Unterdessen beobachtete Kapitän Nemo das Walrudel und sagte dann zu mir:

»Ich hatte recht, als ich behauptete, der Glattwal habe außer dem Menschen noch genug andere natürliche Feinde. Diese da werden es binnen kurzem mit einem starken Gegner zu tun haben. Sehen Sie dort drüben, Herr Aronnax, etwa acht Meilen im Westen, die dunklen Punkte, die sich bewegen?«

»Ja, Kapitän«, antwortete ich.

»Es sind Pottwale, schreckeneinflößende Tiere, denen ich manchmal in Rudeln von zwei- bis dreihundert Exemplaren begegnete. Was sie betrifft, sind sie so grausam und schädlich, daß man allen Grund hätte, sie auszurotten.«

Der Kanadier drehte sich bei diesen letzten Worten hastig um.

»*Eh bien*, Kapitän«, sagte ich, »noch ist es Zeit, und im Interesse der Glattwale ...«

»Es ist unnötig, sich zu exponieren, Herr Professor. Der *Nautilus* genügt, um diese Pottwale zu zerstreuen. Er ist mit einem eisernen Schiffsschnabel ausgerüstet, der meines Erachtens nicht minder wirksam ist als die Harpune von Meister Land.«

Der Kanadier konnte es sich nicht versagen, mit den Schultern zu zucken. Wale mit einem Schiffsschnabel angreifen! Wer hatte je so etwas gehört?

»Warten Sie, Herr Aronnax«, sagte Kapitän Nemo. »Wir werden Ihnen eine Jagd zeigen, die Sie noch nicht kennen. Für diese räuberischen Wale kenne ich kein Erbarmen. Sie bestehen nur aus Maul und Zähnen.«

Maul und Zähne! Man konnte den *Catodon macrocephalus*, der oft über fünfundzwanzig Meter lang wird, nicht besser beschreiben. Der enorme Kopf dieses Wals nimmt ungefähr ein Drittel seiner Länge ein. Besser bewaffnet als der Glattwal, dessen Oberkiefer nur Barten trägt, besitzt er fünfundzwanzig große, zwanzig Zentimeter hohe Zähne, die oben zylindrisch oder kegelförmig auslaufen und deren jeder zwei Pfund wiegt. Im Oberteil des gewaltigen Kopfes, in großen, durch

Knorpel geteilten Höhlen, finden sich drei- bis vierhundert Kilo des kostbaren Öls, das ›Walrat‹ genannt wird. Der Pottwal ist ein widerwärtiges Tier, einer Kaulquappe ähnlicher als einem Fisch, wie Frédol sagt. Er ist schlecht gebaut, sozusagen

›verfehlt‹ in seiner ganzen Konstruktion, und sieht auf dem linken Auge nichts, auf dem rechten nur wenig.

Das scheußliche Rudel kam immer näher. Es hatte die Glattwale bemerkt und traf Anstalten, sie anzugreifen. Der Sieg der Pottwale ließ sich voraussagen, nicht nur weil sie zum Angreifen besser ausgerüstet sind als ihre harmlosen Gegner, sondern auch, weil sie länger unter Wasser bleiben können, ohne an die Oberfläche zu steigen, um Luft zu holen.

Es war höchste Zeit, den Glattwalen zu Hilfe zu kommen. Der *Nautilus* tauchte unter. Conseil, Ned und ich setzten uns an die Fenster des Salons. Kapitän Nemo begab sich zum Steuermann, um sein Schiff zu lenken wie eine Zerstörungsmaschine. Bald spürte ich, wie sich das Schlagen der Schraube beschleunigte und der *Nautilus* schneller fuhr.

Der Kampf zwischen den Pottwalen und den Glattwalen hatte bereits begonnen, als der *Nautilus* dazukam. Er manövrierte so, daß er das Rudel der Großköpfigen teilte. Diese zeigten sich anfänglich wenig beeindruckt von dem neuen Ungeheuer, das sich in den Kampf mischte. Aber bald mußten sie sich vor seinen Schlägen in acht nehmen.

Was für ein Kampf! Selbst Ned Land geriet bald in Begeisterung und klatschte schließlich Beifall. Der *Nautilus* war nur mehr eine fürchterliche Harpune in der Hand seines Kapitäns. Er warf sich gegen die Fleischmassen und schnitt sie entzwei, in seinem Kielwasser nur blutende Hälften zurücklassend. Die gewaltigen Schwanzschläge, die seine Flanken trafen, spürte er überhaupt nicht. Die Angriffe seiner Gegner konnten ihm nichts anhaben. Kaum hatte er einen Pottwal erledigt, stürzte er sich auf den nächsten, drehte sich um sich selbst, um seine Beute nicht zu verfehlen, griff sie von vorn und von hinten an, gehorsam dem Steuer, tauchte, wenn sich der Wal ihm in tiefere Schichten zu entziehen versuchte, stieg mit ihm auf, wenn er an die Oberfläche kam, traf ihn von vorn oder von der Seite, zerschnitt ihn oder zerfleischte ihn und durchbohrte ihn in allen Richtungen mit seinem schrecklichen Schnabel aus Eisen.

Welch ein Gemetzel! Welch ein Lärm auf den Fluten! Wie die entsetzten Tiere schrill pfiffen und wütend schnaubten! Ihr Schwanz wühlte die sonst so friedlichen Wasser tief auf.

Eine Stunde lang dauerte dieses homerische Massaker, vor dem sich die Großköpfe nicht retten konnten. Mehrmals taten sich zehn oder zwölf zusammen und versuchten, den *Nautilus* unter ihrer Masse zu zermalmen. Vom Fenster aus sah man ihr riesiges, mit Zähnen gepflastertes Maul und ihre bösen Augen. Ned Land konnte nicht mehr an sich halten, er drohte ihnen und verwünschte sie. Man merkte, wie sie sich an unser Schiff klammerten, wie eine Koppel Jagdhunde, die im Dikkicht ein Wildschwein gestellt hat. Aber der *Nautilus* riß sie mit sich hinunter oder schleppte sie an die Oberfläche, ohne sich um ihr gewaltiges Gewicht oder ihre mächtige Umklammerung zu kümmern.

Schließlich waren die Pottwale zerstreut, und das Meer beruhigte sich. Ich spürte, daß wir zur Oberfläche des Ozeans aufstiegen. Die Aussteigluke wurde geöffnet, und wir stürzten uns auf die Plattform.

Das Meer war von verstümmelten Kadavern bedeckt. Auch die größte Explosion hätte diese Fleischmassen nicht mit mehr Gewalt zerfetzen, zerstückeln und zerfleischen können. Wir trieben inmitten gigantischer Leiber, bläulich am Rücken, weißlich am Bauch, und alle beulig von großen Höckern. Einige wenige Pottwale sah man am Horizont fliehen. Die Fluten waren mehrere Meilen weit rot gefärbt, und der *Nautilus* schwamm in einem Meer von Blut.

Kapitän Nemo gesellte sich zu uns.

»Nun, Meister Land?« sagte er.

»Ja, mein Herr«, antwortete der Kanadier, dessen Begeisterung sich gelegt hatte, »es ist in der Tat ein grauenhaftes Schauspiel. Aber ich bin nicht ein Schlächter, ich bin ein Jäger, und das hier war nichts anderes als eine Metzelei.«

»Es ist das Massaker bösartiger Tiere«, antwortete der Kapitän, »und der *Nautilus* ist nicht ein Schlächtermesser.«

»Ich ziehe meine Harpune vor«, entgegnete der Kanadier.

»Jedem seine Waffe«, sprach der Kapitän und schaute Ned Land hart an.

Ich fürchtete schon, dieser würde sich zu Tätlichkeiten hinreißen lassen, die beklagenswerte Folgen gehabt hätten. Aber sein Zorn wurde abgelenkt durch den Anblick eines Glattwals, dem sich der *Nautilus* in diesem Augenblick näherte.

Das Tier hatte den Zähnen der Pottwale nicht entkommen können. Ich erkannte es als einen Südkaper mit schwarzem, zusammengedrücktem Kopf. Anatomisch unterscheidet er sich vom Weißwal und vom Nordkaper durch die Verbindungsstelle der sieben Halswirbel, und außerdem hat er zwei Rippen mehr als seine Artgenossen.

Der unglückliche Wal trieb mit zerfleischtem Bauch auf der Flanke. Er war tot. An seiner verstümmelten Flosse hing noch ein Jungtier, das er nicht vor dem Gemetzel hatte retten können. Seinem offenen Maul entströmten Wasser und Blut.

Kapitän Nemo führte den *Nautilus* an den Kadaver des Tieres heran. Zwei seiner Leute stiegen auf die Flanke des Glattwals, und ich sah nicht ohne Erstaunen, daß sie aus seinen Zitzen die ganze Milch, die sie enthielten, molken: zwei bis drei Fässer voll!

Der Kapitän bot mir eine Tasse dieser noch warmen Milch an. Ich konnte mich nicht enthalten, ihm meinen Abscheu vor diesem Getränk zu bezeigen. Er versicherte mir jedoch, diese Milch sei ausgezeichnet und unterscheide sich in keiner Weise von Kuhmilch.

Ich kostete sie und teilte seine Ansicht. Die Milch war für uns eine nützliche Reserve, denn in Form von gesalzener Butter oder Käse bildete sie eine erfreuliche Bereicherung unserer Speisekammer.

Von diesem Tag an bemerkte ich beunruhigt, daß Ned Lands Einstellung gegenüber Kapitän Nemo zusehends negativer wurde, und ich beschloß, Worte und Taten des Kanadiers genau zu überwachen.

DREIZEHNTES KAPITEL

DIE EISBARRIERE

Der *Nautilus* hatte seine unentwegte Fahrt gen Süden wieder aufgenommen. Er folgte dem fünfzigsten Längengrad mit beträchtlicher Geschwindigkeit. War also doch der Pol sein Ziel? Ich glaubte es nicht, denn bisher waren alle Versuche, diesen Punkt der Erdkugel zu erreichen, fehlgeschlagen. Die Jahreszeit war im übrigen schon sehr vorgerückt, denn der 13. März in den antarktischen Regionen entspricht dem 13. September in nördlichen Ländern, an dem die Äquinoktialperiode ihren Anfang nimmt.

Am 14. März, als wir den 55. Breitengrad passierten, bemerkte ich Treibeis – Schollen von zwanzig bis fünfundzwanzig Fuß Länge bildeten kleine Klippen, an denen sich die Wellen schäumend brachen. Der *Nautilus* hielt sich an der Oberfläche des Ozeans. Ned Land, der schon in arktischen Gewässern gejagt hatte, war vertraut mit dem Anblick dieser Eisberge, während Conseil und ich sie zum erstenmal bewundern konnten.

Am Horizont im Süden erstreckte sich ein blendend weißer Streifen. Die englischen Walfänger haben ihm den Namen ›ice-blink‹ gegeben. Wie dick auch die Wolken sein mögen, sie können sein strahlendes Weiß nicht verdunkeln. Er zeigt das Vorhandensein von Packeis oder einer Eisbank an.

Und in der Tat, bald tauchten größere Blöcke auf, deren Pracht sich je nach den Launen des Nebels veränderte. Einige waren grün geädert, als hätte Kupfersulfat sie mit welligen Linien durchzogen. Andere glichen riesigen Amethysten, die das Licht durchscheinen ließen. Diese da reflektierten die Sonnenstrahlen auf den tausend Facetten ihrer Kristalle, jene waren getönt vom Abglanz des Kalksteins, und man hätte aus ihnen eine ganze Marmorstadt errichten können.

Je tiefer wir nach Süden kamen, desto zahlreicher und größer wurden diese schwimmenden Eisinseln. Polarvögel nisteten zu Tausenden auf ihnen. Sturmvögel, Kaptauben und Tölpel erfüllten mit ihrem schrillen Geschrei unsere Ohren. Einige hielten den *Nautilus* für den Kadaver eines Wals, ließen sich auf ihm nieder und hackten mit dem Schnabel auf seine Verkleidung ein, daß es im Inneren dumpf dröhnte.

Während dieser Fahrt durch die treibenden Gletscher hielt sich Kapitän Nemo häufig auf der Plattform auf. Er beobachtete aufmerksam diese verlassenen Gegenden. Ich sah, wie sich sein ruhiger Blick manchmal belebte. Fühlte er sich in diesen dem Menschen unzugänglichen Polarmeeren zu Hause, fühlte er sich als Herr dieser öden Weiten? Vielleicht. Aber er sprach nicht. Er verharrte reglos und schien erst wieder in die Wirklichkeit zurückzukehren, wenn sein Instinkt ihm sagte, er müsse manövrieren. Er steuerte dann seinen *Nautilus* mit vollendeter Geschicklichkeit, wich gewandt dem Zusammenstoß mit den Eismassen aus, von denen einige mehrere Meilen lang waren – bei einer Höhe, die zwischen siebzig und achtzig Meter schwankte. Oft schien der Horizont vom Eis völlig abgeriegelt. Auf der Höhe des sechzigsten Breitengrads war jede Fahrrinne verschwunden. Aber Kapitän Nemo ließ sich nicht entmutigen, er suchte und fand tatsächlich noch einen schmalen Durchgang. Kühn passierte er ihn, obwohl er genau wußte, daß er sich hinter ihm wieder schloß.

So ließ der *Nautilus,* gesteuert von dieser kundigen Hand, alle diese Eismassen hinter sich. Mit einer Genauigkeit des Ausdrucks, die Conseil entzückte, waren sie nach Form und Größe klassiert: *Icebergs* oder Eisberge, *Ice-fields* oder zusammenhängende Eisfelder, *Drift-ice* oder Treibeis, *Packs* oder Packeis, welch letzteres ›*Palch*‹ genannt wird, wenn es aus runden, und ›*Stream*‹, wenn es aus länglichen Stücken besteht.

Die Temperatur war ziemlich niedrig. Wenn man den Thermometer in die Außenluft hielt, zeigte er zwei bis drei Grad unter Null. Aber wir waren in warme Pelze gehüllt, für die Seehunde und Eisbären hatten das Leben lassen müssen. Und das Innere des *Nautilus* war dank der elektrischen Apparate gut geheizt und trotzte auch der schlimmsten Kälte. Übrigens hätte es genügt, einige Meter unter die Fluten zu tauchen, um eine durchaus erträgliche Temperatur zu finden.

Zwei Monate vorher hätten wir in diesen Breiten ununterbrochen Tag gehabt; doch nun war es jeweils schon drei oder vier Stunden Nacht, und später würden diese Polargebiete sechs Monate lang in schattigem Dunkel liegen.

Am 15. März passierten wir die Süd-Shetland- und die Süd-Orkney-Inseln. Der Kapitän erzählte mir, früher hätten zahllose Seehunde diese Eilande bewohnt; aber die englischen und amerikanischen Walfänger hätten in ihrer Zerstörungswut die ausgewachsenen Tiere und die trächtigen Weibchen unterschiedslos massakriert und das Schweigen des Todes hinter sich zurückgelassen.

Am 16. März, gegen acht Uhr morgens, durchschnitt der *Nautilus*, dem fünfundfünfzigsten Meridian folgend, den Südlichen Polarkreis. Die Eismassen umgaben uns nun von allen Seiten und versperrten den Horizont. Doch Kapitän Nemo fand immer wieder eine Passage und hielt weiter Kurs auf Süden.

»Aber wohin fährt er nur?« fragte ich verzweifelt.

»Der Nase nach«, antwortete Conseil. »Wenn er nicht mehr weiter kann, wird er schon anhalten.«

»Das möchte ich nicht beschwören!« gab ich zurück.

Und offen gestanden, dieser abenteuerliche Abstecher mißfiel mir keineswegs. Ich kann nicht in Worte fassen, wie sehr mir die Schönheiten dieser neuen Regionen gefielen. Die Eismassen nahmen faszinierende Formen an: Hier bildeten sie eine orientalische Stadt mit zahllosen Minaretten und Moscheen, dort eine Ruinenstadt nach einem Erdbeben. Durch die schrägen Strahlen der Sonne oder die grauen Nebel der Schneestürme erschienen sie immer wieder anders. Dann wieder dröhnten Detonationen von allen Seiten, die Eisberge kalbten, riesige Stücke wurden abgestoßen und veränderten das Bild wie eine Landschaft im Diorama.

Wenn der *Nautilus* in solchen Momenten untergetaucht war, pflanzte sich der Lärm unter Wasser mit erschreckender Intensität fort, und der Sturz der Eismassen verursachte fürchterliche Wirbel bis in die Tiefen des Ozeans. Der *Nautilus* rollte und stampfte dann wie ein dem Toben der Elemente überlassenes Schiff.

Manchmal entdeckte ich gar keinen Ausweg mehr und glaubte uns endgültig im Eise gefangen; doch Kapitän Nemo, von seinem Instinkt geleitet, entdeckte auch aus kleinsten Anzeichen neue Rinnen, die die Durchfahrt gestatteten. Er täuschte sich nie, wenn er die dünnen Rinnsale bläulichen Wassers, die die Eisfelder durchzogen, beobachtete. Auch hegte ich nicht die geringsten Zweifel, daß er sich mit dem *Nautilus* schon vorher mitten in die antarktischen Gewässer gewagt hatte.

Am 16. März jedoch war es soweit: die Eisfelder versperrten uns den Weg endgültig. Es war noch nicht die große Eisbarriere, es waren große Eisfelder, die von der Kälte zusammengefroren waren. Dieses Hindernis konnte unsern Kapitän Nemo allerdings nicht aufhalten, er stürzte sich mit unerhörter Gewalt gegen das *Ice-field*. Der *Nautilus* bohrte sich wie ein Keil in die eisige Masse und zerschmetterte sie mit gräßlichem Krachen. Er war wie der Sturmbock der Antike, von ungeheurer Kraft angetrieben. Die Eistrümmer wurden hoch hinauf geschleudert und fielen wie Hagel um uns herum ins Wasser. Allein durch die Stoßkraft grub sich der *Nautilus* einen Kanal.

Manchmal hob er sich, getrieben von seinem Schwung, auf das Eisfeld und zermalmte es unter seinem Gewicht, andere Male schob er sich darunter und spaltete es durch einfaches Schaukeln, das breite Risse erzeugte.

In diesen Tagen wurden wir von starken Windböen geschüttelt. Manchmal herrschte dichter Nebel, so daß man nicht von einem Ende der Plattform zum andern sah. Der Wind drehte sprunghaft und kam aus allen Himmelsrichtungen. Der Schnee lagerte sich in so dicken Schichten ab, daß wir sie mit Pickeln aufhacken mußten. Als der Thermometerstand auf fünf Grad unter Null fiel, überzog sich der *Nautilus* mit einer Eisschicht. Mit einer Hochtakelung wären wir nicht mehr vom Fleck gekommen, denn alle Lauftaue wären an den Rollen festgefroren. Nur ein Schiff ohne Segel und ausgerüstet mit einem elektrischen Motor, der keine Kohle brauchte, konnte in diesen Breiten durchkommen.

Unter diesen Umständen war auch der Barometerstand sehr niedrig. Er fiel bis auf 73 cm 5. Auf den Kompaß konnten wir uns nicht mehr verlassen. Seine Magnetnadel zeigte nach den verschiedensten Richtungen, je mehr wir uns dem magnetischen Erdpol näherten, der nicht zu verwechseln ist mit dem geographischen Pol. Laut Hansten liegt dieser magnetische Pol ziemlich genau auf 70° Breite und 130° Länge, nach den Beobachtungen von Duperrey auf 135° Länge und 70°30′

Breite. Wir mußten mehrere Kompasse an verschiedene Stellen des Schiffes bringen und zahlreiche Ablesungen machen, um einen annähernd richtigen Mittelwert zu gewinnen. Oft auch verließen wir uns auf eine rein visuelle Schätzung, um den durchlaufenen Wasserweg wiederzufinden – eine wenig befriedigende Methode bei diesen krummen Rinnen, deren Merkzeichen sich ständig veränderten.

Endlich, am 18. März, nach zwanzig vergeblichen Ausbruchsversuchen, war der *Nautilus* endgültig gebremst. Schuld daran waren weder die *Streams* noch die *Palchs* noch die *Ice-fields*, schuld war eine aus zusammenhängenden Bergen gebildete Schranke, die sich nach beiden Seiten erstreckte, so weit das Auge blicken konnte.

»Die Eisbarriere!« erklärte mir der Kanadier.

Ich begriff, daß diese Mauer für Ned Land wie für alle Seefahrer, die vor uns hiergewesen waren, ein unüberwindliches Hindernis bildete. Da gegen Mittag die Sonne kurz sichtbar wurde, konnte Kapitän Nemo unsere Position mit dem Sextanten ziemlich genau feststellen: wir befanden uns auf 51° 30' Länge und 67° 39' südlicher Breite, also bereits auf einem vorgeschobenen Punkt in den antarktischen Regionen.

Vom Meer, vom Wasser sahen wir nichts mehr. Unter dem Schnabel des *Nautilus* erstreckte sich eine weite, zerklüftete Ebene, mit unregelmäßigen Blöcken wirr besät, mit dem ganzen Gemisch, das

ein Fluß vor dem Eisgang mit sich trägt, nur hatte das Bild hier gigantische Ausmaße. Hier und dort spitze Gipfel, schlanke Nadeln, die sich zu einer Höhe von zweihundert Fuß erhoben; weiter weg schroffe Klippen von gräulicher Färbung, große

Spiegel, die die paar im Nebel fast ertrunkenen Sonnenstrahlen zurückwarfen. Und über dieser Einöde bleiernes Schweigen, höchstens unterbrochen vom Flügelschlag der Sturmvögel. Alles war eingefroren, sogar die Geräusche.

Der *Nautilus* hatte seine abenteuerliche Fahrt mitten in Eisfeldern beenden müssen.

»Mein Herr«, sagte Ned Land an diesem Tage zu mir, »wenn Ihr Kapitän sich noch weiter vorwagt ...«

»Was dann?«

»Dann ist er ein Übermensch!«

»Warum, Ned?«

»Weil niemand die Eisbarriere durchbrechen kann. Er ist stark, Ihr Kapitän; aber zum Teufel, er ist nicht stärker als die Natur, und dort, wo sie Grenzen gesetzt hat, muß man wohl oder übel haltmachen.«

»Das stimmt, Ned Land – und doch hätte ich zu gern erfahren, was hinter dieser großen Eisbarriere liegt! Nichts reizt mich mehr als eine Mauer!«

»Mein Herr hat recht«, sagte Conseil weise. »Die Mauern sind nur erfunden worden, um die Gelehrten zu ärgern. Es sollte nirgends Mauern geben.«

»Pah!« machte der Kanadier. »Was es hinter dieser Barriere gibt, weiß man ganz genau.«

»Was denn?« fragte ich gespannt.

»Eis – nichts als Eis!«

»Davon sind Sie überzeugt, Ned«, erwiderte

ich, »aber ich nicht. Darum möchte ich selbst nachsehen gehen.«

»Verzichten Sie auf diese Idee, Herr Professor«, riet mir der Kanadier. »Sie sind bis zur Eisbarriere gekommen, das genügt, und weiter werden weder Sie noch Kapitän Nemo noch sein *Nautilus* kommen. Und ob er will oder nicht, wir werden wieder nach Norden halten müssen und in zivilisierte Gegenden gelangen.«

Ich mußte zugeben, Ned Land hatte recht, und solange Schiffe auf dem Eis nicht fahren können, werden sie vor der großen Barriere ihre Fahrt beenden müssen.

In der Tat, trotz all seiner Anstrengungen und trotz den wirksamen Mitteln, die er einsetzte, um das Eis zu spalten, blieb der *Nautilus* zur Unbeweglichkeit verdammt. Wer nicht weitergehen kann, kehrt in der Regel einfach um. Aber hier war umkehren ebenso unmöglich wie vorrücken, denn die Wasserrinnen hatten sich hinter uns geschlossen, und wenn unser Schiff stillag, würde es bald völlig blockiert sein.

Genau das geschah gegen zwei Uhr nachts, indem sich auf den Flanken mit erstaunlicher Schnelligkeit eine dicke Eisschicht bildete. Ich mußte zugeben, daß Kapitän Nemos Verhalten mehr als unvorsichtig war.

Ich befand mich in diesem Augenblick auf der Plattform. Der Kapitän, der die Lage seit einer Weile beobachtete, sagte zu mir:

»Nun, Herr Professor, was halten Sie davon?«

»Ich glaube, wir sitzen in der Falle, Kapitän.«

»In der Falle! Wie meinen Sie das?«

»Ich meine, daß wir weder vorwärts noch zurück können, und auch ein seitliches Ausweichen ist ausgeschlossen. Das nennt man, soviel ich weiß,

›in der Falle sitzen‹ – wenigstens in bevölkerten Kontinenten.«

»So glauben Sie also, Herr Aronnax, daß der *Nautilus* sich nicht befreien kann?«

»Schwerlich, Kapitän, denn die Jahreszeit ist schon zu weit vorgerückt, als daß Sie auf Eisbruch zählen dürften.«

»Ach, Herr Professor«, meinte Kapitän Nemo in ironischem Ton, »Sie sind immer derselbe! Sie sehen immer nur Hindernisse und Widerstände! Ich meinerseits versichere Ihnen, daß der *Nautilus* sich nicht nur befreien wird, sondern daß er noch weiter fährt!«

»Noch weiter nach Süden?« fragte ich und sah den Kapitän erstaunt an.

»Ja, mein Herr – wir fahren zum Pol.«

»Zum Pol!« rief ich erstaunt und konnte eine ungläubige Geste nicht unterdrücken.

»Ja«, versetzte der Kapitän kühl, »zum Südpol, zu diesem unbekannten Punkt, wo sich die Meridiane der Erde kreuzen. Sie wissen, ich mache mit dem *Nautilus*, was ich will.«

Ja, ich wußte es. Ich wußte, daß dieser Mann wagemutig bis zur Tollkühnheit war. Aber die Hindernisse besiegen wollen, die den Südpol noch unzugänglicher machen als den Nordpol, den bisher auch die beherztesten Seefahrer nicht erreicht haben, war das nicht ein unsinniges Unternehmen, das nur der Geist eines Wahnsinnigen aushecken konnte?

Dann kam mir in den Sinn, Kapitän Nemo zu fragen, ob er diesen Pol, der noch von keines Menschen Fuß betreten worden war, eigentlich schon entdeckt habe.

»Nein, mein Herr«, antwortete er, »aber wir werden ihn gemeinsam entdecken! Dort, wo andere gescheitert sind, werde ich nicht scheitern. Noch nie war ich mit dem *Nautilus* so tief im Süden. Aber, wie ich Ihnen schon gesagt habe: er wird noch weiter nach Süden vordringen.«

»Ich will Ihnen glauben, Kapitän«, sagte ich etwas ironisch. »Ich glaube Ihnen! Also, frischauf, rücken wir vor! Für uns gibt es keine Hindernisse! Durchbrechen wir die Eisbarriere! Sprengen wir sie in die Luft, wenn sie uns widersteht, verleihen wir dem *Nautilus* Schwingen, auf daß er über sie hinwegfliege!«

»Über sie hinweg, Herr Professor?« wiederholte Kapitän Nemo gelassen. »Nein, nicht über sie hinweg – aber unter ihr durch!«

»Unter ihr durch!« rief ich.

Und plötzlich begriff ich die Pläne des Kapitäns. Die großartigen Eigenschaften des *Nautilus* würden auch diesmal, in diesem übermenschlichen Vorhaben, das Unmögliche möglich machen!

»Ich sehe, wir beginnen einander zu verstehen, Herr Professor«, sagte der Kapitän lächelnd. »Sie ahnen bereits die Möglichkeit des Gelingens dieses Versuches. Was mit einem gewöhnlichen Schiff unausführbar wäre, fällt dem *Nautilus* leicht. Er kommt nicht durch, wenn der Pol auf festem Land liegt. Schwimmt jedoch das Land im freien Meer, so gelangt der *Nautilus* ohne weiteres an den Pol!«

»In der Tat«, nickte ich, mitgerissen von den Überlegungen des Kapitäns, »wenn die Oberfläche des Meeres verfestigt ist durch die Eismassen, so müssen seine unteren Schichten frei sein – in der Tiefe liegt ja die Temperatur des Meerwassers über dem Gefrierpunkt! Und wenn ich mich nicht täusche, verhält sich der Überwasserteil dieser Eisbarriere zum Unterwasserteil massenmäßig wie eins zu vier?«

»So ungefähr, Herr Professor. Auf einen Fuß, den die Eisberge über Wasser ragen, haben sie drei Fuß unter Wasser. Da nun aber dieses Eisgebirge nicht höher als hundert Meter ist, beträgt auch der Tiefgang nicht mehr als dreihundert Meter. Und was sind schon dreihundert Meter für den *Nautilus*!«

»Ein Kinderspiel, mein Herr.«

»Er kann selbst in eine viel größere Tiefe tauchen, um die gleichmäßige Temperatur des Salzwassers zu suchen, und dort trotzen wir ungestraft den dreißig oder vierzig Grad Kälte an der Oberfläche.«

»Richtig, mein Herr, sehr richtig!« antwortete ich lebhaft.

»Die einzige Schwierigkeit«, fuhr Kapitän Nemo fort, »besteht darin, daß wir mehrere Tage unter Wasser bleiben müssen, ohne unseren Luftvorrat erneuern zu können.«

»Ist es nur das?« versetzte ich. »Der *Nautilus* hat ja große Tanks – wir werden sie einfach füllen, und sie liefern uns soviel Sauerstoff, als wir brauchen.«

»Gut ausgedacht, Herr Professor«, antwortete der Kapitän lächelnd. »Aber da ich nicht will, daß Sie mich der Unbesonnenheit zeihen, werde ich Ihnen im voraus alle meine Einwände unterbreiten.«

»Haben Sie überhaupt Einwände?«

»Einen einzigen. Wenn es am Südpol Meer gibt, ist es möglich, daß dieses Meer völlig in Eis eingebettet liegt, und dann können wir ebenso wenig an die Oberfläche durchstoßen, wie wenn es sich um festes Land handelte!«

»Aber mein Herr, vergessen Sie denn, daß der *Nautilus* einen eisernen Schiffsschnabel besitzt, den wir als Rammsporn benutzen können? Können wir das Eis nicht einfach schräg von unten hinauf durchstoßen? Es müßte doch durch die Erschütterung aufbrechen?«

»Sieh da! Herr Professor, Sie haben heute tolle Einfälle!«

»Und übrigens, Kapitän«, fuhr ich immer eifriger fort, »warum soll das Meer am Südpol nicht frei sein wie am Nordpol? Die Kältepole und die Erdpole fallen weder in der südlichen noch in der nördlichen Hemisphäre zusammen, und bis das

Gegenteil bewiesen ist, muß man entweder einen Kontinent oder einen eisfreien Ozean an beiden Punkten voraussetzen.«

»Das glaube ich auch, Herr Aronnax«, antwortete Kapitän Nemo. »Ich möchte Sie nur darauf aufmerksam machen, daß Sie anfänglich so viele Bedenken gegen meinen Plan vorgebracht haben und sich nunmehr zu seinem glühendsten Verteidiger aufwerfen.«

Kapitän Nemo hatte recht. Ich übertraf ihn ja an Kühnheit der Einfälle! Ich war es, der ihn mitriß zum Pol! Ich ging ihm voran, ich ließ ihn hinter mir zurück ... Aber nein! Narr, der ich war – Kapitän Nemo kannte das Pro und Kontra des Problems weit besser als ich, und es belustigte ihn, zu sehen, wie ich mich in unmögliche Träume verlor!

Doch er hatte keinen Augenblick verloren. Auf ein Signal hin erschien der Erste Offizier. Die beiden Männer unterhielten sich kurz in ihrer mir unverständlichen Sprache; sei es, daß der Erste Offizier bereits im Bilde gewesen war, sei es, daß er den Plan für durchführbar hielt – er zeigte auf jeden Fall keinerlei Überraschung.

Aber wie gleichmütig er auch blieb – er war nicht gleichmütiger als Conseil, als ich diesem biederen Burschen unsere Absicht eröffnete, zum Südpol vorzustoßen. Die einzige Antwort auf meine Ankündigung war ein: »Wie es meinem Herrn gefällt«, damit mußte ich mich begnügen. Was

Ned Land anging, so zuckte der nur die Schultern. »Mein Herr«, sagte er in fast mitleidigem Ton, »Sie und Ihr Kapitän Nemo tun mir leid!«

»Aber wir werden am Pol sein, Meister Land!«

»Möglich – aber Sie werden nicht zurückkommen!«

Damit kehrte der Kanadier in seine Kabine zurück, »um nicht etwas zu tun, das ich zu bereuen hätte«, wie er zu mir sagte, als er hinausging.

Inzwischen hatten die Vorbereitungen zu dem waghalsigen Versuch bereits begonnen. Die mächtigen Pumpen des *Nautilus* preßten die Luft in die Tanks und komprimierten sie unter hohem Druck. Gegen vier Uhr teilte mir Kapitän Nemo mit, die Luken der Plattform würden geschlossen. Ich warf einen letzten Blick auf die gewaltige Eisbarriere, die wir unterwandern würden. Das Wetter war klar, die Atmosphäre rein und die Kälte beträchtlich: zwölf Grad unter Null. Aber der Wind hatte sich gelegt und damit war die Temperatur auszuhalten.

Ein Dutzend Matrosen stiegen auf die Flanken des *Nautilus* hinaus und begannen mit Pickeln das Eis vom Rumpf loszuhacken. Es ging schnell, denn die Eisschicht war noch nicht alt. Dann kehrten wir alle ins Innere zurück. Die Wassertanks füllten sich, und der *Nautilus* begann zu sinken.

Ich hatte mit Conseil im Salon Platz genommen. Durch die Scheiben betrachteten wir die unteren Schichten des südlichen Eismeers. Der Thermometer stieg. Die Nadel des Druckmessers pendelte.

In ungefähr dreihundert Meter Tiefe, wie Kapitän Nemo es vorausgesagt hatte, schwammen wir unter dem gewellten Boden der Eisbarriere. Aber der *Nautilus* tauchte noch tiefer. Er erreichte eine Tiefe von achthundert Metern. Die Temperatur des Wassers, die an der Oberfläche zwölf Grad unter Null betragen hatte, betrug nur noch zehn Grad. Zwei Grad hatten wir schon gewonnen. Selbstverständlich war die Innentemperatur des *Nautilus*, der ja geheizt war, viel höher. Alle Navigationsmanöver vollzogen sich mit außergewöhnlicher Präzision.

»Wir kommen durch«, sagte Conseil zu mir.

»Dessen bin ich gewiß!« entgegnete ich im Brustton der Überzeugung.

In dem offenen Wasser hatte der *Nautilus* direkten Kurs auf den Pol eingeschlagen, ohne vom 52. Längengrad abzuweichen. Von 67°30′ bis 90° blieben noch 22½ Breitengrade zu überwinden, das heißt etwas mehr als fünfhundert Meilen. Der *Nautilus* fuhr mit einer Durchschnittsgeschwindigkeit von sechsundzwanzig Meilen die Stunde, was einem Expreßzug entsprach. Behielt er diese Geschwindigkeit bei, so genügten ihm vierzig Stunden, um den Pol zu erreichen.

Während eines Teils der Nacht bannte uns, Conseil und mich, die Neuheit der Situation ans Fenster des Salons. Das Meer war erhellt von der elektrischen Laterne unseres Schiffes. Aber es war völlig verödet. Im eingeschlossenen Wasser gab es keine Fische. Sie passierten diese Tiefe nur, um vom Weddell-Meer zum freien Wasser des Pols zu gelangen. Wir kamen rasch vorwärts. Man spürte es am Zittern des langen Stahlrumpfs.

Gegen zwei Uhr morgens ging ich für ein paar Stunden schlafen. Conseil folgte meinem Beispiel. Auf den Verbindungsbrücken sah ich Kapitän Nemo nirgends. Ich nahm an, er sei im Radkasten.

Am nächsten Tag, dem 19. März, war ich schon um fünf Uhr früh wieder im Salon. Der elektrische Geschwindigkeitsmesser belehrte mich, daß der *Nautilus* sein Tempo gemäßigt hatte. Er stieg langsam gegen die Oberfläche, indem er seine Wassertanks nach und nach leerte.

Mein Herz klopfte. Würden wir auftauchen und die frische Luft am Pol genießen?

Nein. Ein Stoß machte mir klar, daß der *Nautilus* den Boden der Eisbarriere getroffen hatte, der offenbar noch sehr dick war, dem dumpfen Ton nach zu schließen. In der Tat waren wir ›aufgelaufen‹, um es seemännisch auszudrücken, aber im umgekehrten Sinne und in tausend Fuß Tiefe. Das bedeutete, daß über unseren Köpfen noch zweitausend Fuß Eis waren, wovon tausend über dem Wasserspiegel lagen. Die Eisbarriere war also hier wesentlich höher als am Rand, ein wenig beruhigender Umstand.

Im Laufe des Tages wiederholte der *Nautilus*

das Experiment zu mehreren Malen, und jedesmal stieß er sich an der Mauer, die über ihm lag. Einige Male traf er sie in neunhundert Meter Höhe, was eine Dicke von zwölfhundert Metern ergab, wovon zweihundert Meter über dem Meeresspiegel lagen. Das war doppelt soviel wie an der Stelle, wo der *Nautilus* unter Wasser gegangen war.

Ich notierte sorgfältig die verschiedenen Tiefen und erhielt so das unterseeische Profil dieser Kette, die unter dem Wasser verlief.

Am Abend hatte sich noch keine Änderung unserer Lage ergeben. Immer noch war das Eis vierhundert bis fünfhundert Meter tief. Das war zwar weniger als vorher, zugegeben, aber wie dick war die Schicht noch, die uns von der Oberfläche des Ozeans trennte!

Es wurde acht Uhr. Schon seit vier Stunden hätte die Luft im Innern des *Nautilus* erneuert werden sollen gemäß der täglichen Übung an Bord. Immerhin litt ich noch nicht unter Luftmangel, obwohl Kapitän Nemo seine Reserve-Lufttanks noch nicht angezapft hatte.

In dieser Nacht schlief ich schlecht. Hoffnung und Angst quälten mich abwechselnd. Mehrmals stand ich auf und legte mich wieder hin. Die Durchbruchsversuche des *Nautilus* hielten an. Gegen drei Uhr morgens beobachtete ich, daß der Grund der Eisbarriere nur noch fünfzig Meter tief war. Es trennten uns noch hundertfünfzig Fuß von der Oberfläche. Die Eisbarriere wurde all-

mählich zum *Ice-field.* Aus den Bergen wurde Ebene.

Meine Augen verließen den Druckmesser nicht mehr. Wir stiegen stetig schräg aufwärts, in einer Diagonale der schimmernden Oberfläche folgend, die im elektrischen Licht funkelte und blitzte. Die Eisbarriere verlief oben und unten in langen Rampen. Sie wurde von Meile zu Meile dünner.

Endlich, um sechs Uhr, am denkwürdigen Tag des 19. März, öffnete sich die Tür des Salons und Kapitän Nemo erschien auf der Schwelle.

»Wir sind im offenen Wasser!« verkündete er.

VIERZEHNTES KAPITEL

DER SÜDPOL

Ich stürzte mich auf die Plattform. Ja! Vor mir lag das offene Meer. Kaum noch ein paar verstreute Eisschollen und schwimmende Eisberge; in der Ferne ein ausgedehntes Meer; eine Welt von Vögeln in den Lüften und Myriaden von Fischen in diesen Gewässern, die je nach Tiefe von intensivem Blau zu Olivengrün schimmerten. Der Thermometer zeigte drei Grad über Null. Es herrschte eine Art Frühling hier, eingeschlossen von der Eisbarriere, deren ferne Massen sich am nördlichen Horizont abzeichneten.

»Sind wir am Pol?« fragte ich klopfenden Herzens den Kapitän.

»Ich weiß es nicht«, antwortete er mir. »Um zwölf Uhr messen wir den Sonnenstand.«

»Aber wird sich die Sonne bei diesem Nebel überhaupt zeigen?« erkundigte ich mich besorgt, den grauen Himmel musternd.

»Auch wenn sie nur ganz schwach durchdringt, genügt es mir«, versetzte der Kapitän.

Zehn Meilen südlich vom *Nautilus* erhob sich ein etwa zweihundert Meter hohes Eiland. Wir steuerten darauf zu, sehr vorsichtig jedoch, denn das Meer konnte mit Klippen besät sein.

Nach einer Stunde erreichten wir die kleine Insel. Zwei Stunden später hatten wir sie umrundet. Sie hatte einen Umfang von vier bis fünf Meilen. Ein schmaler Kanal trennte sie vom festen Land, einem Kontinent vielleicht gar, von dem wir nur den Rand sehen konnten. Das Vorhandensein dieses festen Bodens schien die Hypothesen Maurys zu bestätigen. Dieser scharfsinnige Amerikaner hat nämlich bemerkt, daß das Meer zwischen dem Südpol und dem 60. Breitenkreis von riesigen schwimmenden Eisschollen bedeckt ist, wie man sie im Nordatlantik nie findet. Daraus hat er den Schluß gezogen, daß die Antarktis festen Boden aufweisen muß, denn Eisberge können sich nicht im offenen Meer bilden, sondern nur an Küsten. Nach seinen Berechnungen bildet die Eismasse, die den Südpol bedeckt, eine Art große Mütze von gut viertausend Kilometer Breite.

Der *Nautilus* hatte, um nicht zu stranden, drei Kabellängen vor einer Küste angehalten, die von einer prachtvollen Felsgruppe gekrönt war. Die

Jolle wurde aufs Wasser hinuntergelassen, und der Kapitän, zwei seiner Leute, die die Instrumente trugen, Conseil und ich stiegen ein. Es war zehn Uhr morgens. Ned Land hatte ich nicht zu Gesicht bekommen. Der Kanadier wollte zweifellos angesichts des Südpols seine vorherigen Ansichten nicht widerrufen müssen.

Einige Ruderschläge brachten das Boot an den Strand, wo es auflief. Conseil wollte an Land springen, doch ich hielt ihn zurück.

»Mein Herr«, sprach ich zu Kapitän Nemo, »Ihnen kommt die Ehre zu, als erster Fuß auf diesen Boden zu setzen!«

»Gut so«, antwortete der Kapitän. »Wenn ich nun nicht zögere, den Boden des Pols zu betreten, so darum, weil bisher kein menschliches Wesen die Spur seiner Schritte auf ihm hinterlassen hat!«

Nach diesen Worten sprang er auf den Sand. Bewegung malte sich auf seinen Zügen und ließ ihn schneller atmen. Er erstieg einen Felsen, der in einen überhängenden Vorsprung auslief, verschränkte die Arme und schien mit glühenden Blicken, stumm und reglos dastehend, Besitz von diesen südlichen Regionen zu ergreifen. Nachdem er fünf Minuten in dieser Ekstase verharrt hatte, drehte er sich nach uns um.

»Sie sind an der Reihe, mein Herr!« rief er.

Ich ging an Land, gefolgt von Conseil, die beiden Matrosen im Boot zurücklassend.

Der Boden bestand auf eine weite Strecke aus

rötlichem Tuff, der aussah wie zerstoßene Ziegelsteine. Schlacke, Lavaströme und Bimsstein bedeckten ihn. Der vulkanische Ursprung war nicht zu verkennen. An gewissen Stellen zeugten Spalten, denen ein Geruch nach Schwefel entstieg, davon, daß die Feuer im Innern der Erde ihre Expansionskraft noch nicht eingebüßt hatten. Doch als ich einen steilen Abhang erstieg, sah ich im Umkreis von mehreren Meilen keinen Vulkan. Wie man weiß, hat James Ross in diesen antarktischen Gebieten, auf dem 167. Längengrad und bei 77° 32′ Breite, die Krater des Erebus und des Terror in voller Tätigkeit gefunden.

Die Vegetation dieses trostlosen Kontinents schien mir äußerst spärlich zu sein. Auf den schwarzen Felsen machten sich einige Flechten von der Gattung *Usnea melanoxantha* breit. Außer ihnen bestand die magere Flora dieser Region aus gewissen mikroskopisch kleinen Pflanzen, rudimentären Kieselalgen, Einzellern in verkieselten Quarzschalen, langem purpurnem und karminrotem Seegras, das kleine Schwimmblasen besitzt und von der Brandung an den Strand geworfen wird.

Der Strand selbst war von Mollusken besät, kleinen Muscheln, Napfschnecken, glatten Herzmuscheln und besonders Clionen mit länglichem, häutigem Körper, dessen Kopf zwei runde flügelförmige Lappen bilden. Ich sah Myriaden solcher Clionen, deren ein Walfisch mit jedem Mundvoll aber Tausende verschlingt, weshalb sie auch ›Walfischaas‹ heißen. Diese reizenden Pteropoden oder Flossenfüßler, wahre Schmetterlinge des Meeres, belebten das Wasser am Strand aufs angenehmste.

An Tierpflanzen bemerkte ich im seichten Wasser Korallenbüsche, wie sie, laut James Ross, in der Antarktis bis zu tausend Meter Tiefe vorkommen; weiter Gorgonien, der kleinen Art *Procellaria pelagica* angehörend, und eine große Menge Seesterne, in diesen Himmelsstrichen häufig und den Meerboden fast wie ein Teppich bedeckend.

Am reichsten aber war das Leben in den Lüften. Dort flogen und flatterten Tausende von Vögeln verschiedener Arten und lärmten uns die Ohren voll. Andere saßen zu Haufen auf den Felsen, ließen uns ohne Furcht nahe kommen und rückten erst dicht vor unseren Füßen beiseite. Es waren Pinguine, ebenso gewandt und schnell im Wasser, wo man sie oft mit Breitfischen verwechselt, wie unbeholfen und langsam auf festem Boden. Sie stießen seltsame Schreie aus und standen in Gruppen zusammen, bewegten sich kaum, lärmten aber dafür um so lauter.

Unter den Vögeln bemerkte ich auch Sanderlinge aus der Familie der Watvögel, taubengroß, weiß, mit einem kurzen, konischen Schnabel und einem roten Ring um die Augen. Conseil erlegte einige davon, denn dieses Geflügel ergibt, richtig zubereitet, eine schmackhafte Mahlzeit. In der Luft segelten rußfarbige Albatros, mit einer Flügelweite von vier Metern und richtigerweise ›Geier des Ozeans‹ genannt, riesige Sturmvögel, darunter *Quebrante-huesos* mit gebogenen Flügeln, die große Robbenvertilger sind, Kaptauben, kleine

Enten mit schwarzem und weißem Rücken, und schließlich eine ganze Reihe Tauchvögel, die einen weißlich mit braungeränderten Flügeln, die andern blau und besonders in den antarktischen Gewässern heimisch; sie sind »so ölig«, sagte ich zu Conseil, »daß man nur einen Docht hineinstecken und anzünden muß!«

»Es fehlt nur wenig«, versetzte Conseil, »und sie wären richtige Lampen! Aber schließlich kann man von der Natur nicht erwarten, daß sie sie auch noch mit einem Docht ausrüstet!«

Nach einer halben Meile war der Boden durchlöchert von Lummennestern, Löchern zum Brüten, von denen zahlreiche Vögel aufflatterten. Kapitän Nemo ließ später einige Hunderte davon erlegen, denn ihr schwarzes Fleisch ist sehr schmackhaft. Sie stießen Schreie aus wie ein Esel. Diese Tiere von der Größe einer Ente, mit schieferfarbenem Leib, weißem Bauch und hellgelber Krawatte, ließen sich mit Steinschlägen töten, ohne zu versuchen, zu entfliehen.

Inzwischen hatte sich der Nebel nicht gehoben, und um elf Uhr sah man noch nichts von der Sonne. Ihre Abwesenheit beunruhigte mich. Ohne sie konnten wir keine Messungen machen. Und wie sollten wir dann feststellen, ob wir den Pol erreicht hatten oder nicht?

Als ich mich zu Kapitän Nemo gesellte, stand er schweigend an einen Felsbrocken gelehnt und betrachtete den Himmel. Er schien ungeduldig und verstimmt. Aber was konnte er tun? Dieser kühne und mächtige Mann konnte schließlich die Sonne nicht beherrschen, wie er das Meer beherrschte.

Es wurde Mittag, ohne daß sich das Tagesgestirn auch nur einen Augenblick gezeigt hätte. Man konnte nicht einmal die Stelle erkennen, wo es sich hinter dem Wolkenvorhang verbarg. Und bald wurde aus dem Nebel Schnee.

»Auf morgen«, sagte der Kapitän schlicht, und wir gingen in Schneeböen zum *Nautilus* zurück.

Während unserer Abwesenheit waren die Netze ausgeworfen worden, und ich musterte mit Interesse die Fische, die man an Bord zog. Die antarktischen Gewässer dienen vielen Zugfischen als Zufluchtsort vor den Stürmen weniger südlicher Zonen – allerdings fallen sie hier meist den Zähnen der Delphine und Seehunde zum Opfer. Ich bemerkte einige Seeteufel, spannenlange Knorpelfische mit fahlen Streifen und stachligen Rückenflossen, weiter drei Fuß lange Seekatzen mit langem Körper, silberweiß schimmernder glatter Haut, rundem Kopf und hornartigem Maul. Ich kostete ihr Fleisch, fand es aber fade, im Gegensatz zu Conseil, der es sehr schätzte.

Der Schneesturm dauerte bis zum nächsten Tag. Es war unmöglich, auf der Plattform zu verweilen. Vom Salon aus, wo ich die Ereignisse dieses Abstechers in die Polarregion aufzeichnete, hörte ich die Schreie der Sturmvögel und Albatros, die mit dem Sturm ihr Spiel trieben. Der *Nautilus* verharrte nicht am Ort, er strich der Küste entlang und rückte noch ungefähr zehn Meilen weiter südlich vor, im Zwielicht, das die tief am Horizont stehende Sonne durch die Wolken durchließ.

Am nächsten Tag, dem 20. März, hatte es aufgehört zu schneien. Die Kälte war etwas schärfer. Der Thermometer zeigte zwei Grad unter Null. Der Nebel hob sich, und ich hoffte, daß wir nun endlich unsere Position bestimmen könnten.

Da Kapitän Nemo noch nicht erschienen war, brachte die Jolle Conseil und mich allein an Land. Der Boden war auch hier vulkanisch. Überall Spuren von Lava, Schlacke, Basalt, ohne daß ich indes den Krater gesehen hätte, der sie ausspie. Hier wie dort belebten Myriaden von Vögeln die Gegend. Aber hier mußten sie ihr Reich mit großen Herden von Meersäugetieren teilen, die uns mit ihren sanften Augen anstarrten. Es waren Seehunde verschiedener Arten, die einen am Boden ausgestreckt, die andern auf treibenden Eisschollen liegend, mehrere im Begriff, aus dem Wasser zu klettern oder sich hineingleiten zu lassen. Sie flohen nicht vor unserer Annäherung, da sie nie mit Menschen zu tun gehabt hatten, und ich zählte ihrer so viele, daß man damit einige Hundert Schiffe hätte verproviantieren können.

»Meiner Treu«, sagte Conseil, »es ist ein Glück, daß uns Ned Land nicht begleitet hat!«

»Warum das, Conseil?«

»Weil dieser eingefleischte Jäger alles umgebracht hätte.«

»Alles ist vielleicht etwas viel gesagt, aber ich glaube in der Tat, daß wir unseren kanadischen Freund nicht daran hätten hindern können, einige dieser prächtigen Wale zu harpunieren. Das hätte

Kapitän Nemo sehr mißfallen, denn er vergießt nicht unnötig das Blut harmloser Tiere.«

»Damit hat er recht.«

»Gewiß, Conseil. Aber sage mir: Hast du diese schönen Vertreter der Meerfauna nicht schon klassiert?«

»Mein Herr weiß sehr gut«, antwortete Conseil, »daß ich nicht sonderlich beschlagen bin in der Praxis. Wenn mein Herr mir die Namen dieser Tiere nennen will . . .«

»Es sind Seehunde und Walrosse.«

»Zwei Gattungen, die zur Familie der Flossenfüßer gehören«, antwortete mein gelehrter Conseil wie aus der Pistole geschossen, »Ordnung der Fleischfresser, Gruppe der Einzeher, Unterklasse der Delphine, Klasse Säugetiere, Stamm Wirbeltiere.«

»Gut, Conseil«, lobte ich, »aber diese beiden Gattungen, Seehunde und Walrosse, teilen sich in verschiedene Arten, und wenn ich mich nicht täusche, werden wir hier Gelegenheit bekommen, sie zu beobachten. Gehen wir los!«

Es war acht Uhr morgens. Wir hatten noch vier Stunden zu unserer freien Verfügung bis zum Augenblick, da der Sonnenstand gemessen werden konnte. Wir lenkten unsere Schritte gegen eine große Bucht, die bogenförmig in das Granitgestade eingeschnitten war.

Dort, so weit das Auge sehen konnte, waren Boden und Schollen von Meersäugetieren bedeckt, und unwillkürlich suchte mein Blick den alten Proteus, den mythologischen Hirten dieser gewaltigen Herden Neptuns. Es waren zum größten Teil Seehunde. Sie bildeten getrennte Gruppen, Männchen und Weibchen, der Vater wachte über die Familie, die Mutter säugte die Kleinen, während einige schon kräftige Halbwüchsige sich einige Schritte abseits hielten. Wenn diese Säugetiere ihren Platz wechseln wollten, bewegten sie sich mit kleinen Sprüngen durch Zusammenziehen ihres Körpers fort und halfen sich dabei ziemlich ungeschickt mit der unvollkommenen Flosse, die bei ihren Verwandten, den Seekühen, eine Art Unterarm bildet. Ich muß allerdings gestehen, daß diese Tiere mit ihrer beweglichen Wirbelsäule, dem schmalen Becken, dem dichten, kurzen Fell, den mit Schwimmhäuten versehenen Füßen im Wasser, ihrem Element, vorzüglich schwimmen. In Ruhelage und am Boden nehmen sie eine äußerst graziöse Stellung ein. Und so ist es auch nicht erstaunlich, daß die alten Griechen sie wegen ihrer sanften Physiognomie, dem eindrucksvollen Blick, der auch vom schönsten Blick aus Frauenaugen nicht übertroffen wird, wegen ihrer samtenen, sehnsüchtigen Augen und ihrer anmutigen Haltung auf ihre Weise poetisch verklärten: sie machten die Männchen zu Tritonen, die Weibchen zu Sirenen.

Ich machte Conseil auf die bemerkenswerte Entwicklung der Hirnlappen bei diesen intelligenten Tieren aufmerksam. Kein Säugetier, einzig der Mensch ausgenommen, hat ein besser ausgebildetes Gehirn. Seehunde eignen sich auch dazu, bis zu einem gewissen Grade dressiert zu werden. Sie werden leicht zahm, und ich bin wie einige andere Naturforscher der Ansicht, sie ließen sich gut zum Jagen auf Fische abrichten.

Die meisten dieser Seehunde schliefen auf den Felsen oder am Strand. Unter diesen Tieren – die, im Gegensatz zu den Ohrenrobben, keine äußeren Ohren besitzen – bemerkte ich mehrere Walrosse, drei Meter lang, mit an eine Bulldogge erinnerndem Kopf und zwei großen Hauern. Zwischen ihnen glitten Rüsselrobben dahin, die man nicht nur des kurzen, beweglichen Rüssels, sondern auch ihrer Größe wegen manchmal ›See-Elefanten‹ nennt – wahrhaft riesige Tiere, die bei einem Umfang von zwanzig Fuß zehn Meter lang waren. Sie regten sich nicht, als wir näher kamen.

»Sind das nicht gefährliche Tiere?« fragte mich Conseil.

»Nein«, antwortete ich, »sie sind harmlos, wenn man sie nicht angreift. Verteidigt aber ein solches Tier sein Junges, dann ist seine Raserei entsetzlich, und nicht selten zertrümmert es das Boot der Fischer.«

»Es hat recht«, erwiderte Conseil.

»Ich bestreite es nicht.«

Zwei Meilen weiter kamen wir zu einem Vorgebirge, das die Bucht gegen die Winde von Süden schützte. Es fiel senkrecht zum Meer ab, und an seinem Fuß brach sich die Brandung. Von der andern Seite her drang lautes Gebrüll wie von einer Herde Wiederkäuer.

»Was soll denn das?« fragte Conseil erstaunt. »Ist das ein Konzert von Stieren?«

»Nein«, lachte ich. »Es ist ein Walroßkonzert.«

»Kämpfen sie miteinander?«

»Entweder kämpfen sie oder sie spielen.«

»Wenn mein Herr nichts dagegen hat, müssen wir es uns ansehen.«

»Das müssen wir, Conseil.«

Wir kletterten über die schwärzlichen Felsen, über Trümmer und Steine, die wegen des Eisüberzugs äußerst glitschig waren, und mehr als einmal fiel ich hin. Conseil, vorsichtiger oder robuster als ich, stolperte nie, und indem er mir aufhalf, sagte er:

»Wenn mein Herr die Güte haben wollte, die Beine zu spreizen, so würde mein Herr das Gleichgewicht besser bewahren können.«

Auf dem obersten Kamm des Vorgebirges angelangt, erblickte ich eine weite Ebene, bedeckt von Walrossen. Die Tiere spielten; es war Freudengebrüll, nicht Wutgeschrei.

Die Walrosse ähneln den Robben in der Form ihres Körpers und der Anordnung ihrer Glieder. Aber sie haben im Unterkiefer keine Augenzähne und keine Schneidezähne, und die Augenzähne im Oberkiefer sind zu Hauern von achtzig Zentimeter Länge ausgebildet, die an der Wurzel dreiunddreißig Zentimeter Umfang messen. Diese glatten, festen Zähne aus Elfenbein, härter als die der Elefanten und weniger leicht gelb werdend, sind sehr gesucht. So sind denn auch die Walrosse Opfer einer gedankenlosen Jagd, die sie eines Tages völlig ausrotten wird, denn die Jäger erschlagen unterschiedslos trächtige Weibchen und Jungtiere und töten jedes Jahr über viertausend der Tiere.

Als wir an den merkwürdigen Geschöpfen vorbeikamen, konnte ich sie in aller Muße betrachten, denn sie rührten sich nicht vom Fleck. Ihre Haut war dick und runzelig, kupferfahl, und ihr Fell kurz und dünn. Einige waren gut vier Meter lang. Ruhiger und weniger ängstlich als ihre Vettern im Norden, hatten sie keine Wachen aufgestellt.

Nachdem ich diese Siedlung von Walrossen besichtigt hatte, wollte ich umkehren. Es war elf Uhr, und wenn Kapitän Nemo den Sonnenstand maß, wollte ich dabei sein. Allerdings glaubte ich nicht, daß sich die Sonne an diesem Tag noch zeigen würde. Dicke Wolken am Horizont entzogen sie unseren Blicken. Es schien, als wollte das eifersüchtige Gestirn menschlichen Wesen den Pol, diesen unzugänglichen Punkt der Erde, nicht verraten.

Trotzdem kehrten wir zum *Nautilus* zurück. Wir folgten einem schmalen Pfad, der über den Gipfel der Anhöhe führte. Um halb zwölf langten wir an der Landestelle an. Der Kapitän stand auf einem Basaltblock. Seine Instrumente lagen neben ihm. Er starrte auf den nördlichen Horizont, wo die Sonne ihre elliptische Bahn beschrieb.

Ich setzte mich neben ihn und wartete stumm. Es wurde zwölf Uhr, und wie tags zuvor zeigte sich die Sonne nicht.

Das war ein großes Mißgeschick. Die Messung des Sonnenstandes war unerläßlich für die Bestimmung unserer Position. Konnten wir sie morgen nicht vornehmen, so mußten wir endgültig darauf verzichten.

Man schrieb den 20. März. Morgen, am 21., dem Datum der Tagundnachtgleiche, verschwand die Sonne für sechs Monate unter dem Horizont, und mit ihrem Verschwinden begann die lange Polarnacht. Seit der Tagundnachtgleiche vom September war sie am nördlichen Horizont aufgestiegen und hatte sich bis zum 21. Dezember in langen Spiralen immer höher gehoben. An diesem Datum, der Sommersonnenwende dieser Gegenden, hatte sie wieder abzusteigen begonnen, und morgen würde sie zum letztenmal für ein halbes Jahr scheinen.

Ich teilte meine Beobachtungen und Befürchtungen Kapitän Nemo mit.

»Sie haben recht, Herr Aronnax«, sagte er, »wenn ich den Sonnenstand morgen nicht abnehmen kann, kann ich diese Prozedur erst in sechs Monaten wieder vornehmen. Aber andrerseits, da mich der Zufall gerade am 21. März in diese Meere geführt hat, wird unsere Position sehr leicht festzustellen sein – falls sich die Sonne morgen mittag unseren Augen zeigt.«

»Warum, Kapitän?«

»Wenn das Tagesgestirn so langgezogene Ellipsen beschreibt, ist es schwierig, seine Höhe über dem Horizont exakt zu messen, und den Instrumenten können große Fehler unterlaufen.«

»Wie werden Sie dann vorgehen?«

»Ich werde nur meinen Chronometer gebrauchen«, antwortete Kapitän Nemo. »Wenn morgen, am 21. März, mittags um zwölf Uhr, die Sonnenscheibe vom nördlichen Horizont genau halbiert wird, bin ich am Südpol.«

»In der Tat«, sagte ich anerkennend. »Allerdings stimmt es mathematisch nicht genau, weil der genaue Zeitpunkt der Tagundnachtgleiche nicht unbedingt auf zwölf Uhr mittags fällt.«

»Gewiß, mein Herr, aber der Fehler beträgt keine hundert Meter, und mehr brauchen wir nicht. Auf morgen also.«

Kapitän Nemo kehrte an Bord zurück. Conseil und ich blieben bis fünf Uhr am Strand und stellten unsere Beobachtungen an. Ich fand nichts Merkwürdiges, es wäre denn ein Pinguinei von erstaunlicher Größe gewesen, für das ein Sammler ohne weiteres tausend Francs bezahlt hätte. Seine Isabellfarbe, die Streifen und Zeichen, die es wie Hieroglyphen schmückten, machten eine seltene Nippsache aus ihm. Ich gab es Conseil zu tragen, und der vorsichtige Bursche mit seinen sicheren Füßen hielt es so behutsam wie kostbares chinesisches Porzellan und brachte es intakt zum *Nautilus*.

Dort setzte ich dieses seltene Ei in eine der Vitrinen des Museums. Zum Nachtessen verspeiste ich mit großem Appetit ein ausgezeichnetes Stück Seehundleber, dessen Geschmack an Schweinefleisch erinnerte. Dann legte ich mich schlafen, nicht ohne, wie ein Hindu, die Gunst des strahlenden Gestirns erfleht zu haben.

Am nächsten Morgen, am 21. März, stieg ich schon um fünf Uhr früh auf die Plattform. Kapitän Nemo war bereits dort.

»Das Wetter klart etwas auf«, begrüßte er mich. »Ich habe gute Hoffnung. Nach dem Frühstück werden wir uns an Land begeben, um einen geeigneten Beobachtungsposten zu wählen.«

Nachdem dies abgemacht war, ging ich zu Ned Land. Ich hätte ihn gern mitgenommen. Doch der eigensinnige Kanadier lehnte ab, und ich merkte einmal mehr, daß seine Wortkargheit und schlechte Laune von Tag zu Tag stiegen. Im Grunde genommen bedauerte ich seine Weigerung unter diesen Umständen nicht zu sehr. Es gab wirklich zuviel Seehunde an Land, und man sollte den unüberlegten Jäger nicht dieser Versuchung aussetzen.

Nach dem Morgenessen begab ich mich also an

Land. Der *Nautilus* war über Nacht noch einige Meilen südlicher vorgedrungen. Er befand sich nun im offenen Meer, über eine Meile von Land entfernt. An der Küste erhob sich ein schroffer Berg von etwa vier- bis fünfhundert Meter Höhe. Das Boot trug außer mir noch Kapitän Nemo, zwei Matrosen der Besatzung und die Instrumente, das heißt einen Chronometer, ein Fernrohr und einen Barometer.

Während der Fahrt sah ich zahlreiche Wale, die den drei in den südlichen Meeren heimischen Arten angehörten: den Südkaper oder ›Rightwhale‹ der Engländer, der keine Rückenflosse besitzt, den Buckelwal mit gefurchtem Bauch und großen, weißlichen Flossen, und den Bartenwal, braungelb und sehr beweglich. Dieses große Tier hört man von weitem, wenn es Luft und Dampf in hohen Säulen, die aus der Entfernung wie Rauchschwaden aussehen, ausspritzt. Die Wale tummelten sich herdenweise in den stillen Gewässern, und ich begriff, daß das Becken des Südpols zum Zufluchtsort für die von Jägern gehetzten Tiere geworden war.

Ich bemerkte auch lange Ketten von Salpen, Manteltieren, die Kolonien bilden, und große Quallen, die sich zwischen den Wirbeln wiegten.

Um neun Uhr waren wir an Land. Der Himmel klarte auf. Die Wolken verzogen sich nach Süden. Die Nebel hoben sich von der kalten Wasserfläche. Kapitän Nemo hielt auf den Berg-

gipfel zu, zweifellos wollte er dort sein Observatorium einrichten. Es war ein mühsamer Aufstieg über scharfkantige Lava und Bimssteine, und die Luft war gesättigt von den Schwefeldünsten, die aus den Spalten heraufdrangen. Für einen Mann, der selten den Fuß auf festen Boden setzt, erstieg der Kapitän die steilen Hänge mit einer erstaunlichen Leichtigkeit, mit einer Gewandtheit, die mir abging und um die ihn mancher Gemsjäger beneidet hätte.

Wir brauchten zwei Stunden, um den Gipfel dieses halb aus Porphyr, halb aus Basalt bestehenden Berges zu erreichen. Von hier aus erblickten wir ein großes Meer, das im Norden eine klare Horizontlinie bildete. Zu unseren Füßen breiteten sich blendendweiße Felder aus. Über uns wölbte sich blaßblau der wolkenlose Himmel. Im Norden stand die Sonnenscheibe wie eine Feuerkugel; sie berührte bereits den Horizont. Aus dem Wasser erhoben sich in funkelnden Garben Hunderte von Sprudeln. In der Ferne lag der *Nautilus* wie ein schlafender Walfisch auf dem Meer. Hinter uns, gegen Süden und Westen, dehnte sich eine riesige Fläche aus, ein chaotisches Durcheinander von Felsen und Eisschollen, das keine Grenze zu haben schien.

Auf dem Gipfel des Berges angekommen, stellte Kapitän Nemo mit Hilfe des Barometers sorgfältig seine Höhe fest, denn diese mußte er in seine Berechnungen einbeziehen.

Um Viertel vor zwölf zeigte sich die Sonne, nur durch Brechung gesehen, wie eine goldene Scheibe am Horizont und warf ihre letzten Strahlen über diesen einsamen Kontinent und die Meere, die noch nie ein Mensch durchfahren hatte.

Kapitän Nemo beobachtete mit einem Fadenkreuzfernrohr, das mittels eines Spiegels die Brechung korrigierte, das Gestirn, das in einer langgezogenen Diagonale langsam unter dem Horizont versank. Ich hielt den Chronometer. Mein Herz schlug heftig. Wenn das Verschwinden der unteren Hälfte der Sonnenscheibe mit der Mittagsminute des Chronometers zusammenfiel, waren wir genau am Pol.

»Zwölf Uhr!« rief ich.

»Der Südpol!« antwortete Kapitän Nemo in feierlichem Ton und reichte mir das Fernrohr. Ich schaute hindurch und sah, daß das Tagesgestirn vom Horizont in zwei genau gleiche Hälften geteilt war.

Die letzten Strahlen beschienen den Berggipfel, und die Schatten krochen langsam die Abhänge hinauf.

Kapitän Nemo legte mir die Hand auf die Schulter und sprach:

»Mein Herr! Im Jahre 1600 erreichte der Holländer Geritk, von Strömungen und Stürmen verschlagen, den 64. südlichen Breitengrad und entdeckte die Süd-Shetland-Inseln. Am 17. Januar 1773 drang der berühmte Cook, dem 38. westlichen Längengrad folgend, auf 67°30′ südlicher Breite vor, und am 30. Januar 1774 erreichte er auf dem 109. Meridian 71°15′ südlicher Breite. 1819 befand sich der Russe Bellinghausen auf dem 69. und 1821 auf dem 66. Breitengrad bei 111°

westlicher Länge. 1820 kam der Engländer Brunsfield bis zum 65. Breitengrad. Im selben Jahr will der Amerikaner Morrel, dessen Berichte allerdings nur bedingt glaubwürdig sind, dem 42. Meridian gefolgt sein und bei 70° 14′ offenes Meer entdeckt haben. 1825 kam der Engländer Powell nicht weiter als bis zum 62. Breitengrad, während im selben Jahr ein schlichter Walfänger, der Engländer Weddell, auf dem 35. Meridian 72° 14′ und auf dem 36. gar 74° 15′ erreichte. 1829 ergriff der Engländer Forster, Kapitän der *Chanticleer*, auf 63° 26′ südlicher Breite und 66° 26′ westlicher Länge Besitz vom antarktischen Kontinent. Am 1. Februar 1831 entdeckte der Engländer Biscoe Enderby-Land auf 68° 50′ Breite, am 5. Februar 1832 die Adelaide-Insel auf 67° Breite, und gleich darauf, am 21. Februar, Graham-Land auf 64° 45′ Breite. 1838 setzte der Franzose Dumont d'Urville, nachdem er auf 62° 57′ Breite vor der Eisbarriere haltmachen mußte, Fuß auf das Louis-Philippe-Land; zwei Jahre später gab er, nach einem neuen Anlauf nach Süden, am 21. Januar, auf 66° 30′ dem Adélie-Land seinen Namen, und acht Tage darauf auf 64° 40′ der Clarie-Küste den ihren. 1838 rückte der Engländer Wilkes auf dem 100. Meridian bis zum 69. südlichen Breitengrad vor. 1839 entdeckte sein Landsmann Balleny die Sabrina-Küste am Südlichen Polarkreis. 1842 schließlich fand der Engländer James Ross, als er die Vulkane Erebus und Terror bestieg, am 12. Januar, auf 76° 56′ südlicher

Breite und 171°7′ östlicher Länge das Victoria-Land; am 23. desselben Monats erreichte er den 74. Breitengrad, den südlichsten Punkt, der bisher erreicht worden war, am 27. war er auf 76°8′, am 28. auf 77°32′ am 2. Februar auf 78°4′, und 1842

gelangte er bis zum 81. Breitengrad, von wo aus er allerdings nicht mehr weiter kam. *Eh bien!* Ich, Kapitän Nemo, habe heute, am 21. März 1868, den Südpol erreicht und nehme Besitz von diesem Teil der Erdkugel als dem sechsten Kontinent!«

»Im Namen wessen nehmen Sie ihn in Besitz, Kapitän?«

»In meinem eigenen, mein Herr!«

Mit diesen Worten entfaltete Kapitän Nemo eine schwarze Flagge, die in der Mitte ein goldenes N trug. Dann wandte er sich dem Tagesgestirn zu, dessen letzte Strahlen den Meereshorizont bestrichen.

»Leb wohl, o Sonne!« rief er. »Entschwinde, strahlendes Gestirn! Lege dich zur Ruhe unter diesem freien Meer und laß eine Nacht von sechs Monaten ihre Schatten über mein neues Reich breiten!«

FÜNFZEHNTES KAPITEL

UNFALL ODER ZWISCHENFALL?

Am nächsten Morgen, dem 22. März, um sechs Uhr früh, begannen die Vorbereitungen zum Aufbruch. Die letzten Lichter der Dämmerung verschmolzen mit der Polarnacht. Es herrschte lebhafte Kälte. Die Sternbilder funkelten mit überraschender Intensität. Im Zenit strahlte das herrliche Kreuz des Südens, der Polarstern der Antarktis.

Der Thermometer zeigte zwölf Grad unter Null, der Wind wurde kälter und schneidend. Auf dem freien Wasser trieben immer mehr Eisschollen. Das Meer vereiste zusehends. Schwärzliche Platten trieben auf seiner Oberfläche und kündeten die nahe Bildung von Neueis an. Augenscheinlich war das Südpolarbecken während den sechs Wintermonaten zugefroren und völlig unzugänglich. Was wurde in dieser Zeit aus den Walen? Zweifellos gelangten sie unter der Eisbarriere hindurch in wirtlichere Meere. Was die Seehunde und Walrosse anging, waren sie daran gewöhnt, im härtesten Klima zu leben, und blieben in diesen eisigen Gegenden. Diese Tiere graben aus Instinkt Löcher in die Eisfelder und halten sie immer offen. Durch diese Löcher bekommen sie Luft zum Atmen. Wenn die Vögel, verjagt von der Kälte, gegen Norden gezogen sind, bleiben diese Meersäugetiere die alleinigen Herrscher des polaren Kontinents.

Die Wassertanks hatten sich gefüllt, und der *Nautilus* sank langsam. In einer Tiefe von tausend Fuß hielt er inne. Seine Schraube schlug das Wasser, und er steuerte mit einer Geschwindigkeit von fünfzehn Meilen die Stunde direkt nach Norden. Gegen Abend befand er sich bereits unter dem riesigen Eisschild der großen Barriere.

Die Läden des Salons waren aus Vorsicht geschlossen worden, denn der Rumpf des *Nautilus* konnte zusammenprallen mit einem unter Wasser schwimmenden Eisblock. Ich verbrachte den Tag damit, meine Notizen ins reine zu schreiben. Meine Gedanken kreisten um meine Erlebnisse am Pol. Wir hatten diesen unzugänglichen geographischen Punkt ohne Mühe und ohne Gefahr erreicht, als wäre unser schwimmender Waggon auf den Schienen einer Eisenbahn dahingeglitten. Jetzt begann bereits die Rückkehr. Würde sie mir ähnliche Überraschungen bereiten? Ich nahm es an, denn die Wunder, die man unter Wasser erleben kann, sind unerschöpflich. In den fünfeinhalb Monaten, seit der Zufall uns auf den *Nautilus* gebracht hatte, hatten wir vierzehntausend Meilen zurückgelegt, und wie viele merkwürdige oder schreckliche Zwischenfälle hatten auf dieser Strecke, die länger als der Erdumfang ist, unsere Reise verkürzt: die Jagd in den Wäldern von Crespo, das Stranden in der Torres-Straße, der Korallenfriedhof, die Perlenfischereien von Ceylon, der Arabian Tunnel, die Feuer von Santorin, die Millionen in der Bucht von Vigo, Atlantis, der Südpol! Nachts tauchten all diese Erinnerungen in meinen Träumen auf und ließen meinem Gehirn keinen Augenblick Ruhe.

Um drei Uhr morgens wurde ich durch einen heftigen Stoß geweckt. Ich richtete mich im Bett auf und lauschte in die Dunkelheit, doch plötzlich wurde ich mitten ins Zimmer geschleudert. Es war klar, der *Nautilus* war aufgefahren und hatte nun Schlagseite.

Ich lehnte mich an die Wand und schleppte mich dann über die Verbindungsbrücken bis zum Salon, in dem das Licht brannte. Die Möbel waren umgestürzt. Glücklicherweise hatten die Vitrinen, dank ihrem festen Sockel, dem Stoß standgehalten. Die Bilder steuerbord hingen, infolge der Verschiebung der Vertikalen, flach an der Wand, während der untere Rand derjenigen backbord um einen Fuß abstand. Der *Nautilus* neigte sich also nach steuerbord und lag zudem völlig still.

Ich hörte Schritte und wirre Stimmen. Aber Kapitän Nemo zeigte sich nicht. Im Augenblick, als ich den Salon verlassen wollte, traten Ned Land und Conseil herein.

»Was ist los?« fragte ich sie sofort.

»Das wollte ich meinen Herrn fragen«, antwortete Conseil.

»Potz Teufel!« rief der Kanadier, »ich weiß es gut genug! Der *Nautilus* ist aufgelaufen, und nach seiner Lage zu urteilen, glaube ich nicht, daß er sich so leicht aus der Sache zieht wie das erstemal in der Torres-Straße.«

»Aber befindet er sich wenigstens an der Oberfläche?« fragte ich.

»Das wissen wir nicht«, antwortete Conseil.

»Es ist leicht festzustellen«, sagte ich.

Ich prüfte den Druckmesser. Zu meiner großen

Überraschung zeigte er eine Tiefe von dreihundertsechzig Meter an.

»Was soll das heißen?« stieß ich aus.

»Man muß Kapitän Nemo fragen«, meinte Conseil.

»Aber wo findet man ihn?« fragte Ned Land.

»Folgt mir«, forderte ich meine beiden Gefährten auf. Wir verließen den Salon. In der Bibliothek war niemand. An der Mitteltreppe, im Mannschaftsraum ebenfalls niemand. Ich vermutete, Kapitän Nemo müsse im Radkasten sein. Am besten warteten wir ab. Wir kehrten alle drei in den Salon zurück.

Ich werde die Verwünschungen des Kanadiers mit Schweigen übergehen. Er hatte gut reden. Ich ließ ihn seine schlechte Laune austoben, ohne ihm zu antworten.

So waren zwanzig Minuten verstrichen, während denen wir auf jedes Geräusch im Innern des *Nautilus* lauschten, als Kapitän Nemo hereinkam. Er schien uns nicht zu sehen. Auf seinen sonst so gleichmütigen Zügen lag eine gewisse Besorgnis. Er beobachtete schweigend den Kompaß und den Druckmesser und legte seinen Finger auf einen Punkt der Karte, auf den Teil, der die südlichen Meere darstellte.

Ich wollte ihn dabei nicht stören. Doch als er sich einige Augenblicke später mir zuwandte, sagte ich, indem ich das Wort wiederholte, dessen er sich in der Torres-Straße bedient hatte:

»Ein Zwischenfall, Kapitän?«

»Nein, mein Herr«, gab er zurück, »diesmal ein Unfall.«

»Ein schwerer?«

»Vielleicht.«

»Besteht unmittelbare Gefahr?«

»Nein.«

»Ist der *Nautilus* aufgelaufen?«

»Ja.«

»Und die Ursache...?«

»Eine Laune der Natur, nicht Ungeschicklichkeit der Menschen. In unserem Manöver wurde kein Fehler begangen. Aber das Gleichgewicht hat seine eigenen Gesetze und Auswirkungen. Man kann den Gesetzen der Menschen Trotz bieten, den Gesetzen der Natur jedoch kann man nicht widerstehen.«

Welch seltsamen Augenblick wählte Kapitän Nemo, um sich dieser philosophischen Überlegung hinzugeben! So wie die Dinge lagen, konnte ich seiner Antwort nichts entnehmen.

»Darf ich wissen, mein Herr«, bat ich, »welche Ursache dieser Unfall hat?«

»Ein riesiger Eisblock, ein ganzer Berg ist umgekippt«, antwortete er mir. »Wenn die Eisberge durch wärmeres Wasser oder wiederholte Stöße von unten ausgehöhlt werden, so verlagert sich ihr Schwerpunkt nach oben, und dann kippen sie um. Genau das ist eingetreten. Einer dieser Blöcke hat beim Kippen den *Nautilus* getroffen, als er unter Wasser fuhr. Dann glitt der Block unter seinen Rumpf, hob ihn mit unwiderstehlicher Kraft und riß ihn mit sich in die Tiefe, wo das Schiff nun mit Schlagseite liegt.«

»Aber kann man den *Nautilus* nicht frei machen, indem man seine Tanks entleert und ihn so wieder ins Gleichgewicht bringt?«

»Genau das unternimmt man in diesem Augenblick, mein Herr. Sie können die Pumpen hören. Schauen Sie auf die Nadel des Druckmessers – sie zeigt an, daß der *Nautilus* aufsteigt, aber der Eisblock steigt mit ihm auf, und bis irgendein Hindernis sein Aufsteigen unterbricht, ändert sich an unserer Lage nichts.«

In der Tat, der *Nautilus* hatte immer noch Schlagseite steuerbord. Er würde sich zweifellos aufrichten, wenn der Eisblock nicht weiter stieg. Aber wer weiß, ob wir in diesem Falle nicht die Eisbarriere gerammt hätten und zwischen den Eismassen eingeklemmt worden wären?

Ich überlegte mir alle Folgen dieser Lage. Kapitän Nemo ließ keinen Blick vom Druckmesser. Seit dem Kippen des Eisbergs war der *Nautilus* ungefähr hundertfünfzig Fuß gestiegen, aber er lag immer noch schief.

Plötzlich bemerkten wir eine leichte Bewegung im Rumpf. Offensichtlich richtete sich der *Nautilus* ein wenig auf. Die Bilder hingen wieder einigermaßen normal an den Wänden, und diese standen erneut senkrecht. Niemand von uns sprach.

Der Boden unter unseren Füßen wurde wieder waagrecht. Zehn Minuten verstrichen.

»Endlich! Das Schiff hat sich aufgerichtet!« rief ich.

»Ja«, sagte Kapitän Nemo und ging auf die Tür zu.

»Aber sind wir flott?« fragte ich.

»Gewiß«, antwortete er, »denn die Tanks sind noch nicht geleert, und wenn sie leer sind, wird der *Nautilus* an die Oberfläche steigen.«

Der Kapitän ging hinaus, und ich begriff, daß das Aufsteigen des *Nautilus* auf seinen Befehl unterbrochen worden war. Tatsächlich hätte das Schiff beinahe den unteren Teil der Eisbarriere gerammt, und es war besser, in der Tiefe zu bleiben.

»Wir haben Glück gehabt!« sagte Conseil.

»Ja. Wir hätten zwischen diesen Eisblöcken zerdrückt oder mindestens eingeschlossen werden können. Und wenn wir dann die Luft nicht hätten erneuern können ... Ja! Wir haben wirklich Glück gehabt!«

»Wenn es schon vorbei ist!« murmelte Ned Land.

Ich wollte mich mit dem Kanadier nicht in eine zwecklose Diskussion einlassen, darum gab ich keine Antwort. Übrigens öffneten sich die Läden in diesem Augenblick, und Licht fiel durch die Scheiben ein.

Wir waren noch unter Wasser, wie ich gesagt hatte; aber in einer Entfernung von zehn Metern erhoben sich rings um den *Nautilus* blendendweiße Eismauern. Oben und unten, überall war Eis. Oben, weil die untere Fläche der Eisbarriere als riesige Decke wirkte. Unten, weil der gekippte Eisblock beim Aufsteigen sich seitlich verfangen hatte und nun in dieser Position eingeklemmt war. Der *Nautilus* war gefangen in einem echten Eistunnel mit einer Breite von ungefähr zwanzig Meter und gefüllt mit ruhigem Wasser. Es war also leicht für ihn, hinauszukommen, indem er entweder vorwärts oder rückwärts fuhr und einige hundert Meter weiter unten freie Durchfahrt unter der Barriere fand.

Die Deckenbeleuchtung war ausgegangen und trotzdem war es hell im Salon infolge der starken Reflexion der Eiswände, die das Licht unserer Laterne zurückwarfen. Ich kann die Wirkung des elektrischen Lichts auf diese unregelmäßig geformten Blöcke nicht beschreiben; jeder Winkel, jeder Grat, jede Facette strahlten je nach der Äderung des Eises ein anderes Licht aus. Man glaubte in einer Juwelenmine zu sein, Saphire kreuzten ihr blaues Leuchten mit dem grünen Funkeln der Smaragde, zwischen milchweißen, sanften Tönungen blitzten feurige Punkte auf wie Diamanten, deren Glanz das Auge nicht erträgt. Das Licht unserer Laterne wurde verhundertfacht wie durch die Scheinwerfer eines Leuchtturms.

»Wie schön ist das! Wie schön ist das!« rief Conseil.

»Ja«, sagte ich, »es ist ein herrliches Schauspiel. Nicht wahr, Ned?«

»Teufel, ja, es ist großartig«, versetzte Ned Land. »Ob ich will oder nicht, ich muß es zugeben. Derartiges hat man noch nie gesehen. Aber das Schauspiel kann uns teuer zu stehen kommen. Und, offen gestanden, ich glaube, daß wir hier Dinge sehen, die Gott den Blicken des Menschen vorenthalten wollte!«

Ned hatte recht. Es war zu schön. Plötzlich ließ mich ein Schrei von Conseil herumfahren.

»Was ist denn los?« fragte ich.

»Mein Herr möge die Augen schließen! Mein Herr möge nicht hinblicken!«

Mit diesen Worten bedeckte sich Conseil mit der Hand die Augen.

»Aber was hast du denn, mein Junge?«

»Ich bin geblendet, ich bin blind!«

Unwillkürlich schweifte mein Blick zum Fenster, doch auch ich konnte die Grelle nicht ertragen.

Ich begriff, was geschehen war. Der *Nautilus* fuhr mit großer Geschwindigkeit. Damit hatte sich das ruhige Strahlen der Eiswände in blitzende Bänder verwandelt. Die Feuer dieser Myriaden von Diamanten vermischten sich. Der *Nautilus*, angetrieben von seinem Propeller, fuhr durch einen Tunnel von Blitzen.

Die Läden des Salons schlossen sich. Wir bedeckten mit den Händen unsere Augen, vor denen lauter feurige Lichtkugeln tanzten, als hätten wir in die Sonne geblickt. Es brauchte eine Zeitlang, bis wir wieder normal sehen konnten.

Schließlich ließen wir die Hände sinken.

»Meiner Treu, das hätte ich nie gedacht«, sagte Conseil.

»Und ich glaube es noch immer nicht!« entgegnete der Kanadier.

»Wenn wir auf festes Land zurückkommen«, fuhr Conseil fort, »übersättigt von so vielen Wundern der Natur – was werden wir dann von den armseligen Kontinenten und winzigen Werken von Menschenhand denken! Nein! Die Welt der Menschen ist unser nicht mehr würdig!«

Solche Worte aus dem Mund eines gleichmütigen Flamen zeigen, zu welchem Siedepunkt unsere Begeisterung sich gesteigert hatte. Aber der Kanadier verfehlte nicht, sie abzukühlen.

»Die Welt der Menschen!« sagte er und schüttelte den Kopf. »Seien Sie unbesorgt, Freund Conseil, wir werden sie nicht wiedersehen!«

Es war inzwischen fünf Uhr morgens geworden. In diesem Augenblick lief eine Erschütterung durch den Vorderteil des *Nautilus*. Ich begriff, daß er mit dem Schnabel gegen einen Eisblock gestoßen war. Es mußte ein falsches Manöver gewesen sein, denn dieser unterseeische Tunnel, verstopft von Blöcken, bot keine leichte Durchfahrt. Ich nahm daher an, Kapitän Nemo werde seine Route diesem Umstand anpassen und den Hindernissen ausweichen oder den Einbuchtungen der Wände folgen.

Auf jeden Fall würde die Fahrt nicht endgültig gehemmt. Doch entgegen meiner Erwartung fuhr der *Nautilus* plötzlich rückwärts.

»Wir fahren zurück?« fragte Conseil.

»Ja«, antwortete ich. »Offenbar hat der Tunnel auf dieser Seite keinen Ausgang.«

»Was dann?«

»Dann ist das Manöver ganz einfach«, gab ich zurück. »Wir kehren einfach um und kommen durch den südlichen Ausgang hinaus. Das ist alles.«

Indem ich so sprach, wollte ich sicherer scheinen, als ich in Wirklichkeit war. Die Rücklaufbewegung des *Nautilus* beschleunigte sich, wir fuhren jetzt sehr schnell.

»Das bedeutet eine Verspätung«, sagte Ned.

»Was machen ein paar Stunden mehr oder weniger aus, wenn wir nur hinauskommen!«

»Ja«, wiederholte Ned Land, »*wenn* wir hinauskommen!«

Ich ging eine Weile lang auf und ab. Meine Gefährten saßen da und schwiegen. Schließlich warf ich mich auf einen Diwan und griff nach einem Buch, um so zu tun, als läse ich.

Nach einer Viertelstunde trat Conseil zu mir und sagte:

»Liest mein Herr etwas Interessantes?«

»Etwas sehr Interessantes«, antwortete ich.

»Das glaube ich. Mein Herr liest das Buch meines Herrn!«

»Mein eigenes Buch?«

In der Tat, ich hielt mein Werk über den Meeresboden in den Händen. Ich hatte es nicht einmal gemerkt. Ich schloß das Buch, erhob mich und ging von neuem auf und ab. Ned und Conseil standen auf, um sich zurückzuziehen.

»Bleibt, meine Freunde«, bat ich und hielt sie zurück. »Bleiben wir zusammen bis zum Augenblick, da wir aus dieser Sackgasse heraus sind.«

»Wie mein Herr wünscht«, antwortete Conseil.

Es verstrichen mehrere Stunden. Ich zog öfters die an der Wand des Salons aufgehängten Instrumente zu Rate. Der Druckmesser zeigte an, daß der *Nautilus* sich in einer konstanten Tiefe von dreihundert Metern hielt; der Kompaß, daß er immer noch Kurs nach Süden hatte; das Log, daß er mit einer Geschwindigkeit von zwanzig Meilen die Stunde fuhr, ein ungewöhnliches Tempo in so beschränktem Raum. Aber Kapitän Nemo wußte, daß er gar nicht schnell genug fahren konnte und daß die Zeit kostbar war.

Um acht Uhr fünfundzwanzig erfolgte eine zweite Erschütterung. Diesmal am Heck. Ich erbleichte. Meine Gefährten waren zu mir getreten. Ich hatte Conseils Hand ergriffen. Wir befragten uns mit Blicken, freimütiger, als wenn wir unsere Gedanken in Worte gekleidet hätten.

In diesem Augenblick betrat der Kapitän den Salon. Ich ging ihm entgegen.

»Der Weg ist im Süden versperrt?« fragte ich ihn.

»Ja, mein Herr. Der Eisberg hat sich gedreht und jeden Ausgang verschlossen.«

»Wir sind blockiert?«

»Ja.«

SECHZEHNTES KAPITEL

LUFTMANGEL

So war der *Nautilus* oben und unten und auf allen Seiten von einer undurchdringlichen Eismauer umgeben. Wir waren Gefangene der Eisbarriere! Der Kanadier hatte mit seiner mächtigen Faust vor Wut auf einen Tisch geschlagen. Conseil schwieg. Ich schaute den Kapitän an. Seine Züge zeigten wieder die gewohnte Gelassenheit. Er hatte die Arme verschränkt und dachte nach. Der *Nautilus* bewegte sich nicht.

Schließlich ergriff der Kapitän das Wort:

»Meine Herren«, sagte er mit ruhiger Stimme, »unter den Bedingungen, in denen wir uns befinden, kann man auf zwei Arten sterben.«

Dieser rätselhafte Mann erinnerte an einen Mathematikprofessor, der seinen Studenten etwas vordemonstriert.

»Die erste«, fuhr er fort, »ist der Tod durch Zerquetschtwerden. Die zweite ist der Erstickungstod. Ich spreche nicht von der Möglichkeit des

Verhungerns, denn die Vorräte des *Nautilus* reichen für länger aus, als wir leben. Beschäftigen wir uns also mit den Aussichten auf das Zerquetschtwerden oder das Ersticken.«

»Was den Erstickungstod anbelangt, Kapitän«, antwortete ich, »so haben wir ihn nicht zu befürchten, denn unsere Tanks sind voll.«

»Richtig«, nickte Kapitän Nemo, »aber die Luft reicht nur für zwei Tage. Wir sind seit sechsunddreißig Stunden ununterbrochen unter Wasser, und schon ist die Luft im *Nautilus* so stickig, daß sie erneuert werden sollte. In achtundvierzig Stunden wird unser Vorrat erschöpft sein.«

»*Eh bien*, Kapitän, befreien wir uns eben vor Ablauf dieser Zeit!«

»Wir werden es mindestens versuchen, indem wir die Mauer durchstoßen, die uns umgibt.«

»Auf welcher Seite?« erkundigte ich mich.

»Das müssen wir mit der Sonde feststellen. Wir landen mit dem *Nautilus* auf der unteren Eisbank, und meine Leute werden in Tauchanzügen den Eisberg an jener Wand angreifen, die am wenigsten dick ist.«

»Kann man die Läden des Salons öffnen?«

»Ohne weiteres. Wir liegen ja still.«

Kapitän Nemo ging hinaus. Bald verriet mir ein Pfeifen, daß das Wasser in die Tanks floß. Der *Nautilus* sank langsam und blieb in einer Tiefe von dreihundertfünfzig Metern auf der unteren Eisbank liegen.

»Meine Freunde«, sagte ich, »die Situation ist ernst, aber ich zähle auf euren Mut und eure Energie.«

»Mein Herr«, antwortete mir der Kanadier, »es ist nicht der Moment, Sie mit meinen Klagen zu langweilen. Ich bin bereit, für unsere Rettung alles zu tun.«

»Gut, Ned«, sagte ich, und streckte dem Kanadier die Hand hin.

»Ich möchte hinzufügen«, fuhr er fort, »daß ich ebenso gut mit dem Pickel umzugehen weiß wie mit der Harpune, und wenn ich dem Kapitän nützlich sein kann, soll er über mich verfügen.«

»Er wird Ihre Hilfe nicht ablehnen. Kommen Sie, Ned.«

Ich führte den Kanadier in den Umkleideraum, wo die Leute des *Nautilus* ihre Tauchanzüge anlegten. Ich teilte dem Kapitän das Angebot Neds mit, und er nahm es an. Der Kanadier stieg in seinen Meeranzug und war ebenso schnell bereit wie seine Arbeitsgefährten. Jeder von ihnen trug auf dem Rücken sein Rouquayrolgerät, das mit einem ausreichenden Vorrat an reiner Luft aus den Tanks gefüllt war. Eine beträchtliche aber notwendige Anzapfung der Reserve des *Nautilus*. Was die Rühmkorfflampen anging, so waren sie in diesem hellen, von elektrischen Strahlen gesättigten Wasser unnötig.

Als Ned eingekleidet war, kehrte ich in den Salon zurück, dessen Läden jetzt offen waren, und musterte, neben Conseil stehend, die Eisunterlage, die den *Nautilus* trug.

Einige Augenblicke später sahen wir ein Dutzend Leute der Mannschaft auf die Eisbank hinaustreten, unter ihnen Ned Land, erkennbar an seiner Körpergröße. Kapitän Nemo war bei ihnen.

Bevor sie die Mauer in Angriff nahmen, ließ er Sondierungen vornehmen, um die günstigste Stelle herauszufinden. Lange Sonden wurden in die Seitenwände getrieben; aber nach fünfzehn Metern war die dicke Mauer immer noch nicht durchstoßen. Es an der Decke zu versuchen, war überflüssig, denn diese wurde von der Eisbarriere selbst, die mehr als vierhundert Meter hoch war, gebildet. Daraufhin ließ Kapitän Nemo die untere Eisbank untersuchen. Hier trennten uns zehn Meter vom Wasser. Dies war die Dicke des Eisfelds. Nun handelte es sich darum, ein Stück herauszuschneiden, das so lang und so breit war wie der *Nautilus*. Es waren ungefähr sechstausendfünfhundert Kubikmeter herauszubrechen, damit das Loch groß genug war, um den *Nautilus* durch das Eisfeld ins Wasser gleiten zu lassen.

Die Arbeit wurde unverzüglich in Angriff genommen und mit unermüdlicher Zähigkeit geleistet. Statt um den *Nautilus* herumzugraben, was viel schwieriger gewesen wäre, ließ Kapitän Nemo den großen Umriß des Schiffes acht Meter von seiner Backbordvierung aufzeichnen. Dann fingen die Matrosen an, gleichzeitig an mehreren Stellen dieses Umrisses das Eis aufzuhacken. Die Pickel verbissen sich in die festgefügte Masse, und große Blöcke wurden herausgebrochen. Infolge des spezifischen Gewichts waren diese Blöcke weniger schwer als das Wasser, und es ergab sich die merkwürdige Wirkung, daß sie sozusagen zur Decke des Tunnels flogen, die sich so oben um ebensoviel verdickte, wie sie sich unten verminderte. Aber das machte nichts aus, wichtig war nur, daß die untere Eisbank dünner wurde.

Nach zwei Stunden angestrengter Arbeit kehrte Ned Land erschöpft zurück. Er und seine Gefährten wurden abgelöst von neuen Arbeitern, zu denen Conseil und ich uns gesellten. Wir standen unter dem Kommando des Ersten Offiziers des *Nautilus*.

Das Wasser schien mir ausnehmend kalt, aber beim Pickeln wurde mir bald warm. Ich bewegte mich ungehindert, obwohl ich unter einem Druck von dreißig Atmosphären arbeitete.

Als ich nach zwei Stunden Arbeit zurückkehrte, um etwas zu essen und ein wenig auszuruhen, bemerkte ich einen beträchtlichen Unterschied zwischen der reinen Luft, die mir das Rouquayrolgerät vermittelte, und der Atmosphäre des *Nautilus*, die schon schwer von Kohlensäure war. Die Luft war seit achtundvierzig Stunden nicht erneuert worden, und ihre belebende Wirkung war stark geschwächt. Dabei hatten wir in zwölf Stunden Arbeit nur eine einen Meter dicke Eisscheibe von der abgesteckten Oberfläche entfernt, also ungefähr sechshundert Kubikmeter. Wenn man voraussetzte, daß wir in zwölf Stunden immer gleich viel leisteten, so brauchten wir noch fünf Nächte und vier Tage, um unser Vorhaben zu vollenden.

»Fünf Nächte und vier Tage!« sagte ich zu meinen Gefährten, »und wir haben nur noch für zwei Tage Luft in den Tanks!«

»Dazu kommt«, ergänzte Ned, »daß wir, einmal heraus aus diesem verdammten Gefängnis, immer noch eingeschlossen sein werden unter der Eisbarriere und keinen Zugang zur Luft haben!«

Eine zutreffende Überlegung. Wer konnte voraussagen, wie lange wir mindestens brauchten, um uns zu befreien? Würden wir nicht ersticken, bevor der *Nautilus* an die Wasseroberfläche zurück gelangte? War es ihm vorausbestimmt, in diesem Eisgrab zugrunde zu gehen mit Mann und Maus? Die Lage schien entsetzlich. Aber jeder von uns schaute ihr ins Gesicht, und alle waren entschlossen, ihre Pflicht zu tun bis zum Ende.

Wie ich angenommen hatte, wurde nachts eine weitere Schicht von ein Meter Breite von der ungeheuren Bank abgehoben. Aber am Morgen, als ich in meinem Tauchanzug bei einer Temperatur von sechs bis sieben Grad unter Null die flüssige Masse durchquerte, bemerkte ich, daß die Seitenmauern einander langsam näherrückten.

Die Wasserschichten, die vom Graben weiter entfernt waren und durch die Arbeit der Leute und das Spiel der Werkzeuge nicht erwärmt wurden, zeigten eine deutliche Tendenz, sich zu verfestigen. Wie standen unsere Aussichten auf Rettung angesichts dieser neuen und unmittelbaren Gefahr, und wie sollten wir die Verfestigung des Wassers verhindern, die die Wände des *Nautilus* wie Glas zerdrückt hätte?

Ich machte meine beiden Gefährten nicht auf diese neue Gefahr aufmerksam. Ich wollte es nicht riskieren, ihre Energie zu dämpfen, die sie für die mühselige Rettungsarbeit brauchten. Aber als ich an Bord zurückkam, erstattete ich Kapitän Nemo Bericht über diese neue schwere Komplikation.

»Ich weiß es«, sagte er in seinem gelassenen Ton, den auch die schrecklichsten Nachrichten nicht veränderten.

»Es ist eine Gefahr mehr, aber ich sehe keine Möglichkeit, ihr zu begegnen. Unsere einzige Chance besteht darin, schneller zu sein als die Eisbildung. Wir müssen zuerst zum Ziel gelangen. Das ist alles.«

Zuerst zum Ziel gelangen! Nun, ich hätte an solche Sprüche längst gewöhnt sein müssen!

An diesem Tag handhabte ich den Pickel mehrere Stunden lang verbissen. Die Arbeit hielt mich aufrecht. Außerdem bedeutete ›arbeiten‹ den *Nautilus* verlassen, es bedeutete reine Luft atmen, die aus den Tanks stammte und durch die Geräte ge-

leitet wurde, es bedeutete der verbrauchten, verdorbenen Atmosphäre entgehen.

Gegen Abend war der Graben wieder einen Meter tiefer. Als ich an Bord zurückkehrte, wäre ich beinahe erstickt an der Kohlensäure, mit der die Luft gesättigt war. Ach, warum hatten wir nicht chemische Mittel, die erlaubten, dieses tödliche Gas zu vertreiben! An Sauerstoff fehlte es uns nicht. Das Wasser rings um uns enthielt ausreichende Mengen, und wenn es durch unsere starken Batterien abgebaut wurde, hätten wir das belebende Element gewonnen. Ich hatte wohl daran gedacht, aber was half es, da doch die Kohlensäure, Produkt unseres Atems, alle Teile des Schiffes durchdrungen hatte! Um sie zu verzehren, hätten wir Behälter mit Ätzkali füllen und unablässig schwenken müssen. Ätzkali aber hatten wir nicht an Bord, und es war durch nichts zu ersetzen.

An diesem Abend mußte Kapitän Nemo die Hahnen seiner Reservetanks öffnen und einige Säulen reiner Luft ins Innere des *Nautilus* strömen lassen. Ohne diese Vorsichtsmaßnahme wären wir am Morgen nicht mehr erwacht.

Tags darauf, am 26. März, nahm ich meine Arbeit als Häuer wieder auf und ging den fünften Meter an. Die Seitenwände und der Boden der Eisbarriere wurden sichtlich dicker. Es war offenkundig, daß sie sich zusammenschließen würden, bevor es dem *Nautilus* gelang, sich zu befreien. Einen Augenblick lang ergriff mich Verzweiflung. Beinahe entglitt der Pickel meinen Händen. Warum sollte ich mich auch noch abmühen, wenn ich doch zugrunde gehen mußte, erstickt, zermalmt von diesem Wasser, das zu Stein wurde, wenn ich zu einem Sühnopfer wurde, wie es sich auch die Grausamkeit der Wilden nicht hätte ausdenken können! Es kam mir vor, als wäre ich zwischen den gräßlichen Kinnbacken eines Ungeheuers und als schlössen sie sich unwiderstehlich über mir.

In diesem Augenblick ging Kapitän Nemo, der die Arbeiten leitete und selbst mitarbeitete, nahe von mir vorbei. Ich berührte ihn mit der Hand und wies ihm die Wände unseres Gefängnisses. Die Mauer steuerbord war mindestens vier Meter näher an den Rumpf des *Nautilus* gerückt.

Der Kapitän verstand mich und machte mir ein Zeichen, ihm zu folgen. Wir kehrten an Bord zurück. Ich zog meinen Tauchanzug aus und begleitete ihn in den Salon.

»Herr Aronnax«, begann er, »wir müssen irgendein heroisches Mittel versuchen, oder wir werden eingemauert werden in diesem verfestigten Wasser wie in Zement.«

»Ja«, sagte ich, »aber was sollen wir tun?«

»Ah!« stieß er aus, »wenn mein *Nautilus* stark genug wäre, um diesen Druck auszuhalten, ohne davon zermalmt zu werden?«

»Eh bien?« fragte ich; ich konnte dem Gedanken des Kapitäns nicht folgen.

»Begreifen Sie denn nicht«, fuhr er fort, »daß uns dann das Gefrieren des Wassers zu Hilfe käme? Sehen Sie nicht ein, daß es durch seine Verfestigung diese Eisfelder, die uns einschließen, aufsprengen würde, wie es beim Gefrieren die härtesten Steine sprengt! Es würde dann unsere Rettung bewirken statt unsere Zerstörung!«

»Ja, Kapitän, das mag sein. Aber wie stark auch der *Nautilus* gebaut ist, er wird diesen furchtbaren Druck nicht aushalten können und zusammengepreßt werden wie Wellblech.«

»Ich weiß es, mein Herr. Wir dürfen also nicht auf die Hilfe der Natur zählen, sondern nur auf uns selbst. Wir müssen dieser Verfestigung Widerstand entgegensetzen. Wir müssen sie hemmen. Nicht nur rücken die Seitenwände zusammen, es bleiben auch vor und hinter dem *Nautilus* keine zehn Fuß Wasser mehr. Die Eisbildung bedroht uns von allen Seiten.«

»Wie lange«, fragte ich, »erlaubt uns die Luft der Tanks noch, an Bord zu atmen?«

Der Kapitän sah mir in die Augen.

»Die Tanks«, sagte er, »werden übermorgen leer sein!«

Kalter Schweiß brach aus meinen Poren. Und doch, warum sollte mich diese Antwort überraschen? Am 22. März war der *Nautilus* am Pol untergetaucht. Heute schrieben wir den 26. Seit fünf Tagen zehrten wir von den Luftreserven an Bord! Und was an Luft noch verfügbar war, mußte der Arbeitsmannschaft vorbehalten bleiben. Während ich das schreibe, steht mir alles noch so lebhaft vor Augen, daß sich meiner unwillkürlich Entsetzen bemächtigt und ich nach Luft ringe!

Indessen überlegte Kapitän Nemo, schweigend,

reglos. Offenbar ging ihm ein Gedanke durch den Kopf. Aber er schien ihn zu verwerfen. Er gab sich selbst eine verneinende Antwort. Endlich entrangen sich Worte seinen Lippen.

»Kochendes Wasser!« murmelte er.

»Kochendes Wasser?« wiederholte ich.

»Ja, mein Herr. Wir sind in einem relativ kleinen Raum eingeschlossen. Würden nicht Strahlen kochenden Wassers, von den Pumpen des *Nautilus* ständig ausgespritzt, die Temperatur dieser Höhlung zum Steigen bringen und die Eisbildung verzögern?«

»Man muß es versuchen«, antwortete ich entschlossen.

»Versuchen wir es, Herr Professor!«

Der Thermometer zeigte minus sieben Grad Außentemperatur. Kapitän Nemo führte mich in die Küche, wo große Destillationsapparate standen, die durch Verdunstung Trinkwasser lieferten. Sie wurden mit Wasser gefüllt, und die ganze elektrische Hitze der Batterien wurde durch die Leitungen in die Flüssigkeit gejagt. Binnen weniger Minuten war das Wasser hundert Grad heiß. Es wurde in die Pumpen geleitet, während die Destillationsapparate nachgefüllt wurden. Die von den Batterien entwickelte Hitze war so groß, daß das aus dem Meer geholte Wasser nur durch die Apparate geleitet werden mußte, um kochend in die Pumpenkessel zu gelangen.

Wir begannen mit der Prozedur, und nach drei

Stunden zeigte der Thermometer draußen sechs Grad unter Null. Wir hatten ein Grad gewonnen. Zwei Stunden darauf zeigte der Thermometer nur noch vier Grad unter Null.

»Wir schaffen es«, sagte ich zum Kapitän, nachdem wir die Fortschritte des Unternehmens aufmerksam verfolgt und kontrolliert hatten.

»Ich glaube es auch«, antwortete er. »Wir werden nicht zermalmt werden. Jetzt haben wir nur noch den Erstickungstod zu fürchten.«

Während der Nacht stieg die Wassertemperatur auf ein Grad unter Null. Höher brachten sie die Pumpen nicht. Aber da das Meerwasser erst bei minus zwei Grad gefriert, waren wir endlich gesichert gegen die Gefahren der Eisbildung.

Am nächsten Tag, dem 27. März, war die Eisbank um sechs Meter abgebaut. Wir hatten nur noch vier Meter aufzuhacken. Das bedeutete noch achtundvierzig Stunden Arbeit. Im Innern des *Nautilus* konnte die Luft nicht mehr erneuert werden. Und sie wurde jetzt immer schlechter.

Unerträgliche Schwere drückte mich nieder. Gegen drei Uhr nachmittags erreichte meine Beklemmung den Höhepunkt. Ich rang verzweifelt nach Luft, ich keuchte, meine Lungen brauchten Sauerstoff zum Atmen, aber der Sauerstoff wurde immer dünner. Empfindungslosigkeit ergriff mich. Ich lag kraftlos ausgestreckt, fast ohne Bewußtsein. Mein braver Conseil, der an den gleichen Symptomen litt und an den gleichen Schmerzen, wich nicht von meiner Seite. Er hielt meine Hand in der seinen, er versuchte mir Mut zu machen, und ich hörte ihn murmeln:

»Ach, wenn ich aufhören könnte zu atmen, damit mein Herr mehr Luft hat!«

Die Tränen stiegen mir in die Augen, als ich ihn so sprechen hörte.

Im Innern des Schiffes war unsere Lage so unerträglich, daß wir hastig und mit Freuden unsere Tauchanzüge anlegten, um arbeiten zu gehen. Die Pickel klirrten auf dem Eis. Die Arme wurden müde, die Hände bedeckten sich mit Schwielen, aber was bedeuteten schon diese Ermüdung und diese Wunden! Belebende Luft drang in unsere Lungen! Wir atmeten! Wir konnten atmen!

Und dennoch verlängerte niemand seine Arbeit unter Wasser über die vorgesehene Zeit hinaus. Nach getanem Werk übergab jeder dem nach Luft ringenden Gefährten das Gerät, das ihm Leben einflößte. Kapitän Nemo gab das Beispiel und unterwarf sich als erster dieser strengen Disziplin. War seine Stunde gekommen, so trat er sein Gerät einem andern ab und kehrte in die verdorbene Atmosphäre an Bord zurück, immer gelassen, ohne schwach zu werden, ohne zu murren.

An diesem Tag wurde die gewohnte Arbeit noch eifriger verrichtet. Nur zwei Meter Eis blieben noch aufzuhacken. Nur zwei Meter noch trennten uns vom offenen Wasser. Aber die Tanks waren fast leer. Die wenige Luft, die blieb, mußte den Häuern zugute kommen. Nichts für den *Nautilus!*

Als ich an Bord zurückkehrte, erstickte ich beinahe. Was für eine Nacht! Ich kann sie nicht beschreiben. Solche Leiden lassen sich nicht schildern. Am nächsten Morgen hatte ich das Gefühl, um meine Brust liege ein eiserner Reifen. Zu den Kopfschmerzen kam betäubender Schwindel, daß ich taumelte wie ein Betrunkener. Meine Gefährten wiesen dieselben Symptome auf. Ein paar der Matrosen röchelten.

An diesem Tag, dem sechsten unserer Gefangenschaft, entschied Kapitän Nemo, Pickel und Hacke seien zu langsam, und er beschloß, die Eisdecke, die uns noch vom Wasser trennte, zu zermalmen. Dieser Mann hatte seine Kaltblütigkeit und seine Energie bewahrt. Durch seine moralische Kraft beherrschte er die körperlichen Schmerzen. Er überlegte – und er handelte.

Auf seinen Befehl wurde das Schiff durch eine Veränderung des spezifischen Gewichts von der Eisunterlage gehoben. Als es schwamm, treidelte man es über den großen Graben, dessen Ränder seinen Umrissen entsprachen. Dann wurden seine Wassertanks gefüllt, es sank und fügte sich in die Höhlung ein.

Nun kehrte die ganze Mannschaft an Bord zurück, und die doppelte Ausstiegluke wurde geschlossen. Der *Nautilus* lag jetzt auf einer Schicht Eis, die nicht ganz ein Meter dick war und die die Sonden an hundert Stellen durchlöchert hatten.

Die Hahnen der Lufttanks wurden weit geöffnet, und hundert Kubikmeter Wasser strömten ein und erhöhten das Gewicht des *Nautilus* um hunderttausend Kilo.

Wir warteten, wir lauschten, wir vergaßen unsere Leiden, wir hofften wieder. Wir hatten alles auf eine Karte gesetzt.

Trotz dem Sausen, das meinen Kopf erfüllte, hörte ich bald ein Rauschen unter dem Rumpf des *Nautilus*. Wir sanken ab. Das Eis brach mit lautem Krachen, und der *Nautilus* senkte sich weiter.

»Wir kommen durch!« murmelte Conseil an meinem Ohr.

Ich konnte ihm nicht antworten, ich ergriff seine Hand und drückte sie wie im Krampf.

Auf einmal bohrte sich der *Nautilus* infolge seines Übergewichts wie eine Kugel ins Wasser, das heißt, er fiel, wie er in der Luft gefallen wäre.

Jetzt wurde die ganze elektrische Energie an die Pumpen gewandt, die alsbald begannen, das Wasser aus den Tanks zu treiben. Nach einigen Minuten wurde unser Fall gebremst, und bald zeigte der Druckmesser sogar ein leichtes Steigen an. Der Propeller drehte sich mit voller Geschwindigkeit, ließ den ganzen Rumpf erzittern, und wir fuhren gen Norden.

Aber wie lange sollte diese Fahrt unter der Eis-

barriere bis zum offenen Meer dauern? Noch einen Tag? Ich wäre vorher gestorben.

Halb hingestreckt auf einen Diwan der Bibliothek, rang ich nach Luft. Mein Gesicht war violett verfärbt, meine Lippen waren blau, ich war völlig benommen. Ich sah und hörte nichts mehr. Ich hatte jedes Zeitgefühl verloren. Meine Muskeln waren erschlafft. Ich weiß nicht, wie viele Stunden so verstrichen. Ich hatte das Gefühl beginnender Agonie. Ich begriff, daß ich sterben mußte ...

Plötzlich kam ich wieder zu mir. Luft drang in meine Lungen. Waren wir an die Wasseroberfläche gestiegen? Hatten wir die Eisbarriere überwunden?

Nein! Es waren Ned und Conseil, meine beiden treuen Freunde, die sich aufopferten, um mich zu retten. Einige Atome Luft verblieben noch in einem der Geräte. Statt sie einzuatmen, hatten sie sie für mich aufbewahrt, und während sie am Ersticken waren, flößten sie mir Tropfen um Tropfen Leben ein! Ich wollte das Gerät von mir schieben. Doch sie hielten meine Hände fest, und während einigen Augenblicken atmete ich mit Wollust.

Meine Blicke richteten sich auf die Uhr. Es war elf Uhr morgens. Es mußte der 28. März sein. Der *Nautilus* fuhr mit der erschreckenden Geschwindigkeit von vierzig Stundenmeilen. Er schoß wie ein Pfeil durchs Wasser.

Wo war Kapitän Nemo? War er tot? Waren seine Gefährten mit ihm gestorben?

In diesem Augenblick zeigte der Manometer, daß wir nur noch zwanzig Fuß unter der Oberfläche waren. Ein dünnes Eisfeld trennte uns von der Luft. Konnte man es nicht zerbrechen? Vielleicht! Auf jeden Fall würde es der *Nautilus* versuchen. Ich spürte in der Tat, daß er sich schräg stellte, sein Hinterteil sank ab, sein Schnabel hob sich. Eine Einlassung von Wasser hatte sein Gleichgewicht verlagert. Und jetzt, angetrieben von seiner mächtigen Schraube, griff er das Eisfeld von unten an wie ein wutschnaubender Widder. Er trieb Löcher hinein, zog sich zurück und rammte es dann wieder in voller Fahrt, bis das Feld barst und er mit letzter Anstrengung an die eisige Oberfläche schoß und sie unter seinem Gewicht zermalmte.

Die Luken wurden geöffnet, besser gesagt aufgerissen, und reine Luft strömte in den *Nautilus*.

SIEBZEHNTES KAPITEL

VOM KAP HOORN ZUM AMAZONAS

Wie ich auf die Plattform kam, wüßte ich nicht zu sagen. Vielleicht hatte mich der Kanadier hinaufgetragen. Aber ich atmete, ich sog die belebende Luft des Meeres ein. Meine beiden Gefährten berauschten sich neben mir an diesen frischen Molekülen. Die Unglücklichen, die zu lange der Nahrung entbehren mußten, können sich nicht unbedacht auf die ersten Speisen stürzen, die man

ihnen anbietet. Wir dagegen, wir brauchten nicht maßzuhalten, wir konnten aus voller Brust die Atome dieser Atmosphäre einsaugen, und es war die Brise, der Wind selbst, der uns diese wollüstige Trunkenheit brachte.

»Ah!« machte Conseil, »wie gut ist dieser Sauerstoff! Möge mein Herr sich nicht scheuen, tief einzuatmen! Es ist genug da für alle.«

Was Ned Land anging, sagte er nichts, aber er riß den Mund so weit auf, daß ein Haifisch vor ihm erschrocken wäre. Und welch tiefe Atemzüge! Der Kanadier ›zog‹ wie ein Ofen, der mit gutem Holz gefüttert wird.

Wir kamen bald wieder zu Kräften, und als ich mich umblickte, bemerkte ich, daß wir allein auf der Plattform waren. Kein Mann der Besatzung. Nicht einmal Kapitän Nemo. Die sonderbaren Matrosen des *Nautilus* begnügten sich mit der Luft, die im Innern des Schiffes zirkulierte. Keiner war gekommen, um sich im Freien zu erfrischen.

Die ersten Worte, die ich aussprach, waren Worte des Dankes an meine Gefährten. Ned und Conseil hatten mir während der letzten Stunde einer langen Agonie das Leben gerettet. Ich konnte ihnen für ihre Aufopferung nicht genug danken.

»Schon gut, Herr Professor«, wehrte Ned Land ab, »es lohnt sich nicht, davon zu reden! Was für ein Verdienst kommt uns schon zu? Gar keines. Es war nur eine Frage der Arithmetik. Ihr Leben galt mehr als das unsere. Daher mußte es erhalten bleiben.«

»Nein, Ned«, antwortete ich lebhaft, »mein Leben gilt nicht mehr! Niemand ist mehr wert als ein großmütiger und guter Mensch, und das sind Sie!«

»Schon gut! Schon gut!« wiederholte der Kanadier verlegen.

»Und du, mein braver Conseil, du hast sehr gelitten!«

»Nicht zu sehr, muß ich meinem Herrn gestehen. Gewiß, es fehlte mir etwas an Luft, aber ich glaube, daß ich mich daran gewöhnt hätte. Übrigens mußte ich ja zusehen, wie mein Herr ohnmächtig wurde, und damit verging mir die Lust, zu atmen. Das schnitt mir, wie man sagt, den Atem ab –«

Conseil hatte offenbar das Gefühl, seine Worte klängen zu pathetisch, und er vollendete den Satz nicht.

»Meine Freunde«, sagte ich bewegt, »wir sind auf ewig aneinander gebunden, und ihr habt Rechte an mich –«

»Die ich mißbrauchen werde«, fiel mir der Kanadier ins Wort.

»Was sagen Sie da?« fragte Conseil verdutzt.

»Ja«, fuhr Ned Land fort, »das Recht, Sie mitzunehmen, wenn ich diesen höllischen *Nautilus* verlassen werde.«

»Sind wir denn auf dem richtigen Weg?« fragte Conseil.

»Ja«, antwortete ich, »denn wir fahren der Sonne nach, und Sonne heißt hier Norden.«

»Ohne Zweifel«, meinte Ned Land, »aber es bleibt noch zu wissen, ob wir in den Pazifik oder in den Atlantik fahren, das heißt in bevölkerte oder verlassene Gegenden.«

Darauf wußte ich keine Antwort, aber ich befürchtete, Kapitän Nemo werde uns eher in den weiten Ozean bringen, der gleichermaßen die Küsten Asiens und Amerikas bespült. Er würde so seine Weltreise unter Wasser vollenden und käme in die Meere zurück, wo der *Nautilus* die vollkommenste Unabhängigkeit fand. Wenn wir jedoch in den Pazifik zurückkehrten, fern jedem bewohnten Lande, was würde dann aus den Plänen von Ned Land?

Dieser wichtige Punkt sollte bald entschieden werden. Der *Nautilus* fuhr schnell. Bald hatten wir den Polarkreis hinter uns und hielten Kurs auf Kap Hoorn. Am 31. März, um sieben Uhr abends, befanden wir uns vor der Südspitze des amerikanischen Kontinents.

Nun waren alle unsere vergangenen Leiden vergessen. Die Erinnerung an die Gefangenschaft im Eis verblaßte in unserem Geist. Wir dachten nur noch an die Zukunft. Kapitän Nemo zeigte sich nicht mehr, weder im Salon noch auf der Plattform. Die Position, die jeden Tag vom Ersten Offizier auf der Karte eingetragen wurde, erlaubte mir, den genauen Kurs des *Nautilus* festzustellen.

An diesem Abend wurde es, zu meiner größten Genugtuung, klar, daß wir mit Kurs Nord in den Atlantik einliefen.

Ich berichtete dem Kanadier und Conseil das Ergebnis meiner Beobachtungen.

»Eine gute Nachricht«, antwortete der Kanadier, »aber wohin fährt der *Nautilus*?«

»Das wüßte ich nicht zu sagen, Ned.«

»Will sein Kapitän etwa nach dem Südpol den Nordpol in Angriff nehmen und durch die berühmte Nordwestpassage in den Pazifik zurückgelangen?«

»Das wäre ihm wohl zuzutrauen«, versetzte Conseil.

»Eh bien!« sagte der Kanadier, »wir werden ihm vorher untreu werden.«

»Auf jeden Fall«, fügte Conseil hinzu, »Kapitän Nemo ist ein tüchtiger Mann, und wir werden es nicht bedauern, ihn kennengelernt zu haben.«

»Besonders wenn wir ihn verlassen haben!« sagte Ned Land ironisch.

Am nächsten Tag, dem ersten April, als wir einige Minuten vor zwölf Uhr an die Oberfläche stiegen, sichteten wir im Westen Land. Es war die Insel Feuerland, der die ersten Seefahrer diesen Namen gaben, als sie die vielen Rauchschwaden sahen, die aus den Eingeborenenhütten aufstiegen. Feuerland ist eigentlich eine große Anhäufung von Inseln und erstreckt sich dreißig Meilen lang und achtzig Meilen breit zwischen 53° und 56° südlicher Breite und 67°50′ und 77°15′ westlicher Länge. Die Küste schien mir niedrig, aber in der Ferne erhoben sich hohe Berge. Ich glaubte sogar, den Sarmiento zu erkennen, einen pyramidenförmigen Schieferblock mit spitzem Gipfel, zweitausendundsiebzig Meter hoch, der, je nachdem, ob er einen Wolkenhut trägt oder nicht, »schönes oder schlechtes Wetter ankündigt«, sagte mir Ned Land.

»Ein großartiger Barometer, mein Freund.«

»Ja, mein Herr, ein natürlicher Barometer, der mich nie getäuscht hat, wenn ich durch die Magellan-Straße fuhr.«

Jetzt gerade zeichnete sich der Gipfel klar am Himmel ab. Das war ein Schönwetterzeichen. Und es bestätigte sich.

Der *Nautilus* tauchte wieder unter und näherte sich der Küste, an der er einige Meilen entlangfuhr. Durch die Scheiben des Salons erblickte ich lange Lianen und gigantische Seegräser, den Blasentang, den wir schon im offenen Wasser des Pols gefunden hatten; mit seinen glatten, lederigen Bändern maß er bis zu dreihundert Meter; sie sind wahre Kabel, über daumendick, sehr zäh und dienen oft Schiffen als Ankertau. Eine andere Alge, bekannt unter dem Namen Meersalat, mit großen Blättern, dick wuchernd in Korallenablagerungen, bedeckte den Boden wie ein Teppich. Er diente Myriaden von Krustentieren und Mollusken, Krabben und Tintenfischen als Nest und Nahrung. Hier schmausten die Seehunde und Fischotter, nach englischer Mode Fischfleisch und Meergemüse vermischend.

Über diesen fetten und üppigen Gründen fuhr der *Nautilus* äußerst schnell dahin. Gegen Abend näherte er sich den Falkland-Inseln, deren rauhe Gipfel ich am nächsten Tag erkennen konnte. Das

Meer war nicht sehr tief. Ich nahm daher, wohl nicht ohne Grund, an, die beiden Inseln, die von einer großen Anzahl kleiner Inseln umgeben sind, hätten ehemals zum südamerikanischen Festland gehört. Die Falkland-Inseln wurden wahrscheinlich vom berühmten John Davis entdeckt, der ihnen den Namen Davis-Southern-Islands gab. Später nannte sie Richard Hawkins Maiden-Islands, Jungferninseln. Zu Beginn des 18. Jahrhunderts wurden sie von Fischern aus Saint-Malo Malouines genannt, und schließlich von den Engländern, denen sie heute gehören, Falkland-Inseln.

In diesen Gegenden erbrachten unsere Netze schöne Exemplare von Algen, besonders einen gewissen Tang, dessen Wurzeln mit ausgezeichneten Muscheln besetzt waren. Gänse und Enten ließen sich zu Dutzenden auf der Plattform des *Nautilus* nieder und wanderten alsbald in die Küche. Unter den Fischen bemerkte ich besonders Knochenfische, die zur Gattung Grundeln gehören, zwei Dezimeter lang und ganz besät mit bläulichen und gelben Tupfen.

Ich bewunderte auch zahlreiche Medusen, darunter die schönste der Art, die Kompaßqualle, die in den Gewässern der Falkland-Inseln besonders häufig ist. Bald bildeten sie einen glatten halbkugeligen Schirm, rotbraun gestreift und in einem Dutzend gleichmäßiger Volants auslaufend; bald erinnerten sie an einen umgekehrten Korb, aus dem graziös große rote Blätter und lange Zweige heraushingen. Sie schwammen, indem sie ihre vier blattartigen Arme bewegten und ihren reichen Schweif von Tentakeln im Wasser treiben ließen. Ich hätte gerne einige Exemplare dieser anmutigen Tierpflanzen aufbewahrt; aber sie sind nur Wolken, Schatten, Trugbilder, die außerhalb ihres natürlichen Elements vergehen und verdunsten.

Als die letzten Erhebungen der Falkland-Inseln unter dem Horizont verschwunden waren, tauchte der *Nautilus* zwischen zwanzig und fünfundzwanzig Meter tief und folgte der amerikanischen Küste. Kapitän Nemo zeigte sich nicht.

Bis zum 3. April verließen wir die Gegend von Patagonien nicht; bald schwammen wir unter Wasser, bald an der Oberfläche. Der *Nautilus* passierte das seichte Delta der Mündung des Rio de la Plata und befand sich am 4. April auf der Höhe von Uruguay, aber fünfzig Meilen von der Küste entfernt im offenen Meer. Er hielt weiter Kurs nach Norden und folgte den langen Windungen der Küste Südamerikas. Seit unserer Einschiffung im Japanischen Meer hatten wir sechzehntausend Meilen zurückgelegt.

Gegen elf Uhr morgens passierten wir auf dem 37. Meridian den Wendekreis des Steinbocks und fuhren am Kap Frio vorbei. Kapitän Nemo schien, zum großen Mißvergnügen von Ned Land, die Nähe dieser bewohnten Küsten Brasiliens nicht zu schätzen, denn er fuhr mit atemberaubender Geschwindigkeit. Kein Fisch, kein Vogel, wie schnell sie auch sein mochten, konnten uns folgen, und die Naturmerkwürdigkeiten dieser Meere entzogen sich jeder Betrachtung.

Mit dieser Geschwindigkeit fuhren wir mehrere Tage lang, und am 9. April abends sichteten wir Kap San Roque, den östlichsten Punkt Südamerikas. Dann aber wich der *Nautilus* wieder vom Kurs ab und suchte die große Tiefe eines unterseeischen Tales auf, das zwischen diesem Kap und Sierra Leone an der afrikanischen Küste liegt. Dieses Tal gabelt sich auf der Höhe der Antillen und endet im Norden in einer riesigen Senkung von neuntausend Meter Tiefe. An dieser Stelle zeigt der geologische Querschnitt des Ozeans bis zu den Kleinen Antillen eine senkrecht abfallende Felsküste von sechs Kilometer Länge und auf der Höhe der Kap Verdischen Inseln eine weitere, nicht weniger hohe Mauer, die beide so den untergegangenen Kontinent Atlantis umschließen. Der Boden dieses ungeheuren Tales weist einige Berge auf, die diesen unterseeischen Tiefen einen pittoresken Anstrich verleihen. Ich halte mich bei dieser Beschreibung vor allem an handgezeichnete Karten aus der Bibliothek des *Nautilus*, Karten, die offenbar von der Hand Kapitän Nemos stammten und auf seinen persönlichen Beobachtungen beruhten.

Während zwei Tagen suchten wir diese verlassenen, tiefen Gewässer mittels unserer Schrägplattenvorrichtung auf. Der *Nautilus* kreuzte in langen Diagonalen, die ihn in alle Tiefenlagen brachten. Am 11. April jedoch stieg er plötzlich auf, und wir sahen Land an der Mündung des Amazonenstromes, ein riesiges Delta, dessen Geschiebe so beträchtlich ist, daß es das Meer auf einen Raum von mehreren Meilen entsalzt.

Wir hatten den Äquator passiert. Zwanzig Meilen westlich lag Guayana, französischer Boden, auf dem wir leicht Zuflucht gefunden hätten. Aber es wehte ein stürmischer Wind, und die aufgewühlten Wogen hätten ein Boot unweigerlich zum Kentern gebracht. Ned Land begriff das zweifellos, denn er machte mir keine Vorschläge. Ich meinerseits erwähnte seine Fluchtpläne mit keinem Wort, denn ich wollte ihn nicht zu einem Versuch anspornen, der unvermeidlich gescheitert wäre.

Ich hielt mich für diese Verzögerung mit Leichtigkeit schadlos durch interessante Studien. Während den beiden Tagen des 11. und 12. April blieb der *Nautilus* an der Oberfläche des Meeres, und sein Sacknetz brachte ihm einen ganzen wunderbaren Fischzug an Tierpflanzen, Fischen und Reptilien ein.

Unter den Tierpflanzen waren einige schöne Seeanemonen, *Phyctalis protecta,* in diesem Teil des Ozeans beheimatet, ein kleiner zylindrischer Stamm, verziert mit vertikalen Linien und roten Tupfen, gekrönt von einem prächtigen Nest von Tentakeln. Was die Mollusken anging, waren es Arten, die ich schon beobachtet hatte, Turmschnekken, Dreiecksmuscheln, Purpurschnecken mit regelmäßig gekreuztem Muster, dessen rote Tupfen sich lebhaft abhoben vom fleischfarbenen Grund, bizarre Flügelschnecken, die versteinerten Skorpionen glichen, durchsichtige Seeschmetterlinge, Papierboote, ausgezeichnet schmeckende Tintenfische und gewisse Arten Kalmare, die die Naturforscher des Altertums unter die fliegenden Fische rechneten und die hauptsächlich als Köder für den Dorschfang dienen.

An Fischen dieser Gegenden, die zu studieren ich noch keine Gelegenheit gehabt hatte, bemerkte ich verschiedene Gattungen. Unter den Knorpelfischen: Neunaugen, eine Art Aal, fünfzehn Daumen lang, mit grünlichem Kopf, violetten Flossen, graubläulichen Rücken und silberbraunem Bauch, besät mit bunten Flecken, die Iris der Augen goldumrandet – merkwürdige Tiere, die die Strömung des Amazonas ins Meer getragen haben mußte, denn sie gehören zu den Süßwasserbewohnern. Warzige Rochen mit spitzer Schnauze und langem, dünnem Schwanz, bewaffnet mit einem langen, gezähnten Stachel; kleine, ein Meter lange Haie mit grauer und weißlicher Haut, deren Zähne, in mehreren Reihen gestaffelt, sich nach hinten krümmen und die auch unter dem vulgären Namen Pantoffelhaie bekannt sind; Seefledermäuse, eine Art rötliche gleichschenklige Dreiecke von einem halben Meter, deren Brustflossen an fleischigen Verlängerungen hängen, die ihnen den Anblick von Fledermäusen verleihen, doch der Hornauswuchs vorn am Kopf hat ihnen den Übernamen ›Einhorn des Meeres‹ eingetragen; schließlich einige Arten Hornfische, den Küraßfisch, dessen getupfte Flanken golden glitzern, und den hellvioletten Drückerfisch, schillernd wie die Kehle einer Taube.

Ich beende diese etwas trockene, aber sehr genaue Aufzählung mit der Reihe von Knochenfischen, die ich beobachtete: Seenadeln, zu den Büschelkiemern gehörend, braungelb mit silbrigen Querbinden und röhrenförmigem Maul; stachelige Zahnbrassen, drei Dezimeter lange Sardinen, mit silbrigem Schimmer; Thunfische, Butterfische mit schwarzen Flecken, bis zu zwei Meter lang, mit fettem, weißem, festem Fleisch, das frisch nach Aal und getrocknet nach Räucherlachs schmeckt; Streifenlippfische mit rotem Rücken und sehr aggressiv; Rotbrassen, auf deren Schuppenkleid Gold und Silber ihren Glanz mit dem von Rubinen und Topas mischen; Goldbrassen, deren Fleisch äußerst zart ist und die im Meer phosphoreszieren; Blöker, mit vier gelben Längsstreifen und stumpfem Maul; Adlerfische mit goldschimmernder Schwanzflosse, Seebader, Vieraugen etc.

Dieses ›etc.‹ soll mich nicht hindern, noch einen Fisch zu nennen, an den Conseil sich lange Zeit und nicht ohne Grund erinnern wird.

Eines unserer Netze hatte eine Art sehr flachen Rochen eingebracht, der ohne Schwanz eine vollendete Scheibe gebildet hätte und zwanzig Kilo wog. Er war unten weiß, oben rötlich mit großen, runden, dunkelblauen, schwarz eingefaßten Flecken, ganz glatter Haut und zweilappiger Schwanzflosse. Auf die Plattform gezogen, wehrte er sich, versuchte, sich durch zuckende Bewegungen umzudrehen und strengte sich so sehr an, daß er mit einer letzten Zuckung ins Meer zurück gelangt wäre. Doch Conseil, dem an seinem Fleisch gelegen war, stürzte sich auf ihn, und bevor ich ihn zurückhalten konnte, ergriff er ihn mit beiden Händen.

Doch schon wurde er zurückgeschleudert, die Beine in der Luft, die eine Körperseite gelähmt, und schrie:

»Ah! Mein Herr, mein Herr! Helfen Sie mir!«

Es war das erstemal, daß der arme Junge nicht in der dritten Person zu mir sprach.

Der Kanadier und ich hoben ihn auf, frottierten ihn aus Leibeskräften, und als er sich wieder gefaßt hatte, murmelte dieser ewige Pedant halb schluchzend:

»Klasse der Knorpelfische, Ordnung der Knorpelflosser, Unterordnung der Haie, Familie der Rochen, Art Torpedo!«

»Ja, mein Freund«, antwortete ich, »es ist ein Torpedo oder Zitterrochen, der dich in diesen bejammernswerten Zustand versetzt hat.«

»Ah! Mein Herr kann mir glauben«, gab Conseil zurück, »ich werde mich an diesem Tier rächen!«

»Und wie das?«

»Indem ich es esse.«

Was er noch am selben Abend tat, aber nur aus Rachelust, denn, offen gesagt, das Fleisch war äußerst zäh.

Der unglückliche Conseil hatte sich mit einem Rochen der gefährlichsten Art eingelassen: mit einem Augenfleck-Zitterrochen. Dieses seltsame Tier erlegt, da das Wasser gut leitet, seine Beutefische auf mehrere Meter Entfernung, so groß ist die Gewalt seines elektrischen Organs, das nicht weniger als siebenundzwanzig Quadratfuß mißt.

Am nächsten Tag, dem 12. April, näherte sich der *Nautilus* bei der Einmündung des Maroni der Küste von Holländisch-Guayana. Dort lebten mehrere Gruppen von Seekühen zusammen, die, wie der Dugong und die Stellersche Seekuh, zur Ordnung der Sirenen gehörten. Diese schönen, friedlichen und harmlosen Tiere waren sechs bis sieben Meter lang und mußten mindestens viertausend Kilo wiegen. Ich belehrte Ned Land und Conseil darüber, daß die Natur in weiser Voraussicht diesen Säugetieren eine wichtige Rolle zugeteilt habe: In der Tat sind sie es, die, wie die Seehunde, die unterseeischen Wiesen abgrasen müssen und so das Überhandnehmen von Pflanzen, die die Mündung der tropischen Flüsse verstopfen, verhindern.

»Und wissen Sie«, fuhr ich fort, »was geschehen ist, seit der Mensch diese nützlichen Tiere fast ganz ausgerottet hat? Die verfaulten Pflanzen haben die Luft verpestet, und aus der verpesteten Luft entsteht das Gelbfieber, das diese herrlichen Landstriche heimsucht. Die giftige Vegetation hat sich unter diesen warmen Meeren vervielfacht, und das

Übel hat sich unaufhaltsam ausgebreitet von der Mündung des Rio de la Plata bis nach Florida!«

Und wenn man Toussenel glauben darf, so ist diese Geißel noch nichts, verglichen mit jener, die unsere Nachkommen treffen wird, wenn die Meere von Walen und Seehunden entvölkert sein werden. Dann, übervölkert von Kraken, Medusen und Kalmaren, werden sie zu riesigen Infektionsherden, denn in ihren Fluten werden »diese riesigen Mägen fehlen, die Gott beauftragt hatte, die Oberfläche der Meere abzuschäumen«.

Allerdings, ohne diese Theorien von der Hand zu weisen, bemächtigte sich die Mannschaft des *Nautilus* eines halben Dutzends dieser Seekühe. Es handelte sich in der Tat darum, die Vorratskammern mit einem ausgezeichneten Fleisch, besser als das des Rinds oder des Kalbs, zu versehen. Diese Jagd war nicht interessant. Die Seekühe ließen sich erschlagen, ohne sich zu verteidigen. Mehrere tausend Kilo Fleisch, die getrocknet werden sollten, wurden an Bord eingelagert.

An diesem Tag bereicherte noch eine weitere Beute die Vorräte des *Nautilus*, so wildreich zeigten sich diese Meere. In den Maschen des Sacknetzes hatte sich eine gewisse Anzahl Fische gefunden, deren Kopf in einer ovalen Scheibe mit fleischigem Rand endete. Es waren Schildfische, von der dritten Familie der Haftkiefer. Ihre flache Scheibe besteht aus beweglichen knorpeligen Querstäbchen, zwischen denen das Tier ein Vakuum erzeugen kann, was ihm erlaubt, sich wie ein Saugnapf an Gegenstände zu heften.

Der Schiffshalter, den ich im Mittelmeer beobachtet hatte, gehört zu dieser Gattung. Aber der, um den es sich hier handelte, war eine *Echeneis osteochera*, in diesem Meer heimisch. Die Matrosen lösten sie aus dem Netz und setzten sie in mit Wasser gefüllte Kufen.

Nachdem die Netze eingezogen worden waren, näherte sich der *Nautilus* der Küste. Hier schlief eine Anzahl Meerschildkröten an der Oberfläche des Wassers. Es wäre schwierig gewesen, sich dieser kostbaren Reptilien zu bemächtigen, denn der geringste Lärm weckt sie auf, und ihr fester Rückenschild ist unempfindlich gegen die Harpune. Aber der Schildfisch sollte diesen Fang mit außerordentlicher Sicherheit und Genauigkeit ausführen. Er ist in der Tat ein lebender Angelhaken, mit dem jeder Fischer sein Glück machen könnte.

Die Leute des *Nautilus* befestigten am Schwanz dieser Fische einen Ring, groß genug, um ihre Bewegungsfreiheit nicht zu beeinträchtigen, und an diesen Ring knüpften sie eine lange Schnur, die am andern Ende an Bord befestigt war.

Die Schildfische wurden ins Meer geworfen und erfüllten alsbald ihre Aufgabe, indem sie sich an den Brustschild der Schildkröten hefteten. Sie klebten so fest, daß sie sich eher hätten zerreißen lassen als loszulassen. Man zog sie an Bord, und mit ihnen die Schildkröten, an denen sie hafteten.

Auf diese Weise erbeuteten wir mehrere metergroße Schildkröten, die zweihundert Kilo wogen. Ihr Rückenschild, bedeckt mit großen, dünnen, durchsichtigen braunen Hornplatten mit weißen und gelben Flecken, machte sie äußerst kostbar.

Außerdem waren sie auch vom kulinarischen Standpunkt aus ausgezeichnet.

Diese Fischerei beendigte unseren Aufenthalt im Amazonasgebiet, und als die Nacht einbrach, lief der *Nautilus* wieder ins offene Meer aus.

ACHTZEHNTES KAPITEL

DIE RIESENKRAKEN

Während einigen Tagen entfernte sich der *Nautilus* stetig von der amerikanischen Küste. Offenbar wollte er nicht in den Golf von Mexiko oder das Karibische Meer einlaufen. Zwar hätte es dort nicht an Wasser unter seinem Kiel gefehlt, denn die mittlere Tiefe dieser Meere beträgt achtzehnhundert Meter; aber wahrscheinlich sagten diese von Inseln besäten und von Dampfern durchfurchten Gewässer Kapitän Nemo nicht zu.

Am 16. April sichteten wir in einer Entfernung von ungefähr dreißig Meilen Martinique und Guadeloupe. Ich bemerkte einen Augenblick lang ihre hohen Berge.

Der Kanadier, der damit gerechnet hatte, seine Fluchtpläne in diesem Golf auszuführen, entweder indem er Land erreichte, oder indem er an einem der zahlreichen Schiffe anlegte, die zwischen den einzelnen Inseln verkehrten, war bestürzt und enttäuscht. Die Flucht hätte gelingen müssen, wenn Ned Land sich hinter dem Rücken des Kapitäns der Jolle hätte bemächtigen können. Aber mitten im Ozean war nicht daran zu denken.

Der Kanadier, Conseil und ich erörterten die Frage eingehend. Seit sechs Monaten waren wir Gefangene an Bord des *Nautilus.* Wir hatten siebzehntausend Meilen zurückgelegt, und wie Ned Land richtig sagte, war kein Ende abzusehen. Jetzt machte er mir einen Vorschlag, auf den ich nicht gefaßt war. Er verlangte, daß wir Kapitän Nemo kategorisch die Frage stellten, ob er beabsichtige, uns für immer an Bord zu behalten.

Ein derartiges Vorgehen widerstrebte mir. Ich war der Ansicht, es würde zu nichts führen. Wir hatten vom Kommandanten des *Nautilus* nichts zu erwarten, hingegen alles von uns selbst. Übrigens war Kapitän Nemo seit einiger Zeit verschlossener, weniger gesellig und mürrischer. Er schien mich zu meiden. Ich begegnete ihm nur selten. Früher hatte er es geliebt, mir die Wunder der Meerestiefen zu erklären; jetzt überließ er mich meinen Studien und kam nicht mehr in den Salon.

Welche Veränderung war mit ihm vorgegangen? Was war die Ursache? Ich hatte mir nichts vorzuwerfen. War ihm vielleicht unsere Anwesenheit an Bord unangenehm? Aber auch dann durfte ich nicht hoffen, daß er uns die Freiheit zurückgeben würde.

Ich bat also Ned um Bedenkzeit. Wenn dieser Schritt erfolglos verlief, so konnte er erneut Kapitän Nemos Argwohn wecken, unsere Lage erschweren und den Plänen des Kanadiers schaden. Ich möchte hinzufügen, daß ich unseren Gesundheitszustand nicht ins Treffen führen konnte. Abgesehen von den harten Strapazen, die wir an der Eisbarriere des Südpols durchgemacht hatten, waren weder Ned noch Conseil oder ich je in besserer Verfassung gewesen. Die gesunde Ernährung, die gute Luft, der geregelte Tagesablauf und die gleichmäßige Temperatur waren kein Nährboden für Krankheiten, und für einen Mann wie Kapitän Nemo, der sich nicht nach dem Festland sehnte, sein eigener Herr und Meister war, tat, was er wollte, und auf für die anderen, nicht aber für ihn geheimnisvollen Wegen sein Ziel anstrebte, war ein solches Leben begreiflich. Wir aber, wir hatten mit der Menschheit nicht gebrochen. Was mich anging, wollte ich nicht, daß meine so merkwürdigen und neuartigen Studien mit mir begraben würden. Ich hatte jetzt das Recht, das wahre Buch des Meeres zu schreiben, und wollte, daß dieses Buch lieber früher als später erschien.

Auch hier, in den Gewässern der Antillen, zehn Meter unter der Wasseroberfläche, hatte ich Gelegenheit, durch die Scheiben interessante Geschöpfe zu beobachten und aufzunotieren. Unter anderen

Tierpflanzen sah ich Portugiesische Galeeren, zu den Röhrenquallen gehörend, eine Art große, längliche Blase mit Perlmuttreflexen, die ihr ›Segel‹ in den Wind halten und ihre blauen Fangschnüre wie Seidenfäden im Wasser treiben lassen, reizende Medusen fürs Auge, beim Berühren aber wahre Nesseln, die eine ätzende Flüssigkeit absondern. Unter den Gliedertieren waren anderthalb Meter lange Ringelwürmer mit rosa Rüssel und siebzehnhundert Bewegungsorganen; sie schlängelten sich im Wasser dahin und wiesen alle Farben des Sonnenspektrums auf. Unter den Fischen waren viele Rochen, zehn Fuß lange und sechshundert Pfund schwere Knorpelfische mit dreieckiger Brustflosse, etwas gewölbtem Rücken und Augen am vordersten Ende des Kopfes; sie trieben wie Wracks im Wasser und preßten sich manchmal als milchweiße Klappe an unsere Scheibe. Amerikanische Hornfische zogen an uns vorbei, die die Natur nur mit weißen und schwarzen Farben ausgestattet hat, längliche, fleischige Meergrundeln mit gelben Flossen und hervorragendem Kiefer, Thunfische von über anderthalb Meter Länge, mit kurzen, spitzen Zähnen, kleinen Schuppen und zu den Albacoren gehörend. Dann Wolken von Streifenbarben, vom Kopf bis zum Schwanz golden bebändert, mit glänzenden Flossen, wahre Juwelen, ehemals der Diana geweiht und besonders beliebt bei reichen Römern. Schließlich zogen mit smaragdfarbenen Streifen geschmückte, wie in Samt und Seide gekleidete Kaiserfische vorbei, Brassen und Schwertfische flitzten vorüber, Pilchards, fünfzehn Daumen lang, mit schimmernden Schuppen; Meeräschen schlugen das Wasser mit ihrem großen, fleischigen Schwanz; rote Maränen schienen mit ihrer schneidenden Brustflosse das Wasser abzumähen, und silbern schimmernde Mondfische, die ihrem Namen alle Ehre machten, gingen am Horizont der Gewässer auf wie blasse Monde.

Wie viele andere prächtige und neue Geschöpfe hätte ich noch beobachten können, wenn der *Nautilus* nicht allmählich tiefer getaucht wäre! Seine Schrägplatten brachten ihn hinunter in zweitausend und dann gar in dreitausendfünfhundert Meter Tiefe. Hier war tierisches Leben nur noch durch Seelilien, Seesterne und reizende Medusenhäupter vertreten, auf deren Stiel ein kleiner Kelch sitzt, Kreiselschnecken und Spaltschnecken und allerhand andere Mollusken.

Am 20. April waren wir in eine mittlere Tiefe von fünfzehnhundert Metern aufgestiegen. Das nächste Land waren die Bahamas, über den Meeresspiegel verstreut wie ein Haufen Pflastersteine. Dort erhoben sich hohe unterseeische Klippen, senkrechte Mauern aus verwitterten, in breiten Schichten angeordneten Blöcken, in die sich schwarze Löcher gruben, die die Strahlen unserer elektrischen Laterne nicht bis auf den Grund ableuchten konnten.

Diese Felsen waren mit üppiger Vegetation überzogen, riesigen Tangen und hohen Seegräsern, einem wahren Spalier von Wasserpflanzen, würdig einer Titanenwelt.

Als wir, Conseil, Ned und ich, von diesen Kolossalpflanzen sprachen, kamen wir natürlich auch auf die riesigen Seetiere, denn die einen sind offensichtlich zur Nahrung für die andern bestimmt. Doch durch die Scheiben des *Nautilus*, der ganz langsam fuhr, bemerkte ich auf den langen Fasern nur Gliederfüßer der Unterordnung Brachyuren, Langarmkrebse, veilchenartige Krabben und die in den Antillen heimischen Bohrschwämme.

Es war ungefähr elf Uhr, als Ned Land meine Aufmerksamkeit auf eine starke Bewegung mitten in den großen Algen lenkte. *»Eh bien«*, sagte ich, »das sind richtige Krakenhöhlen, und ich wäre nicht erstaunt, hier ein paar dieser Ungeheuer zu sehen.«

»Wie?« fragte Conseil, »Kalmare, einfache Kalmare der Klasse der Kopffüßer?«

»Nein«, antwortete ich, »viel größere Polypen. Aber Freund Land hat sich zweifellos getäuscht, denn ich sehe nichts.«

»Schade«, versetzte Conseil. »Ich möchte zu gern einen dieser Polypen, von denen man mir soviel erzählt hat und die ganze Schiffe in die Tiefe reißen können, von Angesicht zu Angesicht begegnen. Diese Tiere nennt man, glaube ich, Kraken.«

»Man wird mir nie einreden können«, sagte Ned Land, »daß es solche Tiere wirklich gibt.«

»Warum nicht?« antwortete Conseil. »Wir haben ja auch an den Narwal meines Herrn geglaubt.«

»Und wir hatten nicht recht damit, Conseil.«

»Sicher nicht! Aber andere glauben heute noch daran.«

»Das ist sehr wahrscheinlich, Conseil, aber ich meinerseits bin fest entschlossen, die Existenz dieser Ungeheuer nicht zuzugeben, bis ich sie mit eigener Hand untersucht habe.«

»So glaubt also«, fragte mich Conseil, »auch mein Herr nicht an Riesenkraken?«

»Ha! Wer zum Teufel hat je daran geglaubt?« spottete der Kanadier.

»Viele Leute, Freund Ned.«

»Aber keine Fischer! Nur Gelehrte vielleicht!«

»Sie irren, Ned, Gelehrte *und* Fischer!«

»Und ich selbst«, sagte Conseil ernsthaft, »ich erinnere mich genau, gesehen zu haben, wie ein großes Boot von den Armen eines Kopffüßers unters Wasser gezogen wurde.«

»Sie haben das gesehen?« fragte der Kanadier ungläubig.

»Ja, Ned.«

»Mit eigenen Augen?«

»Mit eigenen Augen.«

»Und wo, wenn ich fragen darf?«

»In Saint-Malo«, entgegnete Conseil unbeirrt.

»Im Hafen?« erkundigte sich Ned Land ironisch.

»Nein, in einer Kirche«, antwortete Conseil.

»In einer Kirche!« rief der Kanadier erstaunt.

»Ja, Freund Ned. Es war ein Bild, das diesen Kraken darstellte!«

»Gut!« prustete Ned Land. »Herr Conseil hat mich an der Nase herumgeführt!«

»Im Ernst, er hat recht«, sagte ich. »Ich habe von diesem Bild sprechen hören; aber die Szene, die es darstellt, entstammt einer Legende, und Sie wissen, was von Legenden zu halten ist in bezug auf Naturgeschichte! Übrigens, sobald es um Ungeheuer geht, brennt einem die Phantasie gerne durch. Nicht nur hat man behauptet, diese Kraken könnten Schiffe in die Tiefe reißen, sondern ein gewisser Oläus Magnus spricht gar von einem Kopffüßer von einer Meile Länge, der eher einer Insel als einem Tier ähnlich sah. Man erzählt sich auch, der Bischof von Nidros habe eines Tages einen Altar auf einem großen Felsen errichtet. Nach Ende der Messe lief der Felsen davon und kehrte ins Meer zurück. Es war ein Kraken.«

»Das ist alles?« fragte der Kanadier.

»Nein«, antwortete ich. »Ein anderer Bischof, Pontoppidan von Berghem, spricht ebenfalls von einem Kraken, auf dem sogar ein ganzes Kavallerieregiment Platz hatte!«

»Sie verstanden sich ganz gut aufs Aufschneiden, die Bischöfe von damals!« sagte Ned Land lachend.

»Nun, die Naturforscher des Altertums beschrieben Ungeheuer, deren Maul einer Bucht glich und die zu groß waren, um die Straße von Gibraltar zu passieren.«

»Das lasse ich mir gefallen!« sagte der Kanadier.

»Aber was ist Wahres an all diesen Schilderungen?« fragte Conseil.

»Nichts, meine Freunde, wenigstens nichts von dem, was über die Grenzen der Wahrscheinlichkeit hinaus geht und ins Gebiet der Fabeln oder der Legende gehört. Immerhin braucht es für die Phantasie der Erzähler wenn nicht einen Grund so doch einen Anlaß. Man kann nicht bestreiten, daß es sehr große Polypen und Kalmare gibt, doch sind sie kleiner als die Wale. Aristoteles hat bei einem Kalmar eine Länge von fünf Ellen festgestellt, also drei Meter zehn. Unsere Fischer sehen häufig solche von annähernd zwei Metern. Die Museen von Triest und Montpellier besitzen Polypenskelette, die die gleiche Länge haben. Übrigens besitzt nach der Berechnung von Naturforschern ein solches Tier, das nur sechs Fuß lang ist, Fangarme von siebenundzwanzig Fuß Länge. Das genügt, um es zu einem schreckeneinflößenden Ungeheuer zu machen.«

»Werden heutzutage solche Tiere gefangen?« fragte der Kanadier.

»Wenn sie sie auch nicht fangen, sehen die Matrosen sie doch wenigstens. Einer meiner Freunde, Kapitän Paul Bos von Le Havre, hat mir öfters versichert, er habe im Indischen Ozean ein solches Ungeheuer von kolossaler Größe gesehen. Aber die erstaunlichste Tatsache hat sich vor einigen Jahren, 1861, ereignet, und sie läßt keinen Zweifel mehr an der Existenz dieser riesigen Tiere.«

»Was für eine Tatsache ist das?« fragte Ned Land.

»1861, nordöstlich von Teneriffa, ungefähr auf der Breite, auf der wir uns in diesem Augenblick befinden, sichtete die Besatzung des Avisoschiffs *Alecton* einen monströsen Kalmar in der Nähe des Schiffes. Kapitän Bouguer näherte sich dem Tier und griff es mit Harpunen und Gewehren an, ohne viel Erfolg, denn sowohl Kugeln als auch Harpunen gingen durch das weiche Fleisch wie durch Gallerte. Nach mehreren fruchtlosen Versuchen gelang es den Matrosen, eine Laufschlinge um den Leib der Molluske zu werfen. Die Schlinge glitt bis zur Schwanzflosse und zog sich dort zu. Man versuchte darauf, das Ungeheuer an Bord zu hissen, aber sein Gewicht war so groß, daß unter dem Zug des Seiles der Schwanz riß, und ohne diesen seinen Schmuck verschwand es in der Tiefe.«

»Nun, das wäre endlich eine Tatsache«, spöttelte Ned Land.

»Eine unbestreitbare Tatsache, mein lieber Ned.

Man hat denn auch vorgeschlagen, diesen Polypen ›Bouguer-Kalmar‹ zu nennen.«

»Und wie lang war er?« erkundigte sich der Kanadier.

»Maß er nicht ungefähr sechs Meter?« sagte

Conseil, der am Fenster stand und aufs neue die Unebenheiten der Klippen musterte.

»Genau«, antwortete ich.

»Und war sein Kopf«, fuhr Conseil fort, »nicht von acht Fangarmen gekrönt, die sich auf dem Wasser bewegten wie ein Schlangennest?«

»Genau.«

»Und waren seine Augen nicht dicht über dem Kopf ziemlich groß?«

»Ja, Conseil.«

»Und glich sein Maul nicht einem Papageienschnabel, aber einem sehr großen?«

»In der Tat, Conseil.«

»*Eh bien!* Mein Herr möge zum Fester hinaussehen«, versetzte Conseil gelassen, »wenn dies nicht der Kalmar von Kapitän Bouguer ist, so ist es mindestens einer seiner Brüder.«

Ich starrte Conseil entgeistert an. Ned Land stürzte sich ans Bullauge.

»Was für ein scheußliches Tier!« rief er.

Ich schaute nun auch hinaus und konnte eine Gebärde des Ekels nicht unterdrücken. Vor meinen Augen bewegte sich ein grauenhaftes Ungeheuer, eine wahre Mißgeburt.

Es war ein kolossaler Kalmar, gut acht Meter lang. Er bewegte sich mit äußerster Geschwindigkeit im Krebsgang auf den *Nautilus* zu. Er glotzte uns mit seinen riesigen meergrünen Augen an. Seine acht Arme, oder besser gesagt seine acht Füße, die am Kopf angewachsen waren und diesen

Tieren die Bezeichnung Kopffüßer eingetragen haben, waren doppelt so lang wie der Leib und krümmten sich wie die Schlangenhaare der Furien. Man erblickte deutlich die zweihundertfünfzig an der Innenseite der Fangarme angeordneten Saugnäpfe in Form von Halbkugeln. Einige dieser Saugnäpfe preßten sich auf die Scheibe der Salonluke und saugten sich an. Das Maul des Monstrums – ein Hornschnabel, der in der Tat an einen Papageienschnabel erinnerte – öffnete und schloß sich vertikal. Seine Zunge aus Hornmasse, mit mehreren Reihen spitzer Zähne besetzt, trat schwirrend aus dieser Schere von Maul. Welch phantastischer Einfall der Natur! Eine Molluske mit Vogelschnabel! Sein spindelförmiger, in der Mitte gequollener Leib bildete eine fleischige Masse, die zwanzig- bis fünfundzwanzigtausend Kilo wiegen mochte. Seine wechselnde Farbe, die sich je nach der Reizung des Tieres äußerst schnell veränderte, ging sukzessive von fahlem Grau in rötliches Braun über.

Was reizte diese Molluske? Zweifellos die Gegenwart dieses *Nautilus,* der größer war und auf dem die Saugarme und die Kiefer keinen Halt fanden. Und doch, was für Ungeheuer waren diese Polypen, welche Vitalität hatte ihnen der Schöpfer zugeteilt, welche Kraft lag in ihren Bewegungen – nicht vergebens besitzen sie drei Herzen!

Der Zufall hatte uns mit diesem Kalmar zusammengebracht, und ich wollte die Gelegenheit, diesen Kopffüßer sorgfältig zu studieren, nicht ungenutzt vorübergehen lassen. Ich überwand den Abscheu, den mir sein Anblick einflößte, ergriff einen Bleistift und begann ihn zu zeichnen.

»Das ist vielleicht derselbe, mit dem die *Alecton* zu tun hatte«, bemerkte Conseil.

»Nein«, erwiderte der Kanadier, »der da ist ja ganz, und der andere hat seinen Schwanz verloren!«

»Das wäre noch kein Grund«, erklärte ich. »Die Arme und der Schwanz dieser Tiere bilden sich durch Redintegration nach, und in sieben Jahren hat der Schwanz von Bouguers Kalmar zweifellos genug Zeit gehabt, nachzuwachsen.«

»Übrigens«, sagte Ned, »wenn er es nicht ist, ist es vielleicht einer von denen da!«

Und in der Tat erschienen noch weitere Polypen an der Steuerbordluke. Ich zählte sieben. Sie gaben dem *Nautilus* das Geleit, und ich hörte das Knirschen ihrer Schnäbel auf der Eisenverschalung. Wir waren nach Wunsch bedient.

Ich fuhr mit meiner Zeichnung fort. Die Ungeheuer hielten sich mit solcher Präzision auf gleicher Höhe mit dem *Nautilus*, daß sie reglos schienen und ich sie in verkleinertem Maßstab auf die Scheibe hätte zeichnen können. Wir fuhren mit mäßiger Geschwindigkeit.

Plötzlich hielt der *Nautilus* an. Ein Stoß ließ ihn erzittern.

»Sind wir aufgelaufen?« fragte ich.

»Auf jeden Fall wären wir bereits wieder losgekommen«, antwortete der Kanadier, »denn wir schwimmen.«

Der *Nautilus* schwamm zweifellos, aber er fuhr

nicht mehr. Die Flügel seines Propellers schlugen das Wasser nicht. Eine Minute verstrich. Kapitän Nemo, gefolgt von seinem Ersten Offizier, betrat den Salon.

Ich hatte ihn seit einiger Zeit nicht gesehen. Er schien mir verstimmt. Ohne das Wort an uns zu richten, vielleicht ohne uns zu sehen, ging er zur Luke, betrachtete die Polypen und sagte etwas zu seinem Ersten Offizier.

Dieser verließ den Raum. Bald darauf schlossen sich die Läden. Das Deckenlicht ging an.

Ich trat zum Kapitän.

»Eine merkwürdige Sammlung Polypen«, sagte ich zu ihm im leichten Ton eines Laien vor einem Aquarium.

»Gewiß, Herr Naturalist«, antwortete er mir, »und wir werden mit ihnen handgemein werden.«

Ich schaute den Kapitän an. Ich glaubte nicht recht gehört zu haben.

»Handgemein?« wiederholte ich.

»Ja, mein Herr. Der Propeller ist blockiert. Ich vermute, daß die Hornkiefer eines dieser Kalmare sich in seinen Flügeln verfangen haben. Damit können wir nicht fahren.«

»Und was werden Sie unternehmen?«

»An die Oberfläche aufsteigen und das ganze Gezücht massakrieren.«

»Ein schwieriges Unternehmen.«

»Das stimmt. Die elektrischen Geschosse vermögen nichts gegen dieses weiche Fleisch, in dem sie nicht genug Widerstand finden, um zu krepieren. Aber wir werden sie mit dem Beil angreifen.«

»Und mit der Harpune, mein Herr«, sagte der Kanadier, »wenn Sie meine Hilfe nicht ablehnen.«

»Ich nehme sie an, Meister Land.«

»Wir werden Sie begleiten«, sagte ich. Wir folgten Kapitän Nemo zur Mitteltreppe.

Dort hielt sich ein Dutzend Männer, bewaffnet mit Enterbeilen, zum Angriff bereit. Conseil und ich ergriffen zwei Äxte, Ned Land eine Harpune.

Der *Nautilus* war inzwischen an die Oberfläche gestiegen. Einer der Matrosen, auf den obersten Stufen stehend, schraubte die Bolzen der Ausstiegluke los. Aber die Schraubenmuttern waren kaum gelöst, als der Lukendeckel aufgerissen wurde, augenscheinlich vom Saugnapf eines Krakenarms.

Gleich darauf glitt einer dieser langen Fangarme wie eine Schlange durch die Öffnung und zwanzig weitere bewegten sich über ihm. Mit einem Axthieb zerschnitt Kapitän Nemo den furchtbaren Fangarm, und er glitt zuckend die Stufen herunter.

Während wir uns drängten, um die Plattform zu erreichen, peitschten zwei andere Arme durch die Luft, umschlangen den Matrosen, der vor Kapitän Nemo stand, und rissen ihn mit unwiderstehlicher Gewalt vom Boden.

Kapitän Nemo stieß einen Schrei aus und stürzte auf die Plattform. Wir folgten ihm Hals über Kopf.

Was für ein Schauspiel! Der Unglückliche, vom Fangarm ergriffen und an die Saugnäpfe gepreßt, wurde wild in der Luft herumgeschwenkt. Er keuchte, er rang nach Atem, er schrie: »A moi! A moi!« Diese Worte, auf *französisch* gerufen, ließen mich erstarren vor Erstaunen. Ich hatte also einen Landsmann an Bord, mehrere vielleicht gar! Diesen herzzerreißenden Hilfeschrei werde ich mein ganzes Leben hören!

Der Unglückselige war verloren. Wer konnte ihn dieser mächtigen Umklammerung entreißen? Kapitän Nemo hatte sich auf den Kraken gestürzt und ihm mit dem Beil einen weiteren Fangarm abgeschlagen. Sein Erster Offizier kämpfte wütend gegen die andern Monstren an, die sich auf die Flanken des *Nautilus* schlängelten. Die ganze Mannschaft schlug mit Beilen drein. Der Kanadier, Conseil und ich hieben mit unseren Waffen in die fleischigen Massen. Heftiger Moschusgeruch verpestete die Luft. Es war scheußlich.

Einen Augenblick lang glaubte ich, der Unglückliche werde dem Kraken entrissen. Sieben von acht Armen waren dem Tier bereits abgehauen worden. Ein einziger noch wand sich in der Luft und schwenkte das Opfer wie eine Feder. Aber im Augenblick, da sich Kapitän Nemo und sein Erster Offizier auf es stürzten, schleuderte ihnen das Tier eine schwärzliche Flüssigkeit entgegen, die aus einem Beutel in seinem Leib ausgespritzt wurde. Wir wurden davon geblendet. Als diese Wolke sich verzog, war der Kalmar verschwunden, und mit ihm mein unseliger Landsmann!

Unbeschreibliche Wut ergriff uns gegen diese Ungeheuer. Wir hielten nicht mehr an uns. Zehn oder zwölf Kraken hatten sich an der Plattform

und den Flanken des *Nautilus* festgesogen. Wir wälzten uns in wildem Durcheinander mitten unter diesen zerschnittenen Armen, die in Lachen von Blut und schwarzer Tinte auf der Plattform zuckten. Es war, als ob diese zähen Fangarme wie die Köpfe der Hydra nachwüchsen. Die Harpune Ned Lands bohrte sich bei jedem Stoß in die meergrünen Augen der Kalmare und stach sie aus. Aber plötzlich wurde mein tollkühner Gefährte von den Tentakeln eines Kraken zu Boden geworfen, dem er nicht hatte ausweichen können.

Das Herz stand mir fast still vor Entsetzen und Erschütterung. Der schreckeneinflößende Schnabel des Kalmars klappte über Ned Land auf. Der Unglückliche würde in zwei Teile zerschnitten werden! Ich eilte ihm zu Hilfe. Aber Kapitän Nemo kam mir zuvor. Seine Axt verschwand zwischen den zwei enormen Kiefern, und wie durch ein Wunder gerettet erhob sich der Kanadier und stieß seine Harpune bis zum Schaft ins dreifache Herz des Polypen.

»Diese Revanche war ich Ihnen schuldig!« sagte Kapitän Nemo zum Kanadier.

Ned verneigte sich ohne zu antworten.

Der Kampf hatte eine Viertelstunde gedauert. Besiegt, verstümmelt, totgeschlagen überließen uns die Scheusale endlich das Feld und verschwanden in den Fluten.

Kapitän Nemo, rot von Blut, stand unbeweglich bei der Laterne, schaute auf das Meer hinaus, das einen seiner Gefährten verschlungen hatte, und große Tränen rollten über seine Wangen.

NEUNZEHNTES KAPITEL

DER GULF STREAM

Diese schreckliche Szene vom 20. April wird keiner von uns je vergessen können. Ich habe sie niedergeschrieben unter dem Eindruck einer heftigen Gemütsbewegung. Seither habe ich die Schilderung nochmals durchgesehen. Ich habe sie Conseil und dem Kanadier vorgelesen. Sie fanden sie sachlich und richtig, aber in der Wirkung ungenügend. Um solche Bilder heraufzubeschwören, bedürfte es der Feder unseres berühmtesten Poeten, des Autors der *Travailleurs de la Mer*.

Ich habe gesagt, Kapitän Nemo habe geweint, als er aufs Meer schaute. Sein Schmerz war unsäglich. Es war der zweite Gefährte, den er verlor, seit wir an Bord waren. Und was für ein Tod! Dieser Freund, zermalmt, erstickt, zerquetscht vom furchtbaren Arm eines Kraken, zerdrückt zwischen den Kiefern von Eisen, durfte nicht mit seinen Gefährten in den friedlichen Wassern des Korallenfriedhofs ruhen!

Mir hatte in diesem Kampf der Verzweiflungsschrei, den der Unselige ausgestoßen hatte, das Herz zerrissen. Dieser beklagenswerte Franzose hatte seine Umgangssprache vergessen, er war zurückgefallen in die Sprache seiner Heimat und seiner Mutter, in ihr hatte er zuletzt um Hilfe gerufen! Unter der Mannschaft des *Nautilus*, Kapitän Nemo mit Leib und Seele verbunden und wie er den Umgang mit Menschen fliehend, hatte ich also einen Landsmann gehabt! War er der einzige, der Frankreich in diesem geheimnisvollen Bund vertrat, der sich offenbar aus Angehörigen verschiedener Nationen zusammensetzte? Noch eine dieser unlösbaren Fragen, die sich meinem Geist unablässig stellten!

Kapitän Nemo kehrte auf sein Zimmer zurück, und ich bekam ihn eine Zeitlang nicht mehr zu Gesicht. Aber wie bekümmert, verzweifelt, unentschlossen mußte er sein, wenn ich nach diesem Schiff urteilte, dessen Seele er war und dem er seinen Stempel aufdrückte! Der *Nautilus* folgte keiner bestimmten Richtung mehr. Er trieb wie ein Leichnam dahin, ein Spiel der Wellen. Sein Propeller war gereinigt worden, und doch bediente er sich seiner kaum. Er kreuzte aufs Geratewohl. Er schien sich nicht losreißen zu können vom Schauplatz seines letzten Kampfes, von diesem Meer, das einen der Seinigen verschlungen hatte!

So verstrichen zehn Tage. Erst am 1. Mai richtete der *Nautilus* seinen Bug endgültig wieder nach Norden, nachdem wir die Bahamas gesichtet hatten. Wir folgten nun dem Lauf des größten Stromes des Meeres, der seine eigenen Ufer, seine eigenen Fische und seine eigene Temperatur hat. Ich meine den Gulf Stream.

Es ist in der Tat ein Strom, der frei mitten im

Atlantik fließt und dessen Wasser sich nicht mit den ozeanischen Wassern mischt. Es ist ein Salzwasserstrom, salziger als das Meer, das ihn umgibt. Seine mittlere Tiefe beträgt dreitausend Fuß, seine mittlere Breite sechzig Meilen. An gewissen Stellen fließt seine Strömung mit einer Geschwindigkeit von vier Kilometer die Stunde. Das unveränderliche Volumen seiner Wasser ist größer als das aller Ströme der Erde.

Die eigentliche Quelle des Gulf Stream, entdeckt von Kapitän Maury, sein Ausgangspunkt, wenn man so will, liegt im Golf von Biscaya. Dort beginnen sich seine Wasser, noch schwach an Temperatur und Farbe, zu bilden. Er fließt nach Süden, Äquatorialafrika entlang, erwärmt seine Fluten in der heißen Zone, überquert den Atlantik, erreicht das Kap San Roque an der brasilianischen Küste und gabelt sich in zwei Äste, deren einer sich noch im Karibischen Meer an warmen Molekülen sättigt. Dann beginnt der Gulf Stream, dessen Aufgabe darin besteht, das Gleichgewicht zwischen den Temperaturen herzustellen und die tropischen Wasser mit den nördlichen Wassern zu mischen, seine Rolle als Wärmeaustauscher. Erhitzt im Golf von Mexiko, steigt er nach Norden an die amerikanischen Küsten bis nach Neufundland, biegt ab unter dem Druck der kalten Strömungen aus der Davis-Straße, wendet sich wieder dem Ozean zu, teilt sich beim 43. Breitengrad in zwei Arme, deren einer, beeinflußt von Westwinden, zum Golf von Biscaya und den Azoren zurückkehrt, während der andere, nachdem er die Gestade Irlands und Norwegens bespült hat, bis nach Spitzbergen fließt, wo seine Temperatur auf vier Grad fällt, und sich dann ins Nördliche Eismeer ergießt, das er vor Vereisung schützt.

Auf diesem Ozeanstrom fuhr der *Nautilus* jetzt. Wenn er die Florida-Straße verläßt, fließt der Gulf Stream bei vierzehn Meilen Breite und dreihundertfünfzig Meter Tiefe mit einer Geschwindigkeit von acht Kilometer die Stunde. Diese Geschwindigkeit vermindert sich gleichmäßig, je weiter nördlich er kommt, und es ist zu wünschen, daß diese Regelmäßigkeit anhält, denn wenn sich, wie man zu bemerken glaubte, seine Schnelligkeit und Richtung änderten, wären die Klimaverhältnisse Europas Störungen unterworfen, deren Folgen nicht abzuschätzen sind.

Gegen Mittag war ich mit Conseil auf der Plattform. Ich erklärte ihm die Eigenheiten des Golfstroms. Als ich meinen Vortrag beendet hatte, lud ich ihn ein, seine Hände ins Wasser zu tauchen.

Conseil gehorchte und war sehr erstaunt, weder Kälte noch Wärme zu empfinden.

»Das kommt daher«, sagte ich zu ihm, »daß die Temperatur des Golfstroms, wenn er den Golf von Mexiko verläßt, sich von der Körpertemperatur wenig unterscheidet. Der Golfstrom ist eine große Heizung, die den Küsten Europas erlaubt, sich mit ewigem Grün zu schmücken. Und wenn man Maury glauben will, liefert die Wärme dieser Strömung, wenn man sie vollständig ausnutzen würde, genügend Kalorien, um einen Eisenschmelzfluß, so groß wie der Amazonas oder der Missouri, flüssig zu erhalten.«

Jetzt gerade betrug die Geschwindigkeit des Gulf Stream zwei Meter fünfundzwanzig in der Sekunde. Seine Strömung hebt sich so stark vom Meer ringsum ab, daß er höher liegt als das Kaltwasser und durch den Druck Sprudel auf der Oberfläche erzeugt. Dunkel und sehr reich an salzhaltigen Substanzen, sticht er durch sein reines Indigoblau von den grünen Wellen, die ihn umgeben, ab. So scharf ist die Trennungslinie, daß der *Nautilus* auf der Höhe von Nord- und Süd-Carolina mit seinem Bug die Wasser des Gulf Stream schnitt, während seine Schraube noch die des Ozeans schlug.

Dieser Strom beherbergt eine ganze Welt von Lebewesen. Die Papierboote, im Mittelmeer alltägliche Erscheinungen, bemerkten wir in zahlreichen Gruppen. Unter den Knorpelfischen waren die auffallendsten die Rochen, deren sehr dünner Schwanz fast einen Drittel des Körpers ausmachte und die langgezogenen Rauten von fünfundzwanzig Fuß bildeten; dann kleine, ungefähr einen Meter lange Haie, mit großem Kopf, kurzer, runder Schnauze, spitzen Zähnen in mehreren Reihen und schuppenbedecktem Körper.

Unter den Knochenfischen notierte ich graue

Lippfische, heimisch in diesem Meer, Brassen mit glänzender Iris, meterlange Umberfische mit großem Maul voller kleiner Zähne, Fische, die einen leisen Schrei ausstoßen, Butterfische, von denen ich schon einmal gesprochen habe, blaue Schillerfische, golden und silbern schimmernd, Papageifische, wahre Regenbogen des Ozeans, die an Farben wetteifern können mit den schönsten Tropenvögeln, bläuliche, schuppenlose Steinbutten, Brummer, bedeckt mit einer gelben Querbinde, die ein griechisches t bildet, Haufen von kleinen, braungefleckten Grundeln, Spindelfische mit silbrigem Kopf und gelbem Schwanz, mehrere Arten Lachse, schlanke, sanft schimmernde Meeräschen, und schließlich einen prachtvollen Fisch, den Ritterfisch, der, mit allen Orden dekoriert und allen Bändern besetzt, die Küsten der Vereinigten Staaten, wo Bänder und Orden nur mäßig geschätzt werden, besucht.

Ich füge noch hinzu, daß nachts die phosphoreszierenden Fluten des Gulf Stream mit dem Schein unserer elektrischen Laterne wetteiferten, besonders bei dem stürmischen Wetter, das uns häufig bedrohte.

Am 8. Mai befanden wir uns noch gegenüber vom Kap Hatteras, auf der Höhe von Nord-Carolina. Der Golfstrom ist dort fünfundsiebzig Meilen breit und zweihundertzehn Meter tief. Der *Nautilus* schien ziellos umherzuschweifen. Es gab keine Überwachung mehr an Bord. Ich muß zugeben, unter diesen Umständen konnte das Entweichen gelingen. Die bewohnten Ufer boten überall leichte Zuflucht. Das Meer wurde ständig durchfurcht von zahlreichen Dampfern, die den Dienst zwischen New York oder Boston und dem Golf von Mexiko versahen, und Tag und Nacht waren die kleinen Küstenfahrer unterwegs. Man durfte hoffen, aufgefischt zu werden. Es war also eine günstige Gelegenheit, trotz den dreißig Meilen, die den *Nautilus* von den Küsten der Vereinigten Staaten trennten.

Aber ein ärgerlicher Umstand störte die Pläne des Kanadiers. Das Wetter war ausgesprochen schlecht. Wir näherten uns den Gegenden, wo die Stürme häufig sind, der Heimat der Wasserhosen und Wirbelstürme, die von der Strömung des Gulf Stream verursacht werden. Der bewegten See auf einem zerbrechlichen Boot trotzen hieß ins Verderben rennen. Das sah auch Ned Land ein. So verbiß er denn seinen Ärger, obwohl nur die Flucht sein übermächtiges Heimweh hätte heilen können.

»Mein Herr«, sagte er mir an diesem Tage, »das muß aufhören! Ich will wissen, woran ich bin. Ihr Nemo entfernt sich vom Land und hält nach Norden. Aber ich sage Ihnen, ich habe genug vom Südpol, und ich werde ihm nicht zum Nordpol folgen.«

»Aber was tun, Ned, da doch eine Flucht im Augenblick unmöglich ist?«

»Ich komme auf meinen Vorschlag zurück. Wir müssen mit dem Kapitän sprechen. Sie haben nichts gesagt, als wir in den Gewässern Ihres Landes waren. Ich will sprechen, jetzt, da wir in den Meeren des meinigen sind. Wenn ich denke, daß der *Nautilus* in wenigen Tagen auf der Höhe von Neu-Schottland sein wird und daß sich dort, gegen Neufundland, eine große Bucht öffnet, daß sich in diese Bucht der Sankt-Lorenz-Strom ergießt und daß das mein Strom ist, der Strom von Quebec, meiner Heimatstadt – wenn ich daran denke, steigt mir das Blut in den Kopf und meine Haare sträuben sich. Hören Sie, mein Herr, ich werde mich eher ins Meer werfen als hier bleiben! Ich ersticke hier!«

Der Kanadier war offensichtlich am Ende seiner Geduld angelangt. Seine heftige Natur konnte sich nicht an diese lange Gefangenschaft gewöhnen. Seine Physiognomie veränderte sich von Tag zu Tag. Sein Wesen verdüsterte sich zusehends. Ich ahnte, was er leiden mußte, denn auch ich hatte Heimweh. An die sieben Monate waren verstrichen, ohne daß wir Nachrichten vom Festland bekommen hätten. Dazu kam, daß die Isolierung Kapitän Nemos, seine veränderte Stimmung, besonders seit dem Kampf mit den Kraken, seine Schweigsamkeit mich die Dinge unter einem anderen Aspekt sehen ließen. Ich empfand nicht mehr die Begeisterung der ersten Tage. Man mußte ein Flame sein wie Conseil, um unsere Lage in dieser Umgebung, die Walen und anderen Meeresbewohnern vorbehalten war, hinzunehmen. Wirklich, wenn dieser brave Bursche statt Lungen Kiemen gehabt hätte, glaube ich, daß er ein prächtiger Fisch geworden wäre!

»Nun, mein Herr?« drängte Ned Land, als ich nicht antwortete.

»*Eh bien*, Ned, Sie verlangen also, daß ich Kapitän Nemo frage, was für Absichten er in bezug auf uns hat?«

»Ja, mein Herr.«

»Und das, obwohl er sie uns bereits mitgeteilt hat?«

»Ja. Ich will endlich wissen, woran ich bin. Sprechen Sie nur für mich, nur in meinem Namen, wenn Sie wollen.«

»Aber ich sehe ihn selten. Er meidet mich sogar.«

»Das ist ein Grund mehr, ihn aufzusuchen.«

»Ich werde ihn fragen, Ned.«

»Wann?« beharrte der Kanadier.

»Wenn ich ihn sehe.«

»Herr Aronnax, wollen Sie, daß ich selbst zu ihm gehe?«

»Nein, lassen Sie mich machen. Morgen . . .«

»Heute«, sagte Ned Land.

»So sei es denn. Ich werde ihn heute aufsuchen«, antwortete ich dem Kanadier, der auf eigene Faust bestimmt alles verdorben hätte.

Ich blieb allein. Nachdem die Frage entschieden war, beschloß ich, sofort zu handeln. Ich habe Unangenehmes lieber hinter mir als vor mir.

Ich kehrte auf mein Zimmer zurück. Im Zimmer Kapitän Nemos hörte ich Schritte. Ich durfte mir diese Gelegenheit, ihn zu sehen, nicht entgehen lassen. Ich klopfte an seine Türe. Keine Antwort. Ich klopfte nochmals, dann drehte ich den Türknauf. Die Türe ging auf.

Ich trat ein, der Kapitän war da. Über seinen Arbeitstisch gebeugt, hatte er mich nicht gehört. Entschlossen, nicht hinauszugehen ohne ihn gefragt zu haben, näherte ich mich ihm. Er hob brüsk den Kopf, runzelte die Brauen und sagte in unwirschem Ton:

»Sie hier! Was wollen Sie?«

»Mit Ihnen sprechen, Kapitän.«

»Aber ich bin beschäftigt, mein Herr, ich arbeite. Ich lasse Ihnen die Freiheit, sich abzusondern – kann ich diese Freiheit nicht auch für mich in Anspruch nehmen?«

Dieser Empfang war wenig ermutigend. Aber ich war entschlossen, alles anzuhören, um alles zu widerlegen.

»Mein Herr«, sagte ich kalt, »ich habe Ihnen von einer Sache zu sprechen, die ich nicht aufschieben darf.«

»Von welcher Sache, mein Herr?« antwortete er ironisch. »Haben Sie irgendeine Entdeckung gemacht, die mir entgangen ist? Hat Ihnen das Meer neue Geheimnisse enthüllt?«

Wir redeten aneinander vorbei. Bevor ich aber antworten konnte, zeigte er mir ein Manuskript, das offen auf seinem Tisch lag, und sagte in ernstem Ton:

»Sehen Sie dieses Manuskript, Herr Aronnax? Es ist in mehreren Sprachen abgefaßt und enthält die Zusammenfassung meiner Studien über das Meer. Wenn es Gott gefällt, wird es nicht mit mir untergehen. Dieses Manuskript, unterzeichnet mit meinem Namen, ergänzt durch meine Lebensgeschichte, wird in ein kleines Gerät eingeschlossen, das nicht untergehen kann. Der letzte Überlebende an Bord des *Nautilus* wird dieses Gerät ins Meer werfen, und es wird dorthin gelangen, wohin die Fluten es tragen.«

Der Name dieses Mannes! Seine Geschichte, aufgezeichnet von ihm selbst! Würde sein Geheimnis also eines Tages enthüllt? Aber in diesem Augenblick sah ich in dieser Mitteilung nur eine Möglichkeit, auf mein Anliegen zu sprechen zu kommen.

»Kapitän«, antwortete ich, »ich billige die Überlegung, die Sie so handeln läßt, vollauf. Die Frucht Ihrer Studien darf nicht verlorengehen. Aber das Mittel, das Sie benutzen, scheint mir nicht richtig. Wer weiß, wohin die Winde dieses Gerät treiben und in welche Hände es fällt? Können Sie sich nicht etwas Besseres ausdenken? Können nicht Sie oder einer der Ihren . . .?«

»Niemals, mein Herr«, unterbrach mich der Kapitän lebhaft.

»Aber ich und meine Gefährten, wir sind bereit, dieses Manuskript aufzubewahren, und wenn Sie uns die Freiheit wiedergeben ...«

»Die Freiheit!« wiederholte Kapitän Nemo und erhob sich.

»Ja, mein Herr, und über diese Frage wollte ich mit Ihnen sprechen. Seit sieben Monaten sind wir auf Ihrem Schiff, und ich frage Sie heute, im Namen meiner Gefährten wie in meinem eigenen, ob Sie die Absicht haben, uns für immer an Bord zu behalten.«

»Herr Aronnax«, sagte Kapitän Nemo, »ich antworte Ihnen heute das, was ich Ihnen schon vor sieben Monaten geantwortet habe: Wer auf den *Nautilus* kommt, darf ihn nicht mehr verlassen.«

»Das ist Sklaverei!«

»Nennen Sie es, wie Sie wollen.«

»Aber überall hat der Sklave das Recht, seine Freiheit wiederzuerlangen! Welches auch immer die Mittel sind, die sich ihm bieten, er hält sie für gut!«

»Wer bestreitet Ihnen dieses Recht?« antwortete Kapitän Nemo. »Habe ich es mir je einfallen lassen, Sie durch einen Eid zu binden?«

Er schaute mich an und verschränkte die Arme.

»Mein Herr«, sagte ich, »ein zweitesmal auf dieses Thema zurückzukommen wäre weder nach Ihrem Geschmack noch nach meinem. Da wir es aber nun angeschnitten haben, sprechen wir es auch durch. Ich wiederhole, es handelt sich nicht nur um meine Person. Für mich ist das Forschen eine Hilfe, eine große Zerstreuung, eine Schulung, eine Leidenschaft, die mich alles vergessen läßt. Wie Sie lebe ich gerne unbeachtet und im verborgenen, in der schwachen Hoffnung, eines Tages der Zukunft das Ergebnis meiner Arbeiten zu vermachen, mittels eines hypothetischen Geräts, das ich auf gut Glück dem Wind und den Wellen anvertraue. Mit einem Wort, ich kann Sie bewundern und Ihnen ohne Mißvergnügen in einer Rolle folgen, die ich in gewissen Punkten verstehe: aber es gibt noch andere Aspekte Ihres Lebens, die es mir als von Komplikationen und Geheimnissen umgeben erscheinen lassen, an denen meine Gefährten und ich kein Teil haben. Und wenn unser Herz für Sie schlug, bewegt von Ihren Schmerzen oder Ihren großmütigen und tapferen Handlungen, mußten wir in uns auch das kleinste Anzeichen dieser Sympathie unterdrücken, die durch den Anblick des Schönen und Guten, möge es nun von Freund oder Feind kommen, geweckt wird. *Eh bien*! Es ist dieses Gefühl, daß wir allem, was Sie angeht, fremd sind, das unsere Position unannehmbar und unmöglich macht, selbst für mich, vor allem aber für Ned Land. Jeder Mensch, allein weil er Mensch ist, ist es wert, daß man auf ihn Rücksicht nimmt. Haben Sie sich je gefragt, was die Freiheitsliebe und die Unterdrückung für Rachepläne hervorrufen können bei einer Natur wie der des Kanadiers, was er denken, wagen, versuchen könnte...?«

Ich verstummte. Kapitän Nemo erhob sich.

»Was Ned Land denkt, wagt, versucht, was er will – was geht das mich an? Nicht ich habe ihn gesucht! Nicht zu meinem Vergnügen halte ich ihn an Bord! Was Sie angeht, Herr Aronnax, gehören Sie zu jenen, die alles verstehen können, selbst das Schweigen. Mehr habe ich Ihnen nicht zu antworten. Möge dieses erste Mal, da Sie dieses Thema zur Sprache bringen, auch das letzte sein, denn ein zweites Mal könnte ich Sie nicht einmal anhören.«

Ich zog mich zurück. Von diesem Tag an wurde unsere Lage sehr gespannt. Ich berichtete das Gespräch meinen beiden Gefährten.

»Jetzt wissen wir«, sagte Ned, »daß wir von diesem Mann nichts zu erwarten haben. Der *Nautilus* nähert sich Long Island. Wir werden fliehen, wie immer das Wetter sein wird.«

Aber der Himmel überzog sich immer bedrohlicher. Ein Orkan kündigte sich an. Ein weißlicher, milchiger Dunst stieg auf. Auf die zarten Garben der Cirruswolken folgten am Horizont Lagen von Cumulonimbuswolken. Andere tiefhängende Wolken jagten über den Horizont. Das Meer wogte und schwoll. Die Vögel verschwanden, mit Ausnahme der Sturmvögel. Der Barometer sank merklich und zeigte starke Luftfeuchtigkeit an. Das Gemisch im Sturmglas löste sich auf unter dem

Einfluß der Elektrizität in der Atmosphäre. Der Kampf der Elemente zog näher.

Der Sturm brach am 18. Mai unter Tag los, gerade als der *Nautilus* sich auf der Höhe von Long Island befand, einige Meilen vor New York. Ich kann diesen Kampf der Elemente beschreiben, denn statt in die Tiefe des Meeres zu fliehen, wollte ihm Kapitän Nemo aus einer unerklärlichen Laune an seiner Oberfläche trotzen.

Der Wind wehte von Südwest zuerst als steife Brise, das heißt mit einer Geschwindigkeit von fünfzehn Meter die Sekunde, die sich gegen drei Uhr nachmittags auf fünfundzwanzig Meter steigerte. Das ist Sturmstärke.

Kapitän Nemo war trotz dem Sturmwind auf der Plattform. Er hatte einen Strick um seine Mitte geschlungen und sich angebunden, um nicht von den Sturzfluten weggerissen zu werden, die übers Schiff brachen. Ich hatte mich hinaufgehißt und ebenfalls angebunden und teilte meine Bewunderung zwischen dem Sturm und diesem unvergleichlichen Manne, der ihm die Stirn bot.

Die aufgewühlte See wurde von großen Wolkenfetzen gefegt, die dicht über ihre Fluten jagten. Ich sah keine der kleinen Wellen mehr, die sich am Grund der großen Wirbel bilden. Nur noch rußfarbige Wogen, deren Kamm sich nicht bricht, so fest sind sie. Sie wurden immer höher. Sie peitschten einander auf. Der *Nautilus*, bald auf der

Flanke liegend, bald aufrecht wie ein Mast, rollte und schlingerte und stampfte entsetzlich.

Gegen fünf Uhr stürzte eine Regenflut herab, die weder den Wind noch das Meer beruhigte. Der Orkan brach mit einer Geschwindigkeit von fünfundvierzig Meter die Sekunde los, das sind an die vierzig Meilen die Stunde. Mit dieser Kraft bringt er Häuser zum Einstürzen, reißt Dächer ab, bricht Eisengitter und schmeißt Vierundzwanzigpfünder um. Und dennoch rechtfertigte der *Nautilus* inmitten dieses Sturmes dieses Wort eines klugen Ingenieurs: »Jedes gut gebaute Schiff kann dem Meere trotzen!« Es war nicht ein fester Felsen, den diese Wogen zerstört hätten, es war eine Spindel aus Stahl, schlank und beweglich, ohne Takelwerk, ohne Masten, die ungestraft ihrem Toben trotzte.

Unterdessen beobachtete ich aufmerksam diese entfesselten Fluten. Die Wellen erreichten bis zu fünfzehn Meter Höhe bei einer Länge von hundertfünfzig bis hundertfünfundsiebzig Meter, und ihre Geschwindigkeit, halb so groß wie die des Windes, betrug fünfzehn Meter die Sekunde. Ihre Größe und ihre Gewalt nahmen mit der Tiefe des Wassers zu. Ich begriff nun die Rolle dieser Wellen, die die Luft in ihren Flanken einschließen und sie auf den Grund des Meeres tragen und so mit dem Sauerstoff Leben bringen. Ihre außerordentliche Druckkraft – man hat sie berechnet – kann bis zu dreitausend Kilo auf den Quadratfuß der Ober-

fläche, die sie treffen, betragen. Solche Wellen sind es, die im Sturm vom 23. Dezember 1864, nachdem sie einen Teil der japanischen Stadt Yeddo zum Einsturz gebracht hatten, mit siebenhundert Stundenkilometer weiterfegten und sich am selben Tag an den Gestaden Amerikas brachen.

Die Gewalt des Sturmes nahm mit der Nacht zu. Der Barometer fiel, wie 1860 auf der Insel Réunion während eines Wirbelsturms, auf siebenhundertzehn Millimeter. Bei Tagesanbruch sah ich am Horizont ein großes Schiff in Seenot. Es hatte die Segel gerefft und fuhr unter kleinem Dampf, um nicht zu kentern. Es mußte einer der Dampfer sein, die den Dienst zwischen New York und Liverpool oder Le Havre versahen. Er verschwand bald im Schatten.

Um zehn Uhr abends stand der Himmel in Brand. Auf allen Seiten zuckten Blitze. Ich konnte ihre Grelle nicht ertragen, während Kapitän Nemo den Blick nicht abwandte und die Seele des Sturms einzusaugen schien. Ein entsetzliches Getöse erfüllte die Lüfte, ein Lärm, gemischt aus dem Heulen brechender Wogen, dem Ächzen des Windes, dem Rollen des Donners. Der Wind sprang von einem Punkt des Horizonts zum andern, und der Zyklon, ausgehend vom Osten, kehrte dahin zurück über Norden, Westen und Süden, in umgekehrter Richtung der Wirbelstürme der südlichen Hemisphäre.

Ah, dieser Gulf Stream! Er wurde seinem Namen ›König der Stürme‹ vollauf gerecht! Er ist es, der diese furchtbaren Wirbelstürme hervorruft: durch den Temperaturunterschied der Luftschichten über seinen Strömungen.

Auf den Regen war das Feuer der Blitze gefolgt. Die Wassertropfen verwandelten sich in funkelnde Strahlenbündel. Man hätte glauben können, daß Kapitän Nemo einen Tod, der seiner würdig war, ersehnte und sich vom Blitz erschlagen lassen wollte. Plötzlich richtete sich der Bug des *Nautilus* hoch aus dem Wasser auf wie ein Blitzableiter, und ich sah, wie er Funken sprühte.

Erschöpft, am Ende meiner Kräfte, rutschte ich bäuchlings auf die Einstiegluke zu. Ich öffnete sie und stieg in den Salon hinunter. Das Unwetter hatte seinen Höhepunkt erreicht. Es war unmöglich, sich im Innern des *Nautilus* aufrecht zu halten.

Kapitän Nemo kehrte gegen Mitternacht zurück. Ich hörte, wie sich die Tanks nach und nach füllten. Der *Nautilus* tauchte sanft in die Fluten.

Durch die Scheiben des Salons sah ich verstörte große Fische, die wie Phantome vorüberglitten. Einige davon wurden vor meinen Augen vom Blitz erschlagen.

Der *Nautilus* sank immer noch. Ich glaubte, in einer Tiefe von fünfzehn Metern würde das Meer ruhig sein. Doch nein! Die oberen Schichten waren zu sehr aufgewühlt und in Bewegung. Erst in fünfzig Meter Tiefe hatte sich das Meer beruhigt.

Aber welche Ruhe, welche Stille, welcher Frieden herrschten hier! Wer hätte hier geahnt, daß an der Oberfläche dieses Ozeans ein furchtbarer Wirbelsturm tobte?

ZWANZIGSTES KAPITEL

AUF 47°24′ BREITE UND 17°28′ LÄNGE

Durch den Sturm waren wir nach Osten abgetrieben worden. Jede Hoffnung, in der Nähe von New York oder dem Sankt-Lorenz-Strom zu entfliehen, war zunichte geworden. Verzweifelt sonderte sich der arme Ned ab wie Kapitän Nemo. Conseil und ich waren ständig beisammen.

Ich habe gesagt, der *Nautilus* sei nach Osten abgewichen. Genauer wäre es gewesen, wenn ich gesagt hätte, nach Nordost. Während einigen Tagen irrte er umher, bald an der Oberfläche des Meeres, bald darunter, mitten in diesen Nebeln, die von den Seefahrern mit Recht gefürchtet werden. Sie entstehen hauptsächlich durch das Schmelzen des Eises, das die Atmosphäre außerordentlich feucht macht. Wie viele Schiffe gingen in diesen Gegenden unter, wenn sie versuchten, sich an den ungewissen Lichtern der Küste zu orientieren! Wie viele Katastrophen haben diese milchigen Nebel verursacht! Wie mancher Schiffer scheiterte an diesen Klippen, deren Brandung übertönt wird vom Lärm des Windes! Wie viele Schiffe sind miteinander zusammengestoßen, trotz ihren Positionslichtern, trotz dem Heulen ihres Nebelhorns und dem Läuten der Schiffsglocken!

Der Grund dieser Meere bot denn auch den Anblick eines Schlachtfelds, auf dem die Opfer des Ozeans ruhten; die einen alt und schon verrottet, die andern jung und unter dem Licht unserer Laterne mit ihren eisernen Beschlägen und kupfernen Kielen schimmernd. Unter ihnen wie viele, die mit Mann und Maus untergegangen waren, mit der Mannschaft, mit den Auswanderern, an diesen gefährlichen Stellen, von denen die Statistik berichtet: dem Kap Race, der Insel Saint-Paul, der Straße von Belle Isle, der Mündung des Sankt-Lorenz-Stroms! Und wie viele Opfer wurden allein in den letzten Jahren in die Verlustlisten der Schiffahrtsgesellschaften Royal-Mail, Inmann, Montréal eingetragen: *Solway, Isis, Parmatta, Hungarian, Canadian, Anglo-Saxon, Humboldt, United-States,* alle gestrandet, *Artic* und *Lyonnais* beim Zusammenstoß untergegangen, *Président, Pacific* und *City-of-Glasgow* aus unbekannten Gründen verschwunden – düstere Überreste, über die nun der *Nautilus* hinweg glitt, als nähme er eine Parade von Toten ab!

Am 15. Mai waren wir an der Südspitze der Neufundlandbank. Diese Bank ist durch marine Anschwemmungen entstanden, eine dicke Schicht von organischen Ablagerungen, teils durch den Golfstrom vom Äquator hergebracht, teils vom Nordpol durch die kalte Gegenströmung, die der amerikanischen Küste folgt. Hier häufen sich auch erratische Blöcke, die der Eisgang angeschwemmt hat. Hier haben Fische, Mollusken und Zoophyten zu Milliarden ein riesiges Beinhaus gebildet.

Das Meer ist bei der Neufundlandbank nicht sehr tief, höchstens einige hundert Faden. Aber gegen Süden fällt der Boden unvermittelt zu einem Loch von dreitausend Meter ab. Hier verbreitert sich der Gulf Stream. Er verliert etwas an Geschwindigkeit und Temperatur, dafür wird er zu einem Meer.

Unter den Fischen, die der *Nautilus* aufscheuchte, nenne ich den Seehasen, mit schwärzlichem Rücken, orange Bauch, ein von seinen Artgenossen wenig nachgeahmtes Muster an ehelicher Treue, einen großen Unernack, eine Art smaragdfarbiger Muräne von ausgezeichnetem Geschmack, Hundshaie, die ihren Namen durch die Ähnlichkeit ihres Kopfes mit dem eines Hundes verdienen, Schleimfische, eierlegend wie die Schlangen, zwei Dezimeter lange schwarze Gründlinge, silbern schimmernde Langschwänze, schnelle Fische, die sich weit in die Meere des hohen Nordens vorwagen.

In unseren Netzen fand sich auch ein kühner, kräftiger, am Kopf und den Flossen mit Stacheln bewaffneter Fisch, ein wahrer Skorpion von zwei bis drei Meter Länge, gieriger Feind der Schleimfische, Schellfische und Lachse: es war der Seeskorpion der nördlichen Meere, mit warzigem Leib, braun von Farbe, rot an den Flossen. Die Matrosen des *Nautilus* hatten einige Mühe, sich dieses Tieres zu bemächtigen, das dank der Bildung seiner Kiemendeckel seine Atmungsorgane vor der austrocknenden Berührung mit der Luft schützt und einige Zeit auf dem Trockenen leben kann.

Ich erwähne ferner die Steinbolke, kleine Fische, die in den nördlichen Meeren die Schiffe begleiten, Störe, heimisch im nördlichen Atlantik, Seekröten und Schellfische, darunter besonders den Kabeljau, der diese Gewässer allen andern vorzieht.

Man könnte sagen, diese Kabeljaue seien Bergfische, denn Neufundland ist nichts anderes als ein Berg unter Wasser. Während der *Nautilus* sich einen Weg bahnte durch ihre Phalanx, konnte sich Conseil einer Bemerkung nicht enthalten.

»Das sollen Kabeljaue sein?« sagte er, »aber ich glaubte doch, die Kabeljaue seien flach wie Klieschen oder Seezungen?«

»Du Naivling!« lachte ich. »Die Kabeljaue sind nur beim Fischhändler flach, wo sie aufgeschnitten und ausgebreitet angeboten werden. Im Wasser aber sind es spindelförmige Fische wie die Seebarben und schwimmen ganz normal.«

»Ich will es meinem Herrn glauben«, antwortete Conseil. »Was für ein Schwarm, was für ein Ameisenhaufen!«

»Oh, mein Freund, es wären ihrer noch viel mehr ohne ihre Feinde, die Seekröten und die Menschen! Weißt du, wie viele Eier man in einem einzigen Weibchen gezählt hat?«

»Hoch gegriffen fünftausend?« schätzte Conseil.

»Elf Millionen, mein Freund.«

»Elf Millionen! Das werde ich nie glauben, bis ich sie selbst gezählt habe!«

»So zähle sie, Conseil! Aber es geht schneller, wenn du mir einfach glaubst. Übrigens fischen die Franzosen, die Engländer, die Amerikaner, die Dänen, die Norweger den Kabeljau zu Tausenden. Er wird in riesigen Mengen verzehrt, und ohne die erstaunliche Fruchtbarkeit dieser Fische wären die Meere bald von ihm entvölkert. So werden allein in England und Amerika fünftausend Schiffe, bemannt mit fünfundsiebzigtausend Matrosen, für den Kabeljaufang eingesetzt. Jedes Schiff bringt durchschnittlich vierzigtausend Stück zurück, das macht fünfundzwanzig Millionen im ganzen. An den Küsten Norwegens verhält es sich nicht anders.«

»Gut«, antwortete Conseil, »ich verlasse mich auf meinen Herrn. Ich werde sie nicht zählen.«

»Was wirst du nicht zählen?«

»Die elf Millionen Eier. Aber eine Bemerkung möchte ich mir doch erlauben.«

»Welche?«

»Wenn aus allen diesen Eiern Fische auskriechen würden, würden vier Kabeljaue genügen, um ganz England, Amerika und Norwegen zu ernähren!«

Während wir dem Sockel der Neufundlandbank

entlangstrichen, sah ich deutlich diese langen Leinen, versehen mit zweihundert Angelhaken, die jedes Schiff zu Dutzenden auslegt. Jede Leine war an einem Ende beschwert mit einem kleinen Anker und wurde am andern an der Oberfläche gehalten mittels einer Korkboje, an der ein Tau befestigt war. Der *Nautilus* mußte sich geschickt durch dieses Netz unter Wasser winden.

Übrigens blieb er nicht lange in diesen belebten Gegenden. Er stieg gegen den 50. Breitengrad hinauf. Auf der Höhe von St. John's und von Heart's Content endet das Transatlantische Kabel.

Statt weiter nördlich zu fahren, nahm der *Nautilus* Kurs gegen Osten, als wollte er der Elektrisierscheibe folgen, auf der das Kabel aufliegt und deren vielfache Sondierungen das Profil des Meeresbodens mit äußerster Genauigkeit erstellt haben.

Am 17. Mai, in einer Entfernung von ungefähr fünfhundert Meilen von Heart's Content, bemerkte ich in zweitausendachthundert Meter Tiefe das Kabel auf dem Boden. Conseil, den ich nicht aufgeklärt hatte, hielt es zuerst für eine riesige Seeschlange und schickte sich an, sie nach seiner gewohnten Methode zu klassifizieren. Aber ich mußte den biederen Burschen enttäuschen, und um ihn zu trösten, erzählte ich ihm, wie dieses Kabel gelegt worden war.

Das erste Kabel wurde bereits 1857/58 gelegt; aber nachdem es ungefähr vierhundert Telegramme übermittelt hatte, hörte es auf zu funktionieren. 1863 konstruierten die Ingenieure ein neues Kabel von dreitausendvierhundert Kilometer Länge und viertausendfünfhundert Tonnen Gewicht, das auf die *Great-Eastern* geladen wurde. Auch dieser Versuch scheiterte.

Am 25. Mai befand sich der *Nautilus* in 3836 Meter Tiefe genau an der Stelle, wo das Kabel brach und das Unterfangen damit zunichte machte. Es war sechshundertachtunddreißig Meilen von der irischen Küste entfernt. Um zwei Uhr nachmittags merkte man, daß die Verbindung mit Europa unterbrochen war. Die Bordelektriker beschlossen, das Kabel zu durchschneiden, bevor es aufgefischt wurde, und um elf Uhr abends hatten sie den havarierten Teil geborgen. Man flickte das Kabel und versenkte es wieder. Aber einige Tage später brach es erneut und konnte nicht mehr aus der Tiefe geborgen werden.

Die Amerikaner ließen sich nicht entmutigen. Der unternehmungslustige Cyrus Field, der Schöpfer des Werkes, der sein ganzes Geld in die Sache gesteckt hatte, veranlaßte eine neue Subskription. Sie war binnen kurzem überzeichnet. Ein neues Kabel wurde unter besseren Bedingungen gelegt. Das Kabel, isoliert durch einen Guttaperchaüberzug, war geschützt durch eine dicke Schicht Textilgewebe, und das Ganze wurde von einem Metallmantel umschlossen. Die *Great-Eastern* stach am 13. Juli 1866 erneut in See.

Alles ging gut. Ein einziger Zwischenfall ereignete sich: Mehrmals hatten die Elektriker beim Abrollen des Kabels bemerkt, daß vor kurzem Nägel hineingeschlagen worden waren, um die Kabelseele zu beschädigen. Kapitän Anderson, seine Offiziere und seine Ingenieure beratschlagten, was dagegen zu tun sei, und ließen eine Bekanntmachung des Inhalts anschlagen, wenn der Schuldige an Bord erwischt werde, werde er ohne Aburteilung ins Meer geworfen. Von da an wiederholte sich der verbrecherische Versuch nicht mehr.

Am 23. Juli, die *Great-Eastern* war nur noch achthundert Kilometer von Neufundland entfernt, kam von Irland das Telegramm mit der Nachricht vom Waffenstillstand, den Preußen und Österreich nach der Schlacht von Sadowa geschlossen hatten. Am 27. lief das Schiff in dichtem Nebel in den Hafen von Heart's Content ein. Das Unternehmen war glücklich beendet, und mit seiner ersten Depesche richtete das junge Amerika an das alte Europa diese weisen, so selten verstandenen Worte: »Ehre sei Gott in der Höhe, und Friede den Menschen auf Erden, die guten Willens sind.«

Ich erwartete nicht, das elektrische Kabel in seinem ursprünglichen Zustand vorzufinden, wie es die Fabrik verlassen hatte. Die lange Schlange, bedeckt von Muschelgehäusen, gespickt mit niederen Molluskenarten, war in einer steinartigen Kruste eingebettet, die sie schützte. Die Wasserbewegungen konnten ihr nichts anhaben, und der Druck war günstig für die Übermittlung des Impulses, der von Amerika in zweiunddreißig Hundertstel Sekunden nach Europa gelangt. Die Lebensdauer dieses Kabels wird zweifellos unbeschränkt sein, denn man hat festgestellt, daß die Guttaperchahülle im Meerwasser besser wird.

Außerdem liegt das Kabel auf diesem so glücklich gewählten Plateau nirgends in solchen Tiefen, daß es brechen könnte. Der *Nautilus* folgte ihm bis zu seiner tiefsten Stelle, die bei 4431 Meter liegt, und auch dort lag es noch völlig glatt. Dann näherten wir uns dem Ort, wo es 1863 gebrochen war.

Der Meeresboden bildete hier ein hundertzwanzig Kilometer breites Tal, in das man den Montblanc hätte stellen können, ohne daß sein Gipfel aus den Wellen geragt hätte. Dieses Tal ist im Osten von einer senkrechten Mauer von zweitausend Meter begrenzt. Wir langten hier am 28. Mai an, und der *Nautilus* war nur noch hundertfünfzig Kilometer von Irland entfernt.

Würde Kapitän Nemo auf die britischen Inseln zuhalten? Nein. Zu meiner großen Überraschung nahm er Kurs nach Süden und kam in die europäischen Gewässer zurück. Als wir die grüne Insel umfuhren, sah ich einen Augenblick Kap Clear und das Licht von Fastnet, das Tausenden von Schiffen aus Glasgow oder Liverpool leuchtet.

Eine wichtige Frage beschäftigte meinen Geist:

Würde es der *Nautilus* wagen, in den Ärmelkanal einzulaufen? Ned Land, der sich wieder blicken ließ, seit wir uns dem Land näherten, stellte mir diese Frage unaufhörlich. Was sollte ich ihm antworten? Kapitän Nemo blieb unsichtbar. Nachdem er den Kanadier die Gestade Amerikas hatte von weitem sehen lassen, würde er mir jetzt die Küsten Frankreichs zeigen?

Indessen fuhr der *Nautilus* unentwegt nach Süden. Am 30. Mai passierten wir in Sichtweite Land's End, zwischen dem äußersten Punkt Englands und den Scilly-Inseln, die er steuerbord liegenließ. Wenn er in den Ärmelkanal wollte, mußte er Ostkurs halten. Er tat es nicht.

Während des ganzen Tages des 31. Mai beschrieb der *Nautilus* eine Reihe von Kreisen auf dem Meer, und meine Neugierde wurde aufs äußerste gereizt. Er schien eine Stelle zu suchen, die zu finden ihm Mühe machte. Am Mittag kam Kapitän Nemo, um selbst die Position zu bestimmen. Er sprach nicht mit mir. Er schien mir finsterer als je. Was konnte ihn dermaßen betrüben? War es die Nähe der europäischen Ufer? Gab er sich Erinnerungen an die Heimat hin, die er verlassen hatte? Was verspürte er? Gewissensbisse oder Bedauern? Lange beschäftigte diese Frage meinen Geist, und ich hatte eine Vorahnung, daß der Zufall in kurzem die Geheimnisse des Kapitäns lüften werde.

Am nächsten Tag, dem 1. Juni, verhielt sich der *Nautilus* gleich. Es war offenkundig, daß er einen bestimmten Punkt des Ozeans wiederzuerkennen versuchte. Kapitän Nemo kam den Sonnenstand messen, wie er es tags zuvor getan hatte. Das Meer war ruhig, der Himmel klar. Im Osten, in einer Entfernung von acht Meilen, zeichnete sich ein großer Dampfer am Horizont ab. Er hatte keine Flagge gehißt, und ich konnte seine Nationalität nicht ausmachen.

Einige Minuten, bevor die Sonne im Zenit stand, nahm Kapitän Nemo seinen Sextanten und visierte mit äußerster Genauigkeit. Die ruhige See erleichterte die Beobachtung. Der *Nautilus* lag unbeweglich, er rollte und stampfte nicht.

Ich war in diesem Augenblick auf der Plattform. Als er die Positionsbestimmung beendigt hatte, sagte der Kapitän nur drei Worte:

»Hier ist es!«

Er stieg durch die Luke hinunter. Hatte er das Schiff gesehen, das seinen Kurs geändert hatte und auf uns zuzukommen schien? Ich wußte es nicht.

Ich ging in den Salon zurück. Die Läden schlossen sich, und ich hörte das Wasser in die Tanks einfließen. Der *Nautilus* begann zu sinken, er sank lotrecht, denn sein Propeller drehte sich nicht.

Einige Minuten später setzte er in einer Tiefe von achthundertdreiunddreißig Meter auf dem Grund auf.

Die Leuchtdecke des Salons erlosch, die Läden öffneten sich, und durch die Scheiben sah ich das

Meer, das in einem Umkreis von einer halben Meile von unserer Schiffslaterne erleuchtet war. Backbord gewahrte ich nichts als Wasser.

Steuerbord zeichnete sich eine starke Aufschwellung ab, die meine Aufmerksamkeit erregte. Man hätte sie für Ruinen halten können, die unter einer Kruste von weißlichen Muschelschalen begraben waren wie unter einem Mantel von Schnee. Als ich die Masse aufmerksam musterte, glaubte ich in groben Zügen die Umrisse eines Schiffes ohne Masten zu erkennen, daß kielvoran untergegangen war. Das Unglück lag sicher lange zurück. Um von einer solchen Kalkkruste überzogen zu sein, mußte das Wrack viele Jahre auf dem Grund des Meeres gelegen haben.

Was war es für ein Schiff? Warum besuchte der *Nautilus* sein Grab? War das Schiff vielleicht nicht in einem Schiffbruch untergegangen?

Ich wußte nicht, was denken, als ich plötzlich neben mir die Stimme Kapitän Nemos vernahm, der langsam sagte:

»Dieses Schiff hieß einst *Marseillais.* Sie trug vierundsiebzig Geschütze und wurde 1762 von Stapel gelassen. Am 13. August 1778, unter dem Kommando von La Poype-Vertrieux, schlug sie sich wacker mit der *Preston.* Am 4. Juli 1779 nahm sie im Geschwader des Admirals d'Estaing an der Einnahme von Granada teil. Am 5. September 1781 beteiligte sie sich am Kampf des Grafen Grasse in der Bucht von Chesapeake. 1794 änderte die Französische Republik ihren Namen. Am 16. April desselben Jahres kam sie in Brest zum Geschwader von Villaret-Joyeuse, das den Auftrag hatte, einer Weizenflotte sicheres Geleit zu geben, die von Amerika kam und unter dem Kom-

mando von Admiral van Stabel stand. Am 11. und 12. Prairial des Jahres II geriet dieses Geschwader mit englischen Schiffen aneinander. Mein Herr, heute haben wir den 13. Prairial, den 1. Juni 1868. Es sind auf den Tag vierundsiebzig Jahre her, daß dieses Schiff, hier an dieser Stelle, auf 47°24′ Breite und 17°28′ Länge, nach heldenhaftem Kampf, nach Verlust seiner drei Masten und nachdem Wasser in seine Kammern eingedrungen und ein Drittel seiner Mannschaft kampfunfähig war, es vorzog, sich mit seinen dreihundertsechsundfünfzig Matrosen selbst zu versenken statt sich zu ergeben, und mit ans Deck genagelter Trikolore in den Fluten verschwand unter dem Ruf: »Es lebe die Republik!«

»Die *Vengeur*!« rief ich.

»Ja, mein Herr! Die *Vengeur*! Der ›Rächer‹! Ein schöner Name!« murmelte Kapitän Nemo und kreuzte die Arme auf der Brust.

EINUNDZWANZIGSTES KAPITEL

DAS SÜHNOPFER

Erst diese Art zu sprechen, diese unerwartete Szenerie, diese Geschichte des heldenmütigen Schiffes, dann die gestaute Erregung, mit der der seltsame Mann die letzten Worte gesprochen hatte, nämlich den Namen *Vengeur*, dessen Bedeutung mir nicht entgehen konnte – all das befremdete mich. Meine Blicke wichen nicht vom Kapitän, indes er, die Hände gegen das Meer ausgestreckt, mit glühendem Blick das glorreiche Wrack betrachtete. Vielleicht sollte ich niemals erfahren, wer er war, woher er kam und wohin er ging, aber immer mehr trat für mich der Gelehrte hinter dem Menschen zurück. Ich begriff, daß nicht ein allgemeiner Menschenhaß Kapitän Nemo und seine Gefährten in den *Nautilus* getrieben hatte, sondern ein gezielter tödlicher oder erhabener Haß, den die Zeit nicht hatte schwächen können.

Ging dieser Haß noch auf Rache aus? Die Zukunft sollte es mich bald lehren.

Der *Nautilus* stieg langsam gegen die Oberfläche auf, und ich sah die vagen Umrisse der *Vengeur* allmählich verschwinden. Bald bewies mir ein leichtes Schwanken, daß wir auf den Wellen schwammen.

In diesem Augenblick ertönte eine dumpfe Detonation. Ich schaute den Kapitän an. Er rührte sich nicht.

»Kapitän?« sagte ich.

Er gab keine Antwort.

Ich verließ ihn und stieg auf die Plattform. Conseil und der Kanadier waren bereits da.

»Was für eine Detonation war das?« fragte ich.

»Ein Kanonenschuß«, antwortete Ned Land.

Ich schaute in die Richtung des Schiffes, das ich bemerkt hatte. Es hatte sich dem *Nautilus* genähert und hielt mit vollen Segeln auf uns zu. Sechs Meilen trennten uns noch von ihm.

»Was ist das für ein Schiff, Ned?«

»Nach der Takelage und den Masten zu schließen«, antwortete der Kanadier, »würde ich wetten, es sei ein Kriegsschiff. Ach, wenn es uns nur rammen und diesen verdammten *Nautilus* versenken würde!«

»Freund Ned«, versetzte Conseil, »was kann es dem *Nautilus* schon anhaben? Wird es ihn unter Wasser angreifen? Wird es ihn in der Tiefe des Meeres unter Beschuß nehmen?«

»Sagen Sie mir, Ned«, fragte ich, »können Sie die Nationalität dieses Schiffes erkennen?«

Der Kanadier zog die Brauen zusammen, kniff die Augen halb zu und fixierte das Schiff eine Weile lang scharf.

»Nein, mein Herr«, antwortete Ned. »Ich kann nicht feststellen, welcher Nation es angehört. Es trägt keine Flagge. Aber ich kann mit Sicherheit sagen, daß es ein Kriegsschiff ist, denn an der Spitze der Marsstange trägt es einen langen Wimpel.«

Eine Viertelstunde lang beobachteten wir das Schiff, das auf uns zuhielt. Ich glaubte indes nicht, daß es den *Nautilus* auf diese Entfernung erkannte, und noch weniger, daß es wußte, was dieses Ding überhaupt war.

Bald teilte mir der Kanadier mit, das Schiff sei ein großes Kriegsschiff mit Rammsporn, ein gepanzerter Zweidecker. Dicker Rauch entquoll seinen beiden Schloten, die gerefften Segel überschnitten sich mit den Umrissen der Rahen. Die Gaffel trug keine Flagge. Wegen der Entfernung konnten wir die Farben des Wimpels noch nicht erkennen, der wie ein schmales Band in der Luft flatterte.

Das Schiff näherte sich schnell. Wenn Kapitän Nemo es nahe genug kommen ließ, bot sich uns eine Möglichkeit zur Flucht.

»Mein Herr«, sagte Ned Land zu mir, »wenn dieses Schiff eine Meile von uns vorüber fährt, werfe ich mich ins Meer, und ich fordere Sie auf, es mir gleichzutun.«

Ich erwiderte nichts auf den Vorschlag des Kanadiers, sondern fuhr fort, das Schiff zu betrachten, das mit dem Näherkommen immer größer wurde. Ob es nun ein englisches, französisches, amerikanisches oder russisches war, sicher war, daß es uns aufnehmen werde, wenn wir es schwimmend erreichten.

»Mein Herr wird sich gewiß erinnern«, sagte Conseil, »daß wir einige Erfahrung im Schwimmen haben. Er kann sich darauf verlassen, daß ich ihn ins Schlepptau nehme, wenn es ihm gefällt, Freund Ned zu folgen.«

Ich wollte gerade etwas erwidern, als eine weiße Dampfwolke am Vorderteil des Kriegsschiffes aufstieg. Einige Sekunden später fiel etwas Schweres hinter dem *Nautilus* ins Wasser, so daß es hoch aufspritzte. Wieder hörte ich eine Detonation.

»Wie? Sie schießen ja auf uns!« rief ich fassungslos.

»Brave Leute!« murmelte der Kanadier.

»Dann halten sie uns also nicht für Schiffbrüchige, die sich an ein Wrack klammern!«

»Wenn mein Herr nichts dagegen hat ... – schon gut«, brummte Conseil und schüttelte das Wasser ab, das eine weitere Kugel an ihm hatte aufspritzen lassen –, »wenn mein Herr nichts dagegen hat: Sie haben den Narwal erkannt und beschießen ihn.«

»Aber sie müssen doch sehen«, entrüstete ich mich, »daß sie es mit Menschen zu tun haben!«

»Vielleicht gerade darum!« antwortete Ned Land und schaute mich an.

Plötzlich begriff ich alles. Zweifellos wußte man inzwischen genau, was von dem angeblichen Ungeheuer zu halten war. Beim Zusammenstoß mit der *Abraham Lincoln*, als der Kanadier den *Nautilus* mit der Harpune angriff, mußte Kapitän Farragut erkannt haben, daß der Narwal in Wirklichkeit ein Unterseeboot war, gefährlicher auch als der größte Wal!

Ja, so mußte es sein, und sicher machte man jetzt auf allen Meeren Jagd nach diesem schrecklichen Zerstörer!

Schrecklich in der Tat, wenn, wie man annehmen konnte, Kapitän Nemo den *Nautilus* zu seinem Rachewerk benutzte! In jener Nacht, mitten im Indischen Ozean, als er uns einschloß, hatte er da nicht irgendein Schiff angegriffen? War der Mann, der jetzt im Korallenfriedhof begraben lag, nicht einem Zusammenstoß, den der *Nautilus* provoziert hatte, zum Opfer gefallen? Ja, ich wiederhole es, es mußte so sein. Ein Teil des geheimnisvollen Daseins des Kapitän Nemo begann sich zu enthüllen. Und wenn auch seine Identität noch nicht bekannt war, jagten doch die gegen ihn verbündeten Nationen jetzt nicht mehr ein Fabelwesen, sondern einen Mann, der ihnen unversöhnlichen Haß geschworen hatte!

Die ganze furchtbare Vergangenheit trat mir vor Augen. Wir würden auf diesem Schiff, das sich näherte, keine Freunde finden, sondern nur unbarmherzige Feinde.

Indessen schlugen immer mehr Kugeln rund um uns ein. Manche, die auf die flüssige Oberfläche aufschlugen, prallten davon ab und verloren sich in der Ferne. Keine aber traf den *Nautilus*.

Das Panzerschiff war nur noch drei Meilen entfernt. Trotz der heftigen Kanonade erschien Kapitän Nemo nicht auf der Plattform. Und doch hätte ihm eine dieser konischen Kugeln, die auf den Rumpf des *Nautilus* schlugen, den Tod bringen können.

Der Kanadier sagte plötzlich zu mir:

»Mein Herr, wir müssen alles versuchen, um uns aus dieser üblen Sache zu ziehen. Geben wir Signale! Vielleicht wird man doch verstehen, daß wir anständige Leute sind!«

Er zog sein Taschentuch hervor, um es in der Luft zu schwenken. Doch kaum hatte er es entfaltet, wurde er auch schon von einer Eisenfaust

gepackt und trotz seiner Körperstärke zu Boden geschleudert.

»Elender«, rief der Kapitän mit Donnerstimme, »willst du denn, daß ich dich an den Bug des *Nautilus* nagle, bevor er sich auf dieses Schiff stürzt!«

Schrecklich anzuhören war Kapitän Nemo, doch noch schrecklicher anzusehen. Sein Gesicht war erbleicht, sein Herzschlag mußte ausgesetzt haben. Seine Pupillen hatten sich völlig verengt. Er sprach nicht, er brüllte. Vornübergebeugt hatte er seine Hand in die Schulter des Kanadiers gekrallt.

Dann ließ er ihn los und wandte sich gegen das Kriegsschiff, dessen Kugeln ihn umpfiffen:

»Ah! Du weißt, wer ich bin, Schiff einer verfluchten Nation!« rief er mit mächtiger Stimme. »Ich brauchte deine Flagge nicht zu sehen, um dich zu erkennen! Sieh! Ich werde dir die meine zeigen!«

Und Kapitän Nemo entfaltete auf dem Vorderteil der Plattform eine schwarze Fahne, jener gleich, die er am Südpol aufgepflanzt hatte.

In diesem Augenblick traf eine Kugel seitlich den Rumpf des *Nautilus*, ohne ihn zu beschädigen, prallte ab, streifte beinahe den Kapitän und fiel ins Meer.

Kapitän Nemo zuckte nur die Achseln. Dann wandte er sich an mich:

»Gehen Sie hinunter«, sagte er kurz angebunden zu mir, »steigen Sie hinunter, Sie und Ihre Gefährten.«

»Mein Herr«, rief ich aus, »werden Sie denn dieses Schiff angreifen?«

»Ich werde es versenken, mein Herr!«

»Das werden Sie nicht tun!«

»Ich werde es tun«, versetzte Kapitän Nemo kalt. »Maßen Sie sich kein Urteil über mich an, mein Herr. Ein Mißgeschick wollte es, daß Sie das sehen, was Sie nicht sehen sollten. Der Angriff ist erfolgt, die Vergeltung wird furchtbar sein. Gehen Sie hinunter!«

»Was für ein Schiff ist es?«

»Sie wissen es nicht? Nun, um so besser! Wenigstens seine Nationalität wird Ihnen verborgen bleiben. Steigen Sie hinunter.«

Es blieb uns nichts anderes übrig als zu gehorchen. Ungefähr fünfzehn Matrosen des *Nautilus* umringten den Kapitän und betrachteten mit Erbitterung und Haß das Schiff, das auf sie zufuhr. Man spürte, daß Rachedurst alle diese Seelen erfüllte.

Ich stieg durch die Luke im Augenblick, als wieder ein Geschoß den Rumpf des *Nautilus* traf, und ich hörte, wie der Kapitän rief:

»Schlag zu, Wahnsinniger! Spare deine Kugeln nicht – sie helfen dir nichts! Du wirst dem *Nautilus* nicht entgehen! Aber nicht an diesem Platze sollst du dein Ende finden! Ich will nicht, daß deine Trümmer sich mit denen der *Vengeur* vermischen!«

Ich ging auf mein Zimmer. Der Kapitän und sein Erster Offizier waren auf der Plattform geblieben. Die Schraube begann sich zu drehen. Der *Nautilus* befand sich binnen kurzem außer Reichweite der Geschosse des Kriegsschiffs. Aber dieses folgte ihm, und Kapitän Nemo begnügte sich damit, einen gewissen Abstand zu halten.

Gegen vier Uhr nachmittags konnte ich meine Ungeduld und Unruhe nicht mehr unterdrücken und ging zur Mitteltreppe. Die Luke war offen. Ich wagte mich auf die Plattform. Der Kapitän ging immer noch erregt auf und ab. Er fixierte das Schiff, das sich fünf oder sechs Meilen westlich von ihm hielt. Er umkreiste es wie ein wildes Tier und reizte es zur Verfolgung, es gegen Osten lockend. Doch er griff es nicht an. Warum zögerte er noch?

Ich wollte mich ein letztes Mal ins Mittel legen. Aber kaum hatte ich Kapitän Nemo angesprochen, als er mir auch schon Schweigen gebot.

»Ich bin das Recht, ich bin die Gerechtigkeit!« beschied er mich. »Ich bin der Unterdrückte, dort ist der Unterdrücker! Durch ihn habe ich alles verloren, was ich liebte – Heimat, Gattin, Kinder, meinen Vater, meine Mutter, alles! Alles, was ich hasse, ist in ihm verkörpert! Schweigen Sie!«

Ich warf einen letzten Blick auf das Kriegsschiff, das mit Volldampf fuhr. Dann kehrte ich zu Ned und Conseil zurück.

»Wir werden fliehen!« sagte ich entschlossen.

»Gut«, nickte Ned. »Was für ein Schiff ist es?«

»Ich weiß es nicht. Aber woher immer es kommt, es wird untergehen, bevor es Nacht wird. Auf jeden Fall ist es besser, mit ihm zu verderben, als zum Komplicen einer Vergeltung zu werden, deren Berechtigung wir nicht abschätzen können.«

»Dieser Meinung bin ich auch«, antwortete Ned Land kühl, »warten wir die Nacht ab.«

Die Nacht brach ein. Tiefe Stille herrschte an Bord. Der Kompaß zeigte, daß der *Nautilus* seinen Kurs nicht geändert hatte. Ich hörte das Schwirren seiner Schraube, die das Wasser schnell und regelmäßig schlug. Wir fuhren über Wasser.

Meine Gefährten und ich hatten beschlossen zu fliehen, wenn das Schiff nahe genug gekommen war, daß man uns entweder hören oder sehen konnte, denn der Mond sollte in drei Tagen voll sein und schien hell. Einmal an Bord dieses Schiffes würden wir, wenn wir auch den Schlag, der es bedrohte, nicht abwenden konnten, mindestens alles tun, was zu versuchen uns die Umstände erlaubten. Mehrmals glaubte ich, der *Nautilus* schicke sich zum Angriff an. Aber er begnügte sich damit, seinen Gegner näher kommen zu lassen, und dann nahm er seine scheinbare Flucht wieder auf.

Ein Teil der Nacht verstrich ohne Zwischenfall. Wir lauerten auf die Gelegenheit zum Handeln. Wir sprachen wenig, wir waren zu erregt. Ned Land wäre am liebsten gleich ins Meer gesprungen. Ich hielt ihn zurück. Ich glaubte, der *Nautilus* würde den Zweidecker über Wasser angreifen, und dann wäre es nicht nur möglich, sondern sogar leicht, zu entfliehen.

Um drei Uhr früh trieb mich meine Unruhe auf die Plattform. Kapitän Nemo hatte sie nicht verlassen. Er stand aufrecht auf dem Bug, nahe seiner

Flagge, die in einer leichten Brise über seinem Haupte flatterte. Er ließ kein Auge von dem feindlichen Schiff. Sein durchdringender Blick schien es anzuziehen, zu behexen, es ins Schlepptau zu nehmen.

Der Mond passierte den Meridian. Im Osten erhob sich Jupiter. In dieser friedlichen Natur wetteiferten der Himmel und das Meer an Ruhe, und das Wasser bot dem nächtlichen Gestirn den schönsten Spiegel, der je sein Bild zurückgeworfen hatte.

Wenn ich an diese tiefe Ruhe der Elemente dachte und sie mit dem Haß verglich, der in den Flanken des *Nautilus* glomm, schauderte ich bis ins Herz hinein.

Das Schiff war zwei Meilen hinter uns. Es hatte sich genähert, immer dem phosphoreszierenden Schein folgend, der die Anwesenheit des *Nautilus* verriet. Ich sah seine Positionslichter, grün und rot, und das weiße Licht seiner am Fockmast hängenden Laterne. Ein vager Widerschein beleuchtete sein Takelwerk und zeigte an, daß die Heizer ununterbrochen schaufelten; Funkengarben und glühende Schlacke flogen aus den Schloten und versprühten in der Luft.

Ich blieb auf der Plattform bis sechs Uhr, ohne daß Kapitän Nemo mich zu bemerken schien. Das Schiff blieb uns im Abstand von anderthalb Meilen auf den Fersen, und mit dem ersten Tageslicht setzte das Geschützfeuer wieder ein. Der Augenblick konnte nicht mehr ferne sein, wo der *Nautilus* seinen Gegner angriff und meine Gefährten und ich diesen Mann, den ich nicht zu beurteilen wagte, für immer verließen.

Ich schickte mich an hinunterzugehen, um ihnen

Bescheid zu machen, als der Erste Offizier auf die Plattform stieg. Er war begleitet von mehreren Matrosen. Kapitän Nemo sah sie nicht oder wollte sie nicht sehen. Gewisse Anordnungen wurden getroffen, die man das ›Klar zum Gefecht!‹ des *Nautilus* hätte nennen können. Sie waren sehr einfach. Das Seil, das ein Geländer um die Plattform bildete, wurde herabgelassen. Der Radkasten und die Schiffslaterne wurden ebenfalls in den Rumpf versenkt, so daß sie ihn kaum mehr überragten. Die Oberfläche der langen Eisenzigarre bot keinen einzigen Vorsprung mehr, der ihre Fahrt behindern konnte.

Ich ging in den Salon zurück. Der *Nautilus* blieb an der Oberfläche. Das Morgenlicht drang durch die oberen Schichten des Wassers. Die Scheiben röteten sich vom Glanze der aufgehenden Sonne. Der furchtbare Tag des 2. Juni brach an.

Um sieben Uhr stellte ich am Log fest, daß der *Nautilus* seine Geschwindigkeit mäßigte. Übrigens hörte man nun auch die Detonationen besser. Die Kugeln rissen das Wasser auf und sausten pfeifend über Deck.

»Meine Freunde«, sagte ich feierlich, »der Augenblick ist gekommen. Reichen wir uns die Hand und möge Gott uns schützen!«

Ned Land war entschlossen, Conseil ruhig, ich selbst war nervös und beherrschte mich mit Mühe.

Wir gingen durch die Bibliothek. Im Augenblick, als ich die Tür zur Mitteltreppe aufstieß, hörte ich, wie die Ausstiegluke brüsk geschlossen wurde.

Der Kanadier stürzte zur Treppe, aber ich hielt ihn zurück. Ein Brausen, das ich gut kannte, belehrte mich, daß das Wasser in die Tanks einschoß. Und in der Tat, binnen weniger Augenblicke sank der *Nautilus* einige Meter unter die Fluten.

Ich begriff das Manöver. Es war zu spät zum Handeln. Der *Nautilus* dachte nicht daran, den Zweidecker in seiner undurchdringlichen Panzerung über Wasser anzugreifen, er würde ihn unter der Wasserlinie angreifen, dort, wo der Metallschild das Schiff nicht mehr schützte.

Wir waren von neuem gefangen, waren gezwungen, Zeuge des düsteren Dramas zu sein, das anhub. Übrigens blieb uns kaum Zeit zum Überlegen. Wir flüchteten in mein Zimmer und schauten einander wortlos an. Ich war wie betäubt, ich konnte nicht mehr denken. Ich befand mich in dem schrecklichen Zustand, der der Erwartung einer entsetzlichen Entladung vorausgeht. Ich wartete, ich lauschte, wie versteinert stand ich da.

Der *Nautilus* hatte seine Geschwindigkeit merklich erhöht. So nahm er seinen Anlauf. Sein ganzer Rumpf zitterte.

Plötzlich stieß ich einen Schrei aus. Es erfolgte ein Stoß, aber er war verhältnismäßig leicht. Ich spürte die Durchschlagskraft des eisernen Schiffsschnabels. Ich hörte Kratzen und Scharren. Doch der *Nautilus*, mitgerissen von seiner Stoßkraft, drang durch die Masse des Schiffes wie die Nadel des Segelmachers durch die Leinwand!

Ich konnte nicht mehr an mich halten. Wie wahnsinnig stürzte ich aus dem Zimmer und in den Salon.

Kapitän Nemo war dort. Stumm, finster, unversöhnlich blickte er durch die Backbordluke.

Eine gewaltige Masse schwankte durch die Wasser, und um ihren Todeskampf voll auszukosten, stieg der *Nautilus* mit ihr in den Abgrund. Zehn Meter von mir entfernt sah ich den aufgerissenen Rumpf, in den sich das Wasser mit Donnergetöse ergoß, dann die doppelte Reihe der Geschütze und die Schanzdecken. Auf dem Deck sah ich schwarze Schatten wimmeln, die sich bewegten.

Das Wasser stieg. Die Unglücklichen stürzten sich in die Wanten, klammerten sich an die Masten, wanden sich im Wasser. Es war ein menschlicher Ameisenhaufen, überrascht von einer Sturzflut!

Gelähmt, erstarrt vor Todesangst, mit gesträubtem Haar und aufgerissenen Augen, mit stockendem Atem und versagender Stimme schaute ich zu, auch ich! Eine unwiderstehliche Anziehungskraft bannte mich ans Fenster!

Das riesige Schiff versank langsam. Der *Nautilus* folgte ihm und belauerte jede seiner Bewegungen. Plötzlich erfolgte eine Explosion. Die komprimierte Luft ließ die Decks bersten, als wäre in den Kammern Feuer ausgebrochen. Der Druck des

Wassers war so groß, daß der *Nautilus* abgedrängt wurde.

Nun sank das unselige Schiff schnell. Seine Mastkörbe, gedrängt voll Menschen, erschienen, dann die Querstangen der Rahen, die sich unter dem Gewicht der Menschentrauben beugten, schließlich die Spitze des Fockmasts. Dann verschwand die dunkle Masse in einem riesigen Wirbel, und mit ihr wurde ihre Besatzung in den Tod gerissen ...

Ich wandte mich Kapitän Nemo zu. Dieser furchtbare Rächer, ein wahrer Erzengel des Hasses, blickte immer noch starr durch das Fenster. Als alles vorbei war, drehte sich Kapitän Nemo um und ging in sein Zimmer. Ich folgte ihm mit den Blicken.

An der Wand, unter den Bildern seiner Helden, sah ich das Porträt einer noch jungen Frau und zwei kleiner Kinder. Kapitän Nemo schaute sie an, streckte die Arme nach ihnen aus, sank in die Knie und schluchzte ...

ZWEIUNDZWANZIGSTES KAPITEL

DIE LETZTEN WORTE KAPITÄN NEMOS

Die Läden schlossen sich über dem entsetzlichen Bild, aber das Licht im Salon ging nicht wieder an. Im Innern des *Nautilus* herrschten Finsternis und Schweigen. Er verließ diesen Ort der Trostlosigkeit, hundert Fuß unter dem Wasser, mit voller

Geschwindigkeit. Wohin fuhr er? Nach Nord oder nach Süd? Wohin floh dieser Mann nach dieser entsetzlichen Vergeltung?

Ich kehrte in mein Zimmer zurück, wo Ned und Conseil schweigend verharrten. Ich empfand ein unüberwindliches Grauen vor Kapitän Nemo. Was immer er von den Menschen gelitten hatte, er hatte nicht das Recht, sie so zu strafen! Er hatte mich wenn nicht zum Komplicen so doch mindestens zum Zeugen seiner Rache gemacht! Schon das war zuviel.

Um elf Uhr ging das elektrische Licht wieder an. Ich begab mich in den Salon. Er war leer. Ich konsultierte die verschiedenen Instrumente. Der *Nautilus* hielt nach Norden mit einer Geschwindigkeit von fünfundzwanzig Meilen die Stunde, bald an der Oberfläche des Meeres, bald dreißig Fuß darunter.

Aus der Positionseintragung auf der Karte ersah ich, daß wir den Ärmelkanal hinter uns ließen und mit erstaunlicher Schnelligkeit den nördlichen Meeren entgegen fuhren.

Bei der schnellen Fahrt erhaschte ich kaum einen Blick auf die langnäsigen Haie, die Hammerhaie, Hundshaie, die diese Gewässer heimsuchen, Adlerfische, Schwärme von Seepferdchen, die den Springern im Schach gleichen, Aale, sich bewegend wie die Brillantschwärmer eines Feuerwerks, Armeen von Krabben, die im Schräggang flüchteten, schließlich Scharen von Delphinen, die an Schnelligkeit mit dem *Nautilus* wetteiferten. Aber zum Beobachten, Studieren, Klassifizieren blieb keine Zeit.

Am Abend waren wir bereits zweihundert Meilen tief im Atlantik. Die Nacht brach herein, und das Meer hüllte sich in Dunkelheit bis zum Aufgang des Monds.

Ich ging zu Bett, doch ich konnte nicht einschlafen. Alpträume quälten mich. Das entsetzliche Bild der Zerstörung stand vor meinem geistigen Auge.

Wer konnte von nun an sagen, wie weit uns der *Nautilus* ins Becken des Nordatlantik führte? Und immer mit unerhörter Geschwindigkeit! Immer mitten in den Nebeln des Nordens! Fuhr er nach Spitzbergen oder nach Nowaja Semlja? Verirrte er sich in unbekannte Meere, ins Weiße Meer, in die Kara-See, in die Ob-Bucht, den Archipel von Franz-Joseph-Land und an die unbekannten Küsten Asiens? Ich wußte es nicht zu sagen. Ich konnte die Zeit nicht mehr abschätzen, die verstrich. Die Uhren an Bord standen still. Es schien, als ob Tag und Nacht, wie in den Polgegenden, nicht mehr ihrem geregelten Ablauf folgten. Ich fühlte mich ins Reich des Übernatürlichen versetzt, wo die überhitzte Phantasie Edgar Allan Poes zuhause war. Jeden Augenblick erwartete ich, wie Gordon Pym, »diese verhüllte menschliche Gestalt« zu sehen, »größer als jeder Sterbliche, quer über diesen Katarakt geworfen, der den Zugang zum Pol verteidigt«.

Ich schätze – aber ich täusche mich vielleicht –, ich schätze, daß diese verwegene Fahrt des *Nautilus* zwei oder drei Wochen dauerte, und ich weiß nicht, wie lange sie gedauert hätte ohne die Katastrophe, die ihr ein Ende setzte. Kapitän Nemo zeigte sich nicht mehr. Ebensowenig sein Erster Offizier. Nie sahen wir auch nur einen Mann der Besatzung. Der *Nautilus* fuhr fast ständig unter Wasser. Wenn er aufstieg, um die Luft zu erneuern, öffneten oder schlossen sich die Läden automatisch. Auf der Karte war die Position nicht mehr eingetragen. Ich wußte nicht, wo wir waren.

Ich muß auch sagen, daß der Kanadier, am Ende seiner Kraft und seiner Geduld, nicht mehr erschien. Conseil konnte ihm kein einziges Wort entlocken und fürchtete, daß er in einem Anfall von Raserei und übermächtiger Sehnsucht Selbstmord begehen könnte. Er überwachte ihn daher unablässig und voller Ergebenheit.

Man begreift, daß unter diesen Umständen die Situation unhaltbar wurde.

Eines Morgens – an welchem Datum, wüßte ich nicht zu sagen – war ich gegen Tagesanbruch eingeschlummert. Ich schlief schlecht und träumte. Als ich erwachte, erblickte ich Ned Land, der sich über mich beugte, und hörte ihn mit leiser Stimme sagen:

»Wir werden fliehen!«

Ich richtete mich auf.

»Wann fliehen wir?« fragte ich.

»Heute nacht. Es scheint keine Überwachung mehr zu geben an Bord des *Nautilus*. Alles scheint gelähmt und erstarrt hier. Sind Sie bereit zur Flucht, mein Herr?«

»Ja! Wo sind wir?«

»In Sichtweite von Land, ich habe es heute morgen durch den Nebel gesehen, ungefähr zwanzig Meilen im Osten.«

»Was für ein Land ist es?«

»Ich weiß es nicht, aber was immer es auch ist, wir werden dorthin fliehen.«

»Ja, Ned. Ja, wir werden heute nacht fliehen, und wenn uns das Meer verschlingt!«

»Die See geht hoch, es weht ein heftiger Wind, aber ich schrecke nicht davor zurück, in dem leichten Boot des *Nautilus* zwanzig Meilen zu fahren. Ich habe hinter dem Rücken der Mannschaft einige Lebensmittel und ein paar Flaschen Wasser darin verstaut.«

»Ich werde Ihnen folgen.«

»Wohl gemerkt«, fügte der Kanadier hinzu, »wenn ich überrascht werde, will ich mich verteidigen und mich töten lassen.«

»Wir werden zusammen sterben, Freund Ned.«

Ich war zu allem entschlossen. Der Kanadier verließ mich. Ich ging auf die Plattform, doch der Wellengang war so stark, daß ich mich kaum aufrecht halten konnte. Der Himmel sah bedrohlich aus, aber da in diesem Nebel das Land so nah war, mußten wir fliehen. Wir durften keinen Tag und keine Stunde verlieren.

Ich kehrte in den Salon zurück, gleichzeitig fürchtend und hoffend, dem Kapitän Nemo zu begegnen, ich wollte ihn sehen und wollte es doch auch wieder nicht. Was würde ich ihm sagen? Konnte ich den unwillkürlichen Abscheu, den er mir einflößte, vor ihm verbergen? Nein! Es war besser, ihm nicht mehr gegenübertreten zu müssen. Es war besser, ihn zu vergessen! Und dennoch ...

Wie lang war dieser Tag, der letzte, den ich an Bord des *Nautilus* verbringen mußte! Ich blieb allein. Ned Land und Conseil vermieden es, mit mir zu sprechen, aus Angst, sich zu verraten.

Um sechs Uhr aß ich zu Nacht, aber ich hatte keinen Hunger. Trotzdem zwang ich mich zu essen, denn ich durfte nicht von Kräften kommen. Um halb sieben trat Ned Land in mein Zimmer. Er sagte zu mir:

»Wir werden uns vor dem Aufbruch nicht mehr sehen. Um zehn Uhr ist der Mond noch nicht aufgegangen. Wir werden die Dunkelheit ausnützen. Kommen Sie zum Boot. Conseil und ich werden Sie dort erwarten.«

Damit ging der Kanadier hinaus ohne mir Zeit zu lassen, etwas zu erwidern.

Ich wollte den Kurs des *Nautilus* feststellen und begab mich in den Salon. Wir hielten Nordnordost mit erschreckender Geschwindigkeit, bei fünfzig Meter Tiefe.

Ich warf einen letzten Blick auf diese Wunder der Natur, auf diese Meisterwerke der Kunst, die in diesem Museum aufgestapelt waren, auf diese unvergleichliche Sammlung, die dazu bestimmt war, eines Tages unterzugehen auf dem Grunde des Meeres, zusammen mit jenem, der sie geschaffen hatte. Ich wollte eine letzte erhabene Erinnerung in meinem Geiste bewahren. So verharrte ich eine Stunde unter dem milden Schein der Leuchtdecke und betrachtete die strahlenden Schätze in den Vitrinen. Dann begab ich mich in mein Zimmer zurück.

Dort zog ich meinen warmen Meeranzug an. Ich sammelte meine Notizen und verstaute sie sorgfältig in einer Innentasche. Mein Herz pochte wild, aber ich durfte mir nichts anmerken lassen. Wenn ich Kapitän Nemo begegnete, hätten mich meine Verwirrung und meine Erregung verraten.

Was tat er in diesem Augenblick? Ich legte das Ohr an die Tür seines Zimmers und hörte Schritte. Kapitän Nemo war da. Er hatte sich nicht schlafen gelegt. Bei jedem Geräusch kam es mir so vor, als würde er auf der Schwelle erscheinen und mich fragen, warum ich fliehen wollte. Ich hegte alle möglichen Befürchtungen, und meine Einbildungskraft vergrößerte die Gefahren. Dieses Gefühl wurde so unerträglich, daß ich mich fragte, ob es nicht besser sei, zum Kapitän ins Zimmer zu gehen, ihm ins Gesicht zu sehen und offen Trotz zu bieten.

Es war der Einfall eines Wahnsinnigen. Glücklicherweise unterdrückte ich ihn und streckte mich auf meinem Bett aus, um mich zu beruhigen. Meine Nerven besänftigten sich denn auch etwas; aber in meinem überreizten Hirn zog in rascher Folge nochmals meine ganze Zeit an Bord des *Nautilus* vorüber, alle glücklichen und unglücklichen Vorfälle, die sich ereignet hatten seit meinem Verschwinden von der *Abraham Lincoln*, die Unterwasserjagden, die Torres-Straße, die Wilden von Papuasien, unser Stranden, der Korallenfriedhof, die unterirdische Passage von Suez, die Insel Santorin, der kretische Taucher, die Bucht von Vigo, Atlantis, die Eisbarriere, der Südpol, die Gefangenschaft im Eis, der Kampf mit den Kraken, der Sturm im Gulf Stream, die *Vengeur* und diese grauenhafte Szene des mit seiner Mannschaft untergehenden Schiffes ...! Alle diese Erlebnisse zogen vor meinen Augen vorbei wie Szenen im Theater. In dieser seltsamen Umgebung wuchs die Gestalt Kapitän Nemos zu Übergröße. Sein Typ verschärfte sich und nahm übermenschliche Proportionen an. Er war nicht mehr meinesgleichen, er war der Herr der Wasser, der Genius der Meere.

Es war nun halb zehn Uhr. Ich hielt mir den Kopf mit beiden Händen, damit er nicht berste. Ich schloß die Augen. Ich wollte nicht mehr denken. Noch eine halbe Stunde warten! Eine halbe Stunde eines Alpdrucks, der mich zum Wahnsinn trieb!

In diesem Augenblick vernahm ich die vagen Akkorde der Orgel, melancholische Harmonien, einen undefinierbaren Gesang, das Klagen einer Seele, die ihre irdischen Bande zerbrechen will. Ich lauschte mit allen meinen Sinnen gleichzeitig, ich atmete kaum mehr, ich war versunken in diese musikalischen Ekstasen, die Kapitän Nemo über die Grenzen dieser Welt hinaushoben.

Plötzlich kam mir ein entsetzlicher Gedanke. Kapitän Nemo hatte sein Zimmer verlassen. Er war im Salon, den ich durchqueren mußte, um zu fliehen. Dort würde ich ihm ein letztes Mal begegnen. Er würde mich sehen, er würde vielleicht zu mir sprechen! Eine Gebärde von ihm konnte mich vernichten, ein einziges Wort würde mich für immer an sein Schiff fesseln!

Doch gleich würde es zehn schlagen. Der Augenblick war gekommen, mein Zimmer zu verlassen und zu meinen Gefährten zu gehen.

Es gab kein Zögern, auch wenn ich Kapitän Nemo plötzlich gegenüberstehen mußte. Ich öffnete vorsichtig meine Türe, und trotzdem schien es mir, als mache sie gräßlichen Lärm, als sie sich in den Angeln drehte. Vielleicht aber existierte dieser Lärm nur in meiner Einbildung?

Ich schlich mich über die dunklen Verbindungsbrücken des *Nautilus*, bei jedem Schritt innehaltend, weil mir das Herz so sehr klopfte.

Ich kam zur Ecktüre des Salons und öffnete sie leise. Der Raum war in tiefes Dunkel getaucht.

Orgelakkorde erfüllten die Luft. Kapitän Nemo war da. Er sah mich nicht. Ich glaube, er hätte mich sogar bei vollem Licht nicht bemerkt, so sehr erfüllte ihn seine Ekstase.

Ich überquerte den Teppich, ängstlich darauf bedacht, nirgends anzustoßen, damit kein Geräusch meine Gegenwart verrate. Ich brauchte fünf Minuten, um die Türe zur Bibliothek zu erreichen.

Schon wollte ich sie öffnen, als ein Seufzer Kapitän Nemos mich erstarren ließ. Ich hörte, wie er sich erhob. Ich sah sogar den Umriß seiner Gestalt, denn ein paar Lichtstrahlen aus der Bibliothek drangen in den Salon. Er kam auf mich zu, die Arme über der Brust verschränkt, stumm, mehr gleitend als gehend, wie eine Geisterscheinung. Seine Brust schwoll von Seufzern. Und ich hörte ihn diese Worte murmeln – die letzten, die mein Ohr trafen:

»Allmächtiger Gott! Genug! Genug!«

War es das Geständnis der Reue, das so dem Gewissen dieses Mannes entfloh . . .?

Erschüttert stürzte ich in die Bibliothek. Ich stieg die Mitteltreppe hinauf und gelangte über die obere Verbindungsbrücke zum Boot. Durch die Öffnung, die schon meine beiden Gefährten benutzt hatten, schlüpfte ich hinein.

»Los! Los!« drängte ich.

»Sofort!« antwortete der Kanadier.

Die Auskehlung im Rumpf des *Nautilus* war vorher mittels eines Schraubenschlüssels verschlossen gewesen, dessen Ned Land sich bemächtigt hatte. Jetzt begann der Kanadier die Schraubenmuttern zu lösen, die uns noch am Unterseeboot festhielten.

Plötzlich erscholl Lärm im Innern des Bootes. Es erhob sich ein lebhaftes Stimmengewirr. Was war geschehen? Hatte man unsere Flucht bemerkt? Ich spürte, wie mir Ned Land einen Dolch in die Hand schob.

»Ja!« murmelte ich, »wir werden zu sterben wissen!«

Der Kanadier hatte in seiner Arbeit innegehalten. Doch ein Wort, zwanzigmal wiederholt, ein schreckliches Wort enthüllte mir die Ursache dieser Aufregung, die an Bord des *Nautilus* um sich griff. Die Mannschaft meinte nicht uns.

»Malstrom! Malstrom!« riefen die Stimmen durcheinander.

Der Malstrom! Konnte ein schrecklicherer Name in einer schrecklicheren Lage an unser Ohr dringen? Befanden wir uns also in diesen gefährlichen Gegenden der norwegischen Küste? War der *Nautilus* in diesen furchtbaren Schlund geraten, im Augenblick, da unser Boot sich von ihm lösen wollte?

Man weiß, daß sich die zwischen den Färöer-Inseln und den Lofoten gestauten Wasser im Augenblick der steigenden Flut mit unwiderstehlicher Gewalt überstürzen. Sie bilden einen Strudel, aus dem noch kein Schiff herausgekommen ist.

Von allen Seiten des Horizonts rollen riesige Wogen heran. Sie formen diesen Wirbel, der zu Recht ›Nabel des Ozeans‹ genannt wird und dessen Einzugsgebiet einen Radius von fünfzehn Kilometer aufweist. Nicht nur Schiffe werden in diesen Strudel gesogen, sondern auch Wale und sogar die Eisbären der nördlichen Regionen.

Hierher war der *Nautilus* – unfreiwillig oder vielleicht freiwillig – von seinem Kapitän geführt worden. Er beschrieb eine Spirale, die sich mehr und mehr verengerte. Wie er wurde das noch an seiner Flanke hängende Boot mit atemraubender Geschwindigkeit fortgerissen. Ich spürte es. Ich empfand diesen Schwindel, wie er sich bei fortgesetzter Kreiselbewegung einstellt. Wir waren von Schrecken ergriffen, von höchstem Entsetzen, das Blut stockte uns, kalter Schweiß brach uns aus allen Poren wie beim Todeskampf. Und welch ein Lärm um unser zerbrechliches Boot! Welches Tosen, welches Brausen, vom Echo meilenweit getragen! Welches Krachen, wenn sich die Wasser auf den spitzen Felsen des Grundes brachen, dort, wo die härtesten Körper zerschmettert wurden und Baumstämme zersplittern und zu Streichhölzern werden, wie die Norweger behaupten!

In was für eine grauenerregende Lage waren wir geraten! Wir wurden hin und her geworfen, der *Nautilus* wehrte sich wie ein menschliches Wesen. Seine Stahlmuskeln krachten, manchmal richtete er sich auf und wir mit ihm!

»Wir müssen standhalten«, sagte Ned, »und die Schrauben wieder zurren! Wenn wir am *Nautilus* befestigt bleiben, können wir uns noch retten ...!«

Er hatte noch nicht ausgesprochen, als ein ohrenbetäubendes Krachen ertönte. Die Schrauben lösten sich, und das Boot, von seiner Unterlage losgerissen, wurde wie der Stein von der Schleuder mitten in den Strudel geworfen.

Mein Kopf prallte an einen Eisenrahmen, und der heftige Schlag ließ mich das Bewußtsein verlieren.

DREIUNDZWANZIGSTES KAPITEL

SCHLUSS

Hier das Ende dieser Reise unter Wasser. Was in dieser Nacht noch geschah, wie das Boot dem furchtbaren Wirbel des Malstroms entkam, wie Ned Land, Conseil und ich gerettet wurden, wüßte ich nicht zu sagen. Aber als ich wieder zu mir kam, lag ich in der Hütte eines Fischers auf den Lofoten. Meine beiden Gefährten saßen heil und unversehrt neben mir und hielten meine Hände. Wir umarmten einander überschwenglich.

Vorläufig können wir nicht daran denken, nach Frankreich zurück zu gelangen. Die Verbindungen zwischen dem nördlichen Norwegen und dem Süden sind spärlich. Ich bin daher gezwungen zu warten, bis der Dampfer kommt, der alle zwei Monate zum Nordkap und zurück fährt.

Hier also, unter den braven Leuten, die uns auf-

genommen haben, sehe ich die Aufzeichnung dieser meiner Abenteuer durch. Sie ist richtig. Nichts wurde ausgelassen, keine Einzelheit übertrieben. Es ist die getreue Schilderung dieser unwahrscheinlichen Expedition in einem dem Menschen unzugänglichen Element, das der Fortschritt eines Tages erschließen wird.

Wird man mir Glauben schenken? Ich weiß es nicht. Es ist auch wenig wichtig. Was ich jetzt in Anspruch nehmen darf, ist das Recht, von diesen Meeren zu sprechen, unter denen ich in weniger als zehn Monaten zwanzigtausend Meilen zurückgelegt habe; auf einer Unterwasserreise um die Welt, die mir unzählige Wunder enthüllte; im Pazifik, im Indischen Ozean, im Roten Meer, im Mittelmeer, im Atlantik, in den südlichen und nördlichen Meeren!

Was aber ist aus dem *Nautilus* geworden? Hat er der Umklammerung des Malstroms widerstanden? Lebt Kapitän Nemo noch? Übt er noch seine Rache in den Tiefen des Ozeans oder hat er nach diesem letzten Sühnopfer darauf verzichtet? Werden die Fluten eines Tages das Manuskript der Geschichte seines Lebens an ein Gestade spülen? Werde ich endlich den Namen dieses Mannes erfahren? Wird uns das verschwundene Schiff durch seine Nationalität die Nationalität Kapitän Nemos verraten?

Ich hoffe es. Ich hoffe auch, daß der *Nautilus* den furchtbarsten Wirbel des Meeres überwunden hat und dort überlebte, wo so viele Schiffe untergegangen sind! Wenn dem so ist, wenn Kapitän Nemo immer noch die Ozeane, seine Wahlheimat, durchfährt – möge dann der Haß in diesem leidenschaftlichen Herzen erloschen sein! Möge die Betrachtung so vieler Wunderwerke in ihm den Geist der Rache ersticken! Möge der Rächer zurücktreten, der Gelehrte die friedliche Erforschung der Meere fortsetzen! Wenn sein Los seltsam ist, ist es doch auch erhaben. Habe ich selbst es nicht auch begriffen? Habe ich nicht zehn Monate lang dieses außernatürliche Leben geführt? Auf die Frage, die vor sechstausend Jahren der weise Salomo stellte: »Wer hat je die Tiefen ergründen können?«, haben von allen Menschen nur zwei das Recht, jetzt zu antworten. Kapitän Nemo und ich.

ENDE

Nachwort

Im Frühjahr 1867 begann Verne mit dem ersten Entwurf für seinen neuen Roman. Eine knappe Zusammenfassung hatte er schon 1865 niedergeschrieben, doch andere Verpflichtungen hatten ihn daran gehindert, sich weiterhin mit dem Buch zu beschäftigen. Er arbeitete jetzt häufig auf der St. Michel, die er in ein schwimmendes Arbeitszimmer verwandelt hatte. Auf seinem Schreibtisch, angelehnt an seine Lampe, stand Victor Hugos Roman *Arbeiter des Meeres*, der ihm als Quelle seiner Inspiration diente.

Die ursprüngliche Idee zu dem Buch stammt möglicherweise von George Sand. Verne oder vielleicht Hetzel, ihr Freund und Verleger, hatte ihr Exemplare von Vernes ersten beiden Romanen zugesandt, und sie wußte um Vernes Pläne für eine Reihe wissenschaftlicher Romane. Die beiden Bücher gefielen ihr außerordentlich.

Ich bedaure nur, daß ich damit zu Ende bin und nicht noch weitere zehn Bände zu lesen habe. Ich hoffe, daß Sie uns bald in die Tiefen des Meeres führen werden und daß Sie Ihre Gestalten in einem jener Unterseeboote reisen lassen, die Ihre Vorstellungskraft und Ihre Kenntnisse vervollkommnen werden.

Bisher war noch niemandem, der sich mit der Entwicklung eines Unterseebootes beschäftigte, eine perfekte Lösung geglückt. Dieses Fahrzeug hatte schon eine lange und komplizierte Geschichte, die hauptsächlich aus Fehlschlägen bestand. Daß es dem Menschen eines Tages möglich sein würde, unter Wasser zu reisen, daran hatten schon viele gedacht, von Alexander dem Großen bis zu Leonardo da Vinci. Das erste taugliche Unterseeboot wurde um 1620 von Cornelius van Drebel, einem in England lebenden Holländer, gebaut, der damit die Themse zwischen London und Greenwich durchfuhr. Andere frühe Versuche waren von John Day (1772) und von David Bushnell (1776) bekannt, während Robert Fulton seine *Nautilus* im Jahre 1800 baute. Sowohl Bushnell als Fulton, beide Amerikaner, versuchten, die Regierung des revolutionären Frankreich für ihre Erfindung zu interessieren, jedoch ohne Erfolg, denn sie waren offensichtlich ihrer Zeit voraus. Fultons andere Ideen zum Bau von Minen und Dampfschiffen waren ebenfalls verfrüht.

So wurde die Idee eines Unterseeboots erst 1839 wieder aufgegriffen, diesmal von dem Deutschen Wilhelm Bauer. Sein Schiff *Brandtaucher* war nach dem von Bushnell das zweite Unterseeboot, das in Kriegszeiten ausprobiert wurde. Es sank jedoch, und Bauer und seine Besatzung waren in der Geschichte die ersten, die sich aus einem gesunkenen U-Boot retten konnten. Bauer versuchte zuerst, die Engländer für seine Erfindung zu interessieren, dann die Amerikaner, und schließlich ging er mit seiner Erfindung nach Rußland. Aber auch dort hatte er keinen Erfolg. Immerhin wies sein neues U-Boot, die *Seeteufel,* eine Beobachtungskuppel und Luftabschluß auf, vierzehn Jahre vor Vernes *Nautilus.*

Im amerikanischen Bürgerkrieg kamen Unterseeboote zur Anwendung. Eines hatte einen Ingenieur aus Nantes namens Brutus Villeroi zum Baumeister, der möglicherweise ein Lehrer des jungen Verne war. Villeroi stellte am 12. August 1832 in Noirmoutier Versuche mit einem U-Boot an, über die noch im selben Jahr in den Annalen der *Société royale et académique* von Nantes berichtet wurde.

Verne konnte aber auch über andere Informationsquellen verfügen. Sein Freund Pitre-Chevalier beschrieb 1858 Hallets Versuche mit seinem U-Boot in der Seine, bei denen Verne möglicherweise zugegen war. Auch von einem Erfinder aus Amiens, Jean-Baptiste Petit, könnte er gehört haben, der beim Versuch mit einem U-Boot zwischen Saint Valéry und Le Crotoy 1834 ertrank, als sein Boot sank. In Le Tréport machte Jules Verne um 1865 die Bekanntschaft des dort ansässigen Erfinders Jacques-François Conseil, der bereits mehrere Jahre an einem dampfbetriebenen Rettungsunterseeboot arbeitete. Conseil tauchte mit diesem Boot 1858 eine halbe Stunde lang, und vier Mitglieder der *Académie Universelle des Arts et*

Manufactures nahmen an diesem Versuch teil. Von offizieller Seite wurde er nicht ermutigt, seine Versuche weiterzuführen. Seine einzige Belohnung bestand darin, daß Verne in seinem Roman dem Assistenten von Professor Aronnax seinen Namen verlieh.

Doch das U-Boot des Romans hatte noch einen direkten Vorfahren. Bis zum Jahre 1869, als *20000 Meilen unter dem Meer* veröffentlicht wurde, waren mindestens fünfundzwanzig besatzungsführende U-Boote anerkannt und gebaut worden, die auch erfolgreich getaucht waren. Bei diesen Experimenten spielte Frankreich eine führende Rolle und stand in der zweiten Hälfte des 19. Jahrhunderts hinsichtlich des tatsächlichen Baus von U-Booten in der ganzen Welt an erster Stelle. 1858 forderte das Flottenministerium die Schiffbauer auf, Offerten für den Bau eines U-Boots nach Plänen des Korvettenkapitäns Siméon Bourgois zu machen. Angenommen wurde die Offerte von Charles-Marie Brun, und der Bau des Bootes wurde in der Schiffswerft von Rochefort in Angriff genommen. Das U-Boot, genannt *Le Plongeur*, konnte 1863 von Stapel gelassen werden. Es war das erste U-Boot, das mit der Unterstützung und dem fachmännischen Können einer hochentwickelten Schiffsbauindustrie entstanden war.

Im Verhältnis zu früheren U-Booten war *Le Plongeur* riesig. Das Schiff war 42 Meter lang, 6 Meter breit und 3 Meter tief und verdrängte

410 Tonnen Wasser – das größte U-Boot, das vor dem Beginn des 20. Jahrhunderts gebaut wurde. Diese Größe war notwendig, da das Boot mit einem Druckluftmotor von 80 PS angetrieben wurde und die Behälter mit dem ›Treibstoff‹ den größten Platz im Bootsinneren einnahmen. Der Raum für die zwölfköpfige Besatzung befand sich zusammen mit dem Kontrollraum in der Mitte des Schiffskörpers. Die Luft mußte in das Schiffsinnere geblasen werden, um den Rumpf unter Druck zu halten.

1865 begann *Le Plongeur* Probefahrten vor Rochefort. Bei der ersten Fahrt wurde eines der Glasfenster im Kommandoturm eingedrückt und das Boot überschwemmt. Es wurde gehoben und umgebaut, so daß es im Herbst wieder in See stechen konnte. Bei ›Auftrieb null‹ war das Boot schwer zu handhaben und tauchte mit beunruhigenden Schwankungen, während es das Wasser durchschnitt. Man brachte noch einen senkrechten Propeller an und machte neue Probefahrten. Aber die Schwierigkeit, das Boot in gleichmäßiger Tiefe zu halten, wurde nicht überwunden. Als Kriegswaffe konnte *Le Plongeur* nicht eingesetzt werden, denn die gesamte Waffenausrüstung des Bootes bestand aus einer an einem Sparren auf dem Bug befestigten Mine. Das Fehlen einer verwendungsfähigen Waffe bewog das Ministerium dazu, die Versuche aufzugeben. (Der Whitehead-Torpedo befand sich damals noch in Triest im Anfangsstadium seiner Entwicklung.)

Ein großes Modell dieses U-Bootes, das jetzt im *Musée de la Marine* zu besichtigen ist, war auf der Pariser Ausstellung von 1867 zu sehen, wo Verne es persönlich betrachten konnte. Dieses U-Boot gab ihm Ideen für seine eigene *Nautilus*, die er dann mit seiner reichen Phantasie perfektionierte. Die elektrischen Maschinen waren sein eigener Einfall. Zwar hatte ein Wissenschaftler kurz zuvor das Modell eines elektrischen U-Boots gebaut, doch das erste brauchbare U-Boot mit elektrischem Antrieb wurde erst 1881 von dem Franzosen Goubet konstruiert. Riou, Vernes Illustrator, nahm für seine Zeichnungen der *Nautilus* das *Plongeur*-Modell zur Grundlage. Dabei übernahm er auch die Druckluftbehälter, die auf einem elektrisch angetriebenen Boot überflüssig waren. Verne geht nicht weiter darauf ein und beschreibt nicht, wie die Motoren funktionieren. Kapitän Nemo, den Kommandanten der *Nautilus*, läßt er lediglich äußern: »Meine Elektrizität ist keine gewöhnliche Elektrizität.« Nemo scheint auch ein verbessertes Kontrollsystem erfunden zu haben; wenn er jedoch zum Angriff übergeht, verwendet er einfach den Rammbug. Man schaudert bei dem Gedanken, was Nemo mit Whiteheads Torpedos fertiggebracht hätte.

Wenn einerseits U-Boote nichts Neues waren, so waren auch Romane zu diesem Thema nichts Neuartiges. Ein Unterseeroman, *Voyage au fond de la mer* (Reise auf dem Meeresgrund) von Kapitän Merobert erschien 1845. Im Oktober 1867, während Verne an seinem eigenen Roman arbeitete, begann das *Petit Journal* mit der Veröffentlichung einer Serie unter dem Titel ›Die außerordentlichen Abenteuer des Dr. Trinitus‹. Der Autor war Aristide Roger, ein Pseudonym, hinter dem sich Dr. Jules Rengade verbarg, ein Mitglied der Akademie von Amiens. Dr. Trinitus befehligt ein acht Meter langes U-Boot mit dem Namen *L'Eclair,* das mit Elektrizität betrieben wird und mit dem er auf die Jagd nach Wracks im Korallenmeer geht, wobei er an der Küste der Neuen Hebriden Schiffbruch erleidet.

Der Roman erschien 1868 als *Voyage sous les Flots* (Reise unter den Fluten) und kam 1890 erneut heraus mit einer Anmerkung, die auf die Verwandtschaft mit dem erst 1870 erschienenen Roman Vernes aufmerksam machte. Verne aber war dem Vorwurf des Plagiats durch einen Brief an den Herausgeber des *Petit Journal* zuvorgekommen, in dem er darauf hinwies, daß er selbst an einem Roman mit dem damaligen Titel *Voyages sous les Eaux* (Reisen unter Wassern) arbeitete, und daß dessen Vollendung durch seine Arbeit an der illustrierten Geographie Frankreichs hinausgezögert worden sei. Hetzel hatte den Roman bereits im *Magasin d'Education et de Récréation* angekündigt, und Verne hoffte, damit jeden unangenehmen Vergleich zwischen den beiden Büchern zu verhindern. Vielleicht ist ihm das auch gelungen, denn die

Abenteuer des Dr. Trinitus sind längst vergessen, während die *Nautilus* ihre außerordentliche Reise noch immer fortsetzt.

Die unterseeische Welt, die Kapitän Nemo zu seinem Reich macht, war damals noch gänzlich unbekannt. 1869 konnte man die Ozeanographie noch kaum als Wissenschaft bezeichnen. Die Wunder des Ozeans, die bei Verne solch eine dramatische Rolle spielen, mögen uns heutzutage, wo Jacques Cousteau auf dem Fernsehschirm farbenprächtige Bilder aus der Tiefsee vorführt, recht harmlos vorkommen. Doch in der Zeit, in der der Roman entstand, waren diese Dinge ebenso seltsam wie die Rückseite des Mondes. Einer der wenigen Schriftsteller, die eine Beschreibung dieser neuen Welt versuchten, war Arthur Mangin in seinem Buch *Les Mystères de l'Océan* (1864), und Verne bezog seine wissenschaftlichen Informationen vor allem von ihm. 1873 schrieb Sir Charles Wyville Thomson:

Jede Bresche in der heroischen kleinen Armee von Märtyrern, die bestrebt waren, die Grenzen unserer Kenntnisse in der Wildnis von Australien, am Sambesi oder am Nord- oder Südpol auszudehnen, wurde von eifrigen Freiwilligen ausgefüllt; und dennoch bedecken die großen Ozeane, die unter dem Mond schlummern, ein Gebiet, das offensichtlich für den Menschen so unzugänglich ist wie das ›mare serenitatis‹.

Diese Worte könnten auch von Verne stammen, denn ein ähnliches Gefühl beseelte ihn, als er seinen Roman verfaßte.

Die Schwierigkeit bestand im Zugang zur Unterwasserwelt. Dieses Problem wurde teilweise durch eine andere französische Erfindung gelöst, den erst halb unabhängigen Druckluft-Taucheranzug mit einer Gesichtsmaske, den Benoît Rouquayrol und Auguste Denayrouze 1865 unter dem Namen ›Aerophor‹ auf den Markt brachten. Der Taucher trug ein auf den Rücken geschnalltes Luftreservoir, in das durch einen Schlauch von der Wasseroberfläche aus Luft gepreßt wurde. An dem Reservoir befand sich ein Regulator, der die Atemluft mit dem hypostatischen Druck herausließ, der der jeweiligen Tauchtiefe entsprach. Der Taucher hatte auch die Möglichkeit, den Schlauch abzuhängen und kurze Zeit frei umherzugehen, wobei er die Luft aus dem Reservoir einatmete. Dieses Gerät war ein direkter Vorfahre der modernen Schlauchgeräte sowie des ersten völlig unabhängigen Tauchgeräts, das von Denayrouze 1875 erfunden wurde.

Nemo erzählt Aronnax, daß er das Denayrouze-Rouquayrol-System verbessert habe, indem er seine Taucher mit einem Kupferhelm versieht, der dem hohen Wasserdruck widersteht. Hier beging Verne einen klassischen Fehler, denn wenn der Druck auf den Kopf geringer ist als der auf den Körper, strömt das Blut in den Kopf und verursacht eine tödliche Blutung. Verne war ein guter Erzähler, ein Wissenschaftler war er jedoch nicht.

In Frankreich waren naturwissenschaftlich experimentierende Taucher nichts Neues. Angefangen hatte es 1844 mit Professor Henri Milne-Edwards, dem ersten Wissenschaftler, der im Meer Tauchversuche unternahm. ›Mein geschätzter Meister‹ nennt ihn Professor Aronnax. In der Romanhandlung photographiert Aronnax die Unterwasserwelt mit Hilfe von Bogenlicht – eine Leistung, die erst 1897 durchführbar war, als Louis Boutin die ersten Unterwasseraufnahmen machte.

Die beiden großen Pioniere der Ozeane, Forbes und Maury, waren erst vor kurzem gestorben. Forbes hatte die Küsten und die Tiefen des Mittelmeeres erforscht. Maury, ein amerikanischer Marineoffizier, wurde hauptsächlich berühmt durch die Entdeckung des Golfstroms und die Entwicklung der Theorie, daß die Ozeane, ähnlich dem Körper, ein Kreislaufsystem hätten. Darüber hinaus waren die Ozeane kaum ergründet, der Meeresboden war unbekanntes Terrain. Mittels seiner Phantasie erweiterte Verne die menschliche Vorstellungsgabe hinsichtlich der Geheimnisse der Meere; sein Buch liegt nun schon mehr als ein Jahrhundert zurück, und doch sind die Fortschritte seitdem so gering, daß *20000 Meilen unter dem Meer* immer noch ein prophetisches Buch ist.

Der Roman beginnt ganz zeitgemäß. Wir sind im Jahr 1866. Eine Reihe geheimnisvoller Begegnungen auf dem Meer, ein Objekt, das wie ein treibendes Riff oder ein riesiges Tier anmutet, sind gemeldet worden. Hier greift Verne damals häufige Berichte über Seeungeheuer auf und erwähnt auch die weltberühmte Seeschlange, die im Jahr 1857 von der *Castilian* aus gesichtet wurde. Die amerikanische Regierung rüstet ein Schiff aus, um dieses geheimnisvolle Objekt zu verfolgen. Professor Aronnax vom Naturhistorischen Museum in Paris wird aufgefordert, sich gemeinsam mit seinem Assistenten Conseil und dem kanadischen Walfänger Ned Land der Expedition anzuschließen. Sie kollidieren mit dem unbekannten Gegenstand, und ihr Schiff sinkt. Plötzlich befinden sich die drei Helden des Buches an Bord eines großen U-Bootes, als Gefangene von Kapitän Nemo.

Auf diesem Supergefährt unternehmen sie eine lange Kreuzfahrt um die Welt und unter den Meeren. Unvergeßlich sind Vernes Beschreibungen vom Leben unter Wasser, von unterseeischen Wäldern und dem Reich der Korallen auf dem Meeresgrund. Diese geheimen Vorräte liefern Nemo nicht nur alles, was er zum Leben braucht, sondern auch unermeßliche Reichtümer an Perlen und Schätzen von gesunkenen Schiffen wie zum Beispiel in der Bucht von Vigo. Mit einem Teil seines Reichtums finanziert er Befreiungsbewegungen wie die der Kreter gegen die Türken. Bei Vanikoro, im südlichen Pazifik, stößt das U-Boot auf die Überreste der Expedition von La Pérouse, einem französischen Kapitän Cook, der 1788 zugrunde ging. Und im Atlantischen Ozean erblicken sie vom Beobachtungsfenster aus die Ruinen von Atlantis. Auch Gefahren lauern auf der Reise, zum Beispiel, als das U-Boot in der antarktischen Eisdecke steckenbleibt, nachdem es am Südpol aufgetaucht ist. (Die irrige Vorstellung von einem offenen Meer am Südpol war damals sehr verbreitet, aber Nemos Tat fand doch noch ein Echo, als die USS *Nautilus* 1955 am Nordpol auftauchte.)

Ein eindrucksvolles Kapitel ist einem Riesenkraken gewidmet, in dessen Beschreibung Verne eine ganze Menge mißverstandener Informationen vereinigt. Ein großer Teil der Erläuterungen, mit denen Professor Aronnax seine Freunde versorgt, besteht aus dem Durcheinander von meistenteils vollkommen ungenau dargestellten Fakten und Namen. In Hugos Roman über die Kanalinseln, *Die Arbeiter des Meeres,* kämpft der Held gegen einen Kraken. Diese Szene wird zwar viel bewundert, ist aber vom sachkundigen Standpunkt aus unsinnig. Der Krake ist nämlich ein ganz harmloses Wesen, ebenso wie die Tintenfische oder Kalmare. Nur mit dem Riesenkalmar verhält es sich etwas anders. Jahrhunderte lang gingen Legenden von einem Tier mit vielen Fangarmen um, das imstande sein sollte, ein Schiff zu versenken. Fast niemand schenkte ihnen Glauben, obwohl Naturforscher wie Erik Pontoppidan und Denys de Montfort einige überzeugende Beweise dafür erbrachten. Dann begegnete im November 1861 ein Schiff der französischen Marine, die *Alecton*, einem ›Riesenkraken‹ bei Teneriffa, der harpuniert und beinahe an Bord gezogen wurde. Das Tier – in Wirklichkeit ein Riesenkalmar – riß sich los, und was zurückblieb, war ein vierzig Pfund schweres Stück Schwanz. Leutnant Bouyer, der Kommandant des Schiffes, berichtete, das Tier sei ungefähr viereinhalb bis fünfeinhalb Meter lang gewesen. Dieser Bericht rief eine Sensation hervor und wurde in manchen Kreisen skeptisch aufgenommen. Als aber mehr als zehn Jahre später eine ganze Reihe dieser Tiere, die Kalmare und keine Kraken waren, in Neufundland ans Land gespült wurde, erkannten die Wissenschaftler die Existenz dieser heute als ›Architeuthis‹ bekannten Wesen an. Das bisher größte dieser Ungeheuer – was nicht ausschließt, daß es noch größere gibt – wurde 1871 bei Thimble Thickle, Neufundland, angeschwemmt und war gute zehneinhalb Meter lang!

Das Abenteuer der *Alecton* erregte großes Aufsehen, und kein Buch über die See wäre vollständig gewesen, ohne daß solch ein Ungeheuer darin vorkam. Aber Verne verwechselte ebenso wie Hugo und viele andere nach ihnen Kalmare mit Kraken. Auf den Illustrationen zu seinem Roman sieht sein ›Riesenkrake‹ jedoch wie ein Riesenkalmar aus, so wie Boyer ihn beschrieb.

Die blutige Begegnung mit diesem Ungeheuer gehört zu den ganz großen Szenen dieses Buches, wie auch das unvergeßliche Bild am Ende des ersten Teils, wenn der tote Matrose in einem Korallenfriedhof begraben wird, eine Szene, die bewußt an Chateaubriand anklingt, und zwar an die Beerdigung *Atalas,* der Heldin der gleichnamigen Indianergeschichte, im Urwald.

Doch das rätselhafte unterseeische Leben ist nur eines der Themen des Romans. Das wahre Rätsel ist Kapitän Nemo selbst, der Erbauer der *Nautilus.* Sein Motto, das auf dem Heck des Bootes prangt und dort ein großes N umkränzt, lautet: *Mobile in Mobilis.* Das Monogramm konnte einen französischen Leser eigentlich nur an eines erinnern – das Wappen Napoleons. Aber Nemo ist offensichtlich kein Franzose.

Die Ausstattung seiner Kabine, sein Alter, sein Haß auf die kaiserliche Flotte, all das stempelt ihn nicht nur zum Anarchisten, sondern auch zu einem Revolutionär von 1848. Die Porträts von Daniel O'Conell und anderen nationalen Führern, die in seiner Kabine hängen, deuten auf eine Zugehörigkeit zu den nationalen Bewegungen der damaligen Zeit. Woher er eigentlich stammt, das bleibt für Professor Aronnax bis zuletzt ein Rätsel.

Seinen Namen bekam das Fahrzeug von dem U-Boot, das Robert Fulton im Jahre 1800 gebaut und Napoleon angeboten hatte. Dazu bemerkt Bernard Heuvelmans, der belgische Zoologe: »Fulton war ein Idealist mit utopischen Ideen; er hielt es für möglich, sämtliche Kriege zu beenden, wenn man sie mit einer schrecklichen Waffe der Tiefsee unerträglich machte.« Bestimmt hat Fulton bis zu einem gewissen Grad für Kapitän Nemo Modell gestanden. Fultons Motto war: *Libertas maris, terrarum felicitas,* und man kann unschwer in ihm das Original des hochmütigen und antisozial gesinnten Kommandanten der *Nautilus* erkennen.

Aus Vernes Briefwechsel mit Hetzel geht jedoch hervor, daß hinter der Persönlichkeit Nemos ursprünglich mehr steckte, als aus dem veröffentlichten Text ersichtlich wird. Verne stellte sich Nemo anfänglich als polnischen Patrioten vor, der die Russen haßt, weil sie während des Aufstands von 1863 seine Familie umgebracht haben. Wegen der heiklen politischen und diplomatischen Situation zwischen Rußland und Frankreich wurde Verne dazu überredet, das alles abzuschwächen und Nemos Haß gegen die Tyrannei nicht auf einen Sonderfall zu beschränken. Das erwies sich für die Handlung auch als viel wirksamer als die ursprüngliche Idee, denn nun kann Nemo einsam die Meere durchqueren und auf fürchterliche Rache für ungenannte Schrecken sinnen.

Für andere Charakterzüge Nemos nahm sich Verne den Oberst Charras zum Vorbild, einen Freund von Hetzel, der in die Ereignisse von 1848 verwickelt war. Andererseits existiert die Auffassung, daß Verne bei Nemos Neigung für wissenschaftliche Forschung an die Persönlichkeit Alberts I. von Monaco gedacht habe, einen der großen Ozeanographen des letzten Jahrhunderts. Wer auch immer zur Gestaltung Nemos beigetragen haben mag – er bleibt eine seltsame, geheimnisumwitterte Gestalt. Wenn auch Aronnax und seine Gefährten Mutmaßungen über ihn anstellen, so erfahren sie doch wenig über seine Vergangenheit. Zwar zeigt Nemo dem Professor das Manuskript eines Buches über Meeresforschung, in dem er auch sein Leben beschrieben hat; er enthüllt jedoch keine Einzelheiten.

Zum Schluß des Buches verschwindet Nemo mit seinem Unterseebot im Malstrom bei den Lofoten (wahrscheinlich eine Anleihe bei Poe). Professor Aronnax und die anderen kommen mit dem Leben davon und fragen sich, was aus Nemo geworden sei. Ist sein rachsüchtiges Herz zur Ruhe gekommen, und hat ihn die Betrachtung der Meere in wissenschaftliche Bahnen gelenkt?

Werden die Fluten eines Tages das Manuskript der Geschichte seines Lebens an ein Gestade spülen? Werde ich endlich den Namen dieses Mannes erfahren? Wird uns das verschwundene Schiff durch seine Nationalität die Nationalität Kapitän Nemos verraten?

Die Nationalität dieses Schiffes wird nicht angegeben, doch nachdem er es versenkt hat, kniet

Kapitän Nemo in seiner Kabine vor dem Bildnis einer jungen Frau mit zwei Kindern nieder. Später, als sie dem zum Untergang verurteilten Unterseeboot entfliehen, hört Aronnax Nemos letzte Worte: »Allmächtiger Gott! Genug! Genug!«

So bleibt das Rätsel um Kapitän Nemo fünf Jahre lang ungelöst, bis zur Veröffentlichung der *Geheimnisvollen Insel*, 1875. In diesem Buch gibt Verne mit seiner Leidenschaft für Fortsetzungen einen Abriß von Nemos Vergangenheit, der jedoch mit dem früheren Bild seines Kapitäns der *Nautilus* nicht sehr übereinstimmt.

Peter Costello

Jules Verne im Diogenes Verlag

»Die Welt kennt sechs Kontinente: Europa, Afrika, Asien, Amerika, Australien und Jules Verne.«
Claude Roy

Die Hauptwerke, ungekürzt und originalgetreu, mit allen Illustrationen der französischen Erstausgabe. Bisher liegen vor:

Reise um die Erde in achtzig Tagen
Roman. Aus dem Französischen von Erich Fivian

Fünf Wochen im Ballon
Roman. Deutsch von Felix Gasbarra

Von der Erde zum Mond
Roman. Deutsch von William Matheson

Reise um den Mond
Roman. Deutsch von Ute Haffmans

Zwanzigtausend Meilen unter Meer
Roman in zwei Bänden. Deutsch von Peter Laneus und Peter G. Hubler

Reise zum Mittelpunkt der Erde
Roman. Deutsch von Hansjürgen Wille und Barbara Klau

Die Erfindung des Verderbens
Roman. Deutsch von Karl Wittlinger

Die Leiden eines Chinesen in China
Roman. Deutsch von Erich Fivian

Das Karpathenschloß
Roman. Deutsch von Hansjürgen Wille und Barbara Klau

Zwei Jahre Ferien
Roman. Deutsch von Erika Gebühr

Das erstaunliche Abenteuer der Expedition Barsac
Roman. Deutsch von Eva Rechel-Mertens

Die Eissphinx
Roman. Deutsch von Hansjürgen Wille und Barbara Klau

Die großen Seefahrer und Entdecker
Eine Geschichte der Entdeckung der Erde im 18. und 19. Jahrhundert

Edgar Allan Poe im Diogenes Verlag

»Als ich zum erstenmal ein Buch von ihm aufschlug, fand ich bei ihm Gedichte und Novellen, wie sie mir bereits durch den Kopf gegangen waren, undeutlich und wirr jedoch, ungeordnet – Poe aber hat es verstanden, sie zu verbinden und zur Vollendung zu führen. Bewegt und bezaubert entdeckte ich nicht nur Sujets, von denen ich geträumt hatte, sondern auch Sätze und Gedanken, die die meinigen hätten sein können – hätte sie nicht Poe zwanzig Jahre vorher geschrieben.« *Charles Baudelaire*

Werkausgabe in Einzelbänden, herausgegeben von Theodor Etzel. Aus dem Amerikanischen von Gisela Etzel, Wolf Durian u.a.

Der Untergang des Hauses Usher
und andere Geschichten von Schönheit, Liebe und Wiederkunft

Die schwarze Katze
und andere Verbrechergeschichten

Die Maske des Roten Todes
und andere phantastische Fahrten

Der Teufel im Glockenstuhl
und andere Scherz- und Spottgeschichten

Die denkwürdigen Erlebnisse des Arthur Gordon Pym
Roman. Mit einem Nachwort von Jörg Drews

Meistererzählungen
Ausgewählt und mit einem Nachwort von Mary Hottinger